Sie möchten keine Neuerscheinung verpassen?
Dann tragen Sie sich jetzt für unseren Newsletter ein!

www.ylva-verlag.de

Von Lola Keeley außerdem lieferbar

Eine Prinzessin datet man nicht
The Music and the Mirror: Tanz ins Glück
Eine Lady mit Leidenschaften
Skalpell, Tupfer, Liebe

Übersetzung aus dem Englischen von Charlotte Herbst

LOLA KEELEY

EINE
PRÄSIDENTIN
ZUM VERLIEBEN

Widmung

Für alle, die schon mal ihr Herzblut in eine politische Kampagne gesteckt haben, und die miterleben mussten, wie die Bösen am Ende doch gewinnen. Es kommen auch wieder andere Zeiten!

Kapitel 1

Emily zog sich die OP-Maske vom Gesicht und zerknüllte sie in der Hand, während sie auf die kleine Menschenansammlung im Wartezimmer zuging.

Die Wartenden sahen zu ihr auf, als hätte sie gerade das Rote Meer geteilt. Ihre Blicke hingen an jedem ihrer Schritte. Das Quietschen, das ihre nigelnagelneuen Turnschuhe auf dem Linoleumboden erzeugten, war fast ohrenbetäubend laut. Emily holte tief Luft und sofort stieg ihr der universelle Krankenhausgeruch in die Nase – Desinfektionsmittel, Bleiche und eine Ahnung dessen, was damit übertüncht werden sollte. Sie beugte und streckte die Finger. Nach der stundenlangen Präzisionsarbeit traten ihre Knöchel weiß hervor und die blassblauen Adern schimmerten überdeutlich unter ihrer hellen Haut.

Diesen Teil ihrer Arbeit hasste Emily am meisten. Sie fühlte sich noch genauso überfordert wie damals, als sie zum ersten Mal eine solche Nachricht überbracht hatte.

Auch heute lag noch Hoffnung in den Blicken der Wartenden. Sie waren sichtlich davon überzeugt, dass sie eine rettende Göttin in Weiß war. Doch dann bemerkten sie ihren ernsten Gesichtsausdruck und ihre niedergeschlagene Haltung und der Funke der Hoffnung schwand aus ihren Gesichtern. Emily gab sich große Mühe, die Schultern zu straffen und den Kopf erhoben zu halten, aber nachdem sie Stunden im OP verbracht hatte, schrie ihr Körper nach einer bequemen Sitzgelegenheit und einer heißen Tasse Kaffee.

»Danke, dass Sie gewartet haben. Es tut mir leid, dass ich keine besseren Neuigkeiten für Sie habe. Wie Sie wissen, war es eine riskante Operation ...«

Ihre Erklärung wurde von dem erwarteten Aufschluchzen unterbrochen, als die Mutter der Patientin begriff, worauf Emily mit ihren sorgfältig gewählten Worten hinauswollte. Während allen um sie herum die Tränen in die Augen stiegen, klammerte Emily sich an die Fakten. So vorsichtig und umsichtig wie möglich berichtete sie, wie ihre Patientin gestorben war.

Nachdem sie ihre letzte traurige Pflicht schließlich erfüllt hatte, stellte sich Emily dem langen und einsamen Marsch zurück zur Personalumkleide. Obwohl sie erst seit knapp einer Woche als Leiterin der Herzchirurgie im *Blackwell Memorial* arbeitete – das die wohl beste Abteilung für Kinderchirurgie des Landes besaß –, kannte Emily bereits die wichtigsten Flure und Räume. Der Umkleideraum war nach den OP-Sälen für sie am zweitwichtigsten. Nur hier konnten die Ärzte und Ärztinnen sich nämlich ungestört zurückziehen, sich eine erholsame Dusche gönnen oder sich endlich aus den marineblauen OP-Klamotten schälen. Obwohl die OP-Säle strikt kühl gehalten wurden, klebte einem der Stoff nach stundenlangen anstrengenden Operationen unangenehm an der Haut.

Erschöpft ließ Emily sich auf die Holzbank sinken und lehnte den Kopf gegen die Tür des Spinds. Ihre Haare hatten sich aus dem ordentlichen Dutt gelöst, der unter ihrer OP-Haube verborgen war, und verfingen sich jetzt an der Metalltür, doch sie bewegte sich trotzdem nicht von der Stelle.

Nur noch einen Moment Ruhe, dann würde sie aufstehen und duschen gehen.

Danach würde sie hoffentlich die Kraft für die nächsten Schritte haben: ihre Büroklamotten anziehen, sich Frühstück organisieren, nach Hause in ihr nicht mal annähernd fertig eingerichtetes Reihenhaus zurückkehren und sich ausschlafen. Sie hatte das ganze Wochenende Bereitschaftsdienst gehabt, darum bedeutete der Montagmorgen für sie eine Art Freiheit. Der erholsame Schlaf war bereits so nah, dass sie ihn beinahe schmecken konnte.

Ungeweinte Tränen brannten in ihren Augen, doch sie hatte in ihrem Berufsleben schon genug Patienten verloren, um zu wissen, dass sie den tatsächlichen emotionalen Tiefpunkt erst erreichen würde, wenn sie allein in ihren eigenen vier Wänden war. Jetzt, in diesem Moment, konnte Emily nichts tun, als die entscheidenden Momente der Operation noch einmal in Gedanken durchzugehen und sich stumm zu versichern, dass sie alles in ihrer Macht Stehende getan hatte.

Als sich gerade ein Gefühl der Ruhe bei ihr einstellte, wurde die Tür zum Umkleideraum aufgeschoben und Emily erblickte ein vertrautes Gesicht: Dima arbeitete seit ihrem Abschluss hier in Washington, D.C. und hatte ihre Assistenzzeit und ihre Promotion ähnlich erfolgreich absolviert wie Emily. Wären sie nicht so gut befreundet gewesen, hätte Emily sich wegen möglicher Eifersüchteleien gesorgt, als sie über Dimas Kopf hinweg zur Chefärztin und damit zu ihrer Vorgesetzten ernannt worden war. Doch das Schlimmste, das Dima sich hatte einfallen lassen, war, Emily auf spöttelnde Weise ›Boss‹ zu nennen.

»Hey, Boss-Lady.« Da war er wieder, der dezent neckende Unterton. »Man verlangt nach dir für einen VIP, oder zumindest für das Kind eines VIP. Offenbar ist das über meiner Gehaltsklasse.« Dima schob sich in den Raum. Sie war hochgewachsen, breitschultrig und trug die Haare in einem modischen Undercut, an den Emily sich nie herangetraut hatte. Ohne Dimas OP-Haube war das Arsenal an goldenen Ohrringen deutlich zu sehen, das sie in beiden Ohren trug und das im fluoreszierenden Licht glitzerte. Sie bezeichnete ihre eigene Hautfarbe scherzhaft als sibirische Bräune und ihre helle Haut vermittelte tatsächlich den Eindruck, als wäre sie nie wissentlich dem Sonnenlicht ausgesetzt gewesen.

»Ugh, was für ein VIP? In New York wäre das normalerweise irgendein Banker-Typ, der versucht, sich vorzudrängeln.«

»Tja, wir sind hier in Washington, also kannst du dir ziemlich sicher sein, dass es in den meisten Fällen Politiker sind. Heute ist es allerdings ein bisschen was anderes. Deshalb brauchen sie dich.«

Emily lächelte matt und rappelte sich auf. Wenn sie so dringend gebraucht wurde, mussten sie eben mit ihrem Nach-OP-Zustand klarkommen.

»Man gewöhnt sich dran.« Dimas Lächeln war so breit und strahlend wie immer. Es würde sogar den drohenden Weltuntergang erträglich machen. »Ich geb dir kurz Zeit zum Umziehen.«

Obwohl sie sich in den Klamotten stundenlang über ihre Patientin gebeugt hatte, wäre Emily auch in der zerknitterten OP-Kluft und den quietschenden Schuhen da rausmarschiert. Doch sie streifte die Sachen ab, stopfte die OP-Klamotten in den Wäschesack und zog sich erneut das schlichte schwarze Wickelkleid an, das sie gestern schon getragen hatte. Die Sneaker schob sie in einen Beutel, den sie im Spind verstaute, ehe sie in bequeme burgunderrote Ballerinas schlüpfte. Zuletzt löste sie die wenigen geschickt platzierten Bobby Pins aus ihrem Haar und fuhr ein paarmal mit den Fingern durch die Strähnen.

»Professionell genug?«

»Vergiss den weißen Kittel nicht«, sagte Dima und deutete mit einer Kopfbewegung auf den, der in Emilys Spind hing.

Zweifellos warteten noch weitere frisch gereinigte in ihrem Büro. Ihr Name und ihre Position waren über der Brusttasche eingestickt. Sie hängte sich noch ein Stethoskop um den Hals, um das Outfit zu vervollständigen.

»Hier lang.« Dima trat auf den Flur und hielt ihr die Tür auf.

Emily blieb ihr auf den Fersen und versuchte, mit ihren längeren Schritten mitzuhalten.

»Wir sind es gewohnt, dass VIPs aus der Politik hier auftauchen und behandelt werden wollen. Aber dieser Patient ist zum ersten Mal seit einer Weile ohne Termin da, deshalb benehmen sich alle ein bisschen wie aufgescheuchte Hühner. Außerdem herrscht natürlich die typische Montagmorgenstimmung.« Wenn sie Vokale aussprach, konnte man Dimas russische Herkunft noch ganz leicht heraushören. Sie redete selten über ihr Heimatland. Sie war zum Studieren nach Amerika gekommen und hatte nie wieder zurückgeblickt.

»Also, um wen geht es hier?« Emily hatte sich lange genug in Geduld geübt, jetzt gewann ihre Neugier doch die Oberhand.

»Laut Krankenhausordnung dürfen die Namen von VIP-Patienten nicht in öffentlichen Bereichen genannt werden«, erwiderte Dima, die sich die meiste Zeit penibel an die Regeln hielt.

Vermutlich hätte Emily das als Chefärztin wissen sollen.

»Und auf dieser speziellen Ebene kommen nur Decknamen zum Einsatz. Selbst in den Akten.«

»Alles klar. Aber wenn es so dringend ist, warum hat man mich dann nicht aus meiner OP geholt? Ganz abgesehen davon: Warum übernimmt das nicht der übliche Arzt dieses VIP?« Emily hatte ungefähr einhundert andere Dinge zu tun. Nicht zuletzt musste sie verarbeiten, dass sie gerade erst eine Patientin auf dem OP-Tisch verloren hatte. Sie hatte Besseres zu tun, als ihre Pläne für diesen Montagmorgen zu ändern, nur um einem Senator unter dem Vorwand, seinen Enkel zu untersuchen, ein weiteres Mal Viagra verschreiben zu müssen.

Dima blieb vor der letzten Tür am Flur stehen, direkt neben dem Notausgang, vor dem zwei bewaffnete Wachleute in schwarzen Anzügen standen, die etwas von eindrucksvollen Statuen hatten. Von sehr aufmerksamen Statuen, die Emily und Dima mit dem distanzierten, emotionslosen, aber gründlichen Blick eines Scanners einmal von oben bis unten musterten.

»Nun, das ist das Problem. Du hast seinen üblichen Arzt ersetzt. Jetzt leitest nämlich du die Herzchirurgie und bist die ranghöchste Kinderchirurgin. Und sicherlich hast du mitbekommen, dass deine Ernennung eine ziemliche Aufregung verursacht hat, Boss.«

»Oh, bitte sag nicht, dass das schon wieder auf dieses ganze Jüngste-Chefärztin-Theater hinausläuft. Als ich den Job angenommen habe, habe ich dem Vorstand klipp und klar gesagt, dass für mich die Chirurgie an erster Stelle steht, nicht die Vermarktungsmöglichkeiten. Ich bin nicht hier, um denen die Vorzeigeärztin zu machen, Dima.«

Dima zuckte mit den Schultern.

Emily seufzte und kniff sich in die Nasenwurzel. »Wie alt ist der Patient?«

»Zwölf, glaube ich. Er wartet gleich da drinnen.«

Selbst ohne Koffein schalteten Emilys Neuronen einen Gang hoch. Die Erkenntnis kündigte sich an wie eine schwere Bowlingkugel, die dröhnend und unausweichlich auf sie zurollte. Nur ein einziges zwölfjähriges Kind in den USA wurde von den unverwechselbaren Agenten des Secret Service begleitet. Was bedeutete, dass Emily keinen Geringeren als Zachary Calvin behandeln würde, den einzigen Sohn der derzeitigen Präsidentin.

Na großartig. Bloß kein Druck. Nicht dass Emily viel auf den Status ihrer Patienten gab. Für sie ging es nur um die Medizin. Aber die sogenannten einflussreichen Persönlichkeiten brachten eine Menge zusätzlicher Hürden mit, vom Papierkram ganz zu schweigen. »Okay, muss ich sonst noch irgendetwas wissen?«

Dima reichte ihr das Tablet, das sie umklammert gehalten hatte. »Hier steht alles drin.«

»Natürlich.« Emily überflog die ersten paar Seiten und verschaffte sich einen Überblick. Ihre erfolglose Operation hing ihr immer noch nach, darum musste sie tief graben, um ihre Berufspersona der Dr. Emily Lawrence, M.D./Ph.D., Absolventin von Princeton und Harvard, heraufzubeschwören. Schließlich griff sie nach der Türklinke.

Doch die Tür blieb widerspenstig verschlossen.

»Hier«, sagte Dima und griff nach der Schlüsselkarte, die an einem Band um Emilys Hals hing. »Damit kommst du so ziemlich überall rein. Weil du der Boss bist und so.«

Emily schenkte Dima ein schiefes Lächeln, bevor sie das Behandlungszimmer betrat. Seufzend stellte sie sich ihrem Schicksal. »Bloß ein weiterer Patient«, murmelte sie sich selbst zu.

»Da sind Sie ja! Also wirklich, der Service in diesem Krankenhaus wird mit jedem Mal schlechter.« Die weiße Frau, die Emily so überrumpelt hatte, war gerade mal 1,50 Meter groß und elegant in Schwarz gekleidet. Ihr kurzer, schwarz gefärbter Pixie-Cut war absolut makellos frisiert. Emily hätte sie auf Mitte fünfzig geschätzt, aber in Anbetracht der Tatsache, dass sie hier die Schwiegermutter der Präsidentin vor sich hatte, konnte das nicht stimmen. Sie musste über siebzig sein, denn hatte Präsidentin Calvin nicht im letzten Jahr ihren fünfzigsten Geburtstag gefeiert?

»Mrs. Calvin? Ich bin Dr. Emily Lawrence. Tut mir leid, dass Sie warten mussten, aber ich hatte noch ein Gespräch mit der Familie meiner letzten Patientin.« Sie wandte ihre Aufmerksamkeit dem jungen Mann zu, der geduldig am Fenster stand. »Du musst Zachary sein. Freut mich sehr, dich kennenzulernen.«

Er war groß für sein Alter: Seine weiße Haut hatte die typische leichte Sonnenbräune reicher Kinder. Mit seinem schlanken, schlaksigen Körperbau ähnelte er seiner Großmutter überhaupt nicht. Er trug ein schickes Polohemd mit einem kunstvollen Schulwappen auf der Brusttasche und Cargoshorts, die offensichtlich sehr ausgiebig gebügelt worden waren. Seine kastanienbraunen Locken waren kurz geschnitten und tadellos gestylt.

»Sie können mich Zach nennen. Das machen alle so. Zachary kommt nur zum Einsatz, wenn ich Ärger kriege.« Er durchquerte den kleinen Raum und streckte ihr etwas zögerlich eine Hand entgegen.

Ein netter Junge.

Emily ergriff seine Hand und schüttelte sie fest. »Du hast ein paar Schultage verpasst. In deiner Patientenakte werden grippeähnliche Symptome erwähnt.«

Zach zuckte mit den Schultern. »Ist nicht so, als wär's das erste Mal. Bloß eine Erkältung, oder?«

Als Kinderchirurgin kannte Emily diesen abgebrühten Tonfall von Patienten mit chronischen Erkrankungen nur zu gut. Zach hatte sein ganzes bisheriges Leben damit verbracht, über sein Herz und seine Gesundheit zu reden, ob er es nun wollte oder nicht. Emily konnte recht gut mit Kindern umgehen, aber es tat immer weh, wenn ein so junger Mensch bereits derartig zermürbt war.

»Mittlerweile kennst du dich mit deiner Krankheit wahrscheinlich genauso gut aus wie ich. Darf ich damit beginnen, deine Brust abzuhören? Wenn da alles in Ordnung ist, können wir ein paar der anderen Tests überspringen. Wir haben das EKG gleich hier und startklar.« Emily lächelte Zach an.

Mrs. Calvin schien dieser Vorschlag überhaupt nicht zu gefallen. »Ich weiß nicht, wie Sie diese Abteilung zu leiten gedenken, aber Zachary wird jeden Test durchlaufen, der notwendig ist. Wir halten nicht viel von Abkürzungen.«

»Selbstverständlich«, entgegnete Emily. »Eine Aortenisthmusstenose ist eine ernst zu nehmende Erkrankung, da haben Sie ganz recht. Aber Zach achtet ganz eindeutig sehr auf seine Gesundheit. Infektionen sind in seiner Situation natürlich besorgniserregend, aber er ist nun mal ein Kind, das das Haus verlassen darf. Und draußen gibt es andere Menschen. Erkältungen lassen sich da nicht völlig verhindern.«

Mrs. Calvin wirkte nicht im Geringsten besänftigt.

Emily schlug ihren beruhigenden Tonfall an und fuhr fort: »Aber wir wollen ihn auch nicht grundlos unangenehmen Untersuchungen aussetzen. Bestimmt kannst du es gar nicht erwarten, wieder in die Schule zu gehen und deine Freunde zu sehen, oder? Mit ein bisschen Glück bist du zurück an deinem Platz, bevor die erste Stunde vorbei ist.«

»Echt?« Zach strahlte übers ganze Gesicht. Die Ähnlichkeit zu seiner Mutter, der Präsidentin, war geradezu unheimlich, auch wenn er ihr blondes Haar nicht geerbt hatte. Sie teilten die gleiche kalifornische Ausstrahlung, die hohen Wangenknochen und die schmale Nase.

»Wir wollen doch, dass alle zufrieden sind.« Emily legte die übliche Autorität in ihre Stimme und vermied es dabei, seine Großmutter anzusehen. »Arztbesuche sollen keine Qual sein. Du musst nicht länger als nötig im Krankenhaus bleiben. Solange das EKG und die Blutproben, die man vorhin von dir genommen hat, unauffällig sind, darfst du zurück in die große böse Welt da draußen.«

Auf ihr Zeichen hin hüpfte Zach routiniert auf die Liege, setzte sich aufrecht hin und wartete auf Emily und ihr Stethoskop.

Sie wärmte es zunächst in ihrer Handfläche an, eine alte Angewohnheit, die sie sich von ihrem eigenen Kinderarzt abgeguckt hatte, und legte es dann auf seine Brust, nachdem er sein Polohemd hochgezogen hatte.

Emily war mit dem menschlichen Herzschlag so vertraut wie andere Leute mit klassischer Musik. Sie kannte den Rhythmus von gleichmäßigen, soliden Herztönen, vor allem aber konnte sie ein Herzgeräusch oder einen Aussetzer in den Schlägen mit unfehlbarer Präzision heraushören.

»Klingt gut«, sagte sie und schenkte Zach ein aufmunterndes Lächeln. »Was auch immer sich für ein hinterhältiger Keim bei dir festgesetzt hatte, scheint sich wieder aus dem Staub gemacht zu haben. Lass mich noch kurz hier auf dem Tablet einen Blick auf die Ergebnisse der Blutanalyse werfen – ja, ich gebe dir sehr gern grünes Licht für einen Tag voll von Mathe und Sport, wenn das EKG genauso gut aussieht.«

»Für Sport bin ich freigestellt«, erwiderte Zach. »Irgendwas wegen der Versicherung der Schule. Aber ich habe einen eigenen Trainer, der mit mir arbeitet.«

»Du hast gemerkt, dass ich zu einem Vortrag darüber ansetze, wie wichtig sportliche Betätigung ist, nicht wahr?« Emily hängte sich ihr Stethoskop wieder um den Hals und griff nach dem Rollwagen neben der Liege, auf dem ein brandneues EKG-Gerät stand. Das Ding schien frisch aus der Verpackung zu kommen und direkt hier aufgestellt worden zu sein.

»Das ist neu«, bemerkte Zach hinter ihr. »Das machen sie immer.«

»Ach ja?«

»Ich schätze, das ist wegen meiner Mom. Aber ich finde die Geräte besser, die schon benutzt wurden und von denen man weiß, dass sie zuverlässig sind. Was, wenn dieses schicke neue Ding eine Fehlfunktion hat, von der niemand was weiß?«

»Darüber brauchst du dir keine Sorgen machen. Sie werden ganz oft getestet, bevor sie am Patienten zum Einsatz kommen«, entgegnete Emily. »Falls trotzdem irgendwas nicht stimmt, bekomme ich das mit. Aber ich stimme dir zu. Bevor ich hergekommen bin, war ich in einem kleineren Krankenhaus, und ein nigelnagelneues Gerät, frisch aus der Verpackung? Tja, das hat man da nie zu Gesicht bekommen. Wir hatten Glück, wenn der Bildschirm einigermaßen funktioniert hat.«

»Oh.« Zach schaute auf seine Hände hinunter, die er im Schoß gefaltet hatte. »In so einem Krankenhaus war ich noch nie. Vor unserem Umzug hierher waren wir in Sacramento.«

»Als deine Mom noch Gouverneurin war?«

Zach nickte. »Und ich glaube, davor waren wir in Los Angeles, aber daran kann ich mich nicht mehr erinnern, weil ich noch zu klein war. Damals wurde ich operiert, damit genug Blut durch meine Hauptschlagader fließen kann. Mom hat gesagt, man konnte das Problem erst erkennen, als ich geboren worden war, deshalb ...«

Das war Mrs. Calvin offensichtlich zu viel, denn sie legte das Buch weg, in dem sie zu lesen vorgegeben hatte. Bisher hatte sie noch keine einzige Seite umgeblättert. »Für gewöhnlich ziehen wir es vor, wenn das medizinische Personal nicht mit Zachary über seine Mutter spricht. Aus Sicherheitsgründen. Das verstehen Sie sicher.«

Emily hob ergeben die Hände. »Natürlich. Dann schauen wir uns doch mal deine Werte an und wenn alles unauffällig ist, sind wir auch schon fertig.«

Sie platzierte die Elektroden und lächelte Zach zu, als sie auf den Knopf drückte, um die Messung zu starten. Ihr entkam ein leises, erleichtertes Seufzen, als sich genau wie erwartet ein normaler Sinusrhythmus auf dem Bildschirm abzeichnete. Zur Sicherheit wartete sie das detailliertere Endergebnis der Messung ab, auf dem sich der Herzfehler erkennen ließ, den Zachary seit seiner Geburt hatte – neben seinen anderen gesundheitlichen Beeinträchtigungen.

»Sieht gut aus«, sagte Emily so beruhigend wie möglich, während sie ihm die Elektroden wieder abnahm. »Wahrscheinlich merkst du inzwischen selbst, wenn etwas nicht stimmt.«

Zach nickte. Die Anspannung in seinen Schultern ließ sichtlich nach. »Benimmt sich heute fast wie ein normales Herz.«

»Korrekt. Aber versuch, es nicht als *normal* oder *nicht normal* zu bezeichnen. Jeder Körper, jeder Mensch hat seine ganz eigenen gesundheitlichen Herausforderungen. Du hast bloß zufällig eine sehr ausgefallene abbekommen.«

Gerade als Mrs. Calvin erneut ansetzte, sich einzuschalten, klopfte es an die Tür. Eine schwarze Frau in modischer Businesskleidung trat ein. Es war niemand Geringeres als Rebecca Mason, CEO des Krankenhauses und Emilys neue Chefin. Mit dieser Unterbrechung hätte Emily rechnen müssen.

»Hallo, zusammen!« Rebecca schenkte ihnen ihr professionellstes Lächeln. »Wie geht's denn unserem Lieblingspatienten? Kommst du mit Dr. Lawrence zurecht, Zachary?«

»Ja, gut, danke.« Er wich ihrem Blick aus. »Sie hat gerade gesagt, dass ich heute schon zurück in die Schule darf.«

»Das stimmt«, bestätigte Emily und klopfte Zach auf die Schulter. Er schaute mit dem Anflug eines Lächelns zu ihr auf.

»Und Zach weiß Bescheid – falls sich irgendetwas ändert, muss er uns nur anrufen. Wir stehen jederzeit bereit.«

Mrs. Calvin grätschte dazwischen und baute sich vor Rebecca auf. »Ich weiß nicht, wo Sie diese Ärztin aufgegabelt haben, und bestimmt war sie sehr beliebt, wo auch immer sie Cheerleading studiert hat, aber Zachs vorheriger Mediziner war zertifizierter Facharzt für Chirurgie, der zweimal in Afghanistan gedient hat.«

»Dr. Lawrence ist ebenfalls zertifiziert und wurde jüngst von drei verschiedenen medizinischen Fachzeitschriften als beste Kinderherzchirurgin ausgezeichnet. Und zwar landesweit. Wir können uns sehr glücklich schätzen, sie hier nach Washington geholt zu haben.«

»Ich hatte auch Stellenangebote aus New York, Chicago und Los Angeles«, sagte Emily mit falscher Bescheidenheit. »Aber ich würde nirgendwo lieber sein. Die Fachabteilung – und auch das Krankenhaus insgesamt – ist absolut erstklassig.«

»Seine Mutter wird davon hören, wissen Sie? Sie mag eine viel beschäftigte Frau sein, aber sie nimmt sich stets die Zeit, sich zu vergewissern, dass ihr einziges Kind die bestmögliche Versorgung erhält. Jederzeit.«

Emily hatte es noch nie sonderlich beeindruckt, wenn andere Menschen ihren Einfluss geltend machten. Außerdem hatte sie es allmählich satt, den Speichellecker zu geben. »Ich habe nicht den Eindruck, dass Präsidentin Calvin eine Person ist, die viel Wirbel um nichts machen würde. Ich nehme eher an, sie wird erleichtert sein, zu hören, dass der Gesundheitszustand ihres Sohnes ausgezeichnet ist. Besonders, da sie in ihrem Wahlkampf mit einer Krankenversicherung für alle geworben hat und dieses Thema bis dato noch nicht angegangen ist.«

Rebecca warf Emily einen warnenden Blick zu und nahm ihr sanft das Tablet ab.

Es war Zachary, der statt seiner Großmutter antwortete. »Was heißt das?«

Emily legte zwei Finger an die Nasenwurzel und verkniff sich ein Seufzen. Sie hatte sich mitten in ein Gespräch über Politik hineinmanövriert, obwohl sie sich vorher ausdrücklich ermahnt hatte, bloß das Kind zu untersuchen und dann so schnell es ging zu verschwinden. »Nichts, Zach. Ich bin nicht hier, um über Politik zu diskutieren, sondern nur, um dich wieder in die Schule zu schicken.«

»Nein, Sie wollten doch auf etwas Bestimmtes hinaus. Sie sagten …«

Emily hatte ihre Patienten noch nie angelogen, warum sollte sie also jetzt damit anfangen? »Ich wollte darauf hinaus, dass viele Menschen für Präsidentin Calvin gestimmt haben –«

»Meine Mom.«

»Deine Mom, genau. Viele Menschen haben ihr in einer sehr knappen Wahl ihre Stimme gegeben, weil sie versprochen hat, endlich wirklich etwas an dem Gesundheitssystem dieses Landes zu ändern. Das ist jetzt zwei Jahre her und bis jetzt hat sie das Pflegepersonal noch nicht einmal in einer Rede erwähnt, geschweige denn tatsächlich neue Gesetze in diesem Bereich verabschiedet. Ich hingegen musste heute Morgen einer Familie sagen, dass wir ihr Kind nicht retten konnten, und zusätzlich zu der Trauer, mit der sie sich jetzt auseinandersetzen müssen, wird ihnen in nächster Zeit eine horrende Rechnung vom Krankenhaus zugestellt. Unser System ist grausam.«

»Oh.« Zach nickte. Er erwiderte nicht sofort etwas, sondern schien zunächst über Emilys Erklärung nachzudenken. Der Junge war besonnen, das musste man ihm lassen. »Das tut mir sehr leid.«

»Hör mal, nichts davon hat etwas mit dir zu tun, Zach. Und die gute Neuigkeit ist, dass dein EKG einwandfrei aussieht.«

»Das ist vollkommen unangebracht.« Großmutter Calvin klinkte sich wieder ein. Emilys Worte schienen sie vollends in Rage gebracht zu haben. »Ms. Mason, lassen Sie Ihrem Personal so etwas tatsächlich durchgehen?«

Rebecca bedachte Emily mit einem strengen Blick. »Dr. Lawrence, könnten Sie den Raum bitte verlassen.« Das war eindeutig keine Frage.

Zach ging dazwischen. »Grandma, ist schon gut. Mom sagt doch immer, sie arbeitet für das Volk. Es macht mir nichts aus, wenn ich zu hören bekomme, was sie gut oder schlecht macht. Wie auch immer, wenn diese Tests unauffällig sind, kann ich dann wieder in die Schule?«

»Absolut«, erwiderte Emily und verschränkte die Arme vor der Brust. »Ich würde meine Approbation darauf verwetten.«

»Grandma. Bitte.«

»Nun gut, dann sollen deine Agenten mal den Wagen holen. Vor dir liegt ein langer Schultag, junger Mann.«

Emily nahm das Tablet entgegen, das Rebecca ihr zurückgab, tippte auf den Bildschirm, um die Notizen zu vervollständigen, und unterschrieb die Entlassungsanweisungen für Zach. Er sprang im Handumdrehen von der Liege und war offenkundig ganz heiß darauf, hier rauszukommen. Das konnte sie ihm nicht verdenken. Er hatte in seinen jungen Jahren schon viel zu viel Zeit in Kliniken und Krankenhäusern verbracht.

»Hab einen schönen Tag in der Schule«, sagte Emily zu ihm und wich dabei Rebeccas Blick aus. »Mrs. Calvin, danke, dass Sie ihn hergebracht haben.«

Familie Calvin zog in einem Gewusel aus Secret-Service-Agenten von dannen und ließ Emily allein mit Rebecca im Behandlungszimmer zurück. Die Stille dehnte sich unangenehm lange zwischen ihnen aus, bis Emily beschloss, es hinter sich zu bringen. »Okay, vielleicht hätte ich mir den Kommentar über die Risiken eines privatisierten Gesundheitssystems verkneifen sollen –«

»Meinst du?« Rebecca seufzte leise. »Es ist ja nicht so, als wäre diese Situation nicht allen hier bewusst, Em. Du musst lernen, welche Schlachten zu schlagen sich wirklich lohnt. Und vorzugsweise pinkelst du dem Weißen Haus nicht ans Bein, wenn es sich vermeiden lässt.«

»Ich weiß, ich weiß. Aber sehen wir es mal positiv: Wie oft haben wir mit diesen Leuten denn tatsächlich zu tun? Es ist ja nicht so, als würde ich der Präsidentin im *Starbucks* über den Weg laufen, oder?«

Rebecca strich die Ärmel ihres hellbraunen Blazers glatt und bedachte Emily mit einem vielsagenden Blick. »Wo wir gerade genau davon reden: Hast du die Einladung ins Weiße Haus wegen des *Healthy Hearts*-Programms gesehen? Du wurdest gebeten, einen Vortrag über Eingriffe bei Kleinkindern zu halten.«

»Komm schon, du weißt, wie sehr ich diesen Kram hasse. Ich bin hier, um das Skalpell zu schwingen, Patienten zu retten und eine effiziente Abteilung zu führen.«

»Und dazu gehört auch gute PR-Arbeit. Die hilft bei der Spendenbeschaffung, damit wir zum Beispiel Familien wie der von heute Morgen dabei helfen können, ihre Rechnungen zu bezahlen. Du musst nur ein paar Minuten vor den Leuten reden und ich werde ja auch da sein. Als dein Boss, wie ich dich höflichst erinnern darf. Nicht als deine Schwägerin.«

Emily stöhnte auf. Dass sie dieser Stelle den Vorzug vor allen anderen gegeben hatte, lag zum Teil daran, dass sie dadurch in die Nähe ihrer einzigen Schwester Sutton hatte ziehen können. Dass Sutton mit Rebecca verheiratet war, hatte die Entscheidung allerdings ein ganz kleines bisschen komplizierter gemacht.

»Na schön, ich halte deine kleine Rede. Und dann werden wir uns hoffentlich ganz lange nicht mehr mit irgendwelchen Mitgliedern der Familie Calvin herumschlagen müssen.«

Emily nickte Rebecca zum Abschied noch einmal zu und machte sich dann auf den Rückweg zum Umkleideraum. Als Nächstes stand eine lange heiße Dusche auf dem Programm und alles andere würde einfach warten müssen.

Kapitel 2

Allein im *Oval Office* zu sitzen, war einer der wenigen friedvollen Momente, die Präsidentin Constance Calvin in ihrem Leben noch geblieben waren. Das Telefon klingelte nicht, die Agenten des Secret Service warteten unaufdringlich vor jeder Tür und für eine oder zwei Minuten war in ihrem Kalender mal kein Termin, kein Meeting und keine wie auch immer geartete Störung eingetragen. Sie war gerade von einer frühmorgendlichen Besprechung im Kontrollraum zurückgekommen und noch schien niemand bemerkt zu haben, dass sie wieder in ihrem Büro war.

Connie legte die Hände auf den robusten Holztisch, den sie sich aus der Sammlung des Smithsonian ausgesucht hatte, schloss die Augen und atmete einmal tief durch. Sie blendete alles aus, öffnete die Augen wieder und zwang sich, sich nur auf ihre Hände zu konzentrieren. Ihre Knöchel waren so gerötet, dass sie beinahe geprellt wirkten, und hoben sich überdeutlich von ihrer hellen Haut ab. Sie sollte sich unbedingt mal wieder die Hände eincremen. In der obersten Schublade ihres Schreibtisches befand sich eine Tube Handcreme, doch sie griff nicht danach.

Montag.

Eine weitere Woche, ein weiterer Berg an Herausforderungen. Weitere Tage, die vor sechs Uhr früh begannen und für gewöhnlich erst weit nach Mitternacht endeten. Allein heute standen mehr Besprechungen an, als eine Person vernünftigerweise überhaupt wahrnehmen konnte. Die Verantwortung für so viele komplexe, miteinander konkurrierende Dinge zu tragen? Tja, das hatte sie ja überhaupt erst an dem Job gereizt. Sie schob sich eine widerspenstige Haarsträhne hinters Ohr und ließ die Außenwelt wieder in ihr Bewusstsein sickern.

Obwohl der Job selbst eine Art Berufung für sie war, ertappte sich Connie an diesem speziellen Montag dabei, dass ihre Gedanken überwiegend nicht dem Weißen Haus galten – sondern Zach und dem Krankenhaustermin, zu dem sie ihn nicht hatte begleiten können. Auch wenn sie sich große Mühe gab, kam es immer wieder vor, dass sie bei einigen seiner Termine nicht dabei sein konnte. Nicht zum ersten

Mal seit dem Tod ihres Mannes war Connie dankbar dafür, dass ihre Schwiegermutter in solchen Situationen einsprang.

Sie würden sich wahrscheinlich erst in einer halben Stunde melden. Beim Frühstück hatte Zachary heute schon sehr viel besser ausgesehen und geklungen. Trotzdem war Connie seit seiner Geburt um seine Gesundheit besorgt. Na gut, um genau zu sein, seit man wenige Tage nach seiner Geburt die Fehlbildung in Zachs Aorta entdeckt hatte. Dank der Operationen und Tests und weil er konstant unter Beobachtung stand, waren im Laufe der Zeit praktisch Wunder gewirkt worden. Ihr Junge lebte nicht nur noch, er blühte richtiggehend auf. Doch es hatte ihnen beiden furchtbar viel abverlangt, als Robert, ihr Mann und Zacharys Vater, an Krebs gestorben war. Seither konzentrierte sie sich noch viel mehr auf Zacharys Gesundheit.

Lauter werdende Stimmen durchbrachen ihre Achtsamkeitsübung. Sie ging zur Tür, die nach nebenan zum Büro ihrer Stabschefin führte, wo sich die Quelle der Unruhe befand. Connie strich ihren marineblauen Blazer glatt, den sie über einem dazu passenden Etuikleid trug, und verzog das Gesicht. Ihre neuen Schuhe zwickten jetzt schon an den Zehen. Mal wieder. Egal, wie oft sie auch darauf bestand, dass sie ihre Schuhe richtig eintragen wollte, damit sie bequem waren: Es brachte nichts. Das Personal, das ihr morgens das Outfit für den Tag zurechtlegte, brachte ihr jeden Tag brandneue Designerstöckelschuhe, von denen sie nur wieder Blasen bekam und die sie so von der Arbeit ablenkten.

»… und deshalb haben wir das Mittagessen und die Ordensverleihung verschoben«, sagte Ramira Emanuel von ihrem Schreibtisch aus. Noch bevor Connie sie sah, wusste sie, dass Ramira tadellos gekleidet sein würde. Bestimmt trug sie ein dunkles Etuikleid und einen passenden Blazer. Die Kombination war eine Art Uniform für sie geworden und bedeckte einen Großteil ihrer dunkleren Haut.

Das war ein starker Kontrast zu den knalligen Farben, die Ramira vor ihrer Zeit in Washington bevorzugt hatte, genauso wie die karamellfarbenen Highlights in ihrem Haar sehr viel gesitteter waren als die Frisuren, die sie früher so ausprobiert hatte. Manchmal war es kaum zu glauben, dass sie beide mal zwei Mädchen aus Kalifornien gewesen waren, die sich in Yale ein Zimmer geteilt hatten. Und hier waren sie nun, beste Freundinnen seit der ersten Woche des Jurastudiums.

Connie beobachtete das Geschehen von der Tür aus, ohne dass ihre Mitarbeiter sie bemerkten.

»Hat noch jemand etwas hinzuzufügen, bevor wir in die Besprechung mit der Präsidentin gehen? Ich möchte nicht, dass unser Meeting wieder mit belanglosen Fragen überschwemmt wird.«

»Ich finde nicht, dass zwei Amokläufe in drei Tagen belanglos sind«, warf Asha Kohli, die stellvertretende Stabschefin, ein und drückte sich ihr Tablet an die Brust. Ihr eleganter dunkelgrauer Hosenanzug passte gut zu ihren langen dunklen Haaren und dem dunklen Teint. »Ich hätte erwartet, dass das ganz oben auf der Tagesordnung steht, Ramira.«

»Nein, wir brauchen als Erstes eine klare Antwort auf die Einwanderungsproteste an der Grenze von Arizona«, entgegnete Darius Morgan, ihr Kommunikationsdirektor, der auf der anderen Seite des Raums an der Wand lehnte. Seine tiefe Stimme zog die Aufmerksamkeit aller Anwesenden immer sehr wirkungsvoll auf sich. Etwas, woran Connie sich immer noch nicht gewöhnt hatte. Er war eins der neueren Mitglieder in ihrem Team und erst während der letzten Monate ihres Präsidentschaftswahlkampfes zu ihnen gestoßen. Trotzdem fiel es ihr jetzt schon schwer, sich an eine Zeit zu erinnern, als er noch nicht die offizielle Stimme ihres Stabs gewesen war. In der Führungsriege der Demokraten hatte es Diskussionen darüber gegeben, ob denn ein großer, attraktiver schwarzer Mann die richtige Person für dieses Amt wäre, aber das hatte Connie nur in ihrer Entscheidung bestärkt. Sobald sie ins Weiße Haus eingezogen war, hatte sie ihn zu ihrem Kommunikationsdirektor ernannt.

»Oder vielleicht könnten wir uns auf mehr als eine Priorität gleichzeitig konzentrieren«, sagte Connie und erschreckte damit alle fast zu Tode.

Ramira sprang sofort auf, eine reflexartige Respektsbekundung, obwohl Connie ihr schon unzählige Male gesagt hatte, dass sie darauf ruhig verzichten konnten.

»Das ist ein großes Land, Leute. Wir haben nicht den Luxus, ein Thema über alle anderen zu stellen.«

»Guten Morgen, Ma'am.« Ramira umrundete ihren Schreibtisch und begrüßte Connie mit einer sachten Berührung am Oberarm, die während der Dienstzeit ihre übliche herzliche Umarmung ersetzte. »Wie geht es Zachary?«

»Ich hoffe, er weiß, dass wir alle in Gedanken bei ihm sind«, fügte Darius mit einem Nicken in Connies Richtung hinzu. »Ein Teil vom

Personal hat zusammengelegt und ein paar neue Spiele organisiert, damit ihm übers Wochenende nicht langweilig wird.«

»Habe ich gesehen, das war sehr aufmerksam von Ihnen«, sagte Connie. »Es scheint ihm auf jeden Fall schon viel besser zu gehen und er wartet jetzt nur noch auf die Freigabe vom Krankenhaus, damit er in seinen normalen Alltag zurückkehren kann.«

»Ah, wo wir gerade dabei sind. Ich habe eine Nachricht von Ihrer Schwiegermutter bekommen«, sagte Ramira und fuhr sich mit einer Hand durch die Haare, die sofort wieder an ihren Platz fielen, sobald sie die Finger herauszog. Wenn sie keine besten Freundinnen gewesen wären, hätte Connie sie allein dafür hassen können. »Anscheinend hat das Krankenhaus eine neue Leiterin der Herzchirurgie und bei ihr hatte Zachary wohl heute den Termin. Seine Großmutter hielt die Untersuchung für etwas überstürzt.«

Connie straffte automatisch die Schultern. Es war schlimm genug, wenn sie solche Termine wegen der Arbeit nicht wahrnehmen konnte, aber derartige personelle Veränderungen teilte man ihr normalerweise im Voraus mit. »Kennen wir diese Ärztin? Ist Zach mit ihr einverstanden?«

»Ihr Name ist Dr. Emily Lawrence. Hier steht, dass sie im letzten Monat eingestellt wurde, aber erst diese Woche im Krankenhaus angefangen hat«, meldete sich Elliot von siesem Platz am Fenster aus.

Connie schaffte es, ihr Zusammenzucken bei dem plötzlichen Zwischenruf zu unterdrücken. Es war typisch für Elliot, schweigend in Besprechungen zu sitzen, nur um sie dann zu überraschen.

Sier war kleiner als alle anderen im Raum, trug eine stilvolle Kombination aus einem marineblauen Hemd und einer hellgrauen Hose und hielt sich neben dem großen Panoramafenster im Hintergrund. »Es gab eine Pressemitteilung. Das Krankenhaus scheint sehr stolz darauf zu sein, sie für sich gewonnen zu haben.«

»Wie schaffen Sie es, immer schon Antworten auf Fragen parat zu haben, die ich noch nicht mal gestellt habe?«, wollte Ramira wissen und tippte mit nachdenklicher Miene auf ihrem Handy herum. »Ich glaube, sie steht tatsächlich sogar auf der Rednerliste bei unserer *Healthy Hearts*-Veranstaltung.«

Elliot fuhr fort, ohne von siesem Handy aufzusehen: »Sie ist die jüngste Abteilungsleiterin in der Geschichte des Krankenhauses und die erste Frau auf diesem Posten. Sie ist Ende dreißig, aber ich schätze, es stimmt, dass Ärztinnen heutzutage jünger aussehen. Entweder das oder sie benutzt eine herausragende Hautpflege.«

Connie wollte keine Internetrecherche und auch keine offiziellen Fotos. Sie wollte sich vergewissern, dass es ihrem Sohn gut ging. Kurzerhand zog sie ihr Privathandy heraus, das sie kaum nutzte, und rief ihn an. Vielleicht war er noch auf dem Weg zur Schule und hatte Zeit, ihr schnell ein Update zu geben.

»Könnten Sie uns kurz allein lassen?« Sie deutete zur Tür.

»Ja, Ma'am«, erwiderten Darius, Asha und Elliot unisono, bevor sie hinaus auf den Gang traten. Ramira blieb als Einzige zurück.

»Er hätte angerufen, wenn ihn irgendetwas aufgewühlt hätte«, sagte sie, sobald sie allein waren.

»Nein, nicht wenn er der Meinung gewesen wäre, mich bei der Arbeit zu stören. Er wird immer zurückhaltender mit dem, was er mir erzählt.« Connie deutete mit einer Kopfbewegung auf das *Oval Office* und war nicht im Geringsten überrascht, als Ramira ihr ohne zu zögern folgte. Die meiste Zeit funktionierte die Zusammenarbeit in diesem Bereich des Gebäudes wie eine gut geölte Maschine und das lag nicht zuletzt daran, dass sie sich auch ohne Worte verstanden.

»Darum ist er ja diesmal überhaupt erst krank geworden. Er dachte, es wäre bloß ein Schnupfen, und wollte mich nicht beunruhigen.« Connie setzte sich auf eines der Sofas, die das Präsidentensiegel auf dem Teppich flankierten.

Ramira nahm ihr gegenüber Platz.

»Und warum hat meine Schwiegermutter mich nicht direkt kontaktiert? Sie ist einer der wenigen Menschen, die das können, und trotzdem lässt sie mir über meine Mitarbeiter Nachrichten zukommen. Wenn sie sich nicht so gut mit Zach verstehen würde, wenn die beiden Robert nicht so verflucht vermissen würden –«

»Niemand kann ein Land regieren und nebenbei allein ein Kind großziehen«, erinnerte Ramira sie mit einem sanften Lächeln. »Zumindest nicht ohne herausragende Unterstützung. Bezahltes Personal kann Wunder vollbringen, aber nichts geht über die Familie. Besonders, wenn man mitten in diesem Durcheinander so etwas wie ein normales Leben führen will.«

Connie stöhnte auf. »Meine Schwiegermutter geht als normal durch? Wir sind wirklich in einer verkehrten Welt gelandet.«

Connie wollte gerade aufgeben, als Zach doch noch ranging. »Mom? Der Unterricht fängt gleich an.«

»Ich weiß, Schatz. Aber ich wollte sichergehen, dass dein Termin gut gelaufen ist. Haben sie dir denn Entwarnung gegeben, wenn du schon wieder in der Schule bist?«

»Ich dachte, Grandma hätte angerufen?«

»Zachary, weichst du etwa meiner Frage aus?« Connie tippte unwillkürlich mit dem Fuß auf den Boden. Sie liebte ihren Sohn, aber kaum etwas war frustrierender als ein Fast-Teenager, der keine Lust hatte zu reden.

»Ich darf wieder zur Schule gehen. Mir geht's gut.«

Connie hörte ihm an, dass er mit der Aufmerksamkeit schon ganz woanders war, vermutlich bei seinen Schulfreunden. »Wenn du dir sicher bist. Sag den Agenten Bescheid, wenn du dich krank fühlst, versprochen?«

»Versprochen.«

»Wie ich gehört habe, hat dich eine neue Ärztin behandelt. War das in Ordnung?«

»Mom –«

»Zachary.«

»Sie war okay. Sogar nett. Hat mich nicht ewig da rumsitzen lassen, um einen Haufen sinnloser Tests zu machen. Außerdem hat sie dich total kritisiert. Das macht sonst nie jemand in meiner Gegenwart.«

»Wie bitte?« Connie hatte sich gerade schon gedanklich darauf eingestellt, mit ihrem Tag fortzufahren, doch der neckende Tonfall in Zachs Worten war nicht zu überhören. »Wofür genau hat sie mich kritisiert? Weil ich den Termin nicht wahrnehmen konnte?«

»Nee, das können alle nachvollziehen. Sie meinte bloß, dass du noch nichts am Gesundheitssystem geändert hast, obwohl du damit im Wahlkampf geworben hast. Es war ziemlich cool, die meisten Leute wollen sich immer nur einschleimen.« Im Hintergrund ertönte eine Klingel. »Ich muss los! Hab dich lieb!« Den letzten Satz nuschelte Zach ins Handy, sodass niemand außer Connie ihn hören konnte.

»Hm.« Connie schaute zu Ramira, nachdem sie das Gespräch beendet hatte. »Wie hieß Zachs neue Ärztin noch mal?«

»Emily Lawrence. Hat Zach gesagt, sie hätte dich kritisiert? Ma'am, wir haben heute keine Zeit, um medizinisches Fachpersonal wegen einer abweichenden Meinung zu ruinieren.«

»Nein, ich will sie nicht ruinieren«, widersprach Connie. Sie rutschte auf dem Polster des Sofas herum und zupfte am Saum ihres Kleids. »Aber wenn sie die Arzttermine meines Sohnes als Bühne für ihre eigene politische Agenda missbraucht, ist das doch bestimmt ein Sicherheitsproblem?«

»Nicht unbedingt. Ihre Hintergrundprüfung war makellos. Hat es ihn aufgebracht?«

»Er fand es amüsant, das kleine Biest.«

»Nun denn. Momentan ist der Vorfall bloß eine Fußnote. Nur eine Handvoll Menschen wissen überhaupt, dass dieses Gespräch stattgefunden hat. Es ist ein brennendes Streichholz in einem leeren Mülleimer. Wenn du darauf reagierst, kippst du Öl in den Mülleimer. Die Medien würden davon unweigerlich Wind bekommen. So etwas erzählt doch immer jemand weiter.«

Es klopfte an der Tür des *Oval Office* und Francesca, Connies Assistentin und quasi Türsteherin, betrat den Raum eilig wie immer.

Hätte Connie etwas für Wetten übrig, hätte sie Geld darauf gesetzt, dass ein Eindringling eher am Secret Service vorbeikam als an Francesca. Und das, obwohl der Secret Service bewaffnet war. »Sorgen Sie dafür, dass Darius mich heute Abend bei einer uns wohlgesonnenen Nachrichtensendung anmeldet, damit ich unseren Plan für das Gesundheitssystem vorstellen kann. Nun ja, wenigstens bei einer, die uns nicht feindselig gegenübersteht. Die Reporter können gern herkommen, ich sitze schließlich heute den ganzen Tag hier drinnen fest. Francesca wird ihn dabei unterstützen, einen Platz im Terminkalender zu finden.«

»Ma'am?« Francesca schaute von dem Tablet auf, das sie so vorsichtig in den Händen hielt, als wäre es die Unabhängigkeitserklärung. Sie hatte ihre Haare in ihrem üblichen Dutt gebändigt und keine einzige der glänzend schwarzen Strähnen lag am falschen Platz. Doch ihr Makeup wirkte dezenter als sonst, auf ihrer weißen Haut war kein rosiger Schimmer zu sehen. Francesca verlagerte das Gewicht von einem Bein auf das andere, der einzige kleine Hinweis darauf, dass die untere Hälfte ihres linken Beins eine Prothese war. Die Verletzung durch eine Straßenbombe hatte zwar ihrer Karriere beim Militär ein Ende bereitet, nicht jedoch ihrer Zeit im öffentlichen Dienst.

»Die Präsidentin wird heute Abend im Fernsehen auftreten. Ich werde unser Presseteam darauf ansetzen. Das Interview sollte allerdings nicht im *Oval Office* stattfinden. Könnten Sie einen weniger formellen Raum dafür ausfindig machen?« Ramira war sofort wieder in ihrem üblichen Organisationsmodus.

Connie entspannte sich. Sie mussten sich nicht mit jeder Person anlegen, die sie attackierte, aber auf gar keinen Fall sollten sie wichtige Gruppen im politisch linken Spektrum verprellen. Gerade jetzt nicht. Zudem nagte ein leises Schuldgefühl an Connie. Bisher hatte sie noch nichts Wirkungsvolles getan, um den Zugang zu medizinischer Versorgung zu verbessern. Doch sie würde auch nicht den Fortschritt kleinreden, den sie schon vorangetrieben hatten. Robert hatte immer gesagt, dass man einen Kampf am besten gewann, indem man aus einem Feind einen Freund machte. Ausnahmsweise könnte dieser Ratschlag auch einmal in der Politik Einsatz finden.

»Natürlich.« Francesca konnte mit allem umgehen, womit man sie konfrontierte, aber häufig tat sie es mit einem immer deutlicher werdenden Stirnrunzeln, als würde sich ein kleiner Sturm anbahnen. Mit ihrer Drahtgestellbrille wirkte sie unglaublich ernst.

Manchmal fragte sich Connie, ob nicht in Wahrheit Francesca die Geschicke des Landes lenkte. Auf jeden Fall hatte sie die Kontrolle über Connies Leben, was ungefähr auf das Gleiche hinauslief.

»In der Zwischenzeit trage ich ein paar Erfolge im Bereich der Gesundheitsversorgung zusammen, mit denen Sie prahlen können«, sagte Ramira und machte Anstalten zu gehen. »Mittlerweile müssen wir doch irgendein wichtiges Forschungsprojekt oder sonst irgendwas Cooles finanziert haben.«

»Falls nicht, denken Sie sich irgendetwas aus!«, rief Connie ihr hinterher. »Francesca, können Sie dafür sorgen, dass Zach und ich vor dem Interview noch etwas Zeit miteinander verbringen können? Ich werde heute Nachmittag keine Zeit dafür haben, einen Blick auf seine Hausaufgaben zu werfen, und Sie wissen ja, dass ich es hasse –«

»… ihn nicht mehr zu sehen, bevor er ins Bett geht. Schon verstanden. Ich kümmere mich darum, Ma'am.«

»Vielen Dank, was würde ich nur ohne Sie tun? Sagen Sie mir noch mal, warum ich Sie nicht längst zur Direktorin der CIA oder etwas Ähnlichem befördert habe?«

Francesca schenkte Connie einen ihrer abwägenden Blicke, von denen sie einen schier endlosen Vorrat zu haben schien. »Ich vermute, Sie fürchten einen Putsch, Madam President. Soll ich Ihren nächsten Termin hereinschicken?«

Connie nickte und umrundete den Schreibtisch, um wieder auf ihrem Stuhl Platz zu nehmen. Es war an der Zeit, das Land einen weiteren Tag lang zu regieren.

Kapitel 3

»Du warst schon mal im Weißen Haus, oder?«, fragte Rebecca, als sie sich dem Sicherheitsposten am nordwestlichen Tor näherten. Sie trug bereits ein Schlüsselband mit dem Logo des Krankenhauses um den Hals, das bald von einem Besucherausweis des Weißen Hauses ergänzt werden würde.

»Äh, ja. Aber bei einem Schulausflug.«

»Tja, es war nett von ihnen, uns zu dieser Konferenz einzuladen. Auch wenn es da nur so von Krankenversicherungslobbyisten wimmeln wird.« Rebecca wirkte abgelenkt. Sie stellten sich hinten an und warteten, bis sie an der Reihe waren, sich in das Besucherregister einzutragen und abgetastet zu werden.

»Zumindest musst du keinen Vortrag halten«, sagte Emily und zog ihren Führerschein hervor.

Sie wurden als Nächstes an die Sicherheitskontrolle herangewunken, was ihre Unterhaltung für eine Weile unterbrach. Emily ahmte Rebeccas Bewegungen beinahe eins zu eins nach, übergab lächelnd ihren Ausweis und wartete, bis die Securityleute sie von oben bis unten durchleuchtet hatten und sie reinließen. Kurz darauf wurden sie zu der für Besucher genehmigten Route eskortiert.

»Das hier war mal um einiges einfacher«, erzählte Rebecca. »Als ich angefangen habe, in D.C. zu arbeiten, konnte man praktisch direkt reinspazieren, solange dein Name auf einer Liste stand. Mittlerweile haben sie die Sicherheitsvorkehrungen extrem hochgefahren. Und erst recht, seit eine Frau unsere Präsidentin ist. Das ruft nun mal die furchtbarsten Leute auf den Plan.«

Darüber hatte Emily noch nie nachgedacht. Sie hatte schon viele Menschen kennengelernt, die in der Politik tätig waren und die ganz besessen waren von Mordanschlägen und Attentaten, seien es nun geglückte oder auch nur versuchte. Emily war bei dem Thema immer mulmig zumute. Über die Flugbahn von Kugeln und die Motive von bewaffneten Schützen zu spekulieren, war nie nur eine theoretische Spielerei für sie. Jeder, der ihre persönliche Geschichte kannte, war üblicherweise taktvoll genug, solche Dinge nicht in ihrer Gegenwart zu diskutieren. Mit ein paar bemerkenswerten und hässlichen Ausnahmen.

»Ich bin bloß froh, dass ich nicht von der Gästeliste geflogen bin. Vielleicht hat ja niemand der Präsidentin verraten, dass ich sie infrage gestellt habe.«

Rebecca verdrehte die Augen. »Versuch einfach, heute nicht ganz so kritisch zu sein. Wir sind bei vielen unserer Programme auf staatliche Förderung angewiesen und ich kann es nicht gebrauchen, dass meine Top-Herzchirurgin es sich mit allen hohen Tieren der Stadt verscherzt.«

Die nächste halbe Stunde war die reinste Vorstellungsrunde. Es schien, als würde jede Person im Raum Rebecca kennen, was vermutlich kein Wunder war, denn sie war sehr umtriebig, wenn es darum ging, Spender zu akquirieren. Und Rebecca bestand darauf, Emily sämtlichen Anwesenden einzeln vorzustellen. Gesichter konnte sie sich gut merken, doch Emily wusste ganz genau, dass sie die Hälfte der Namen vergessen haben würde, noch bevor die Veranstaltung zu Ende war.

Dann folgte die kurze Tortur ihres Vortrags. Obwohl Emily ihr Thema in- und auswendig kannte, war es ihr immer noch unangenehm, vor Publikum zu reden. Erfreulicherweise lief es wirklich gut. Sie legte die Faktenlage so klar wie möglich dar und erntete sogar ein oder zwei Lacher.

Nachdem sie den Teil des Abends hinter sich gebracht hatte, warf sie einen Blick auf die Uhr. Ob sie es vielleicht rechtzeitig zurückschaffte, um ein oder zwei nicht lebensnotwendige Ops im Zeitplan nach vorne zu schieben? Es hätte schon etwas für sich, sich unauffällig davonzustehlen.

Das Gemurmel im Raum wurde merklich lauter.

»Ist irgendwas passiert?«, fragte sie Rebecca, die mit zwei Gläsern Mineralwasser zu ihr zurückkehrte.

»Ich schätze, die Präsidentin ist auf dem Weg.« Sie konnte die Stimmung eines Raums stets lesen wie ein Seefahrer die Windrichtung.

»Sollte es dann nicht …?« Emily wollte die Frage nicht laut aussprechen, doch sie drängte sich ihr förmlich auf. »Ich meine, müsste die Band dann nicht …?«

Rebecca stieß ein würdevolles Schnauben aus, statt Emily hemmungslos auszulachen. »Nein, nein. Nur bei formellen Anlässen. Die Präsidentin hat nicht jedes Mal Einlaufmusik, wenn sie einen Raum betritt. Sie ist das Staatsoberhaupt, keine Profi-Wrestlerin.«

Eine Tür an der Seite des Raums wurde mit einem leisen Klicken geöffnet, das die meisten Umstehenden ignorierten. Doch Emily war in höchster Alarmbereitschaft und bemerkte es sofort. Sie wurde mit dem Anblick der Stabschefin belohnt, die hereintrat und sich noch einen Moment das Handy ans Ohr drückte, bevor sie das Gespräch beendete. Emily wägte ihre Optionen ab und entschied, dass sie die Chance ergreifen sollte, die Dinge ganz offiziell wieder geradezurücken.

»Ms. Emanuel?«, sagte sie leise. Emily war einigermaßen überrascht, dass sie einfach so neben sie treten konnte. Kaum hatte sie das gedacht, entdeckte Emily mindestens drei Agenten vom Secret Service, die sie beide genau im Auge behielten. Ach ja. Deshalb kam man ohne Hintergrundprüfung gar nicht erst in diesen Raum.

»Ja? Oh, Sie sind das.«

»Bitte?«

»Die Ärztin, die über den Sohn der Präsidentin Nachrichten ausrichten lässt«, erklärte Ramira mit breitem Grinsen und funkelnden Augen. »Wie ich höre, hatten Sie eine recht interessante Begegnung mit Mrs. Calvin. Sie ist eine sehr fürsorgliche Großmutter.«

»Ich wollte wirklich nicht unhöflich sein.« Emily richtete sich zu ihrer vollen Größe auf. Neben Ramira in ihren hochhackigen Schuhen kam sie sich trotzdem irgendwie klein vor. »Ich wollte nur betonen, dass ich für die Präsidentin und alle hier den allerhöchsten Respekt empfinde. Ich meine, ich habe sie schließlich gewählt.«

»Das ist ein guter Anfang.«

»Aber das bedeutet noch lange nicht, dass sie vier Jahre lang einen Freifahrtschein hat. Meine Aufgabe ist es, meinen Patienten die bestmögliche Versorgung zu gewährleisten, und das kann ich nicht tun, wenn derartig viele kranke Menschen sich nicht behandeln lassen, weil sie andernfalls in den finanziellen Ruin getrieben würden … Ma'am.«

Ramira gefror das Lächeln auf den Lippen. »Sie müssen mich nicht mit Ma'am ansprechen.«

Genau im richtigen Moment erschien Rebecca zu Emilys Rettung. Während einer Operation am offenen Herzen kam man nicht in solch verzwickte Situationen.

»Ramira! Ich wusste gar nicht, dass Sie auch hier sein würden. Sonst hätte ich Ihnen die Flasche Tequila mitgebracht, die ich Ihnen noch schulde. Wobei, wie ich höre, geht man hier sehr hart gegen Alkohol am Arbeitsplatz vor.«

Die beiden Frauen begrüßten einander mit federleichten, angedeuteten Küssen auf die Wangen. An diese geschliffene, professionelle Seite von Rebecca musste sich Emily noch gewöhnen. Bisher kannte sie sie in erster Linie als Partnerin ihrer Schwester.

Emily beneidete Rebecca um ihre lässige Selbstsicherheit. Sie hasste es, wie unwohl sie sich manchmal in ihrem eigenen Körper fühlte. Vor allem neben glamourösen Powerfrauen wie den beiden, denen das alles einfach zuzufallen schien und die sich wohl alle untereinander kannten. Neben ihnen fühlte sich Emily wie eine Brautjungfer, die erst in letzter Minute zur Hochzeit eingeladen worden war. Wenigstens wusste sie im Gegensatz zu ihnen, wie man ein Aortenaneurysma behandelte.

»Sie schulden mir außerdem zwanzig Mäuse für die Vorwahlen der Republikaner. Wie ich hörte, ist heute ein neuer Kandidat ins Rennen gegangen.«

»Nein. Ist nicht wahr!« Rebecca verzog geradezu angeekelt das Gesicht. »Ich mag zwar kein Fan der Republikaner sein, aber selbst die würden nicht so tief sinken.«

»Wie tief?«, fragte Emily unwillkürlich.

»Offenbar hat Gabriel Emerson seine Kandidatur bekannt gegeben«, sagte Rebecca. »Ramira hat mir erzählt, dass er ein Auge auf die Vorwahlen geworfen hat, aber ich dachte, das wäre purer ... Na ja, jedenfalls wird er nicht lange im Rennen sein. Sie werden sich für ein politisches Schwergewicht wie Senatorin Randolph entscheiden und alles wird wieder seinen gewohnten Gang gehen.«

»Moment, meinst du Gabe, diesen extrem religiösen Typen aus dem Fernsehen?« Emily konnte es nicht glauben. »Redet wie ein Pastor, glaubt aber aus irgendeinem Grund, dass eine bezahlbare medizinische Versorgung für alle gegen Gottes Gesetze verstößt. Dieser Typ?«

»Genau der. Nennt sich selbst *Good Ol' Gabe* oder so«, erwiderte Rebecca. »Und er hat bisher noch nie für irgendein Amt kandidiert. Noch vor Iowa werden die Republikaner ihn wieder zurück in die Besenkammer stellen, aus der sie ihn hervorgeholt haben. Der ist bloß ein Gag für die Einschaltquoten.«

»Passen Sie auf, was Sie sich wünschen«, murmelte Ramira.

Emilys Aufmerksamkeit wanderte von Ramira weg. Sie hätte schwören können, dass sich die Atmosphäre im Raum kaum merklich verlagert hatte.

Einige der anderen Anwesenden schienen es auch zu spüren. Das Geplapper um sie herum ebbte zu einem leisen Murmeln ab und nicht nur Emily, sondern auch andere Gäste sahen sich auf der Suche nach der Quelle der Unruhe um.

Dann richtete sich die Aufmerksamkeit der Versammelten plötzlich – und ohne nachvollziehbaren Grund – auf die geschlossene Flügeltür in der vorderen Ecke des Raums, direkt hinter der kleinen Bühne, auf der Emily eben noch ihren Vortrag gehalten hatte. Eine asiatisch-amerikanische Frau in einem Anzug trat ans Mikrofon und stellte sich als Asha Kohli, die stellvertretende Stabschefin, vor. Sie klatschte in die Hände und Stille breitete sich im Raum aus.»Und nun, verehrte Anwesende, bitte begrüßen Sie mit mir die Präsidentin der Vereinigten Staaten.«

Die Türflügel öffneten sich vollkommen lautlos und die Präsidentin erschien. Sie hatte die Hände in ihrer typischen Begrüßungsgeste erhoben, die sie während ihrer Wahlkampftour etabliert hatte: Sie winkte nicht wirklich, zeigte auch nirgendwohin, hatte aber dennoch etwas von einer siegreichen Sportlerin.

Emily hatte schon so einige beeindruckende Menschen kennengelernt. Tatsächlich galt auch sie selbst als durchaus beeindruckend, das war ihr bewusst. Sie war bereits Gouverneuren begegnet, Bürgermeisterinnen, Leinwandgrößen und bei dem einen oder anderen Charity-Event auch mal internationalen Popstars. Sie kannte die Aura der Berühmtheit und den Wirbel um bestimmte Personen, die sie größer wirken ließen, als sie eigentlich waren. Normalerweise ließ sie sich nicht von dieser Illusion blenden.

Präsidentin Constance Calvin war allerdings eine ganz andere Hausnummer. Sie leuchtete, als wäre ständig ein Scheinwerfer auf sie gerichtet. Ihr Gang war selbstbewusst, ihr Händedruck knapp. Wem sie die Hand schüttelte, dem sah sie immer auch eindringlich in die Augen. Mit erstaunlicher Effizienz bahnte sie sich einen Weg durch die Menge. Direkt auf Emily zu.

Darauf war sie nicht vorbereitet. Ihre Arme fühlten sich plötzlich taub an. Als sie etwa zehn Jahre alt gewesen war, hatte Emily Angst vor Asteroiden gehabt, die auf Kollisionskurs mit der Erde waren. Dann hatte sie sich – angeleitet von ihrem Vater – genauer über das Thema informiert und schließlich aufgehört, sich verrückt zu machen. In diesem Augenblick allerdings meldete sich die alte Panik mit voller Wucht zurück. Sie befand sich in der Flugbahn der Präsidentin und es gab keinen Ausweg.

Connie kam direkt aus einem Meeting, das länger gedauert hatte als geplant. Auf die *Healthy Hearts*-Veranstaltung hatte sie sich darum kaum vorbereiten können. Trotzdem schoben ihre Agenten jetzt die Flügeltür auf. Automatisch legte sie den Schalter in ihrem Kopf um und wechselte in den Präsidentinnen-Modus.

Zum Glück hatte sie jede Menge Erfahrung, wenn es darum ging, sich gelassen zu geben. Außerdem stand ja auch nur das übliche Händeschütteln an – und sie konnte diese Emily genauer unter die Lupe nehmen, die Zach letztens untersucht hatte. Emily. Nein, das war zu vertraulich. Dr. Lawrence.

Hände wurden ihr entgegengestreckt und Connie gab sich die größte Mühe, ein paar Worte mit jeder Person zu wechseln, ohne sich zu lange aufzuhalten. Sie erkannte Dr. Lawrence von den Fotos, auf die sie bei ihrer kurzen Recherche gestoßen war. Sie stand bei Ramira und einer weiteren hochgewachsenen schwarzen Frau, der berüchtigten Rebecca Mason, Geschäftsführerin von Washingtons bestem Krankenhaus. *Beeindruckende Gesellschaft.*

»Wenn das mal nicht die Delegation des *Blackwell Memorial Hospital* ist«, sagte Connie, als sie die kleine Gruppe erreicht hatte. Ihr war bewusst, dass ein Großteil der Anwesenden sie immer noch beobachtete. Routiniert streckte sie ihnen die Hand entgegen. *Die Diplomatie in Person.*

»Rebecca Mason, Madam President. Es ist eine Freude, Sie wiederzusehen. Während Ihrer Kampagne in Atlanta war ich –«

»Eine große Hilfe, ja. Wir sind Ihnen sehr dankbar.« Sie kam Connie tatsächlich bekannt vor, auch wenn sie nicht mehr genau wusste, woher – aber sie war es gewöhnt, solche Einzelheiten zu überspielen.

Mit der Andeutung eines Grinsens beobachtete Ramira das Geschehen. Sie wäre niemals so unprofessionell, tatsächlich offensichtlich zu grinsen, aber sie war zweifellos amüsiert. Das würde Conny ihr bei der nächsten Pokerrunde in der *Air Force One* heimzahlen.

»Madam President.« Dr. Lawrence meldete sich direkt zu Wort. »Ich bin Dr. Emily Lawrence –«

»Ja, mir wurde zugetragen, dass Sie meinen Sohn untersucht haben. Ich glaube, das FBI hat Sie wegen des Verdachts auf Rufmord unter

Beobachtung gestellt. Immer noch besser als für einen tatsächlichen Mord, nehme ich an.«

»Das ... FBI?« Dr. Lawrence hatte von Natur aus schon einen recht hellen Teint, wurde jetzt jedoch noch merklich blasser. Sonderlich viel kriminelle Energie schien sie also nicht zu besitzen. »Bin ich ...? Haben Sie –?«

»Entspannen Sie sich, Dr. Lawrence. Es liegt mir fern, einer Person die Polizei auf den Hals zu hetzen, dank der mein Sohn einen halbwegs erträglichen Krankenhausaufenthalt hatte. Obwohl meine Schwiegermutter einige Bedenken geäußert hat.«

Als hätte ein Stromschlag sie getroffen, richtete ihr Gegenüber sich auf und straffte die Schultern. Dr. Lawrence hatte die Arme verschränkt und die Muskeln ihrer Oberarme traten deutlich hervor. Ihr ärmelloses hellblaues Kleid war ein erfrischender Farbklecks inmitten eines Raums voller Grau, Schwarz und Marineblau. Dr. Lawrence trug heute nicht die strenge Frisur von den Fotos, sondern hatte das braune Haar teilweise zurückgesteckt, während der Rest offen in sanften Wellen über ihre Schultern fiel. Die Brille mit Schildpattrahmen verlieh ihr etwas Intellektuelles. Diese Frau sollte man definitiv nicht unterschätzen.

»Madam President«, sagte Emily.

Verdammt, Connie war es so leid, so angesprochen zu werden. Die Leute dachten dann immer, sie richteten die Worte an ihr Amt, nicht an sie als Menschen. Meistens zumindest.

»Ich habe Ihren Sohn als Ärztin untersucht«, fuhr Emily fort. »Nicht als politische Gegnerin und auch nicht mit irgendwelchen Hintergedanken. Ich habe mich mit Zach lediglich über seine Konstitution unterhalten. Er ist so ein kluger junger Mann –«

»Emily«, sagte Rebecca und in diesen drei Silben schwang eine deutliche Warnung mit.

Dr. Lawrence fuhr unbeirrt fort. »Aber Sie müssen auch zugeben, dass sowohl Ihre politischen Gegner als auch Ihre Befürworter recht haben, wenn Sie eine Reform des Gesundheitssystems fordern. Was könnte wichtiger sein? Was würde mehr Leben retten? Während des Wahlkampfs haben Sie doch immer betont, dass genau das für Sie an erster Stelle steht.«

»Nun, das ist eine gute Frage, Dr. Lawrence. Es gibt jedoch auch andere wichtige Themen, denen wir uns widmen müssen. Momentan bemühen wir uns darum, das Defizit zu reduzieren. Wir versuchen, die vergangenen Jahrzehnte aufzuholen, in denen dem Klimawandel nichts entgegengesetzt wurde, bevor die Erde in Flammen aufgeht. Und nur so zum Spaß dachten wir uns, dass wir doch auch mal etwas gegen die allgegenwärtigen Schusswaffen auf unseren Straßen unternehmen könnten. Vielleicht müssten wir weniger Geld in unser Gesundheitssystem stecken, wenn unsere Krankenhäuser nicht voll wären mit den Opfern von Waffengewalt, meinen Sie nicht auch?«

Der Kick einer guten Diskussion stieg Connie fast schon zu Kopfe. Auf einmal schmerzten ihre Schuhe nicht mehr und auch das leichte Pochen in ihren Schläfen, das sie eben noch geplagt hatte, war verschwunden. Für diese Art von Diskussionen lebte sie. Darin war sie richtig gut.

Zunächst lag in Dr. Lawrence' Augen ein Funkeln, das darauf schließen ließ, dass auch sie ein Faible für derartige verbale Schlagabtausche hatte. Doch mitten während Connies kleiner Rede versteinerte der Ausdruck auf ihrem umwerfenden Gesicht.

»Ja, vielen Dank. Mir ist durchaus bewusst, dass wir in den USA ein Problem mit Schusswaffen haben.« Jegliche Wärme war aus ihrem Blick gewichen. Da war nicht einmal mehr die Andeutung eines nervösen Lächelns auf ihren Lippen. Dr. Lawrence schien sich die Worte regelrecht abzuringen.

»Verzeihung, habe ich –«

»Wenn Sie mich bitte entschuldigen.« Dr. Lawrence wandte sich ab. Sie brauchte einen Moment, um auf ihren hohen Schuhen das Gleichgewicht zu finden, dann verließ sie mit schnellen Schritten den Saal.

Inzwischen lag die Aufmerksamkeit aller Anwesenden auf ihrer kleinen Gruppe. Sämtliche Gespräche waren verstummt. Obwohl über hundert Leute in diesem Raum waren, war das Geräusch der sich schließenden Tür beinahe ohrenbetäubend laut.

Ramira warf Asha einen strengen Blick zu, woraufhin diese sofort ein lautstarkes Gespräch über den Tsunami begann, der unlängst den Pazifik heimgesucht hatte. Allmählich pendelte sich der Geräuschpegel wieder auf einem normalen Niveau ein.

»Ich glaube, mich hat niemand mehr einfach so stehen lassen, seit ich beim G8-Gipfel einen Karaoke-Abend vorgeschlagen habe.« Connie starrte immer noch auf die Tür, durch die Dr. Lawrence eben verschwunden war. »Habe ich etwas Falsches gesagt?«

Jedem anderen wäre der winzige Blickaustausch zwischen Ramira und Rebecca vielleicht entgangen, doch Connie war daran gewöhnt, auf die wortlose Kommunikation zwischen ihren Mitarbeitern zu achten. Es war nicht gerade beruhigend, dass dies anscheinend auch mit Außenstehenden funktionierte.

»Ramira, soll ich das übernehmen, oder –?«

»Nein, genießen Sie den restlichen Abend. Und sehen Sie nach Dr. Lawrence. Die Präsidentin und ich haben ohnehin gleich ein Meeting im *Roosevelt Room*.«

»Haben wir das?«, platzte Connie heraus. »Aber ...«

Ramira bedeutete den nächsten Secret-Service-Agenten, sich in Formation zu begeben, was diese auch prompt taten. Sie geleiteten Connie und Ramira zurück zum Flur.

»Wir gehen am besten in mein Büro«, sagte Ramira.

»Aber was war –«

»Diese Unterhaltung führen wir am besten unter vier Augen, Ma'am.« Ramiras Tonfall machte überdeutlich, dass sie keine Diskussion duldete.

»Du musst mich wirklich nicht Ma'am nennen, Ramira. Hättest du dir vor dreißig Jahren, als wir uns in Yale ein Zimmer geteilt haben, gedacht, dass du mich mal so ansprichst?«

»Ja, das habe ich, Madam President. Ich bin im Übrigen fest davon überzeugt, dass ich Ihnen so den Wahlsieg beschert habe.«

Connie verdrehte ein kleines bisschen die Augen. Manchmal hielt tatsächlich allein Ramiras Selbstvertrauen den Laden am Laufen, aber es war schon eine arge Neudeutung der Vergangenheit, wenn sie behauptete, dass sie von Anfang an einen Masterplan gehabt hatte, um Connie zur Präsidentin zu machen.

»Nun, ich habe es ganz allein in Los Angeles zur Staatsanwältin und danach zur Generalstaatsanwältin von Kalifornien geschafft. Du bist erst aufgetaucht, als du wolltest, dass ich Gouverneurin werde. Vielleicht verdanke ich meinen Wahlsieg also doch nicht nur dir allein. Vielleicht wäre ich ja so oder so hier gelandet.«

Die Agenten brachten sie bis zur Tür von Ramiras Büro und ließen sie dann allein, um sich außen vor den drei geschlossenen Türen zu postieren, inklusive der zum *Oval Office*. Oft genug bemerkte Connie noch nicht einmal, welcher Agent wo stand, abgesehen von dem, der ihr am nächsten war. Tag und Nacht führten sie ihr lautloses Überwachungs- und Schutz-Ballett auf, ohne dass Connie je etwas anmerken oder ändern musste.

»Also, was war das bitte?« Connie setzte sich nicht, also blieb auch Ramira stehen, was ein bisschen frustrierend war. Sie lehnte sich nämlich gegen ihren Schreibtisch und verschränkte die Arme. Das war die Pose, in der sie typischerweise Vorträge hielt.

»Als wir uns letztens über Emily Lawrence unterhalten haben, kam mir der Name so bekannt vor. Aber es war ihre Mutter, an die ich denken musste. Alicia. Sie war Richterin in Kalifornien.«

»Oh, natürlich. Alicia Lawrence. Der Name sagt mir was. Ich glaube, ich hatte nie eine Verhandlung vor ihr. War sie nicht sogar mal im Gespräch für den Obersten Gerichtshof?«

Ramira verzog das Gesicht ein wenig und schürzte die Lippen, wie sie es immer tat, wenn sie ihre Worte mit Bedacht wählte. War Emily Lawrence' Familie etwa in einen politischen Skandal verwickelt gewesen?

»Wahrscheinlich hast du nicht alles mitbekommen. Damals warst du gerade frisch verheiratet und viel auf Reisen. Aber sie war die Richterin, die für den Obersten Gerichtshof nominiert und in der Woche vor ihrer Befragung im Senat erschossen wurde. Erinnerst du dich? Sie haben damals auch ihren Mann ermordet. Er war beim FBI.«

Manchmal war ein gutes Gedächtnis ein Segen. Der kleine Anstoß von Ramira genügte und schon brach die Erinnerung an den Fall über Conny herein. Der Vorfall war schrecklich gewesen, eine echte Bedrohung für die Pro-Choice-Bewegung und für sämtliche Bemühungen um ein ausgewogenes Kräfteverhältnis am Obersten Gerichtshof, wenn es denn schon keine liberale Mehrheit gab. Alicia Lawrence war eine polarisierende Kandidatin gewesen. Die Linken hatten sie gefeiert, die Rechten sie verabscheut. Das Attentat auf sie – und etwas anderes war es nicht gewesen – hatte wochenlang die Nachrichten beherrscht. Der Verdächtige war zunächst entkommen, schließlich aber doch festgenommen worden. Das war noch vor ihrer Rückkehr in den Dienst gewesen, deswegen hatte Connie nicht alle Details mitbekommen.

»Das ist ja furchtbar. Und dann komme ich und mache Witze über Waffengewalt und unsere Erfolge dabei, sie einzudämmen? Obwohl die noch nicht einmal gesichert sind. Gott, Ramira. Wir brauchen ein besseres Signal, damit ich weiß, wann ich die Klappe halten muss.«

»Bei allem Respekt, du warst voll in Fahrt. Wenn du im Rednermodus bist, dann machst du keine Pausen, bei denen man einhaken oder dich bremsen könnte.«

»Trotzdem. Sie hat so erschüttert ausgesehen. Sobald ich das bemerkt habe ...Moment, war sie bei der Schießerei dabei? Hieß es nicht, dass beide Kinder zugegen waren, aber nur eines vor Gericht ausgesagt hat?«

»Ja. Beide Töchter waren dabei. Ich habe mich nach unserem Gespräch am Montag noch einmal in den Fall eingelesen.« Natürlich hatte sie das. »Die Familie war gerade zusammen mittagessen gegangen. Sie hatten angefangen, sich Häuser in Washington anzusehen. Sutton, die ältere Schwester, hat ein paar kleinere Verletzungen davongetragen, und Emily ist zu ihr gelaufen, um ihr zu helfen. Nur deswegen konnte der Schütze die beiden nicht sehen. Als sie wieder zu ihren Eltern zurückkam, waren sie bereits tot. Sie war die Einzige, die das Gesicht des Schützen sah.«

»Und sie hat gegen ihn ausgesagt? Ist ihm vor Gericht gegenübergetreten?«

Ramira nickte. »Nachdem sie ihn endlich erwischt hatten, ja.«

Connie wusste aus eigener Erfahrung, wie schwer es war, vor Gericht zuverlässige Zeugenaussagen zu bekommen. Vor allem, wenn der Verlust so schwer und so frisch war. Je mehr sie über Emily Lawrence erfuhr, desto interessanter fand sie sie. Aber Connie war nicht bloß neugierig. Nein, in erster Linie fühlte sie mit ihr mit. Diese Frau hatte Schreckliches durchlitten. Ihr eigener Verlust setzte ihr immer noch zu, doch das Trauma, mit dem Dr. Lawrence kämpfen musste, war um so vieles schlimmer. *Unvorstellbar.*

Connies unbedarfter Vortrag über Schusswaffen hinterließ nun einen schalen Nachgeschmack.

»Wie alt war sie damals?«

»Es ist zwanzig Jahre her. Laut ihrer Akte ist sie jetzt siebenunddreißig. Wenn es dich interessiert, kann ich dir eine Zusammenfassung ihrer Akte erstellen lassen. Aber ich finde eigentlich nicht, dass wir uns allzu lange mit diesem Thema aufhalten sollten.«

Connie tigerte auf dem weichen Teppichboden auf und ab. Ihre Absätze gruben sich in die dunkelblaue Wolle. »Es fühlt sich falsch an, es einfach dabei zu belassen. Ich wollte auf sie zugehen, aber stattdessen habe ich nur furchtbare Erinnerungen aufgewühlt.«

»Sie kommt bestimmt damit klar.« Ramira strich sich mit einer Hand durch das Haar. »Aber es ist fast schon niedlich, wie du dich um sie sorgst. Manchmal vergesse ich, dass du der einzige wirklich nette Mensch in Washington bist, Boss.«

»Tja, wir sollten aufpassen, dass sich das nicht herumspricht. Wie dem auch sei, ich würde Dr. Lawrence gern Blumen oder sonst etwas schicken. Jetzt, wo ich weiß, in welches Fettnäpfchen ich da getreten bin.«

Ramira hob abwehrend die Hände. »Wir wissen beide, dass selbst ich dich nicht aufhalten kann, wenn du dir mal etwas in den Kopf gesetzt hast. Aber schau, dass du es nicht übertreibst. Wir wollen doch nicht, dass die Medien dich schon wieder mit Elton John vergleichen.«

Connie verdrehte die Augen. »Es ist doch nur ein Blumenstrauß, Ramira. Was kann da schon schiefgehen?«

Kapitel 4

»Ganz schön protzig«, meinte Sutton und nippte an ihrem Mineralwasser, während sie den Blick über die Menge schweifen ließ. Wahrscheinlich auf der Suche nach Rebecca.

Es war niedlich, dass die beiden einander nie aus den Augen verloren. Noch nicht einmal im ärgsten Gedränge. Selbst wenn sie gerade mit etwas anderem beschäftigt waren, schafften sie es doch immer wieder, einander einen Blick oder ein Lächeln zuzuwerfen oder sich kurz vertraut zu berühren, wenn sie aneinander vorbeigingen. Rebecca konnte eine fordernde Chefin sein, aber vor allem war sie Suttons große Liebe. Es machte Emily unendlich glücklich, dass die beiden einander gefunden hatten. Manchmal war sie sogar ein bisschen neidisch, aber ihr Fokus lag nun einmal auf ihrer Arbeit.

»Eigentlich hätte meine erste Arbeitswoche entschieden einfacher laufen sollen, wenn man bedenkt, dass ich für die Frau meiner großen Schwester arbeite.«

»Was soll ich sagen? Ich steh drauf, dass sie so hardcore ist. Um ein Krankenhaus zu leiten, muss man es wirklich draufhaben. Und das hat Rebecca definitiv. Aber wie geht es dir denn seit der Geschichte im Weißen Haus? Ja, sie hat mir davon erzählt. Sei nicht sauer deswegen.«

»Mir geht's gut«, brachte Emily zwischen zusammengebissenen Zähnen hervor. »Im Endeffekt war es ja nur eine überraschende Bemerkung über Waffen zu einem Zeitpunkt, an dem ich ohnehin schon unter Stress stand. Es ärgert mich, dass ich einfach so abgehauen bin, aber immerhin bin ich nicht vor der Präsidentin in Tränen ausgebrochen. Das wäre noch viel schlimmer gewesen.«

»Schon komisch.«

»Was?«

»Egal, wie lange es schon her ist und egal, dass wir schon ewig in Therapie sind und uns alle Mühe geben, es hinter uns zu lassen – es braucht doch nur einen kleinen Schubser im falschen Moment, und dann kommt alles wieder hoch. Wie mit den Träumen.«

Sutton stellte ihr Glas ab. Momentan hatten sie den gesamten Tisch, der eigentlich für zwölf Personen gedacht war, für sich allein. Er stand ganz vorne – da Emily der schillerndste Neuzugang des Krankenhauses war, hatte man sie mitten im Rampenlicht platziert. Der Sinn und Zweck des heutigen Events war es, sie in die Washingtoner Gesellschaft einzuführen. Da traf es sich natürlich gut, dass die Leute nach wie vor gespannt auf die jüngste Chefärztin mit der tragischen Vergangenheit waren.

Emily zog ihre Schwester in eine halbe Umarmung. »Wir tun beide alles, was wir können, um darüber hinwegzukommen, aber es ist auch wichtig, dass wir nicht vergessen, was passiert ist. Das wäre nämlich, als wäre das, was passiert ist, okay gewesen. Als hätte er das Recht gehabt, es zu tun. Als wäre es normal, dass er auf legalem Weg eine Schusswaffe kaufen konnte.«

»Ich weiß.« Sutton winkte Rebecca zu, die sich gerade von einer Gruppe reicher alter Männer losgeeist hatte und auf sie zukam. »Jedes Mal, wenn wir in der Schule mit den Kindern üben müssen, wie sie sich bei einem Amoklauf verhalten sollen … Trotzdem. Ich glaube, Mom und Dad wären ziemlich stolz auf uns, meinst du nicht?«

»Definitiv.« Emily leerte ihr Glas und musterte Sutton mit neuen Augen. »Hey, warum trinkst du eigentlich keinen Champagner?« Wann immer ein Kellner Sutton welchen angeboten hatte, hatte sie abgelehnt. Stattdessen hatte sie sich an Wasser gehalten. Normalerweise witzelte Sutton doch immer, dass die Desserts und der Alkohol die einzige Entschädigung dafür waren, dass sie sich als Rebeccas Partnerin so viele derartige Events antun musste.

»Hab morgen einen anstrengenden Tag vor mir«, erwiderte Sutton, wich ihrem Blick dabei aber aus. »Und fang bloß nicht an zu spekulieren, Em. Wenn es etwas zu erzählen gibt, bist du die Erste, der ich Bescheid gebe. Weil ich nämlich die Erste bin, der du davon erzählen musst, wenn du ein funktionierendes künstliches Herz erfindest oder so.«

»Als hätte ich Zeit für derartig coole Forschung«, meinte Emily genau in dem Moment, als Rebecca an sie herantrat und Sutton mit einem schnellen Küsschen auf die Wange begrüßte. »Es läuft gut, oder?«

»Tut es.« Wie immer war Rebecca die Königin der Untertreibung. »Und gleich werden die Spenden noch in die Höhe schießen. Ich hab ein riskantes Manöver gewagt und konnte noch jemanden für einen kleinen Gastauftritt gewinnen.«

»Wen denn?« Emily hatte immer noch keine Ahnung, wie diese Dinge funktionierten. Sie erschien schlicht zu sämtlichen Pflichtveranstaltungen und tat, was man von ihr verlangte. Schüttelte Hände, schmierte reichen Philanthropen Honig ums Maul, das Übliche. Wenn Rebecca jemand Berühmten anschleppen hatte können, der das Publikum um das dringend benötigte Equipment anbettelte, war das nur gut. Vielleicht war es ja dieser attraktive Schauspieler, der gerade erst einen Film über einen Chirurgen gedreht hatte, der Jagd auf Serienmörder machte.

»Lass dich überraschen. Aber wir sollten die Leute zurück auf ihre Plätze bitten. Dann gibt es nachher kein hektisches Gewusel.«

Die Band kam zu einem Ende und machte Pause, der Zeitpunkt war also günstig, um die paar Leute von der winzigen Tanzfläche vor der Bühne zu scheuchen. Großteils reichten dafür freundliche Worte und ein Lächeln, nur ab und an mussten sie auch mal einen Ellbogen ergreifen, wenn jemand allzu sehr darauf beharrte, noch weiter zu sehen und gesehen zu werden.

Erst als sie auf dem Rückweg zu ihrem eigenen Platz war, bemerkte Emily die Neuankömmlinge: Zwei Agenten des Secret Service hatten sich rechts und links des Haupteingangs postiert. Mit einem mulmigen Gefühl ließ Emily den Blick über den Saal schweifen. Auf nahezu unheimliche Weise bezogen weitere Agenten Position. Außer ihr schien das niemandem aufzufallen.

Sie war keine politische Expertin, aber selbst sie wusste, dass das nur eines bedeuten konnte. Jemand ganz Bestimmtes hielt sich im Gebäude auf. Emily stolperte beinahe über ihre eigenen Füße, als sie hastig die letzten Meter bis zu ihrem Stuhl zurücklegte. Vielleicht würde sie nach ihrer Rede ja Gelegenheit bekommen, der Präsidentin zu beweisen, wie kompetent und professionell sie sein konnte.

Kaum hatte sie sich gesetzt, beugte Rebecca sich über Sutton und stupste Emily an.

»Du wirst hinter der Bühne gebraucht«, sagte sie. »Ich muss hierbleiben. Für die Fotos und um die Großspender bei Laune zu halten.« Mit dem Kopf deutete sie auf die wohlhabenden Gäste, die nun ebenfalls an ihrem Tisch saßen. Es waren drei Paare, die irgendwo zwischen interessiert und gelangweilt schwankten.

»Was? Ich will mir aber die Rede anhören«, protestierte Emily.

Rebeccas Blick war unerbittlich, also erhob Emily sich notgedrungen und eilte zum Backstagebereich. Vorhin hatte sie dort noch problemlos ein und aus gehen können, sie hatte lediglich einem gelangweilten

Praktikanten in einem viel zu großen Smoking zunicken müssen. Jetzt jedoch kontrollierten drei Agenten ihren Ausweis und diskutierten darüber, ob es wohl nötig war, sie abzutasten.

Als es ihr endlich gelungen war, das aufgescheuchte Personal zu beruhigen, das vom unerwarteten Auftauchen der Präsidentin kalt erwischt worden war, brandete Applaus auf. Emily hatte bereits einen Teil der Rede verpasst. Wenn sie jetzt zu ihrem Platz zurückging, würde das trotz des gedimmten Lichts im Saal störend auffallen.

Emily blieb also nichts anderes übrig, als hinter dem riesigen Banner mit dem Logo des Krankenhauses zu warten. Ihr Nacken prickelte unangenehm und ihr war nur zu bewusst, dass die Agenten jede ihrer Bewegungen auf das Genaueste beobachteten. Das Publikum musste wie gebannt der Rede lauschen, denn sämtliche Gespräche und alles Besteckgeklapper waren verstummt. Dafür schallte die klare Stimme der Präsidentin aus den Lautsprechern.

»… und deswegen müssen wir jetzt handeln. Nicht in zehn Jahren, nicht erst während der übernächsten Präsidentschaft. Sondern dieses Jahr, diesen Monat – heute Nacht. Gemeinsam können wir dafür sorgen, dass wesentlich mehr Menschen eine Versicherung bekommen, bevor es zu spät ist. Was aber noch viel wichtiger ist: Wir können das System verändern, das teure Versicherungen überhaupt erst notwendig macht.«

Die Präsidentin machte eine kleine Kunstpause, ehe sie fortfuhr. »Deswegen frage ich Sie: Sind Sie auf unserer Seite? Die Demokraten sind momentan federführend in dieser Sache, aber es ist eine wichtige Angelegenheit und wir alle sind nötig, um etwas voranzubringen. Lassen Sie uns ganz unabhängig von unserer Partei- oder Religionszugehörigkeit zusammen an einer gesunden Zukunft für unsere Kinder und deren Kinder arbeiten. Ich danke Ihnen allen vielmals für Ihr Kommen und sollten Sie sich fragen, ob das Krankenhaus, das wir heute unterstützen, wirklich so gut ist wie behauptet: Ich lasse meine eigene Familie dort behandeln. Selbst meine Schwiegermutter.«

Applaus mischte sich unter das Gelächter, also war ihr kurzer Gastauftritt wohl schon vorüber. Emily blieb keine Zeit zu reagieren, schon waren sie wieder auf Kollisionskurs. Im einen Moment war sie noch allein in dem winzigen Bereich hinter der Bühne, im nächsten stand Präsidentin Constance Calvin schon direkt vor ihr.

»Dr. Lawrence! Das trifft sich ja gut. Ich hatte gehofft, dass Sie heute Abend hier sind.« Sie umfasste Emilys Hand mit beiden Händen und schüttelte sie fest.

»Wirklich?«, fragte Emily einigermaßen überrumpelt. Dieser Handschlag war so ganz anders als die flüchtige Berührung bei ihrer letzten Begegnung. Sie schluckte hart. »Bitte entschuldigen Sie, dass ich die Rede nicht von vorne verfolgt habe. Was ich gehört habe, klang aber gut.«

Die Präsidentin nickte und das Lob schien von ihr abzuperlen wie Wasser vom Gefieder einer Ente. Wahrscheinlich hörte sie das nach jeder Rede.

»Danke. Wie gesagt, ich hatte gehofft, Sie zu treffen. Ich schulde Ihnen nämlich eine Entschuldigung. Eigentlich wollte ich ihnen sogar etwas zur Entschuldigung zukommen lassen, aber wie sich herausstellt, ist es nahezu unmöglich, etwas zu verschenken, ohne dass es auf den Konten des Weißen Hauses aufscheint. Ich wollte Ihnen aber persönlich etwas schenken. Direkt von mir.«

»Das müssen Sie doch nicht. Wenn überhaupt, dann muss ich mich dafür entschuldigen, dass ich so plötzlich verschwunden bin.«

»Dr. Lawrence ... Darf ich Sie Emily nennen?«

Emily nickte. Die mächtigste Frau der Welt benutzte ihren Vornamen. Und sie schüttelte ihr nicht mehr die Hand, sondern umfasste sachte ihren Oberarm. Das war merkwürdig beruhigend, obwohl ihre Haut prickelte, da, wo sie sie berührte. Ihr teures Parfüm kitzelte sie in der Nase. *Reiß dich zusammen. Konzentrier dich.*

»Emily, Sie müssen sich wirklich nicht entschuldigen. Der Fehler lag ganz bei mir. Ich hätte mich daran erinnern müssen, wer Ihre Eltern waren. Zwischenzeitlich habe ich mich darüber informiert und über das, was ihnen zugestoßen ist. Ihre Eltern waren herausragende Persönlichkeiten und haben viel bewegt. Mein herzliches Beileid zu Ihrem Verlust.«

Dieses Mal war Emily darauf vorbereitet, dass ihre Augen zu brennen begannen. Der Damm hielt und Emily war geradezu absurd erleichtert. »Das ist schon lange her«, brachte sie gefasst heraus. »Und Sie haben nichts Falsches gesagt, Ma'am. Ihre Worte haben bloß einen wunden Punkt getroffen und ich konnte mir das nicht *nicht* anmerken lassen.«

Die Präsidentin seufzte und ihr Lächeln wirkte plötzlich etwas angespannt. »Ich wünschte, es gäbe außer meiner engsten Familie auch noch andere Menschen, die diese bescheuerten Titel und Ehrenbezeichnungen nicht ständig verwenden müssten. Das klingt jetzt wahrscheinlich verrückt, aber könnten Sie mich bitte nicht Ma'am, sondern Connie nennen? Nur für dieses Gespräch. Als wären wir zwei Kolleginnen, die sich beim Wasserspender über eine Firmenfeier unterhalten. Das wäre bestimmt nett.«

»Ich ... Äh ...« Emily war sich ziemlich sicher, dass sie mindestens drei Symptome eines Schlaganfalls hatte. War das jetzt wirklich ihr Leben? Ein Plausch mit der mächtigsten Frau der Welt? »Natürlich. Geht klar, äh, Connie. Alles gut.«

»Nicht schlecht.« Connies Lachen war warm und weich. »Ich hatte mit mir selbst gewettet, dass Sie eher in Ohnmacht fallen, als das Protokoll zu brechen. Dabei hätte ich wissen müssen, dass jemand mit Ihrem Hintergrund der Aufgabe gewachsen ist.«

»Tja, wissen Sie, nur dass wir uns jetzt mit den Vornamen anreden, heißt noch nicht, dass ich mich zurückhalte, wenn es um die Krankenversicherung für alle geht. Sie meinten, Sie müssen erst das Waffengesetz auf Schiene bringen und niemand weiß besser als ich, warum das wichtig ist. Aber ich glaube, zum Präsidentenamt gehört es, all die wichtigen Themen gleichzeitig anzugehen. Ich behalte Sie also weiterhin im Auge, Connie.« Emily war selbst überrascht, wie viel leichter es ihr inzwischen viel, sich vor Top-Politikern zu behaupten.

»Und nichts anderes habe ich von Ihnen erwartet.« Erst jetzt zog Connie ihre Hand zurück und eine unangenehme Kälte breitete sich da aus, wo sie eben noch Emily berührt hatte. »Aber Sie sollten wissen, dass man auch noch anders für ein Thema eintreten kann, als indem man die Mächtigen anbrüllt.«

»Indem man Spenden sammelt, zum Beispiel? Ich weiß ja nicht, ob Ihnen das schon aufgefallen ist, aber genau das tun wir gerade.« Das war ein beeindruckend gutes Argument dafür, dass Emily ein wenig abgelenkt war von den Details von Connies Kleid, die ihr bisher noch nicht aufgefallen waren – wahrscheinlich, weil sie sich bis eben ganz auf ihre Berührung konzentriert hatte. Das pflaumenfarbene seidene Abendkleid war schulterfrei und der Anblick von *Connies* bloßen Schultern und Armen war ... beeindruckend. Ihr Haar trug sie hochgesteckt, doch ein, zwei blonde Locken hatten sich bereits aus der Frisur gelöst.

»Spender zu akquirieren ist gut und wichtig. Aber es ändert nichts an dem kaputten System, in dem wir feststecken. Wirkliche Änderungen kann das medizinische Personal genauso bewirken wie die Politik. Oder wir könnten versuchen, zusammen auf unser gemeinsames Ziel hinzuarbeiten.«

Emilys professioneller Stolz regte sich. »Klingt danach, als sollten wir den Politikern ihre Arbeit abnehmen. Ich weiß nicht, ob Sie je einen OP-Plan gesehen haben. Falls nicht: Viel Freizeit lässt er uns nicht gerade. Herzen müssen Tag und Nacht wieder zusammengeflickt werden.«

»Da bin ich sicher.« Connie schenkte ihr ein warmes Lächeln. »Ich muss sagen, ich finde unsere Gespräche sehr unterhaltsam, Emily. Auch wenn wir streiten.«

»Madam President, wir sind bereit zum Aufbruch«, sagte eine Agentin und wie aufs Stichwort kamen sie näher. Wie Geister in dunklen Anzügen. Wie schwer bewaffnete Geister, noch dazu.

»Das ist sehr schmeichelhaft, Connie. Und es beruht auf Gegenseitigkeit.«

»Ich sollte gehen.« Connie seufzte. »Es wäre zu schön, wenn nicht alle meine Gespräche damit enden würden, dass ich in die Nacht entführt werde.«

»Ma'am.« Die Agentin, die Connie nicht von der Seite zu weichen schien, trat hinter sie.

»Ich komme, Jill. Aber hier sind uns alle freundlich gesonnen, alles ist gut.«

»Ja, Ma'am, aber uns wurde berichtet, dass sich gerade Demonstranten vor dem Gebäude sammeln. Mir ist wohler, wenn wir Sie in Sicherheit bringen.«

»Danke noch einmal für Ihr Kommen«, warf Emily schnell ein. Womöglich zögerte die Präsidentin ihren Abgang ja nur aus Höflichkeit heraus. »Das macht einen Unterschied für das Krankenhaus. Und für mich.«

»Sehr gern geschehen. Ich hoffe sehr, dass wir uns wieder einmal begegnen werden. Vielleicht finden Sie bis dahin ja noch ein paar andere Fehler meinerseits, die Sie mir an den Kopf werfen können.« Noch einmal griff Connie nach ihrer Hand, dabei war es gar nicht mehr nötig, die zu schütteln.

»Vielleicht werde ich das, Madam President. Washington soll ja ein Dorf sein, also halte ich die Augen offen.«

»Dann bis dann. Jill, wir können gehen.«

Gleich darauf war der Backstagebereich wieder leer und das Gewirr aus dunklen Anzügen verschwunden. Einen Moment lang war es, als wäre nichts gewesen. Emily seufzte. Offensichtlich war sie immer noch nicht in der Lage, ihre Meinung für sich zu behalten. Dann straffte sie die Schultern und ging zurück in den Ballsaal.

»Konntest du mit der Präsidentin reden?«, fragte Rebecca mit blitzenden Augen, kaum dass Emily wieder an ihrem Tisch Platz genommen hatte.

Warum hatte Emily nicht hier draußen mit der Prä... mit Connie reden können? Hier, wo alle so vornehm und elegant wirkten und nicht von einem Fettnäpfchen ins nächste sprangen? »Konnte ich. Wir hatten ein offenes und ehrliches Gespräch backstage.«

»Und wie lang hat das gedauert? Dreißig Sekunden?«

Emily warf ihrer Chefin einen finsteren Blick zu. »Wir haben uns mehrere Minuten lang unterhalten. Es war nett.«

Rebecca hob ihr Glas und prostete Emily zu. »Hauptsache, sie hat dir vergeben, dass du ihrem Sohn einen politischen Vortrag gehalten hast. Eine Sorge weniger.«

»Du machst dir zu viele Sorgen«, warf Sutton ein. »Das habt ihr beide gemeinsam. Aber schau dir meine kleine Schwester an: freundet sich mit der mächtigsten Frau der Welt an.«

»Urgh, nenn sie nicht so«, murmelte Emily. »Und sie ist sehr nett. Wahrscheinlich ist ihr ihr Leben lang eingebläut worden, wie sie sich zu verhalten hat. So oder so. Das alles hat keinerlei Einfluss darauf, wie viele OPs ich durchführe, also ist das alles nicht so wichtig.«

Rebeccas Blick wanderte zwischen ihnen beiden hin und her. »Mag sein, dass du das so siehst. Aber ich habe noch nie gehört, dass Connie Calvin mehr als politischen Small Talk mit Menschen macht, die sie auf irgendwelchen Events trifft. Vielleicht bist du etwas Besonderes, Em.«

»Das fand ich immer schon«, erwiderte Emily scherzhaft. »Ich muss morgen früh raus, schafft ihr den Rest auch ohne mich?«

»Natürlich«, meinte Rebecca. »Geh schon.«

Sutton verabschiedete sich mit einer kräftigen Umarmung, die Emily verriet, dass das Thema damit noch nicht beendet war.

Emily holte ihre Stola von der Garderobe und ging ins Foyer. Hinter dem Securitymann hing ein Fernsehbildschirm, über den ohne Ton

Nachrichten flimmerten. Die Rede der Präsidentin schien nicht erwähnt zu werden. Was vermutlich nicht wirklich verwunderlich war.

Sehr wohl überraschend war jedoch der Beitrag, der als Nächstes kam. Die Nachrichten schalteten zu einer riesigen Wahlkampfveranstaltung in einer überdachten Arena. Ausgerechnet Gabe Emerson stieg auf das Podium und reckte die Arme in einer Siegespose in die Luft. Die Menge flippte völlig aus. Woher hatte er so schnell solch eine Anhängerschaft hergezaubert? Emily schüttelte den Kopf. Sie könnte sich natürlich all die gruseligen Details auf dem Handy durchlesen, aber für heute hatte sie genug von der Politik. Sollte er doch seinen vergangenen Football-Ruhm wieder aufleben lassen, wenn er das wollte. Ihre Zeit würde er ihr damit nicht stehlen.

Stattdessen fischte sie also ihre Earbuds aus der Handtasche und durchscrollte ihr Handy nach einem Song, der sie die Außenwelt vergessen lassen würde. Sie entschied sich für Joni Mitchell. Gitarrenklänge und ein ernster Sopran. Den Song hatte ihre Mutter ihr vorgesungen, wenn sie nicht hatte einschlafen können.

Die App zeigte an, dass ihr Fahrer angekommen war, also verließ Emily das Gebäude. Sie nahm auf dem Rücksitz des Wagens Platz, schloss die Augen und ließ den Song in Endlosschleife über sich hinwegspülen.

Kapitel 5

Die Sonne kletterte in Rosa- und Orangetönen über den Horizont und zauberte ein Lächeln auf Connies Lippen. Eben hatte sie sich von Zach verabschiedet und jetzt ging sie mit beschwingten Schritten über den makellosen Rasen zu *Marine One*, ihrem Hubschrauber. Wenn sie seit ihrer Amtseinführung noch so etwas wie einen Arbeitsweg hatte, dann den kurzen Flug zum Militärflugplatz *Joint Base Andrews*.

Nach einem kurzen Telefonat mit der italienischen Regierungschefin und einem weiteren mit dem neuen Botschafter des Oman, setzte Connie sich im Hubschrauber an den Schreibtisch und wartete auf ihre engsten Mitarbeiter. Über ihre Rede gestern Abend war zwar nur wenig berichtet worden, aber diese wenigen Beiträge waren durch die Bank positiv gewesen. Was wahrscheinlich auch daran lag, dass die rechten Medien – allen voran die elendige *Caribou News* – sich vor Begeisterung über den neuen Gegenkandidaten der Republikaner geradezu überschlugen und darüber ausnahmsweise einmal vergaßen, zu berichten, was die linke Präsidentin so angestellt hatte. Wer weiß, vielleicht stellte Good Ol' Gabe sich letztlich noch als Glück im Unglück heraus.

Es dauerte nicht lange, dann betrat ihr Stab schon den Helikopter. Asha schien endlich mal genug geschlafen zu haben und war dementsprechend energiegeladen. Darius hingegen wirkte angespannt wie immer. Sie waren schon so oft geflogen, doch er hasste es nach wie vor.

Asha redete heftig gestikulierend auf Ramira und Darius ein. Thema war offenkundig das Waffengesetz. »Wir sollten uns den Entwurf noch einmal vorknüpfen«, sagte Asha und nickte Connie zu. »Ich glaube, wir können noch mehr herausholen. Wir müssen uns nur trauen. Was hat es für einen Sinn, halb automatische Schusswaffen an sich zu verbieten, wenn es immer noch legal ist, halb automatische Schusswaffen zu verkaufen?«

»Waren wir nicht eigentlich zufrieden mit dem Wortlaut?« Darius setzte sich auf einen der Besucherplätze. »Ich habe schon mit ein paar uns freundlich gesonnenen Journalisten gesprochen, die für ein positives Medienecho sorgen werden. Da sollten wir keinen Rückzieher mehr machen. Das wirft kein gutes Licht auf uns. Journalisten werden sauer, wenn es so aussieht, als hätten sie sich ihre Insiderinformationen ausgedacht. Das weißt du doch.«

»Momentan haben andere Themen höhere Priorität«, warf Ramira ein, die wie immer auf dem Sofa in der Ecke Platz genommen hatte. »Aber wenn Sie Zeit haben, Asha, dann machen Sie es bitte. Das könnte uns zumindest Stimmen von übervorsichtigen Vorstadtmüttern einbringen.«

»Vor allem aber ist es schlicht richtig, das zu tun. Moralisch gesehen«, meinte Connie, was ihre Mitarbeiter überrascht zusammenzucken ließ. Anscheinend waren sie so gefangen in ihrer Diskussion gewesen, dass sie ihre Anwesenheit ganz vergessen hatten. Innerlich schmunzelte Connie, äußerlich blieb sie aber professionell. »Gibt es sonst noch etwas Wichtiges zu besprechen?«

»Nur die Sache mit dem Kennedy-Preis«, erwiderte Elliot. Obwohl sier überwiegend für Zahlen, Daten und Meinungsumfragen zuständig war, hatte sie auch ein geradezu unheimliches Händchen für PR, das ihnen allen zugutekam. Mit dem karierten Hemd, der knallbunten Krawatte und dem altmodischen Cardigan wirkte sier wie immer als würde sier noch studieren und wäre ins falsche Meeting gestolpert. Trotzdem war sier eines der wertvollsten Mitglieder von Connies Team. »Es gibt ein paar neue Umfrageergebnisse, Ma'am, und wie es aussieht, missfällt es vielen Menschen, dass Sie allein an derartig großen gesellschaftlichen Anlässen teilnehmen. Wir sollten uns nach jemandem umsehen, der derartige Events gemeinsam mit Ihnen bestreitet.«

Connie versuchte noch nicht einmal, ihr genervtes Stöhnen zu unterdrücken.

»Sie wurden natürlich als Witwe gewählt und es gab auch immer positive Presse, wenn Zach an Ihrer Seite an Veranstaltungen teilgenommen hat«, nahm Darius den Faden auf. »Aber das ändert nichts daran, dass wir hier Punkte gutmachen können. Es könnte sich positiv auf uns auswirken, wenn Sie etwa mit jemand Besonderem zu einer Gala gehen.«

»Sollen wir etwa ein Date mit der amtierenden Präsidentin verlosen?«, fragte Connie ungläubig. »Oder darf ich mir selbst jemanden aussuchen? Am besten rufen wir gleich Harrison Ford an und sagen ihm, dass er mit mir ausgehen muss. Andernfalls sorge ich dafür, dass *Air Force One* nie wieder im Fernsehen ausgestrahlt wird.«

»Nein, Ma'am.« Asha rang leicht die Hände.

Ihre Mitarbeiter tauschten wieder jene Blicke aus, die dafür reserviert waren, wenn die Präsidentin ein wenig aufgebracht war. Es machte Connie immer wieder diebische Freude, diese Blicke zu provozieren.

»Von verheirateten Männern sollten wir uns natürlich fernhalten. Wir dachten eher an jemanden, der einer wichtigen Wohltätigkeitsorganisation vorsteht. Eventuell auch jemand aus der Politik, dessen Unterstützung wir benötigen. Wenn man in einer wichtigen Angelegenheit auf Stimmenfang ist, ist es oft hilfreich, sich das Rampenlicht mit jemandem zu teilen.«

»Das stimmt«, fuhr Darius fort. »Allerdings müssen wir unsere Wahl sorgfältig treffen, damit wir Gerüchten über eine Affäre oder eine unangemessene Beziehung keine Chance geben. Elliot meinte, eine Frau wäre in mancherlei Hinsicht vielleicht weniger kontrovers. Die Leute würden es dann wohl eher als Mädelsabend sehen, sozusagen?«

»Ein Mädelsabend?«, echote Connie mit hochgezogenen Augenbrauen. *Wie naiv.* »Meint ihr nicht, dass die Presse sich ganz genau so in Spekulationen ergeht, wenn die erste offen bisexuelle amerikanische Präsidentin mit einer Frau an ihrem Arm irgendwo aufschlägt? Das scheint mir schon ein wenig sehr optimistisch, Elliot.«

»Mag sein, Ma'am.« Sier nestelte am Ärmel sieses Hemds herum und Connie spiegelte die Bewegung automatisch. »Allerdings neigen die Menschen dazu, Dinge so wahrzunehmen, wie es in ihr Weltbild passt. Wenn sie Sie mit einer Frau an Ihrer Seite sehen, werden darum einige annehmen, dass Sie bloß einen Abend mit einer platonischen Freundin verbringen. Das ist rückwärtsgewandt, gibt uns aber einen gewissen Spielraum.«

»Na schön. Ich werde darüber nachdenken.« Dieses Mal unterdrückte Connie ihr Seufzen.

»Sollen wir uns schon mal nach jemandem umsehen?«, fragte Darius.

»Nein, das scheint mir noch etwas verfrüht.«

»Notfalls könnten Sie immer noch Ihre Mutter oder Ihre Schwiegermutter mitnehmen.« Ramira klappte den Aktenordner zu, in dem sie bis eben noch geblättert hatte.

Immer noch wurde so vieles in Papierform gemacht, obwohl Connie im Wahlkampf eigentlich angekündigt hatte, grüne Reformen durchzusetzen. Ein weiterer Punkt auf der frustrierend langen Liste der Versprechen, die sie erst noch einlösen musste. »Derartige Drohungen sind gänzlich unnötig, Ms. Emanuel. Der Rest von Ihnen kann sich wieder an die Arbeit machen. Wir unterhalten uns ein anderes Mal über die klaffenden Lücken in meinem Sozialleben.«

Die anderen gaben ihnen Raum, nur Ramira blieb. Connie kam hinter ihrem Schreibtisch hervor und setzte sich neben sie auf die harte Couch. Der Air Force Colonel, der den Hubschrauber steuerte, gab kurz die Flughöhe und die verbleibende Flugdauer durch, also musste Connie einen Moment warten, bevor sie mit ihrer Stabschefin reden konnte.

»Wie lange wusstet ihr schon von diesen Umfragen?«, war ihre erste Frage.

Man musste es Ramira zugutehalten, dass sie noch nicht einmal versuchte, der Frage auszuweichen. »Wir filtern die Umfragen so gut als möglich.« Sie faltete die Hände im Schoß. »Aber in letzter Zeit gibt es zunehmend Stimmen, die es stört, dass es keine offizielle *First Person* an deiner Seite gibt. Natürlich sind das genau die Leute, die keine Ahnung haben, welche Aufgaben eine First Lady eigentlich genau hat. Aber jetzt verlangen sie, dass diese essenzielle Position in unserer Regierung besetzt wird. Dass es kein eigentlicher Job ist, ist ihnen völlig egal.«

»Okay. Nun, uns war immer klar, dass meine Trauer mich nicht ewig schützen wird. Die Leute akzeptieren eine Frau, die sich einem Amt verschrieben hat, nur über einen begrenzten Zeitraum. Irgendwann wollen sie einen dann doch in die herkömmlichen, geschlechtsspezifischen Rollenmuster zurückdrängen. Aber sag mal, glaubst du, wenn Robert nicht gestorben wäre, wenn sein Tod mich nicht letztlich dazu gebracht hätte, für das Amt zu kandidieren –«

»Willst du wissen, ob du dann trotzdem gewonnen hättest?« Ramira lehnte sich vor und studierte Connies Gesicht eingehend. »Du glaubst doch nicht ernsthaft, dass du die Wahl *aus Mitleid* gewonnen hast, oder? Wie sollte das überhaupt möglich sein, bei all den Barrieren, die du überwunden hast? Du bist nicht nur die erste weibliche Präsidentin, du bist auch die erste geoutete queere Person an der Spitze unseres Landes. Das Einzige, was dir zugutegekommen ist, war deine Hautfarbe. Madam President, es ist keine Übertreibung, wenn ich sage, dass es beinahe ein Wunder ist, dass wir gewonnen haben. Und mit einer anderen Kandidatin, mit einer Kandidatin, die nicht so herausragend ist wie du, hätten wir das auch nicht.«

Connie trat das Protokoll kurzerhand aus dem Fenster und zog ihre beste Freundin in eine Umarmung. »Darum bezahle ich dir so ein Heidengeld, was?«, nuschelte sie an ihrer Schulter.

»Du bezahlst mir ein Sechstel von dem, was ich in der freien Wirtschaft verdienen könnte«, erwiderte Ramira und löste sich von Connie. »Um noch einmal auf das eigentliche Thema zurückzukommen: Gibt es denn irgendjemanden, den du zu der Preisverleihung mitnehmen wollen würdest? Bevor dir jemand vorgesetzt wird?«

Connie antwortete, ohne groß darüber nachzudenken. »Es wäre vielleicht eine witzige Möglichkeit, um Dr. Lawrence wieder durcheinanderzubringen. Sie ist ziemlich gut darin, mir die Stirn zu bieten. Das hat doch Potenzial.«

Ramira dachte kurz darüber nach. »Ich habe schon schlechtere Ideen gehört. Aber Ma'am, bei allem gebotenen Respekt, je öfter wir von ihr reden, desto weniger klingt es nach einer politischen Meinungsverschiedenheit. Ärzte, vor allem Herzchirurgen, neigen manchmal dazu, einen Gottkomplex zu haben. Geht es –?«

Connie stand auf und machte eine wegwerfende Handbewegung. »Nicht im Geringsten. Ich mag es einfach nur, wenn ich gute Sparringpartner habe, und das weißt du auch. Eine Pause von der ewigen Speichelleckerei. Und bitte spar dir den Witz, den du gerade machen wolltest.«

»Ma'am.«

»Ramira, ich will nicht –«

»Du solltest sie fragen. Lass Francesca ihr eine Einladung schicken. Das Schlimmste, was passieren kann, ist, dass sie Nein sagt. Und Elliot hat recht. Die Leute werden es nicht als Date wahrnehmen. Vielleicht noch nicht einmal sie selbst.« Ohne noch etwas hinzuzufügen, stand Ramira auf und ging zu den anderen.

Connie blieb allein zurück und stemmte die Hände in die Hüften. Worauf hatte sie sich da bloß eingelassen?

Kapitel 6

Emily plante, das Wochenende damit zu verbringen, die restlichen Kisten auszupacken und sich häuslich einzurichten. Die Umzugshelfer hatten sich zwar bemüht, alles an den richtigen Platz zu bringen, aber es fehlte noch der persönliche Touch.

Natürlich scheiterte dieser Plan. Ehrlich gesagt war sie jedoch überrascht, dass sie erst Samstagmittag in die Arbeit gerufen würde. Sie hatte schon geplant, sich die Bereitschaftsdienste vorzunehmen und das aktuell herrschende Chaos aufzudröseln. Das würde eine ihrer ersten Herausforderungen im neuen Job sein. Noch lösten Notrufe wie dieser jedoch eher einen Adrenalinschub in ihr aus und nicht das blanke Grauen. Einer der Vorteile, wenn man neu im Job war.

Routiniert zog sie sich im Krankenhaus um und wusch und desinfizierte sich die Hände. Die OP-Schwester half ihr in den OP-Kittel und die doppelten Handschuhe. Ihre Earbuds hatte sie in ihrem Spind zurückgelassen. Damit war sie auf Gedeih und Verderb dem Soundtrack ausgeliefert, den Dima für heute ausgewählt hatte. Es war eine ungeschriebene Regel, dass die Chirurgin, die als Erste da war, für die Musikauswahl zuständig war. Dima war da stets ein Überraschungspaket. Von Death Metal zu kitschigen Popsongs konnte alles dabei sein.

Emily atmete erleichtert auf, als die ersten Töne eines ABBA-Songs an ihre Ohren drangen. Damit konnte sie arbeiten.

Dima wartete auf der anderen Seite des OP-Tischs auf sie. Mit der Maske und der Lupenbrille war sie kaum zu erkennen. »Wie schön, dass du dir die Ehre gibst, Boss Lady. Die Narkose sitzt schon. Ich dachte mir, du willst sicher nicht auch noch warten müssen.«

»Gut mitgedacht. Wie ging es dem Patienten, als sie ihn hergebracht haben?«

»Den Umständen entsprechend. Hatte Schwierigkeiten beim Atmen. Dabei hab ich wirklich geglaubt, dass er bis zu seinem geplanten OP-Termin durchhält.«

Emily zuckte mit den Schultern. Hauptsache, sie hatten die Kapazitäten, ihn zu operieren, jetzt, da es dringend war. »Dann wollen wir ihn mal wieder herstellen, was?«

»Dafür sind wir da«, meinte Dima.

Als sie am Montagmorgen von der U-Bahn zur Arbeit ging, erntete Emily mehr als nur einen bewundernden Blick. Der elegante neue Mantel, den sie sich vor ihrer Abreise spontan in New York gekauft hatte, war eine gute Investition gewesen. Er half ihr dabei, die Professionalität auszustrahlen, die ihre neue Rolle verlangte und in die sie eigentlich erst hineinwachsen musste. Und das mit Ende dreißig. Aber es fühlte sich gut an, sich schick zu machen, zumal nach einem Wochenende, in dem sie nur Jogginghosen und alte T-Shirts getragen hatte. Und ihre OP-Kluft samt den Turnschuhen, in die sie auch jetzt gleich wieder schlüpfen würde.

Sie hatte mit vielem gerechnet, das sie vor ihrem Büro erwarten würde, nicht jedoch mit Dima, die einen Umschlag aus schwerem, dickem Papier fest umklammerte.

»War was Interessantes in der Post?«

»Kann man so sagen.«

Für gewöhnlich ignorierte Dima ihre Post und reagierte erst, wenn die Absender sich persönlich an sie wandten. Dass sie sich plötzlich so sehr für *Emilys* Post interessierte, war also mehr als nur ein bisschen ungewöhnlich.

»Dann gib mal her. Ich schau schnell rein, ich will nicht zu spät zur Visite kommen.«

Emily öffnete die Tür zu ihrem Büro. Es lag auf der Sonnenseite des Gebäudes, hatte bodentiefe Fenster und war dementsprechend hell und luftig. Es war zwar kein Eckbüro, aber recht groß und hatte eine gute Atmosphäre.

Dima folgte Emily kurzerhand. Ohne den Blick von dem Brief abzuwenden, sagte sie: »Das ist kein gewöhnlicher Brief. Der wurde persönlich zugestellt. Von einem Kurier des Weißen Hauses. Und noch nicht einmal von einem der anonymen Kuriere, die unbemerkt bleiben sollen. Nein, das war ein regulärer Mitarbeiter. Mit Ausweis und allem, was dazugehört.«

»Wir sind hier in Washington. Da ist dieser Anblick doch etwas ganz Gewöhnliches. Die Bars rund um die Pennsylvania Avenue sind abends voll mit denen.«

Obwohl ihre Stimme ruhig war und sie nach außen hin der Inbegriff der Rationalität war, machte Emilys Magen doch einen kleinen Satz. Für sie bedeutete das Weiße Haus einzig und allein eine bestimmte Person. Rebecca hatte sie damit geneckt, dass Emily etwas Besonderes wäre – aber hatte sie womöglich wirklich Connie Calvins Interesse geweckt? Emily war mit Menschen befreundet, die Atome teilen oder das menschliche Hirn neu verdrahten konnten, dementsprechend schwer war es, sie zu beeindrucken. Trotzdem fühlte es sich gut an, dass die Präsidentin sie auf dem Schirm hatte. Warum das so war, darüber wollte sie lieber nicht so genau nachdenken.

Vor ihr lag ein langer Tag, also schnappte Emily sich den Umschlag und öffnete ihn wie jeden anderen Brief auch. Darin verbarg sich eine kunstvolle Einladung. Die Tinte war eindeutig hochwertig, die Schrift wunderschön und elegant. Sie hatte noch nie eine Einladung vom Weißen Haus erhalten. Offensichtlich gab sich dort jemand größte Mühe, dass alles vornehm wirkte. Die Einladung war fast schon wie aus der Zeit gefallen.

»Und?« Dima hielt es offenbar nicht länger aus. »Die verklagen dich doch nicht, oder?«

»Natürlich nicht! Man hat mich … Ah, ja, die Empfängerin bin eindeutig ich. Man hat mich, äh, eingeladen zu … Also … Wie es aussieht, ist es eine Einladung von der Präsidentin.« Normalerweise stammelte Emily nicht so peinlich herum. Im Gegenteil, eigentlich war sie sehr stolz darauf, wie klar und präzise sie sich ausdrücken konnte. Aber dieses wunderschöne Blatt Papier und das, was darauf geschrieben war, raubten ihr schlicht die Worte.

»Das ist ja großartig!« Dima lehnte sich gegen die Ecke von Emilys Schreibtisch. »In Russland wäre so etwas undenkbar gewesen. Du musst einen ganz schönen Eindruck auf sie gemacht haben.«

»Hm … Ich weiß nicht. Ich soll die Präsidentin zu einem Konzert im … Kennedy Center begleiten.« Emily überflog die Einladung noch einmal. Ja, genau das stand da. Sie legte die Einladung auf ihren Schreibtisch und schlüpfte aus ihrem Mantel. »Bestimmt ist das nur eine Art Dankeschön, weil ich ihren Sohn behandelt habe. Oder damit ich ihm weiterhin zur Verfügung stehe. Obwohl das natürlich nicht nötig ist.«

»Wenn du meinst.«

»Aber es ist schon schmeichelhaft.« Emily hängte ihren Mantel ordentlich auf und setzte sich. Es juckte sie in den Fingern, wieder nach der Einladung zu greifen und sie erneut zu lesen.

»Du bist neu hier, darum weißt du es natürlich nicht. Aber ihr Sohn ist nicht das erste Mitglied der Präsidentenfamilie, das in diesem Krankenhaus behandelt wurde. Und bisher wurde noch kein einziger Arzt irgendwohin eingeladen. Mal abgesehen von den notorischen Spendengalas, wenn der Wahlkampf ansteht. Dann sind wir Ärzte natürlich gut genug.«

»Wofür sind Ärzte gut?« Lautlos wie ein Ninja war Rebecca in der offenen Tür erschienen.

Wie jedes Mal, wenn ihre Chefin in ihr Büro schaute, kämpfte Emily mit dem Impuls, respektvoll aufzustehen. Sie und Sutton waren zwar schon seit Jahren zusammen, aber Emily hatte die beiden bisher immer nur ab und an am Wochenende oder bei besonderen Gelegenheiten getroffen. Dass sie jetzt täglich allein auf Rebecca traf und zwar dort, wo diese der Inbegriff von Macht und Einfluss war, verwirrte Emily noch immer. Hoffentlich würde sich diese Verwirrung nicht in ihr Privatleben übertragen.

»Die Präsidentin hat Dr. Lawrence ins Kennedy Center eingeladen!«, trötete Dima, bevor Emily etwas sagen konnte. »Ist das nicht cool? Oh, und kannst du ihr von mir danken? Ihre Rede über die Rechte von Trans-Personen hat wirklich etwas bewegt.«

»Huh, euer Gespräch hinter der Bühne scheint ja wirklich gut gelaufen zu sein«, meinte Rebecca an Emily gewandt. »Dima, sollten Sie nicht gerade einen dreifachen Bypass legen?«

»Ist ja nicht so, als könnten meine Patienten einfach abhauen«, grummelte sie, ging aber trotzdem.

Sobald sie allein waren, betrat Rebecca das Büro und schloss die Tür hinter sich. Sie setzte sich jedoch nicht, sondern baute sich vor dem Schreibtisch auf. »Ich glaube, ich habe die Situation letztens falsch eingeschätzt.« Rebecca ordnete die paar Stifte, die auf Emilys Schreibtisch lagen. »Ich dachte, es ginge um Karrierebestrebungen. Oder ums Ego.«

»Was?«

»Aber eine persönliche Einladung ... Es ist doch eine persönliche Einladung, oder? Da steht nichts davon, dass du als Repräsentantin des *Blackwell Memorial* geladen bist?«

Emily schob ihr die Einladung zu, doch Rebecca griff nicht danach.

»Nein«, sagte Emily also. »Zumindest, wenn man davon absieht, dass die Einladung hierhergeschickt wurde.«

»Das Weiße Haus kann deine Privatadresse problemlos herausfinden, darum geht es nicht. Okay, wir sollten uns überlegen, wie wir weiter fortfahren.«

»Was meinst du?« Emily hatte schon so eine Ahnung, worauf Rebecca hinauswollte. Sie wirkte zwar eher nachdenklich als durchtrieben, doch Emily hatte einen sechsten Sinn dafür, wenn jemand Intrigen schmiedete.

»Wie es aussieht, hat Connie Calvin Interesse an dir. Privater Natur«, fügte Rebecca hinzu, als wäre Emily begriffsstutzig. »Das könnte sich positiv auf das Krankenhaus auswirken. Vorausgesetzt natürlich, du bist bereit, ihr Interesse zu deinem Vorteil zu nutzen.«

»Ich –«

»Wir haben die gleichen Ziele«, fuhr Rebecca fort. Sie hatte ein bisschen etwas von einer Dampfwalze. »Und wenn die Präsidentin dich mag, dann kann das nur gut für uns sein. Ich kann mir nicht vorstellen, dass sie sonderlich viele neue Freundschaften schließt. Nicht bei dem Job.«

»Ich glaube nicht, dass wir befreundet sind. Wahrscheinlich hat sie mich einfach nur aus Mitleid eingeladen. Wegen des blöden Waffen-Kommentars, als wir im Weißen Haus waren.«

»Meinst du?« Rebecca wirkte alles andere als begeistert davon, dass Emily sie abgebremst hatte, obwohl sie doch gerade so in Fahrt gewesen war.

»Möglich wäre es. Aber ihr beide habt etwas gemeinsam: Ihr denkt beide, ich wollte Politik machen. Aber ich bin Ärztin. Nicht mehr und auch nicht weniger. Ja, ich kenne ein paar interessante Leute, aber das heißt noch lange nicht, dass ich irgendwelche Machtambitionen habe. So bin ich nicht.«

»Aber du bist jemand, der Dinge angeht und etwas bewirkt.« Rebecca machte einen Schritt zurück. »Ich verlange ja nicht, dass du gegen deine Prinzipien verstößt. Aber versuch doch mal, ob du etwas Näheres über das Krankenversicherungsgesetz herausfinden kannst. Und schau, dass du keinen weiteren Streit provozierst. Das ist doch nicht zu viel verlangt.«

»Vermutlich nicht.« Inzwischen war Emily nicht mehr ganz so begeistert von der Einladung wie vorhin noch. Im Gegenteil, es machte sie geradezu grantig, dass Rebecca die Einladung als weiteren Karriereschritt sah. Allein, wie sie sie ansah … Sicher, auf den ersten Blick wirkte Rebecca wie immer: Sie hatte die Haare in regelmäßigen Cornrows zurückgeflochten, trug einen maßgeschneiderten Anzug und nicht zu hohe Absätze. Doch das breite Lächeln, mit dem sie Emily bedachte, war üblicherweise für Sutton reserviert oder für Großspender, die sie bezirzen musste. Vielleicht sollte Emily sich geschmeichelt fühlen, aber ein Teil von ihr war deutlich beunruhigt.

»Sehr schön. Sutton wird dich bei der Auswahl deiner Garderobe beraten. Das Kennedy Center ist ein wichtiger Ort für die Washingtoner Gesellschaft. Ein alter Fummel aus den Untiefen deines Kleiderschranks wird es da nicht tun.«

»Ich bin durchaus in der Lage, mir meine Outfits selbst zusammenzustellen«, knurrte Emily. »Vorausgesetzt, ich habe an dem Abend überhaupt Zeit. Es kann ja immer vorkommen, dass eine OP mal länger dauert.«

Rebecca würdigte den Kommentar keiner Antwort. »Steht auf der Einladung eigentlich was von einer Begleitung?«, fragte sie stattdessen und griff nun doch danach. »Sieh an, sieh an. Die ist nur für dich.«

»Wahrscheinlich gab es nicht mehr genug freie Plätze. Und jetzt entschuldige mich«, sagte Emily und gab sich alle Mühe, sich nicht von der Vorstellung unterkriegen zu lassen, dass sie zu einem derartig formellen Event allein gehen musste. »Ich muss mich umziehen, die Visite abhalten und dann operieren – was Herzchirurginnen nun mal den lieben langen Tag so machen.«

Kapitel 7

Connie saß vor dem eigentlich recht vorteilhaften Spiegel in ihrem Schlafzimmer und tippte sich unzufrieden an die Wangenknochen. »Ich werde alt«, meinte sie und seufzte.

»Oh, gut. Dann kannst du ja den Termin gleich absagen«, erwiderte Zach.

Er lag auf ihrem Bett und starrte auf eines seiner Videospieldinger, die sie alle nicht auseinanderhalten konnte. Er durfte zwar nur eine begrenzte Zeit fernsehen, aber er konnte jedes Spieleding haben, das er sich wünschte – vorausgesetzt, der Secret Service genehmigte es. Sie glaubte zwar nicht, dass eine feindlich gesonnene ausländische Macht versuchen würde, das Pentagon über den Umweg von Zachs Computerspielen zu hacken, aber wie hieß es nicht so schön? Vorsicht ist besser als Nachsicht. Vor allem, wenn man seit zwei Jahren Zugriff auf sämtliche Geheimdienstinformationen hatte, egal, wie Furcht einflößend die waren. »Ich sage grundsätzlich nicht in der letzten Minute ab.«

»Ich weiß. Dad hat mir mal erzählt, dass du mich beinahe bei einer Veranstaltung im Rathaus auf die Welt gebracht hättest, weil du die Wehen ignorieren wolltest. Du sagst nie ab, also macht es auch keinen Sinn, dass du dir ausmalst, wie es wäre, wenn du mal einen Abend daheimbleibst. Bei mir.«

Connie stand auf und durchquerte das Zimmer. Der seidene Stoff ihres Abendkleids raschelte auf dem dicken Teppichboden. Sie stupste Zachs Knöchel an, der aus dem Bett baumelte. Erinnerungen an den Abend seiner Geburt schwirrten ihr durch den Kopf. Robert hatte einen lautlosen Panikanfall bekommen, als sie darauf bestand, eine letzte Frage zu beantworten, während ihre Fruchtblase geplatzt war.

»Seit wann bist du so schlau? Du bist doch noch so jung. Und spielst etwas mit hüpfenden Fröschen.« Sie deutete auf seinen Bildschirm.

»Das sind keine Frösche. Warum brauchst du überhaupt so lang zum Fertigmachen? Normalerweise lässt du Isabella und die Haartante ihr Ding durchziehen und chillst währenddessen mit einem Buch. Oder versuchst, mir mit den Hausaufgaben zu helfen, und baust irgendwelche Fehler ein.«

»Einmal! In Chemie. Ich war aus der Übung!«

»Mom –«

»Ich will heute Abend einfach nur so gut wie möglich aussehen. Ich zeige mich heute das erste Mal mit Begleitung in der Öffentlichkeit und ich will nicht noch mehr Aufmerksamkeit als unbedingt nötig auf das arme, unschuldige Opfer dieser Schnapsidee lenken. Aber es wird hoffentlich nicht allzu schlimm. Ich werde den Presseempfang und den Fototermin vorher allein hier abhalten. Dr. Lawrence und ich treffen uns dann auf der Gala. Vielleicht gönnen wir uns danach noch ein paar Drinks.«

»Mann, Mom. Lad dir eine App runter, wenn du so schlecht im Daten bist.« Zach rappelte sich auf und setzte sich hin.

Er wirkte hier genauso zu Hause wie in all ihren vorigen Häusern. Er trug Shorts und ein Lacrosse-Shirt und sah aus wie ein ganz normaler Junge, der abends herumlümmelte. Dass er über Nacht schon wieder ein paar Zentimeter gewachsen zu sein schien, ignorierte Connie.

»Zum letzten Mal: Das ist kein Date. Ich will einfach nur, dass mal nicht darüber berichtet wird, wer *nicht* neben mir sitzt. Und ich erspare dir damit eine Menge sehr, sehr langweiliger Abendessen, junger Mann.«

»Japp, ich habe mit den Agenten schon geklärt, dass wir heute Abend Pizza bestellen. Selbst schuld, dass du nicht bleibst.«

»Hebst du mir ein Stück auf?«

»Was? Ich soll dich dabei unterstützen, wenn du kalte Pizza aus dem Kühlschrank klaust? Mom, willst du wirklich riskieren, dass deine Wähler das erfahren?«

»Ich kann dir immer noch Hausarrest erteilen, Zach.« Connie wuschelte ihm durch die Haare, woraufhin er demonstrativ das Gesicht verzog, damit sie nicht bemerkte, dass er lächelte. Wärme durchflutete Connie bei dem Anblick und sie grinste. »Ich kann den Agenten auch sagen, dass sie in Zukunft immer Ananas auf deine Pizza machen lassen sollen. Auf jedes Stück.«

»Mom! Das kannst du nicht tun!«

»Verstehst du jetzt, warum ich die Wahl gewonnen habe? Ich habe keinerlei Skrupel.«

Er verdrehte die Augen. »Wenn du Dr. Lawrence wirklich beeindrucken willst, könntest du doch diese langen Ohrringe tragen, die du früher so mochtest. Die, die wie Wasserfälle aussehen?«

Connie lächelte. Das waren ihre Lieblingsohrringe, aber es hatte einige Seitenhiebe in mehreren Modezeitschriften gegeben, nachdem sie sie in der Zeit ihrer Amtseinführung zu oft getragen hatte. Isabella, ihre Stylistin, hatte sie danach unauffällig in den Ruhestand geschickt. »Gute Idee.«

»Dann hast du jetzt ja keinen Grund mehr, dir Sorgen zu machen. Ist ja nicht so, als würde Beyoncé hinkommen. Warum eigentlich nicht?«

»Weil wir niemanden finden konnten, der so gut ist wie sie und der ihre Songs zu ihren Ehren covern könnte? Ich wähle die Preisträger nicht aus, Schatz. Ich gehe einfach nur hin und schüttle Hände, wenn man mich darum bittet.«

Die Preisträger – die diese Ehre allesamt mehr als verdient hatten – waren heute Nachmittag schon im Weißen Haus gewesen und gestern Abend hatte man ein großes Dinner zu ihren Ehren veranstaltet. Dieses Wochenende war also jede Menge los. Trotzdem war es eine willkommene Abwechslung für Connie. Sie musste sich mit so vielen ernsten Angelegenheiten herumschlagen und so viele wichtige Entscheidungen treffen. Manchmal durfte sie aber auch Helden zu ihrer Leistung gratulieren oder die besten Köpfe aus Film, Kunst und Musik ehren.

Die Aussicht darauf, den Abend mit Emily Lawrence zu verbringen, spielte bei Connies Vorfreude natürlich keine Rolle. Na, zumindest keine große. In ihrem Bauch flatterte es leicht, seit sie sich für den Abend fertig machte. Aber wie sie Zach gesagt hatte: Es war kein Date. Und dass sie in Begleitung erscheinen würde, würde lediglich den Druck reduzieren, der auf ihr lastete.

Warum zerbrach sie sich also derartig den Kopf über ihre Ohrringe? Das war ja fast, als wäre sie wieder am College und machte sich gerade für irgendeine Party fertig, auf die ihre Freundinnen sie mitschleppten.

»Musstest du wirklich ausgerechnet meine Ärztin mitnehmen?« Zach klang genau wie sein Vater. Er tat zwar so, als wäre es ihm nicht wichtig, doch er sah sogar von seinem geliebten Spiel auf, um ihre Antwort bloß nicht zu verpassen. Zach hatte auch die markante Stirn und die dunklen Augenbrauen seines Vaters geerbt. Er sah ganz anders aus als sie.

So oft suchte Connie nach Spuren von sich selbst in Zachs Gesicht. Manchmal erinnerte sie zwar ein Detail an ihre Eltern, aber insgesamt war der Junge praktisch Roberts Klon. Das ließ sich nicht leugnen. Für eine ganze Weile hatte das ihre Trauer nur verschlimmert, doch inzwischen fand Connie es tröstlich. In Zach lebte ein Teil von Robert fort. Der Gedanke machte es leichter, mit dem Leben im Weißen Haus klarzukommen. Robert hätte all das hier geliebt.

Obwohl sie es hasste, das zu tun, wenn sie mit Zach sprach, schaute Connie auf die zarte Golduhr, die sie am rechten Handgelenk trug. Sie wollte nur sichergehen, dass nicht plötzlich jemand an die Tür klopfte und ihr sagte, dass es Zeit war, zu gehen. »Du hattest schon so viele Ärzte. Aber wenn es dir unangenehm ist, sage ich ab.«

»Nee. Außer es wird was Ernstes oder so? Aber das mit dem Konzert ist okay.«

»Wie gesagt, das ist kein Date. Wenn ich … ernsthaft auf der Suche nach jemand Neuem wäre, würde ich erst mit dir darüber reden. Wir haben ohnehin schon so wenig Zeit miteinander, Zach. Mein Job ist wichtig und du bist so verständnisvoll, was all die Umstände betrifft, die er mit sich bringt. Aber eine Beziehung würde unser Leben noch viel, viel komplizierter machen. Und es ist jetzt schon kompliziert genug.«

Zach trat zu ihr an den Schminktisch und stupste einen der Ohrringe an, wie er es als Kind immer getan hatte. »Weißt du noch, was Dad immer über komplizierte Sachen gesagt hat? Und über Angst.«

»Zach –«

»Es muss nicht diese Frau sein. Oder sonst eine. Auch wenn ich glaube, dass eine Frau wahrscheinlich besser wäre als ein Mann.«

Connie prustete. Vielleicht hatte sie es in letzter Zeit mit ihren feministischen Ansprachen ein bisschen übertrieben. »Okay. Dann sagen wir einfach, ich wäre durchaus offen dafür.«

Sie war selbst überrascht, dass sie nicht das Gefühl hatte, Robert mit diesen Worten zu betrügen. Wann immer es bisher darum gegangen war, jemand Neues kennenzulernen, hatte sie sich unwohl gefühlt. Jetzt jedoch machte sich bei der Vorstellung direkt so etwas wie Vorfreude in ihr breit. Tatendrang. Als hätte sie nach einer Phase der Schlaflosigkeit endlich mal eine Nacht durchgeschlafen und wäre jetzt bereit, sich der Welt zu stellen. »Auch wenn Emily vielleicht nur eine neue Freundin ist: Sie ist ein guter Mensch. Sie arbeitet hart und glaubt an das Gute im Menschen. Mit jemandem wie ihr Zeit zu verbringen, und sei es auch nur für ein paar Stunden, ist bestimmt nett, meinst du nicht auch?«

Connie beobachtete ihren Sohn genau und atmete erleichtert auf, als er nickte.

»Du solltest echt mal neue Freundinnen finden, Mom. Zumindest eine. Es ist schon peinlich, wie gern du mit mir abhängst.«

»Boah! Als Strafe wähle ich dieses Wochenende den Film aus, den wir schauen!«

Zach ächzte gequält auf. »Du zwingst mich sicher wieder zu einem Schwarz-Weiß-Ding.«

Connie schaffte es, nicht zusammenzuzucken. Seine Beschreibung ihres Filmgeschmacks war ziemlich akkurat.

Nun klopfte es doch an die Tür, das erwartete Signal zum Aufbruch.

»Fortsetzung folgt«, sagte Connie und küsste Zach auf die Wange, sorgsam darauf bedacht, ihren Lippenstift nicht zu verschmieren. »Wünsch mir Glück.«

»Glück?«, rief Zach ihr nach. »Glück braucht man nur bei Dates!«

Emily hatte versucht, abzulehnen, als man ihr Bescheid gegeben hatte, dass eine Limousine sie abholen würde, doch man hatte ihr klargemacht, dass das nicht verhandelbar war. Aus Sicherheitsgründen. Anscheinend konnte man sich nicht einfach ein Taxi rufen, wenn man als Gast der Präsidentin eingeladen war.

Also hatte Emily notgedrungen zugestimmt, dass die elegante schwarze Limousine sie von daheim abholte. Jetzt saß sie allein auf der Rückbank und nestelte an dem Verschluss des Täschchens herum, in dem alles steckte, was sie heute Abend brauchen sollte. Ihr Handy, ihre Schlüssel, etwas Bargeld und ein winziges Päckchen Minzbonbons. War das wirklich genug? War sie ausreichend vorbereitet?

Nicht, dass sie noch Gelegenheit hatte, irgendwo etwas zu besorgen. Im einen Moment musterte sie noch die vor dem Fenster vorbeiziehenden funkelnden Lichter und den dunklen Fluss, im nächsten hatten sie das Kennedy Center schon erreicht. Wie ein Palast ragte das helle, moderne Gebäude vor ihr auf. Funkelnd spiegelten sich die Lichter in den riesigen Fenstern und den Glaswänden. Selbst von hier draußen konnte Emily erkennen, wie elegant die Menschen drinnen gekleidet waren. Über den großen Platz strömten noch mehr Damen in Abendkleidern und Herren in Smokings. Es waren vielleicht nicht die Oscars, aber die Veranstaltung war trotzdem ganz schön abgefahren.

Allzu lange konnte Emily den Anblick jedoch nicht genießen, denn die Limousine bog scharf ab und in die Garageneinfahrt ein. Ein Teil der Garage war abgesperrt worden. Hinter dem Absperrband tummelten sich die obligatorischen Agenten und einige weitere wichtig wirkende Leute.

Ihre Tür wurde geöffnet und der Agent, der sie vor ihrem Haus höflich abgetastet hatte, führte sie nun ins Kennedy Center. Einige weitere Agenten schlossen sich ihnen an. Das Tempo, das sie vorgaben, war so forsch, dass Emilys Absätze lautstark klackerten. Sie schlang sich den Überwurf fester um die Schultern. Der Druck des Stoffs auf ihrer Haut beruhigte ihre Nerven ein wenig.

Als sie aus dem düsteren Beton in einen Raum trat, der ganz aus Glas und cremeweißem Marmor bestand, war es, als würde sie aus einem Gewitter direkt in den schönsten Sonnenschein treten. Unweigerlich entkam ihr ein Keuchen und sie blieb stehen, um sich umzusehen. Gewaltige Samtvorhänge hingen von der irrsinnig hohen Decke und beeindruckende Kunstwerke zierten die Wände.

Niemand schien ihre Ankunft bemerkt zu haben. Die noblen Gäste standen in kleinen Grüppchen beisammen und plauderten zum leisen Klang klassischer Musik. Erst als die Agenten sie weiterscheuchten, nahmen die Leute sie wahr. Doch sie schienen sich weit mehr für die Agenten in den dunklen Anzügen zu interessieren als für die Person in ihrer Mitte.

Weitere Samtkordeln wurden geöffnet und die Agenten schubsten Emily geradezu in ein kleines Zimmer, das genauso gut das hübsche, wenn auch unpersönliche Wohnzimmer einer Hotelsuite sein könnte. An einer Wand prangte das Siegel der Präsidentin. Bevor Emily sich setzen oder eine Frage stellen oder auch nur wirklich realisieren konnte, wo sie sich hier befand, brach auch schon der kleine Wirbelsturm über sie herein, der die Ankunft der Präsidentin ankündigte.

»Emily!«

»Madam President.« Emily wusste nicht wirklich, was das Protokoll verlangte, wenn man mit der Präsidentin sprach. Aber dass es am besten war, sie mit ihrem Titel anzusprechen, wusste sie immerhin.

Bei ihrem ersten Besuch im Weißen Haus hatte sie eine kurze Einführung in die Benimmregeln bekommen. Dieses Mal jedoch hatte sie von Francesca, der Sekretärin der Präsidentin, nur Infos zur Anreise erhalten sowie ein paar Ratschläge, welche Kleider passend wären und welche Farben sie unbedingt vermeiden sollte.

Die Agenten verließen den Raum und damit war Emily allein mit der Präsidentin. Sie sah sie an und ihr stockte der Atem. Das dunkelblaue Kleid umspielte ihre Figur perfekt, die weichen blonden Locken trug sie heute offen, was sie so ganz anders wirken ließ als sonst. An ihren Ohren und in der grazilen Senke zwischen ihren Schlüsselbeinen funkelten Diamanten, die Emily noch mehr in ihren Bann zogen als die zahlreichen Kronleuchter, die hier an den Decken hingen.

Mit einem Mal war Emilys Hirn unfähig, sich auch nur irgendwie an die notwendige Etikette zu erinnern. »Sie sehen … Das Kleid ist wunderschön«, stammelte sie unbeholfen.

»Der alte Fetzen?« Das Lächeln der Präsidentin hatte etwas Verspieltes. »Sie haben sich aber auch herausgeputzt.«

»Ich war extra einkaufen«, erwiderte Emily. »Na ja. Ich hab es nicht so mit Mode, aber die Designerin ist eine Freundin von mir.«

»Dann müssen Sie mir unbedingt ihre Kontaktdaten geben. Ich trage amerikanische Mode, wann immer ich kann. Oh, Verzeihung, jetzt habe ich einfach angenommen, dass sie Amerikanerin ist.«

»Das ist sie, keine Sorge. Ich werde Francesca Devis Kontaktdaten weiterleiten. Ich habe so das Gefühl, dass sie gern über alles im Bilde ist, Ma'am.«

Der Präsidentin entkam ein leises Seufzen und Emily entschied sich kurzerhand, mit ihr so offen zu reden wie mit allen anderen auch.

»Ist das wieder eine Gelegenheit, bei der Sie lieber auf die Titel verzichten würden?«

Connie starrte sie überrascht an und für einen Moment verlor Emily sich im Anblick ihrer dunkelrosa geschminkten Lippen, der dunkel getuschten Wimpern und der dezenten *smokey eyes*. Das Make-up war unaufdringlich, aber es betonte ihre Gesichtszüge perfekt. Emilys Herz schlug höher.

»Das wäre schön, ja«, riss Connies Stimme sie aus ihren Betrachtungen. »Draußen, wo die anderen Gäste sind, geht es leider nicht, aber wenn wir ungestört sind, wäre es wunderbar, wenn ich zur Abwechslung mal ein normaler Mensch sein könnte. Danke.«

Sachte drückte Connie Emilys Oberarm, direkt unter ihrer Samtstola, die ebenso wie ihr weinrotes Kleid mit grauer Seide umrandet war. Emily gab sich alle Mühe, unter der Berührung nicht zusammenzuzucken, war sich aber nicht sicher, ob es gelang.

Nach einer kleinen Ewigkeit, die wahrscheinlich nur wenige Sekunden gedauert hatte, ließ Connie Emilys Arm wieder los. Sie konnte die Wärme ihrer Berührung immer noch spüren. Als hätte Connie ein dauerhaftes Zeichen auf ihrer Haut hinterlassen.

Gedämpft drang eine Ansage durch die Tür.

»Wir sollten reingehen«, sagte Connie. Bildete Emily es sich nur ein oder schwang leises Bedauern in ihrer Stimme mit?

»Die anderen haben bestimmt schon ihre Plätze eingenommen.«

Plötzlich schossen Emily Hunderte Fragen durch den Kopf. Wo würde sie sitzen? *Wie* sollte sie sitzen? Was, wenn sie auf die Toilette musste? Durfte sie etwas trinken? Doch sie kam nicht dazu, auch nur eine dieser Fragen zu stellen, denn Connie klopfte scharf an die zweite Tür des Raums. Und dann waren sie auch schon durch. In der Präsidentenloge saßen schon zwei Männer und eine Frau, die Emily nicht kannte. Sie trugen Abendgarderobe, waren aber auch bewaffnet. Emily schluckte, während sie zu ihrem Platz geführt wurde. An der rechten Seite der Präsidentin, nur ein kleines Stückchen nach hinten versetzt.

Mit großen Augen sah Emily sich um. Überall waren Flächen mit rotem Samt ausgekleidet, es gab goldene Ornamente und noch mehr feinverzierte Kronleuchter. Und alle Personen starrten sie an, ob sie nun um sie herum, unter oder über ihnen saßen. Wie eine Welle brach die Aufmerksamkeit aller Anwesenden über sie herein.

Emily atmete tief durch, schlang ihre Hände ineinander, zwang sich zu einem Lächeln und nickte erst einmal, dann noch einmal. Das waren einfach nur Menschen. Nichts, was sie beunruhigen sollte. Wirklich Furcht einflößend war der Moment gewesen, als sie zum ersten Mal in einen geöffneten Brustkorb geschaut hatte. Seither machte ihr nichts mehr so schnell Angst.

Sie schaute zur Seite. Connie genoss die auf sie gerichtete Aufmerksamkeit sichtlich. Sie lächelte, hob die Hand und winkte. Es war, als hätte sie einen Schalter umgelegt und in den professionellen Modus gewechselt, den Emily aus dem Fernsehen kannte. Jetzt konnte sie ihn auch aus der Nähe verfolgen. Es war faszinierend.

Emily wollte gerade fragen, ob sie sich setzen durfte, da setzte lautstark und blechlastig die Nationalhymne ein.

Das Publikum wandte sich der Bühne und dem Orchestergraben zu – großteils zumindest. Wie die anderen legte Emily die rechte Hand über ihr Herz und formte mit den Lippen die Worte des Texts, sorgsam darauf bedacht, keinen Ton von sich zu geben. Sie hatte viele Talente, konnte aber keinen einzigen Ton treffen. Und hier und jetzt würde ihre Unmusikalität sicher schon an Hochverrat grenzen.

Schließlich kam die Nationalhymne zu einem Ende und die Lichter wurden gedimmt. Der Applaus verstummte und das Orchester begann ein klassisches Stück zu spielen, während das Publikum sich setzte.

Sofort wandte Connie sich mit angespannter Miene Emily zu. »Ich hätte Sie besser darauf vorbereiten sollen, was Sie erwartet. Ich ... Ich hatte vergessen, wie pompös die Veranstaltung ist.«

»Und was sonst noch so alles damit verbunden ist?«

»Ja, das auch. Geht es Ihnen gut?«

Emily zögerte. Sicher, sie könnte zugeben, dass sie sich unwohl fühlte und damit dieser merkwürdigen Situation ein Ende bereiten. Zu ihrem normalen Leben zurückkehren, wo sie nicht alle Nase lang mit Security konfrontiert war. Andererseits ... Es war ja nicht so, als hätte sie in ihrem Job nicht ohnehin mit wichtigen Politikern zu tun. Zu ihren Patienten gehörten Kongressabgeordnete und Senatoren. Das alles hier war noch eine Ebene darüber, ja, aber damit konnte sie umgehen. Außerdem wirkte Connie so erfreut darüber, Emily an ihrer Seite zu haben. Und das zauberte wieder dieses Flattern in ihre Brust.

Emily lächelte und Connie legte ihr kurz eine Hand auf den Oberschenkel. Wer hätte gedacht, dass die Präsidentin zu beiläufigen Berührungen neigte? Ein wohliger Schauder breitete sich ausgehend von ihrer Berührung in Emilys Bein aus. Vielleicht stieg ihr die ganze Situation auch schon zu Kopfe.

Connie bedachte sie mit einem weiteren besorgten Blick.

Emily schenkte ihr ein beruhigendes Lächeln. »Mir geht es gut. Wirklich. Sie sollten wieder nach vorne schauen. Die Kameras –«

»Dann müssen Sie Ihren Stuhl aber weiter vorziehen«, sagte Connie. »Es ist furchtbar, wenn Sie hinter mir sitzen, als wären Sie eine Bedienstete von vor hundert Jahren.«

Das ließ Emily sich nicht zweimal sagen. Mitsamt ihrem Stuhl rutschte sie ein Stück nach vorne.

Der Moderator des heutigen Abends betrat die Bühne und die allgemeine Aufmerksamkeit richtete sich sofort auf ihn. Er war das Gesicht einer berühmten Late-Night-Show und brachte das Publikum schnell und scheinbar mühelos zum Lachen. Als er einen kleinen Seitenhieb gegen Connie machte, flammte kurz so etwas wie Ärger in Emily hoch. Dann lachte sie aber doch mit den anderen mit. Genau wie Connie. Wie schön, dass sie über sich selbst lachen konnte.

Connie Calvin war wirklich eine außergewöhnliche Frau. Sie sah nicht nur großartig aus – vor allem, wenn sie sich für ein feierliches kulturelles Event wie dieses herausgeputzt hatte –, sondern war auch wahnsinnig charismatisch. Vielleicht – aber nur vielleicht – reagierte Emily nicht nur deswegen so stark auf ihre beiläufige Berührung, weil sie seit ihrer Trennung von Brooke mit nahezu niemandem mehr ausgegangen war.

Während einer kurzen Pause konnten sie sich in den angrenzenden Raum zurückziehen, in eine sichere kleine Blase, fernab vom restlichen Publikum, das sich nur schwer dazwischen entscheiden zu können schien, ob es die anwesenden Hollywood- und Rockstars anstarren sollte oder nicht doch lieber die Präsidentin.

»Emily?« Wieder riss Connies Stimme sie aus ihren Gedanken.

»Mad... Connie. Entschuldigung. Wow.«

»Ich habe nur gefragt, wie es Ihnen gefällt. Es ist alles vielleicht ein bisschen übertrieben, nicht wahr?« Connie nahm zwei Champagnergläser von dem Tisch, der in der Mitte des Raums stand. Kellner gab es hier keine, die das hätten übernehmen können. Hatte sie extra darum gebeten?

Emily nahm einen Schluck von dem wunderbar herb-prickelnden Champagner und schüttelte den Kopf. »Nein, es ist großartig.« Die Anspannung wich ein wenig aus ihren Schultern und sie sah Connie geradewegs in die Augen. »Wirklich, es ist eine Ehre, dass ich hier sein kann. Früher hatte ich Saisonkarten für die Oper und das Ballett, aber nach dem Umzug und weil ich als Chefärztin noch mehr arbeite als davor schon ... Na ja, *Ihnen* muss ich wahrscheinlich nicht erklären, was es bedeutet, beschäftigt zu sein.«

»Nicht wirklich.« Connie lächelte, wurde aber gleich wieder ernster. »Ich wollte Sie aber nicht zwingen, sich zu bedanken. Ich stehe nur schon so lange im Licht der Öffentlichkeit, dass ich manchmal vergesse, dass nicht alle daran gewöhnt sind. Mit Ihnen an meiner Seite kann ich mich plötzlich wieder daran erinnern, wie es ist, das alles zum ersten Mal zu erleben.«

»Das klingt schön, finde ich.« Emily leerte ihr Glas. In einem Kühler voller Eiswürfel lag die Flasche, in der sich noch ausreichend Champagner befand. »Darf ich?«

»Lassen Sie mich das übernehmen.« Connie nahm Emily ihr Glas ab und strich dabei über ihre Knöchel.

Ein kleiner elektrischer Funke sprang zwischen ihnen hin und her und Emily zuckte zusammen.

»Sie können sich ja gar nicht vorstellen, wie sehr es einem fehlt, die einfachsten Dinge selbst zu machen. Mir selbst einen Drink einzuschenken, grenzt für mich schon an Luxus.«

Mit dem gleichen gelassenen Selbstbewusstsein, das sie generell auszuzeichnen schien, schenkte Connie ihnen Champagner ein.

Emily konnte den Blick nicht von ihr abwenden. Connie war klein und zierlich, ihre Muskeln aber waren definiert und kündeten von Stärke. Obwohl sie seit Jahren Bilder von ihr im Fernsehen und im Internet gesehen hatte, hatte Emily das Gefühl, Connie Calvin zum ersten Mal zu sehen.

Dieses Mal schaffte sie es immerhin, sich nicht wieder in ihren Betrachtungen zu verlieren, sondern etwas zu erwidern. »Ich weiß genau, was Sie meinen. Ich kann mich auch nicht daran gewöhnen, mir meinen Kaffee bringen zu lassen. In der Arbeit, meine ich. Sobald man Chefärztin ist, wird erwartet, dass man nichts mehr selbst tut. Manchmal vergesse ich, dass ich keine Assistenzärztin mehr bin, die mit den anderen um die besten OPs kämpfen muss und drei Tage keinen Schlaf bekommt.«

»Die Welt profitiert aber bestimmt davon, wenn Sie Ihre Zeit nicht mehr bei Starbucks vergeuden«, meinte Connie und schenkte ihr ein warmes Lächeln. »Wobei … Was würde ich manchmal nicht dafür geben, wenn ich spät nachts einfach ins Auto steigen und mir einen Soja-Latte holen könnte.«

»Glaub ich sofort. Oh! Wie finden Sie denn die Aufführung? Gott, ich hab das ja noch gar nicht gefragt! Eigentlich habe ich bessere Manieren, ehrlich!«

»Alles gut«, beruhigte Connie sie mit einem Blitzen in den Augen. »Nun, andere Präsidenten hatten bestimmt schlimmere Theaterabende, aber auf die achtzehn Minuten experimentellen Jazz hätte ich verzichten können. Und ja, ich habe auf die Uhr geschaut.«

Connie verzog gequält das Gesicht und Emily lachte. »Das hat mir nichts ausgemacht. Zumindest nicht die ersten zehn Minuten.«

»Immerhin etwas. Schauen wir mal, was uns noch erwartet. Allzu lange sollte es aber nicht mehr dauern. Was vermutlich ganz gut ist. Morgen früh erwartet mich ein Briefing über die griechische Ökonomie, das ich verdammt gern auslassen würde, um ehrlich zu sein. Auch wenn ich mir stattdessen weitere achtzehn Minuten Jazz antun müsste.«

»Oh, steht Ihnen eine Dienstreise bevor?«, fragte Emily und durchforstete ihr Hirn nach etwaigen Schlagzeilen zu dem Thema. So politisch interessiert konnte sie gar nicht sein, dass sie über jeden Schritt der Präsidentin informiert war.

»Mhm. Morgen früh geht es nach Athen. Aber nur für ein paar Tage.«

»Das muss hart sein. Von Ihrem Sohn weg zu sein.«

Connie blinzelte ein paarmal, dann nickte sie. »Ist es. Ich hasse es, ihn alleinzulassen. Aber die Schule geht vor und er braucht seine Routine. Das Personal kümmert sich auch wirklich gut um ihn. Und seine Großeltern gibt es ja auch noch.«

»Eine davon kenne ich ja. Wenigstens können Sie darauf vertrauen, dass Mrs. Calvin keine halben Sachen macht. Nicht, dass ich ihr das je ins Gesicht sagen würde.«

»Sie sagen es lieber ihren Verwandten«, meinte Connie grinsend. »Ich weiß nicht, was ich ohne sie tun würde. Ohne sie alle, um ehrlich zu sein. Nur ihretwegen kann ich wirklich etwas bewegen, statt nur darüber zu reden.«

»Und das ist unglaublich wichtig«, erwiderte Emily. »Aber Abende wie dieser sind wahrscheinlich unterhaltsamer, oder?«

»Nicht immer. Heute ist eine angenehme Ausnahme.« Für einen Moment sah Connie ihr direkt in die Augen, dann senkte sie den Blick und schaute auf die Uhr. »Wir müssen gleich wieder rein. Ich sollte den letzten Moment in Freiheit also genießen. Manchmal frage ich mich, wie es wohl wäre, wenn ich einfach ins Foyer gehe und mit ein paar ganz gewöhnlichen Leuten rede.«

»So teuer wie die Eintrittskarten sind, gibt es hier auch sicher ganz besonders viele gewöhnliche Leute«, stichelte Emily. Sie konnte einfach nicht anders. Sie selbst war auch nicht gerade in sozial schwachen Verhältnissen groß geworden, aber es fühlte sich schon so selbstverständlich an, Connie zu necken. War das jetzt wirklich ein Teil ihres Lebens? Die Präsidentin zu necken und damit durchzukommen?

»Wo Sie recht haben … Ich habe mich nur gefragt …« Sie stockte.

»Ja?«

Emily lehnte sich ein kleines Stückchen zu ihr vor, doch Connie machte einen Schritt auf die Loge zu. Vielleicht hatte sie es sich anders überlegt und wollte nun doch nicht ausführen, was ihr gerade durch den Kopf gegangen war.

»Ich kann kaum jemanden anrufen oder eine Mail schreiben, ohne dass Sicherheitsmaßnahmen und sonstige Richtlinien dazwischenfunken …«, sagte sie dann doch.

»Kann ich mir vorstellen.«

»Aber ich frage mich … Es gibt sichere Verbindungen, über die ich mit bestimmten Menschen sprechen kann. Handys, die nicht getrackt werden können, Apps, die von unserem Geheimdienst stammen und nicht von irgendwelchen Hackern vom anderen Ende der Welt. Wenn es möglich wäre, wenn ich so etwas arrangieren würde … Würden Sie dann vielleicht ab und an mit mir telefonieren wollen?«

Emily blieb direkt vor Connie stehen. Eigentlich hatte sie damit gerechnet, dass sich die Tür gleich öffnen und sie beide hindurchtreten würden. Aus dem Saal drang keine Musik und auch kein Applaus. In dem Moment wurde Emily bewusst, dass die Vorführung nicht ohne den Ehrengast weitergehen würde. Zum ersten Mal sah Emily in Connie die gleiche Art von Macht, die sie selbst durchflutete, wenn sie ein Herz erneut zum Schlagen brachte. Wie bei ihr selbst in diesen Momenten liefen auch bei Connie alle Zügel zusammen. Alle warteten auf sie, alle beobachteten sie.

»Warum?«, fragte sie. »Ich meine, ich würde das sehr gern tun, wirklich. Ich kann nur nicht ganz verstehen, was an mir so interessant sein soll.«

»Sie sind eine Herausforderung. Das ist es wahrscheinlich. Ich weiß auch nicht, aber wenn ich mit Ihnen rede, Emily, habe ich weniger das Gefühl, dass ich in meinem Elfenbeinturm gefangen bin. Das ist doch ein Fortschritt, oder?«

»Das klingt gut. Und was für Sie gut ist, ist auch für das Land gut, denke ich. Okay, dann machen wir das so. Soll ich jemanden anrufen oder einen Termin vereinbaren?«

Connie schüttelte den Kopf. »Ich sage Francesca, dass sie sich bei Ihnen melden soll. Und dann können wir direkt miteinander kommunizieren, ohne dass immer so viele Leute zwischengeschaltet sind. Nicht, dass wir sonderlich viel Freizeit hätten, aber –«

»Das klingt sehr gut. Wirklich sehr gut«, sagte Emily. Sie nahm all ihren Mut zusammen und drückte sacht Connies Oberarm, so wie diese vorhin ihren gedrückt hatte. Connies Haut war seidig und warm. Ein echter Mensch.

»Wunderbar.« Connie räusperte sich. »Dann wollen wir mal wieder reingehen, damit die armen Darsteller noch vor Freitag heimkommen.«

Emily beugte sich vor und klopfte an die Tür. Gleich darauf wurde sie geöffnet und damit standen sie wieder im Lichte der Öffentlichkeit.

Kapitel 8

Obwohl die *Air Force One* jede Menge Platz und Annehmlichkeiten bot, war Connie nach zwölf Stunden darin kurz davor, sich einen Fallschirm anzuschnallen und aus dem Flugzeug zu springen. Dann wäre ihr auch das Tamtam erspart geblieben, das sie nach der Landung in Griechenland erwartete. Wie immer gab es einen Fototermin, als sie aus dem Flugzeug stieg, und wie immer hatte sich eine kleine Menschenmenge aus Demonstranten und Gegendemonstranten angesammelt, die ihre Ankunft bereits erwartete.

Connie atmete erleichtert auf, als sie mit Francesca in die Limousine steigen und den Lärm hinter sich lassen konnte. Selbst ihre sonst so unerschütterliche Sekretärin wirkte erschöpft von der langen Reise und dem Jetlag. Leise arbeitete sie an ihrem Handy, während sie schweigend zum südlichen Rand Athens fuhren.

In Athen war gerade früher Morgen, darum war die Stadt beinahe ausgestorben. Erste Sonnenstrahlen blitzten über den Horizont und das nasse, verregnete Washington schien plötzlich unendlich weit entfernt.

Als die Autos langsamer wurden, richtete Francesca ihre Prothese. Sie ließ sich so gut wie nie anmerken, wenn sie Schmerzen hatte oder sich unwohl fühlte, diese Bewegung war jedoch eindeutig ein Zeichen davon. Connie nahm sich vor, in den nächsten Stunden darauf zu achten, dass sie sich nicht hetzen mussten, damit sie sich alle etwas ausruhen konnten.

Ihre Unterkunft stellte sich als luxuriöse Villa an der Küste heraus, die Connie ein wenig an Camp David erinnerte. Allerdings verlangten der weiße Steinboden und der Sandstrand vor den Fenstern mehr nach einem Bikini und weniger nach dem lässigen Jeanslook, den sie bevorzugte, wenn sie in ihrem offiziellen Ferienhaus war.

Die aufgehende Sonne ließ die Ägäis verlockend funkeln. Laut des Prospekts, den Connie im Flugzeug durchgeblättert hatte, gehörte dem Hotel der exklusivste Privatstrand von Athen. Ob sie das Treffen mit dem Verteidigungsminister und der Vorsitzenden des Internationalen Währungsfonds wohl absagen und stattdessen schwimmen gehen konnte? Leider erstickten sowohl ihr Pflichtgefühl als auch ihre Furcht vor herumlungernden Paparazzi den Gedanken noch im Keim. Vielleicht hatte Zach ja wirklich recht, wenn er sagte, dass sie ohnehin nur davon träumte, daheimzubleiben.

»Kann ich sonst noch etwas für Sie tun, Madam President?« Francesca trat neben Connie an den Privatpool. »Ich wollte Sie nur wissen lassen, dass der Secret Service mir bei Ihrem privaten Anliegen geholfen hat – es wird heute noch umgesetzt.«

Connie hörte jedes einzelne Wort, das Francesca gesagt hatte, begriff jedoch nicht, worauf sie damit hinauswollte. Sie wirkte fitter als noch vorhin und trug ein Etuikleid aus Leinen und Sandalen statt ihrer üblichen zweckmäßigen Ballerinas.

»Ist das ein Code?«, fragte Connie irritiert. Lag vielleicht am Jetlag.

»Das sichere Handy, das ich Dr. Lawrence geschickte habe. Ich habe Ihnen ihre Nummer eingespeichert.«

»Oh. Danke.«

»Gern geschehen, Ma'am. Überhaupt kein Problem.«

»Trotzdem. Sie sollten ein Nickerchen machen, solange wir Pause haben. Wir sehen uns dann, wenn wir aufbrechen müssen.« Connie scheuchte Francesca zur Tür ihrer Suite hinaus.

Kaum fiel die Tür hinter Francesca ins Schloss, ging Connie zu der massiven Kommode und zog einen der Badeanzüge heraus, die sie stets mitnahm. Er war geradlinig geschnitten und dunkelblau, ganz ähnlich wie die, die sie während ihrer Zeit in der Schwimmmannschaft im College getragen hatte. Ihr Personal war anscheinend mutiger geworden, denn neben dem Badeanzug lag auch ein weißer Bikini, den sie noch nie gesehen, geschweige denn getragen hatte.

Nun, warum nicht? Sie hatte einen Privatpool, sie war in Griechenland und die Morgensonne lachte vom Himmel. Wenn nicht jetzt, wann dann? Binnen kürzester Zeit hatte sie sich umgezogen und bewunderte sich in dem Ganzkörperspiegel mit dem verspielten goldenen Rahmen. Nicht schlecht, auch wenn ihr die Sonnenbräune fehlte, die man bei einer typischen Kalifornierin eigentlich erwartete.

Ihr verräterisches Hirn wanderte zu dem Thema, mit dem es sich in letzter Zeit am liebsten beschäftigte: Emily Lawrence. Der sie jetzt jederzeit schreiben und die sie jederzeit anrufen konnte. Connie griff nach ihrem Handy. Sollte sie …? Ihr fiel bloß nichts Dringendes ein, das sie ihr hätte schreiben können. Außerdem würde sie ziemlich verzweifelt wirken, wenn sie sich jetzt gleich meldete. So nötig hatte sie es dann doch nicht.

Connie legte das Handy wieder hin und ging an den Rand des Schwimmbeckens. Sie hob die Hände über den Kopf und begab sich in Position, wie sie es schon Millionen Male getan hatte. Dann sprang sie. Pures Glück durchfuhr sie, als das Wasser über ihr zusammenschlug, wunderbar kühl und überall zugleich. Die halbe Länge des Beckens glitt sie unter der Wasseroberfläche entlang, hielt den Atem an und genoss es, vom Rest der Welt losgelöst zu sein. In einem anderen Leben war sie vielleicht eine Meerjungfrau gewesen. Oder Profischwimmerin. In diesem Leben fehlte Connie die entsprechende Statur dafür, egal, wie lange und hart sie trainierte.

Als sie eine ganze Weile später wieder aus dem Pool stieg, wartete bereits ein Servierwagen mit Frühstück auf sie. Sie schlang sich ein Badetuch um den Körper und goss sich Kaffee ein. Ihr Handy ignorierte sie ganz bewusst. Doch als sie den ersten Schluck nahm, vibrierte das elendige Ding und zeigte an, dass sie eine neue Nachricht erhalten hatte.

Das konnte nicht sein. Nur eine Handvoll Leute hatten diese Nummer. Wahrscheinlich hatte Zach ihr nur irgendeinen neuen Funfact über das antike Griechenland geschickt, davon war er vor einiger Zeit besessen gewesen.

Ich hoffe, Sie hatten eine gute Reise. Danke für das neue Handy.

Emily. Unweigerlich musste Connie lächeln. Ehe sie noch darüber nachdenken konnte, tippte sie schon eine Antwort. Es war ja auch wirklich nichts dabei, mal jemand Neuen kennenzulernen, zumal, wenn sie tatsächlich mal ein kleines bisschen Zeit für sich hatte. Andere Leute hingen schließlich auch ständig am Handy. Das war nichts Ungewöhnliches.

War ganz okay. Ich hatte mir zwar sämtliche Turbulenzen dezidiert verboten, doch die Pyrenäen hatten andere Pläne. Wir sind aber sicher in Griechenland gelandet.

Connie legte das Handy beiseite und zwang sich, sich auf ihr Arbeits-Tablet und die zahlreichen Briefings und Nachrichten zu konzentrieren, die sich in ihrer Abwesenheit angesammelt hatten. Der Kaffee war so stark, dass er Tote zum Leben erwecken könnte, zum Glück. Sie steckte sich etwas Obst in den Mund und schon bald summte das Handy erneut.

Ich bin ja schon etwas neidisch, dass Sie in Athen sind. Ich wollte schon immer mal nach Griechenland, aber neben dem Studium und dem Job als Assistenzärztin hatte ich nie die Zeit dafür.

Erleichtert stellte Connie fest, dass Emily genauso schrieb, wie sie sprach. Connie hatte zwar keinen Grammatikfetisch, aber sie zog vollständige Sätze unverständlichen Abkürzungen und Hunderten Emojis vor. Was vermutlich daran lag, dass sie immer die Augen zusammenkneifen oder ihre Lesebrille zücken musste, wenn sie entschlüsseln wollte, welche Gesichtsausdrücke die kleinen gelben Mistdinger hatten.

Meistens sehe ich nur die Flughäfen und Regierungsgebäude, aber dieses Mal versuche ich, daran etwas zu ändern. Obwohl ich ein paar wichtige Meetings auf dem Programm habe, in denen es um Gesundheitsvorsorge und die WHO geht – vielleicht können wir ja ein paar europäische Ideen übernehmen.

Emily antwortete nahezu sofort. Ihre Nachricht sprühte geradezu vor Begeisterung.

Klingt super! Wenn es sich ergibt, fragen Sie sie doch nach ihrem Zugang zu ansteckenden Infektionskrankheiten und Impfungen. Das gäbe bestimmt ein paar spannende Best-practice-Beispiele.

Connie seufzte. Irgendwie hatten sie es geschafft, wieder in den Arbeitsmodus zurückzuschalten. Vielleicht war Emily auch einfach noch nicht an privatem Geplauder interessiert.

Was hatte sie nur geritten, als sie diesen Schritt ausgerechnet mit jemandem gegangen war, den sie erst ein paarmal getroffen hatte? Vielleicht war ihr im Kennedy Center der Champagner zu Kopfe gestiegen. Aber es war schön gewesen, Emily an diesem Abend an ihrer Seite zu haben. Zum ersten Mal seit einer Ewigkeit hatte sich eine Veranstaltung nicht nach Arbeit angefühlt, nach einer Verpflichtung, bei der es nur darum ging, sich höflich zu unterhalten und ab und an zu nicken. Es war fast gewesen wie damals, als Robert bei offiziellen Veranstaltungen an ihrer Seite gewesen war. Natürlich war ihr Umgang miteinander nicht annähernd so mühelos und vertraut, aber auch bei Emily hatte Connie sich sicher gefühlt und gewusst, dass sie sie selbst sein konnte. Seit sie die Wahl gewonnen hatte, hatte sie dieses Gefühl so gut wie nie. Das war für sie so bemerkenswert gewesen, dass sie das dringende Bedürfnis bekommen hatte, weiter mit Emily in Kontakt zu bleiben. Trotzdem fragte sie sich, ob sie sich womöglich bis auf die Knochen blamierte.

Ich sollte mich auf mein erstes Meeting vorbereiten. Und Sie sollten schlafen gehen. Daheim ist es schon ganz schön spät. Sie sind wahrscheinlich die Einzige, die ich kenne, die so wenig schläft wie ich.

Vor ihrem geistigen Auge sah Connie plötzlich Emily vor sich, wie sie irgendwo ausgestreckt auf einem Bett lag. Ihre Wangen glühten. Warum stellte sie sich das vor? Zumal das Nachthemd, das sie in ihrer Vorstellung trug, dem Kleid, das sie gestern Abend ins Kennedy Center getragen hatte, verdächtig ähnlich sah.

Bin noch viel zu aufgedreht. Hab gerade eine riskante Herzklappen-OP durchgeführt. Aber ich werde die Nachrichten einschalten, davon schlafe ich immer ein. Vor allem von Caribou News.

Das Lächeln stahl sich zurück auf Connies Lippen.

Passen Sie besser auf, wenn Sie das im Schlaf hören, bieten sie morgen früh Milliardären Steuererleichterungen an. Ohne Steuergelder lässt sich aber am Gesundheitssystem nichts ändern. Gute Nacht!

Es klopfte an die Tür.
Connies Freizeit war damit beendet. Sie sollte sich schon mal überlegen, was sie anziehen wollte. Connie legte das Handy beiseite und ersetzte das Badetuch durch einen Bademantel.
»Herein!«

Connie traf sich mit ihrem Stab in einem Büro im griechischen Parlament, das sich im Alten Schloss befand. Es war eines von vielen beeindruckenden Gebäuden, wie sie sie heute schon gesehen hatten. Nachher stand noch ein Staatsbankett an, danach würden sie über Nacht heimfliegen.

Francesca trat an sie heran, wie so oft über eine ihrer zahlreichen To-do-Listen gebeugt. »Haben Sie schon von Dr. Lawrence gehört? Wie ich gesehen habe, wurde ihr Handy aktiviert.«

»Moment, Sie haben Emily Lawrence ein sicheres Handy geschickt?«, fragte Asha und trat an Connies andere Seite. »Ma'am, versuchen wir, sie anzuheuern, um an dem neuen Gesetz für das Gesundheitswesen zu arbeiten?«

»Sie ist nicht auf Ihren Job aus, Asha. Sie ist Ärztin, kein Spin-Doktor«, erwiderte Connie. »Ist es denn so ungewöhnlich, dass ich mich mal mit jemandem unterhalten möchte, der nicht sämtliche Umfrageergebnisse auswendig kann? Sie ist interessant, aber sie lebt nicht für die Politik. Das ist irgendwie erfrischend.«

»Ich denke, Asha ist eher besorgt, wie das aussieht«, warf Darius ein. »Ich würde Ihnen nur ungern von den kompromittierenden Dingen erzählen, die manche Menschen online getan haben, und die dann per Screenshot auf Twitter aufgetaucht sind.«

Connie blinzelte ein paarmal. »Vergleichen Sie mich gerade mit irgendwelchen Kongressabgeordneten, die im Endeffekt nur schleimige Lustmolche sind, Darius? Was glauben Sie, wird eine Herzchirurgin tun? Mir Nacktbilder schicken?«

»Nein! Nein, natürlich nicht, Madam President. Und ich bin mir sicher, dass Dr. Lawrence vertrauenswürdig ist, der Inbegriff der Diskretion. Manches kann aber aus dem Kontext gerissen werden.«

»Das stimmt, aber da ich nicht erst seit gestern Politikerin bin, weiß ich wohl, was ich zu tun habe. Es ist nett, dass Sie beide sich Sorgen machen, aber ich möchte mich auch mal mit jemandem unterhalten, der nicht für mich arbeitet. Außerdem habe ich ihr ein sicheres Handy organisiert. Es wurden also bereits Vorsichtsmaßnahmen getroffen.«

Asha und Darius schauten einander an.

Connie fragte sich nicht zum ersten Mal, ob die beiden mehr als nur Kollegen waren.

»Natürlich, Ma'am«, antwortete Darius für sie beide. »Sie wissen natürlich, was Sie tun. Haben Sie übrigens schon das Neueste von Gabe

Emerson gehört? Er hat Rückenwind bekommen, weil er kritisiert hat, dass man Sie bei offiziellen Anlässen stets allein sieht, Ma'am. Und jemand muss ihn davon überzeugt haben, dass es besser ist, wenn er, statt sich zu entschuldigen, noch einen schärferen Ton anschlägt. Er beantragt, dass die Verfassung dahingehend geändert wird, dass nur verheiratetet Menschen das Präsidentenamt ausüben können, weil das Land eine First Lady brauche.«

»Er tut *was*?« Connie musste lachen. Wenigstens würden die Vorwahlen dieses Mal nicht langweilig werden. Da es aus ihrer eigenen Partei keine Herausforderer gab, hatte sie gedacht, dass eher ruhige Zeiten auf sie zukommen würden. Doch anscheinend stellte die Gegenseite ein unerwartetes Comedy-Programm auf die Beine.

»Er hat auch sämtliche rechten Slogans ausgepackt und gleich noch gegen die gleichgeschlechtliche Ehe ausgeteilt, wo er schon dabei war. Wenn wir schon die Verfassung ändern, dann können wir doch auch gleich reinschreiben, dass eine Ehe immer nur zwischen einem Mann und einer Frau geschlossen werden kann.«

Connie schnaubte. »Wir kehren ganz bestimmt nicht zurück ins finstere Mittelalter. Ernsthaft, ich dachte, er wäre ein Mann des Volks? Das mit der Volksnähe hat er eindeutig nicht so drauf. Wir werden alle erleichtert aufatmen, wenn sich ein ernst zu nehmender Kandidat aufstellt.«

»Ich weiß nicht.« Darius rieb sich am Kinn. »Mir kommt das alles bekannt vor. Wir glauben, dass es keine intoleranten Kleingeister mehr gäbe und dann taucht plötzlich jemand auf und erklärt ihnen, dass genau diese Menschen nur ihre Stimmen erheben müssen. Mir ist es lieber, wenn man sich dafür schämen muss, rassistisch, transphob oder homophob zu sein. Wenn das nicht bloß ›die andere Seite‹ oder ›bloß eine Meinung‹ ist. Es ist gefährlich, wenn man behauptet, dass man beide Seiten verstehen muss, obwohl die eine der blanke Hass ist.«

Die Tür ging auf und der Veranstalter des Events bedeutete Connie, nach vorne zu kommen. Im Plenarsaal sprach noch jemand.

»... und nun, meine sehr verehrten Damen und Herren, die Präsidentin der Vereinigten Staaten!«

Die Klänge von *Hail to the Chief!* ertönten und Connie ging unter rauschendem Applaus nach vorne. Sie konnte sich auch später noch über ihren Gegenkandidaten lustig machen.

Kapitel 9

Dank des jahrelangen Bereitschaftsdiensts war Emily es gewohnt, von eingehenden Nachrichten geweckt zu werden. Sie registrierte das mehrfache Piepsen also kaum, als sie sich streckte und aus dem Bett krabbelte. Erster Schritt: herausfinden, ob es tatsächliche Notfälle gab. Davon hing nämlich ab, wie viel Zeit sie für ihren Start in den Tag hatte. Doch sie hatte jetzt zwei Handys, die sie checken musste.

Ihr normales Handy zeigte zahlreiche Benachrichtigungen an, jedoch keine Notfälle, bei denen sie sofort hätte lossprinten müssen. Sie konnte sich also noch die Zeit nehmen, auf ihr neues Handy zu schauen, bevor sie unter die Dusche hüpfte. Ein kleiner erwartungsvoller Schauder lief ihr über den Rücken.

Eigentlich war das ganz schön bescheuert. Sie hatte gestern erst mit Connie – der Präsidentin der Vereinigten Staaten – gechattet und ja, es war nett gewesen. Aber wieso sollte Connie ihr in den paar Stunden, in denen Emily geschlafen hatte, schon wieder geschrieben haben?

Sie wischte über das Display und ein Lächeln breitete sich auf ihren Lippen aus. Das Piepsen vorhin war tatsächlich von diesem Handy gekommen. Connie hatte ihr mehrere kunstvolle Schnappschüsse von der Akropolis und der antiken Agora geschickt. Am liebsten hätte Emily sofort ihren Pass gezückt. Wie lang war ihr letzter Urlaub schon her?

Die Nachricht, die Connie mit den Fotos mitgeschickt hatte, war kurz, doch sie zauberte ein warmes Gefühl in Connies Brust.

Ein bisschen Inspiration für die nächste Reise.

Genau das war es, was Emily am meisten an Connie überraschte: wie aufmerksam sie war. Die meisten Menschen in ihrer Position hätten noch nicht einmal bemerkt, wie sehr ihre Schusswaffen-Bemerkung Emily getroffen hatte. Connie jedoch hatte es bemerkt und sie hatte nachgefragt, was es damit auf sich hatte. Bei der ersten Gelegenheit hatte sie sich dann bei Emily entschuldigt. Und jetzt? Sie hatte heute bestimmt an die hundert neue Menschen kennengelernt, vielleicht auch mehr, und zahlreiche spannende Orte gesehen. Trotzdem hatte sie sich die Zeit genommen, Emily eine kleine Freude zu machen.

So oft hatte sie den Eindruck, dass es keine Freundlichkeit mehr auf der Welt gab. Emily hatte nicht damit gerechnet, dass ausgerechnet jemand, der so mächtig und einflussreich war, dass er auf Freundlichkeit schon lange nicht mehr angewiesen war, ihr zeigte, dass die Welt auch anders aussehen konnte. Das war ganz schön cool – auch wenn sie wahrscheinlich nie über ein bisschen Small Talk hinauskommen würden. Na, vielleicht würden sie sich ab und an noch über das Gesundheitswesen unterhalten.

Erwartete Connie wohl eine Antwort von ihr? Die Nachricht hatte keine Frage enthalten und Emily hatte nicht die geringste Ahnung, wo Connie gerade war. Aber sie war sich sicher, dass sie nicht die ganze Zeit auf ihr Handy starrte und angespannt auf eine Antwort wartete. Trotzdem wollte Emily ihre Unterhaltung nicht einfach so abebben lassen.

Ist das schön! Hoffentlich haben Sie ausreichend Sonnenschutz eingepackt. In Washington scheint wahrscheinlich erst im März wieder die Sonne.

So. Eine harmlose Bemerkung über das Wetter. Geradezu höflich. Trotzdem schossen Emily mit einem Mal Hunderte Fragen durch den Kopf. Sie wollte weder über ihre Patienten noch über Medizin reden, aber was konnte sie wohl sagen oder fragen, das niemand sonst sagen konnte? Wie konnte sie ein wenig Abwechslung in den Tag der Präsidentin bringen, auch wenn die Tausende Meilen und sieben Zeitzonen entfernt war?

Können Sie während dieser Dienstreisen auch mal etwas Lustiges unternehmen? Sich kurz davonschleichen und einfach nur Touristin sein?

Emily legte das Handy wieder hin, schnappte sich das normale Handy und ging damit ins Bad. Sie startete einen Podcast, wie immer, wenn sie sich fertig machte. Auf dem Nachttischchen vibrierte das sichere Handy und in Emilys Bauch flatterte etwas auf.

Sie würde das Handy nach der Dusche checken. Sie brauchte ihre Morgenroutine, um sich auf den Tag vorzubereiten, um im Geist die anstehenden OPs durchzugehen. Während sie duschte und sich danach abtrocknete, visualisierte sie also die einzelnen Schritte und Handgriffe und die dafür nötigen Utensilien, die ihr OP-Team rechtzeitig vorbereiten würde. Der Podcast war dabei wie ein weißes Rauschen, das ihr dabei half, sich zu konzentrieren. Emily war es schon immer leichtgefallen, die Außenwelt auszuschalten und sich ganz auf ihre Patienten zu konzentrieren – und sie konnte es auch dann, wenn sich eine derartig mächtige und attraktive Frau für sie interessierte. So schön das auch war.

Die Klamotten für heute hatte sie schon über den Stuhl im Schlafzimmer gehängt. Erst nachdem sie sich angezogen hatte, gestattete Emily es sich, ihr anderes Handy zu zücken. Connie hatte ihr ein weiteres Foto geschickt. Anscheinend hatte sie eine Privatführung durch das Parthenon bekommen.

Keine Touristin, aber ich hatte tatsächlich ein paar Minuten für mich allein. Man lernt, das Beste aus der Zeit zu machen, die man hat.

⸺⁂⸺

Von da an schrieben sie einander jeden Tag, mehrmals täglich. Inzwischen schon seit einer Woche. Emily hatte gar nicht mitbekommen, wie die Zeit vergangen war. Ihr Gespräch ebbte nie wirklich ab. Wann immer sie aus dem OP kam und sich frisch machte, checkte sie als Erstes das sichere Handy. Meistens warteten dann schon ein paar Nachrichten auf sie.

Was für ein Tag.

Am Vormittag waren Connies Nachrichten meistens eher knapp, abends wurde sie dafür manchmal gesprächiger. Emily war sich zunächst ein wenig wie eine Stalkerin vorgekommen, wenn sie in Connies offiziellem und öffentlich zugänglichem Kalender nachgeschlagen hatte, was diese tagsüber so getrieben hatte. Letztlich hatte sie die Seite aber einfach gespeichert. Es sparte jede Menge Zeit, wenn sie wusste, wo Connie war oder was sie getan hatte. Dass sie im Pausenraum leise die Nachrichten laufen ließ, half auch.

Ich hab mir die Pressekonferenz über den Menschenhandelsgipfel angeschaut. Es war bestimmt hart, sich das den ganzen Tag lang anhören zu müssen. Geht es Ihnen gut?

Emily war ehrlich besorgt um sie. Sicherlich hatte sie im Weißen Haus jemanden, der im Blick behielt, wie erschöpft die Präsidentin war. Und es war ja auch nicht so, als müsste sie selbst ihren Haushalt führen, Kochen und Waschen und was eben sonst noch so an alltäglichen Aufgaben Zeit fraß. Trotzdem. Bezahlte sie für diese Annehmlichkeiten mit unerträglichem Stress? Konnten Präsidenten in Therapie gehen? Sämtliche Präsidenten wurden regelmäßig von einem Militärarzt durchgecheckt, aber achteten die auch auf die frühesten Vorzeichen, dass der Stress ihnen womöglich aufs Herz schlug? Normalerweise stellte sie sich solche Fragen mit einem rein beruflichen Interesse. Wenn es um Connie ging, regte sich aber in erster Linie ihr Beschützerinstinkt. Das überraschte sie selbst ein bisschen.

Es war wirklich hart, aber nichts gegen das, was diese Kinder erdulden müssen. Ich werde auf strengere Gesetze drängen, aber es gibt jede Menge Widerstand. Keine Ahnung, wo ich am besten ansetze. Aber wir müssen etwas machen.

Emily rang nach Worten. Sie wollte nicht ausschließlich über den politischen Aspekt reden. Sie war schließlich nicht Rebecca, die sich mit solchen Gesprächen wohlfühlte.

Wenn man ein Kind hat, muss es besonders schwer sein. Sie tun alles, was Sie können, das weiß ich. Machen Sie sich nicht auch noch deswegen fertig. Sie sind auch nur ein einziger Mensch.

Den Rat würde Emily an ihrer Stelle gern bekommen. Sie hielt den Atem an und drückte auf *Senden*. Erleichtert stellte sie fest, dass gleich darauf die kleinen Pünktchen erschienen, die anzeigten, dass Connie eine Antwort tippte.

Manchmal bin ich echt froh, dass wir das durchgezogen haben. Dass wir Ihnen das Handy organisiert haben, meine ich. Meine Mitarbeiter sind sicher erleichtert, dass ich mal bei jemand anderem Dampf ablassen kann. Danke, Emily.

Eigentlich sollte sie nach ein paar Dankesworten nicht wie ein Honigkuchenpferd grinsen, doch genau das tat Emily. Sie ließ sich zurück auf das Bett in dem schäbigen Bereitschaftsraum sinken und grinste von einem Ohr zum anderen. Und das war nicht das erste Mal: Egal, wie lang und anstrengend ihr Tag gewesen war, auf Connies Nachrichten freute sie sich immer. Ob sie wohl auch schon im Bett lag, genau wie Emily, die seit vierzehn Stunden im Krankenhaus war? Oder saß sie noch über irgendwelchem Papierkram im *Oval Office* an ihrem Schreibtisch, ein halb leeres Glas Scotch neben sich? Trug sie um diese Uhrzeit wohl eine Lesebrille oder nicht?

Abrupt setzte Emily sich auf. Beinahe wäre ihr das Handy dabei runtergefallen.

Es war doch nicht normal, dass sie sich derartig viele Gedanken darüber machte, was jemand gerade tat, mit dem sie eigentlich nur via Textnachrichten kommunizierte, oder? Auch Freundinnen grübelten nicht ständig darüber nach, was die andere wohl gerade tat, und sie konnten sich auch nicht bis ins kleinste Detail daran erinnern, wie die andere wann ausgesehen hatte. Und wenn, dann durchströmte sie dabei nicht dieses warme Gefühl, das sich in Emily stets ausbreitete, wann immer sie über Connie nachdachte.

Als wäre ihr Leben in Washington nicht schon kompliziert genug, hatte Emily es auch noch geschafft, sich in ihre neueste Freundin zu verknallen. Das war ihr das letzte Mal zu Beginn ihres Studiums passiert. Und dann war diese Freundin auch nicht einfach irgendwer. Nein, sie konnte tatsächlich einen Atomkrieg vom Zaun brechen, wenn ihr danach war. Emily war schon dem einen oder anderen netten Lächeln oder scharfen Verstand verfallen, doch die Anziehung zu Connie ... Die fühlte sich irgendwie gefährlich an.

Riet ihr gerade ihr gesunder Menschenverstand, sich zurückzuziehen, weil sie ohnehin nicht haben konnte, was sie sich da wünschte? Oder war es lediglich die Panik, die immer damit verbunden war, wenn sie sich dabei ertappte, dass ihr jemand gefiel? Emily wusste es nicht, ein verstörend ungewohntes Gefühl. Normalerweise traf sie schließlich problemlos die schwersten Entscheidungen, wenn jemandes Leben auf Messers Schneide stand.

Mit einem Ächzen stand sie auf und ging in den Pausenraum, um sich Kaffee zu machen.

Das würde eine lange Nacht werden.

⸻

Emily duckte sich, als ein riesiger Schaumstoffball auf sie zugeflogen kam. Lachend hob sie ihn auf und warf ihn zurück. Es war jetzt ein paar Tage her, dass sie entgeistert erkannt hatte, dass sie sich in die umwerfende, intelligente, irritierend geistreiche Präsidentin verknallt hatte. Inzwischen hatte sich ihr Leben wieder halbwegs normalisiert. Was vermutlich auch daran lag, dass sie ständig arbeitete und die Nachrichten mit Connie auf ein Minimum beschränkte.

Das *Skills Lab* des Krankenhauses, der Ort, an dem normalerweise die angehenden Ärzte und Ärztinnen ihre Fähigkeiten trainierten, war hervorragend zum Spielen geeignet, vorausgesetzt, die chirurgischen Utensilien waren sicher verstaut. In der Mitte des Raums waren zwei riesige Tische zusammengeschoben worden, die Stühle waren allesamt an die Wände geschoben oder zu kleinen Türmen gestapelt worden. Die Stimmen und das Gelächter von etwa vierzig Teenagern lagen in der Luft. Die Jugendlichen hatten an ihren Schulen im ganzen Land *Healthy Hearts*-Gruppen gegründet und arbeiteten gemeinsam an der heutigen Aufgabe: Sie sollten aus den Schaumstoffbällen einen menschlichen Körper nachbauen. Das gestaltete sich ziemlich unterhaltsam, zumindest für Emily.

Eigentlich hatte sie mit den Sozialprogrammen des Krankenhauses nichts zu tun, aber es war ihr wichtig, ab und an dabei zu sein. Sie machte ihren Job auch deswegen, weil ihr junge Menschen so wichtig waren. Je früher sie sich einen gesunden Lebensstil aneigneten, desto einfacher wurde ihr Job. Vorhin hatte sie einen Vortrag darüber gehalten, wie sie ihre Schule, aber auch ihre Eltern und Großeltern positiv beeinflussen konnten. Danach war sie geblieben, um sich die praktischen Übungen anzusehen.

Die Jugendlichen hatten jede Menge Spaß, was einige von ihnen dringend gebrauchen konnten. Ein paar von ihnen waren viel zu ernst. Viele hatten jemanden verloren und engagierten sich deswegen für Herzgesundheit. Emily wusste nur zu gut, welche Auswirkungen es hatte, wenn man in diesem Alter schon erkannte, wie furchtbar die Welt sein konnte. Genau deswegen war es so wichtig, dass die Jugendlichen mal loslassen und herumalbern konnten.

»Dr. Lawrence?«

»Ja, Thomas?«

Thomas war der Jüngste der Gruppe und er war derjenige, der dem Krankenhaus am nächsten wohnte. Tatsächlich besuchte er eine Schule ganz in der Nähe. Mit nur elf Jahren hatte er dort schon eine *Healthy Hearts*-Gruppe gegründet, die erste überhaupt in seiner Schule. Die anderen Jugendlichen im Raum waren älter und würden schon bald aufs College gehen.

»Wissen Sie, warum diese Männer mit den Waffen vor der Tür stehen?«

»Was für Männer?« Emily schaute zur Tür. Tatsächlich, da schienen Wachen zu stehen. Sie hatten ihnen den Rücken zugewandt. Natürlich gab es im Krankenhaus einen Sicherheitsdienst, aber die Securityleute saßen üblicherweise in der Lobby und nicht im *Skills Lab*.

Wahrscheinlich war es kein Wunder, dass die Jugendlichen sie vor ihr bemerkt hatten. Sutton hatte ihr oft genug von den Amok-Übungen erzählt, die es heutzutage regelmäßig an den Schulen im ganzen Land gab.

Für einen Moment sah Emily nur noch verschwommen. Hatte es einen Terroranschlag gegeben? Einen Amokläufer im Krankenhaus? Das Herz schlug ihr bis zum Hals, der Herzschlag donnerte ihr in den Ohren. Ihr Mund war staubtrocken.

Es war nicht wie damals. Das konnte es nicht sein.

Sie war hier in Sicherheit. In der Arbeit, mit den Jugendlichen. *Keine Panik, bloß nicht hyperventilieren.* Emily sah sich um. Wo konnten sie sich verstecken, wo sollte sie die Jugendlichen hinführen? Sie umklammerte die Rückenlehne des nächsten Stuhls, um nicht das Gleichgewicht zu verlieren.

Die anderen Teenager hatten die Wachen inzwischen auch bemerkt. Sie hielten inne, deuteten auf die Tür und tuschelten.

»Alles ist gut.« Emily tätschelte Thomas die Schulter und ging mit weichen Knien zu den Krankenhausmitarbeitern, die für die heutige Aktivität zuständig waren. »Ist irgendetwas passiert? Die Sicherheitsleute machen die Kinder nervös.«

In diesem Moment vibrierte ihr Handy. Doch als sie es herauszog, zeigte es keine Benachrichtigungen an. Oh. Sie hatte ja jetzt zwei Handys.

Ich hoffe, Sie haben nichts gegen einen ungebetenen Gast?

Ungläubig blinzelte Emily das sichere Handy an. Gestern Abend hatte sie Connie erst erzählt, wie sehr sie sich darauf freute, diese cleveren jungen Leute kennenzulernen und die Zukunft des Landes in Aktion zu erleben. Sie hatte sich nichts dabei gedacht, als Connie sich erkundigt hatte, wann genau der Termin stattfand.

Gefolgt von zwei Agenten betrat Francesca den Raum. Dann stimmte es also wirklich. Die beiden Agenten sicherten unauffällig das *Skills Lab*, während Francesca in die Hände klatschte, um die allgemeine Aufmerksamkeit auf sich zu ziehen. Dabei hatte sie sie ohnehin schon.

»Hallo, alle miteinander. Ich hoffe, es stört euch nicht, dass euch heute jemand Besonderes bei eurem Gesundheitsworkshop besuchen möchte.«

Erleichterung durchflutete Emily. Endlich konnte sie wieder atmen. Sie waren nicht in Gefahr. Connie war da.

Die Jugendlichen hatten sich neben den Tischen zu einem Grüppchen gesammelt. Wieder war es Thomas, der für sie sprach. »Wer sind Sie? Und was für ein Besucher?«

»Das bin dann wohl ich.« Connie trat durch die Tür, die Hände zum Winken erhoben.

Kurz legte sich überraschtes Schweigen über den Raum, dann brach die Erkenntnis über die Teenager herein wie eine Welle. Aus Geflüster wurden Rufe und daraus tosender Applaus und das eine oder andere Kreischen. Wie hätte Emily wohl reagiert, wenn der Präsident plötzlich in eine ihrer Modell-UNO-Veranstaltungen an der Schule hereingeplatzt wäre? Sie hatte keine Ahnung. Hoffentlich war den Jugendlichen bewusst, was für eine unglaubliche Gelegenheit das für sie war.

Der Fotograf, der das Event schon den ganzen Tag begleitete, um Fotos für die Websites und für die Projekte der Teenager zu schießen, deutete fragend auf seine Kamera. Die Agenten des Secret Service nickten zustimmend.

Connie bewegte sich genauso mühelos durch diese Menge wie damals durch die im Weißen Haus. Die Mitarbeiter des Krankenhauses und die Teenager waren gleichermaßen begeistert von ihr. Als der Lärm immer mehr anstieg und alles im Chaos zu versinken drohte, hob sie eine Hand und rief die Versammelten zur Ordnung. Sie verstummten sofort und hingen förmlich an den Lippen der Präsidentin.

»Okay, setzen wir uns hin. Ich habe gehört, dass ihr heute einen spannenden Workshop habt und dass ihr lernt, wie ihr mit euren Familien darüber reden könnt, was sie für ihre Herzgesundheit tun können, stimmt das?«

Vierzig Teenager nickten nahezu synchron. Rasch stellten sie die Stühle in etwas schiefen Reihen auf und setzten sich. Gebannt beobachteten sie, wie die Präsidentin sich auf einen der Tische setzte, entspannt wie eine Dozentin in einem Raum voller enthusiastischer Erstsemester.

»Okay, jetzt werdet ihr noch einen draufsetzen. Ihr werdet *mich* überzeugen. Wer will zuerst? Warum sollte ich heute Mittag besser doch keinen Burger mit Pommes essen?«

Nach und nach hoben die Jugendlichen die Hände.

Sie musste lächeln. Die Teenager kamen sofort zur Sache, bauten anatomische Details ein und wichen auch den schwierigen Themen nicht aus. Sie machten einen besseren ersten Eindruck auf Connie, als sie selbst es getan hatte.

Francesca stellte sich neben Emily. Ihren Gehstock, den Emily bisher bei keinem Aufeinandertreffen gesehen hatte, lehnte sie neben sich an die Wand. »Ich wusste nicht, dass Sie auch Lehrerin sind«, sagte sie, ohne den Blick von der Präsidentin abzuwenden.«

»Bin ich nicht. Meine Schwester ist Lehrerin. Ich bin die Langweilerin in der Familie.«

»Genau. Ganz schön langweilig, eine der besten Herzchirurginnen des Landes zu sein. Was denken Sie, wie läuft es?« Francesca warf ihr einen Seitenblick zu, der alles andere als freundlich war. »Ich habe bis dato noch nie einem Herzchirurgen ein sicheres Handy zustellen lassen. Muss ich mir Ihretwegen Sorgen machen, Dr. Lawrence?«

»Wie bitte?« Emily hatte mit Small Talk gerechnet, nicht mit einer Anklage. Jetzt war wirklich nicht der richtige Zeitpunkt, um ihre Intentionen zu hinterfragen. »Das Handy war nicht meine Idee, und selbst wenn: Was ist denn bitte so schlimm an ein paar Textnachrichten?«

»Wir, die wir für die Präsidentin arbeiten, nehmen unsere Jobs sehr ernst. Wenn ihr jemand Schwierigkeiten machen will, müssen wir einschreiten. Ich hoffe, Sie verstehen das.«

Emily wandte ihren Blick wieder den Jugendlichen zu, die sichtlich darauf drängten, ihre Fragen loszuwerden.

»Wird das jetzt ein politisches Warngespräch? Die Präsidentin und ich verstehen uns gut. Ich würde sogar so weit gehen zu sagen, dass wir Freundinnen sind.«

»In der Tat.«

»In der Tat«, wiederholte Emily genervt. »Und soweit ich weiß, ist sie eine erwachsene Frau, die ständig Bodyguards an ihrer Seite hat. Sie hält mich ganz offensichtlich nicht für eine Gefahr für die nationale Sicherheit, oder für Nahrung für die Klatschspalten.«

Francesca wirkte nicht gerade überzeugt, doch sie löste die verschränkten Arme und ein Teil der Anspannung wich aus ihren Schultern. Sie hörte auf, die Stirn zu runzeln.

»Gut zu wissen. Ihnen ist bestimmt bewusst, wie viele Menschen es gibt, die ihr Böses wollen. Sie bekommt die meisten Briefe nicht zu sehen, ich aber schon. Das Gejammer, die Annäherungsversuche und ja, die Bedrohungen. Für jemanden in meiner Position ist es ungewöhnlich, sich zu diesem Zeitpunkt mit Neuen konfrontiert zu sehen. Sei es nun eine Freundin, oder etwas anderes.«

Sie klang ehrlich besorgt. Machte Emily den Mitarbeitern der Präsidentin Schwierigkeiten? Darüber hatte sie noch nie nachgedacht. Und warum auch? Es war ja nun wirklich nicht ungewöhnlich, dass zwei Menschen einen Draht zueinander hatten und entschieden, miteinander in Kontakt zu bleiben. Auf der Arbeit passierte so etwas doch jeden Tag.

»Ich verstehe, worauf Sie hinauswollen. Aber wir reden einfach nur gern miteinander. Ich halte mich wirklich nicht für etwas Besonderes, aber vielleicht hilft es ihr ja? Sie hat ja nun wirklich genug Stress im Job. Wahrscheinlich ist es ein Ventil für sie, wenn sie mit mir über das Gesundheitswesen diskutiert oder sich über den Senat beschwert. Ich bin gern für sie da.«

Francesca nickte. »Vielleicht tut es ihr auch gut, öfter mit jemandem aus der realen Welt zu sprechen.«

»Bestimmt tut es das. Auch wenn ich nicht weiß, inwiefern ich Teil der realen Welt sein soll. Die meiste Zeit verbringe ich im Krankenhaus.«

Francesca schnaubte statt einer Antwort.

Die Präsidentin beendete ihr kleines Intermezzo unterdessen mit einem Gruppenselfie, bei dem sich die Teenager um sie scharten. Dann kam sie lächelnd auf Emily zu. »Emily!« Sie begrüßte sie fast genauso herzlich wie damals im Kennedy Center. »Ich hoffe, Sie haben nichts dagegen. Wir waren nur gerade in der Gegend und ich habe den Secret Service gefragt, ob ich ein paar Jugendliche überraschen darf. Sie haben ja erwähnt, dass Sie heute diesen Workshop haben.«

»Natürlich habe ich nichts dagegen«, erwiderte Emily. »Es ist schön, Sie zu sehen. War es schön in Griechenland?« Es war eine blöde Frage, wirklich. Sie hatte ihr in ihren Nachrichten ja schon von der Reise erzählt.

»Ich hab etwas für meine Sonnenbräune getan, sieht man das nicht?« Das sollte ein Scherz sein, aber Connie hatte tatsächlich den leicht sonnengeküssten Schimmer auf der Haut, den alle Kalifornier stets zu haben schienen. »Francesca, könnten Sie uns einen Moment allein lassen? Ich habe eine medizinische Frage an Dr. Lawrence.«

Leise grummelnd trottete Francesca davon.

»Ich hoffe, sie war nicht allzu bedrohlich«, meinte Connie und lehnte sich mit verschränkten Armen neben Emily an die Wand. »Ich wäre ohne sie aufgeschmissen, aber manchmal frage ich mich, ob ich ihr nicht vielleicht im Weg bin.«

Emily schmunzelte, erwiderte drauf aber nichts – das war vermutlich besser so. Stattdessen sagte sie: »Ich fasse es nicht, dass Sie hergekommen sind. Als ich Ihnen davon erzählt habe, hätte ich nie gedacht –«

»Ich mag es, mit jungen Menschen zu reden. Sie sind so enthusiastisch. Gerade momentan, wo alles so hektisch ist, tut das gut. Außerdem wurde die Preisverleihung, zu der ich eigentlich gehen sollte, abgesagt, weil am Flughafen ein paar Stunden lang keine Flugzeuge landen konnten. Von mir wissen Sie das aber nicht, also tun Sie überrascht, wenn das in den Nachrichten kommt.«

Emily lachte. »Spielen Sie mir gerade geheime Infos zu? Ist das ein politischer Skandal?«

»Japp. Calvingate. So werden sie das nennen. Obwohl es überhaupt keinen Sinn macht, immer -*gate* an irgendwelche Dinge anzuhängen. Das Hotel hie–«

»... hieß Watergate«, beendete Emily ihren Satz für sie. »Das macht mich auch immer wahnsinnig. Können Sie da nicht irgendein Dekret erlassen oder so?«

Connie musterte sie prüfend. »Vermutlich könnte ich das. Aber wahrscheinlich gibt es keinen besonders guten Präzedenzfall, wenn die Präsidentin die Presse herumkommandiert.«

»Ah, immer dieser erste Zusatzartikel zur Verfassung, was?« Emily wollte noch etwas hinzufügen, doch ein Agent kam auf sie zu. Connie schien ihn noch nicht bemerkt zu haben. »Ich glaube, Sie werden wieder davongeschleppt.«

»Nie hat man seine Ruhe«, meinte Connie ächzend und stieß sich von der Wand ab. »Ich weiß. Ich komme schon.«

»Danke fürs Vorbeikommen«, sagte Emily. Im nächsten Moment fand sie sich in einer kurzen, erstaunlich kräftigen Umarmung mit Connie wieder. Sie dauerte nur wenige Sekunden, trotzdem taumelte Emily beinahe, als Connie sie wieder losließ.

»Danke, dass ich so plötzlich hereinschneien durfte.«

Das unverkennbare Klicken einer Kamera ertönte. Gleichzeitig drehten sie sich um.

»Ist das …?« Emily hatte keine Ahnung, wie sie die Frage formulieren sollte.

»Kein Problem«, erwiderte Connie, warf dem Fotografen aber einen strengen Blick zu und biss sich auf die Unterlippe. Kurz schaute sie zu Francesca.

»Ich muss los«, sagte Connie schließlich und gleich darauf wuselten die Besucher eilig aus dem Raum. Die Tür fiel hinter ihnen ins Schloss.

»Das war so cool!« Thomas lief zu Emily. »Haben Sie gehört, wie ich die Präsidentin nach der Aorta gefragt habe? Sie wusste die Antwort auswendig!«

»Ja, das war eine echt gute Frage.«

Während des restlichen Workshops beobachtete Emily den Fotografen dabei, wie er weitere Schnappschüsse machte. Sollte sie zu ihm gehen und ihn bitten, alle Fotos von ihr und der Präsidentin zu löschen? Aber sie wollte nicht noch mehr Aufmerksamkeit darauf lenken.

Es war nur eine Umarmung gewesen, nichts weiter. Auf dem Foto konnte man nicht sehen, dass Emilys Körper währenddessen innerlich aufgeleuchtet hatte wie eine Jahrmarktsattraktion. Egal, was sie in diesem Moment gedacht hatte: Niemand konnte in diesen Anblick etwas Unangemessenes hineininterpretieren.

Wen sollte etwas derartig Langweiliges auch interessieren? Die Präsidentin schüttelte jeden Tag irgendwelche Hände und hauchte Küsse auf irgendwelche Wangen. Emily war nichts Besonderes.

Blöderweise wünschte sich ein Teil von ihr, dass das anders wäre.

Kapitel 10

Connie wachte auf, weil jemand an ihre Schlafzimmertür klopfte. Sie schob die Schlafmaske zurück und blinzelte gegen das Dämmerlicht an. War das eine neue Angestellte? Sie hatte ihren Angestellten eigentlich eingeschärft, dass sie das Frühstück hineinbringen sollten, ohne vorher zu klopfen. Manchmal brauchte sie jede einzelne Sekunde Schlaf bis zum Weckerklingeln. Ihr stieg jedoch nicht der Duft von frisch gebrühtem Kaffee in die Nase, dabei war der das Beste am Aufstehen.

»Ja?«, rief sie.

»Ma'am? Ich bin es, Elliot. Ramira hat mich hergeschickt, damit ich mit Ihnen über eine Schlagzeile rede.«

Es war nie ein gutes Zeichen, wenn ein Mitglied ihres Stabs sich in den Wohntrakt verirrte. Und um diese Uhrzeit? Das war nur ein einziges Mal vorgekommen, während des letzten verheerenden Erdbebens in Japan.

»Urgh, kommen Sie rein.«

Connie streckte sich und schaltete die Nachttischlampe ein. Während Elliot sich langsam dem Bett näherte, überprüfte sie noch schnell, ob alle Knöpfe ihres Pyjamaoberteils noch geschlossen waren. Waren sie, zum Glück. Nichts verrutscht.

»Ich dachte erst, dass das Thema noch eine halbe Stunde Zeit hat, aber Ramira war der Meinung, dass wir Sie sofort briefen müssen. Die Medien sind schon ziemlich aktiv.«

»Schngut«, krächzte Connie und verkniff sich ein Gähnen. »Worum geht's? Eine Naturkatastrophe? Bitte nicht noch ein Amoklauf.«

»Äh, doch, ich glaube, in Oklahoma gab es einen? Aber darum ... Es geht um etwas ein bisschen Persönlicheres, Madam President.«

»Doch nicht um Zachary? Ist ihm ...« Noch bevor sie den Gedanken fertig gedacht hatte, sprang Connie schon aus dem Bett. Aber warum sollte sich Elliot damit befassen? Doch wohl nur, wenn jemand aus seiner Schule etwas an die Presse weitergetratscht hatte. Aber was?

Connie wünschte sich sehnsüchtig ihren Kaffee herbei.

»Nein, es geht ihm gut. Alles in bester Ordnung. Es geht um Ihre Programmänderung gestern. Einige von uns waren recht überrascht deswegen. Wir haben nicht daran gedacht, zu überprüfen, was Sie tun, nachdem die Preisverleihung abgesagt wurde. Dementsprechend waren wir nicht darauf vorbereitet, dass Sie spontan in einem Krankenhaus vorbeischauen.«

»Sie platzen vor Sonnenaufgang in mein Schlafzimmer, als befänden wir uns mitten in einem nationalen Notfall, weil ich zu einem *Healthy Hearts*-Workshop mit ein paar Jugendlichen gegangen bin?!«

Elliot senkte den Blick und nestelte am Saum sieser Sportjacke herum. Sier war offensichtlich gerade laufen gewesen und hatte keine Zeit gehabt, sich für die Arbeit umzuziehen. Ramira musste alle vor ihrem üblichen Arbeitsbeginn einberufen haben – dabei waren ihre engsten Mitarbeiter meistens ohnehin schon vor sieben da.

»Im Internet sind ein paar Fotos aufgetaucht, auf denen Sie Emily Lawrence umarmen. Normalerweise wäre das kein Thema, aber ein paar Klatschreporter haben sie erkannt und mit den Fotos von der Gala im Kennedy Center verglichen. Und jetzt geben sie der Geschichte einen gewissen Dreh, den wir nicht erwartet haben. Nicht wirklich, zumindest.«

Connie fuhr sich mit einer Hand durch die Haare. »Elliot, Sie haben ein unglaubliches Talent dafür, mich im rechten Licht darzustellen. Darum war Ihre Mitarbeit schon im Wahlkampf so wertvoll. Aber wenn Sie nicht bald zum Punkt kommen, muss ich Sie wohl oder übel ins Exil schicken.«

Ein kleines Zucken in Elliots Wange ließ Emily vermuten, dass sier das womöglich diesem Gespräch vorziehen würde.

»Verzeihung, Ma'am. Also. Die Medien spekulieren darüber, ob Sie womöglich eine Beziehung mit Emily Lawrence haben. Anscheinend haben sie sich über Nacht an Ihre sexuelle Orientierung erinnert und nun haben sie Bildmaterial gefunden, das Sie illustriert. Es ist … Nun, es ist ein gewaltiger Aufruhr. Der Vizepräsident steht bereit, für den Fall, dass er Ihre heutigen Termine übernehmen muss.«

Connie drängte den Impuls nieder, sich wieder aufs Bett fallen zu lassen und das Gesicht in ihrem Kissen zu vergraben. Zum Glück öffnete sich in diesem Moment die Tür und Ron, der Butler, schob den Servierwagen mit ihrem Frühstück herein. Kurz huschte ein indignierter Ausdruck über sein Gesicht, als er Elliot bemerkte. Das Hauspersonal schätzte es gar nicht, wenn Büromitarbeiter in ihr Revier eindrangen. Doch Connie hatte jetzt keine Zeit, zu schlichten.

»Sagen Sie Ramira, dass wir dieses Gerücht nicht kommentieren werden. Auch in den heutigen Pressemitteilungen werden wir es nicht erwähnen. *Business as usual*, es gibt hier nichts zu sehen. Und richten Sie Martin – ich meine, dem Vizepräsidenten – aus, dass er seinen Tag wie geplant gestalten kann. Und jetzt werde ich frühstücken und unter die Dusche gehen. Bis gleich.«

»Ma'am.« Elliot war sichtlich erleichtert, gehen zu können. Ron hielt siem die Tür auf und Elliot rannte schon fast aus dem Zimmer. Ihre restlichen Mitarbeiter würden ihrem Ärger sicher wesentlich lautstärker Luft machen.

Bevor sie sich dem stellte, hielt der Morgen jedoch noch etwas anderes für sie bereit: Kaffee.

»Madam President!«

»Ma'am!«

Kaum hatte sie das *Oval Office* betreten, stürzten sich ihre Mitarbeiter praktisch auf sie. Connie hatte mit dem Frühstück und der Dusche ein wenig Zeit gewonnen, doch das hatte weder ihre Laune gebessert, noch war sie dadurch besser in der Lage, die Aufregung und die Dreistigkeit ihres Stabs zu ertragen.

»Es reicht!« Ihr Tonfall war so scharf, dass ihre Mitarbeiter tatsächlich zurückwichen und ihr etwas mehr Raum ließen. »Ich durfte Elliot schon im Morgengrauen in Sportklamotten bewundern. Hat sonst noch wer irgendwelche Überraschungsauftritte geplant? Und wo steckt überhaupt Ramira? Das ist doch ihr Werk.«

»Sie hat einen Termin im Kapitol, den sie nicht verschieben konnte«, sagte Asha. »Aber sie meinte, dass die Berichterstattung Sie verärgern wird, deswegen kümmern wir uns darum.«

Connie baute sich hinter ihrem Schreibtisch auf und stemmte die Handflächen auf die Tischplatte. Ihre Mitarbeiter bauten sich im Halbkreis vor ihr auf. Sie vibrierten förmlich, wollten ihr endlich die Lösung präsentieren, auf die sie sich geeinigt hatten. Sie wusste jetzt schon, welche das war.

Leugnen, abblocken, ablenken. So lief es nun einmal in der Politik.

»Elliot, was ist Ihr Zugang zu der Sache? Sie haben ja genau zu diesem Thema Umfragen durchgeführt.«

»Die meisten stehen der Vorstellung, dass Sie in einer Beziehung mit einer Frau sind, positiv bis neutral gegenüber. Allerdings sind diejenigen, die der Vorstellung negativ gegenüberstehen, sehr lautstark. Wesentlich vehementer als bei anderen Themen. Religiöse Instanzen werden Sie anfeinden, einige zumindest. Ich bin nicht für unsere Kommunikationsstrategien zuständig, aber können wir nicht einfach das Thema wechseln? Nur Pressemitteilungen über das geplante Verbot von automatischen Schusswaffen rausschicken?«

Ohne dass Connie ihn aufgerufen hätte, meldete Darius sich zu Wort. »Bei allem Respekt, Elliot, aber das reicht nicht. Über Sex wird nun einmal mehr berichtet als über Waffen.«

»Nicht unbedingt. Wenn die Waffenlobby aufwacht, werden die sich gegenseitig mit Wortmeldungen überbieten. Dann würden wir den einen lautstarken Widerspruch gegen einen anderen eintauschen«, entgegnete Asha. »Wir müssen sie mit unterschiedlichen Themen bombardieren. Mit so vielen wie möglich, damit sie sich nicht an einem einzigen Thema festbeißen können.«

»Trotzdem wirkt es dann bei der Pressekonferenz, als würde ich mich herauswinden wollen. Ich sollte schon auf die Fragen antworten, die mir gestellt werden.« Darius verschränkte die Arme, als wäre damit alles gesagt.

»Das ist ja wohl die Mindestvoraussetzung«, meinte Connie. »Sonst bräuchte ich einen neuen Pressesprecher. Aber ich glaube, ich habe eine bessere Idee.«

»Ma'am?« Elliot nestelte nervös an sieser Krawatte herum.

»Wir ignorieren die ganze Angelegenheit. Sie hat nichts mit Politik zu tun und es gibt schlicht nichts zu berichten, das gereicht uns zum Vorteil. Ich habe mich ein paarmal mit einer Frau unterhalten? Noch dazu mit der Ärztin meines Sohnes? Soll das wirklich im ganzen Land breitgetreten werden? Ich glaube nicht. Wenn die Medien die Sache zur Sprache bringen, wechseln Sie das Thema und reden über etwas Konstruktives. Die Amerikaner interessieren sich doch nicht dafür, wenn ich jemanden kurz umarme oder auf die Wange küsse. Wenn wir das schon als ernste Angelegenheit behandeln, werde ich nie zu etwas wirklich Wichtigem kommen.«

»Wir verstehen, worauf Sie hinauswollen, Madam President ...« Zweifel schwang in Ashas Stimme mit.

»Wunderbar. Dann wissen Sie ja, was Sie heute zu tun haben.« Normalerweise schätzte Connie die Vorschläge ihres Stabs und sie hielt sie auch stets dazu an, ihre Meinung zu sagen. Diese Angelegenheit jedoch ließ sie innerlich vor Wut brodeln. Wie konnten die Medien es wagen, daraus eine Schlagzeile zu basteln? Würde sie nie wieder auch nur einen Hauch Privatsphäre haben? Gab es so etwas wie harmlosen, freundlichen Sozialkontakt für sie nicht mehr?

Es wäre etwas anderes, hätte man positiv über das Thema berichtet. Sie könnte es schon nachvollziehen, wenn irgendein Klatschmagazin aufgeregt spekulierte, ob da die große Liebe in der Luft lag. Aber wie jede andere Frau, die jemals in eine andere Frau verliebt gewesen war, erkannte auch Connie Homophobie, wenn sie ihr entgegenlachte. Man versuchte, einen Skandal aus ihrer Freundschaft zu Emily zu konstruieren und das würde sie genauso wenig zulassen, wie sie ihre präsidiale Meinung über die Miss-World-Wahl kundtun würde.

Irgendjemand musste dem Präsidentenamt mit dem Respekt begegnen, der ihm gebührte. Und sei es die Präsidentin selbst.

Ihre Mitarbeiter zogen sich gehorsam zurück, nur Asha blieb als Einzige im *Oval Office*.

»Ma'am, eine Sache noch. Ramira hat mich darum gebeten, es anzusprechen, weil sie nicht hier sein kann. Bitte behalten Sie das im Kopf, bevor Sie irgendwelche schweren Dinge nach mir werfen.«

»Ich habe nie auch nur einen Briefbeschwerer nach einem Mitarbeiter geworfen.« Connie zwang sich zu einem Lächeln. Asha war schon angespannt genug.

»Sie meinte, Sie haben vielleicht das Bedürfnis, Dr. Lawrence zu beschützen. Vor dem Blitzlichtgewitter und so. Und, äh, Ramira meinte – das ist jetzt ein wörtliches Zitat –, dass Sie bloß nicht auf die Idee kommen sollen, die Heldin zu spielen, sondern dass Sie gefälligst zuerst an Ihren eigenen Ruf denken sollen.«

Connie schnaubte. Selbst wenn Asha es nicht ausdrücklich betont hätte, war es klar, dass die Worte von Ramira stammten.

»Nun, dann wird es ihr bestimmt gefallen, dass ich plane, so zu tun, als gäbe es Dr. Lawrence nicht. Auch wenn ich durchaus besorgt bin, was die Medien und sonstige Leute tun werden, bevor die Geschichte wieder in der Versenkung verschwindet.«

»Wir können keine ... Ma'am, es ist vielleicht verlockend, aber wir können keine Bundesagenten abstellen, um für Dr. Lawrence' Sicherheit zu garantieren. Eventuell können wir der Polizei Bescheid geben, aber auch das gibt kein sonderlich gutes Bild ab.«

Connie drehte ihren Ehering herum. »Schikanieren sie sie schon? Wissen sie, wo sie wohnt? Wo sie arbeitet, wissen sie auf jeden Fall. Wie sieht es denn mit einem privaten Sicherheitsdienst aus? Ich bezahle den auch persönlich. Auch wenn ich ihn nur zu gern der Person in Rechnung stellen würde, die entschieden hat, unsere Begegnung zu sonst was für einer Geschichte aufzubauschen.«

»Das wird nicht notwendig sein, Ma'am.« Der Vizepräsident betrat das *Oval Office* durch die Tür von Ramiras Büro. Er war eine imposante Erscheinung, groß, weiß und mit perfekt gerader Haltung, die von seinem maßgeschneiderten Anzug nur betont wurde. Es ließ sich nicht verleugnen, dass er beim Militär gewesen war, auch wenn das schon zehn Jahre her war. Dass er bereits sechzig war, merkte man ihm nicht an. Seine Haare waren grau meliert und immer noch voll, sein Lächeln strahlend und seine Haut leicht gebräunt. In einem Liegestützen-Wettbewerb wäre Connie ihm hoffnungslos unterlegen.

»Warum nicht, Martin?«

»Weil Emily Lawrence anscheinend genauso effizient ist, wenn es um ihre eigene Sicherheit geht, wie wenn sie eine Herzkrankheit diagnostiziert. Sie hat bereits einen privaten Sicherheitsdienst engagiert. Die Randolphs haben ihr dabei anscheinend geholfen. Kaum waren die ersten Schlagzeilen gedruckt, haben sie ihr schon ihren eigenen Sicherheitsdienst nach Hause und ins Krankenhaus geschickt.«

Connie konnte nicht anders, als irritiert die Stirn zu runzeln. »Ist das ein Scherz? Die Vorstellung, dass ein idealistischer und engagierter Mensch wie Emily den Randolphs nahesteht, ist einigermaßen absurd. Wenn Miriam eine Spendengala organisiert, dann ist das Essen dort pures Gift für das Herz. Und wenn sie das Bedürfnis hat, etwas für das Gesundheitswesen zu tun, kauft sie sich einen Krankenhausflügel. Andere Menschen sind ihr doch völlig egal.«

»Der Gerüchteküche zufolge – damit meine ich meine Tochter Jessica; sie weiß alles über das Liebesleben von allen in der Gegend. Also, der Gerüchteküche zufolge war Dr. Lawrence in einer ernsten Beziehung mit der jüngsten Tochter der Randolphs, Brooke. Anscheinend stand sogar eine Verlobung im Raum. Doch dann haben sie sich leise getrennt und seither hat man nichts mehr von ihnen gehört. Nun, bis heute, jedenfalls.«

Wieso zog sich ihr Brustkorb so unangenehm zusammen? Connie versuchte vergeblich, das Ziehen zu ignorieren. Natürlich hatte Emily Beziehungen gehabt. Verdammt, Connie selbst hatte sie noch nicht einmal gefragt, ob sie verheiratet war oder Kinder hatte. Beides wäre möglich gewesen. Nein, statt mit ihr zu reden, hatte sie sich ganz auf die Berichte verlassen, die ihre Mitarbeiter ihr vorgelegt hatten. Und selbst die hätte sie wohl gründlicher lesen sollen.

»Ganz gleich, mit wem sie zusammen ist oder war: Emily Lawrence hat es nicht verdient, derartig ins Licht der Öffentlichkeit gezerrt zu werden. Kann ich mich darauf verlassen, dass wir sie im Auge behalten? Ich verspreche, mich nicht einzumischen, noch nicht, aber ich kann es nicht akzeptieren, dass sie dafür büßen muss, dass sie ein wenig Zeit mit mir verbracht hat. Als Freundin.«

»Ms. Kohli, könnten Sie uns einen Moment allein lassen?«, fragte Martin.

Asha nickte höflich, zog sich aus dem *Oval Office* zurück und schloss die Tür hinter sich.

»Martin, nicht –«

»Es ist durchaus möglich, dass auch anderen auffällt, was uns hier aufgefallen ist: dass Sie Interesse an Emily Lawrence haben, zum ersten Mal seit Langem. Wie Sie sie ansehen, wie Sie mit ihr umgehen. Sie haben sie in Ihren Bereich eingeladen und sind in ihren eingedrungen. Bei allem Respekt, aber jede Ihrer Bewegungen ist von Interesse für die Öffentlichkeit. Es ist unvermeidlich, dass die Leute sich Gedanken machen.«

Connie wandte ihm den Rücken zu und schaute aus dem Fenster, hinaus auf die Rasenfläche. Wie lange würde es wohl dauern, bis *Marine One* bereitstand, wenn sie Francesca jetzt beauftragte, den Helikopter startklar zu machen? Würde der Secret Service einen unplanmäßigen Flug überhaupt gestatten? Und was noch viel wichtiger war: Wo sollte sie überhaupt hinfliegen? Sie konnte den Medien schlecht ausrichten lassen, dass sie sich ein paar Tage freinahm, obwohl ihr natürlich Urlaubstage zustanden. Von den wichtigen Meetings und Entscheidungen ganz abgesehen, die heute noch auf sie warteten.

»Versuchen Sie gerade, mir zu sagen, dass ich ihnen keinen weiteren Anlass für Spekulationen geben soll?« Mühsam unterdrückte Connie ein Seufzen.

»Nur für den Moment. Wenn Sie erst wiedergewählt wurden, in Ihrer zweiten Amtszeit – vielleicht sieht die Welt dann schon anders aus. Bitte glauben Sie nicht, dass ich es Ihnen nicht gönnen würde, endlich wieder ein wenig Glück zu finden. Nach allem, was Sie durchgemacht haben. Robert hätte nicht gewollt, dass Sie einsam sind. Aber es hat nun einmal einen schalen Beigeschmack. Ich meine, wie sagt man Nein zu der mächtigsten Frau der Welt?«

»Glauben Sie mir, darüber habe ich auch schon nachgedacht«, erwiderte Connie. Es machte keinen Sinn, das zu leugnen. Schon gar nicht, wenn sie mit jenem Mann sprach, der sich ihr angeschlossen hatte, nachdem er mit seiner eigenen Kandidatur am Super Tuesday gescheitert war. Er war ihr von Anfang an eine wertvolle Unterstützung gewesen und die Kampagne hatte sehr von seiner jahrzehntelangen Erfahrung beim Militär und seiner geradlinigen Art profitiert. »Nicht unbedingt in diesem Fall, aber generell. Was, wenn ich bei der UNO jemandem über den Weg laufe, der perfekt für mich ist? Oder wenn mein Blick bei der Eröffnung irgendeines neuen Gebäudes plötzlich auf jemanden fällt, der mit der *Medal of Honor* ausgezeichnet wurde? Das darf nicht passieren, das weiß ich. Schon gar nicht mit einer Frau.«

Martin strich über den Kragen seines gestärkten weißen Hemds und wich ihrem Blick aus. »Ich wünschte, es wäre anderes. Sie haben im Wahlkampf mit offenen Karten gespielt, aber den Umfragen zufolge, haben die Leute Sie *trotz* Ihrer Bisexualität gewählt, nicht wegen ihr. Da Sie mit Robert verheiratet und dann verwitwet waren, war es leicht, Ihre sexuelle Orientierung zu ignorieren. Wenn wir den Leuten die aber ins Gesicht reiben, wird die nächste Wahl vielleicht anders aussehen. Selbst wenn ein Typ mit schlechtem Toupet, der den lieben langen Tag über Touchdowns redet und nicht über Politik, das Beste ist, was die Republikaner zu bieten haben. Wir sollten nicht riskieren, dass aus Gabe Emerson ein ernsthafter Kandidat auf das Präsidentenamt wird, und sei es nur durch eine Unachtsamkeit.«

»So ein Drama, dabei bin ich doch gar nicht mit ihr zusammen.« Wieder unterdrückte Connie ein frustriertes Seufzen. »Ich kann mir das auch irgendwie gar nicht richtig vorstellen. Manchmal habe ich immer noch das Gefühl, dass ich Robert eben erst verloren habe, dabei sind es inzwischen schon drei Jahre. Zach sieht ihm jeden Tag ähnlicher, wussten Sie das? Er hat so viele Eigenheiten von ihm übernommen. Wenn er Himbeeren isst, verzieht er das Gesicht genau wie Robert. Wie soll ich da bitte darüber nachdenken, mit jemand anderem zusammen zu sein? Selbst wenn es möglich wäre.«

Martin umrundete den Schreibtisch und legte Connie eine Hand auf die Schulter. »Vielleicht sind Sie einfach noch nicht so weit, Constance.« Er war einer der wenigen Menschen, die ihren vollen Namen verwendeten, und die Art, wie er ihn aussprach, hatte etwas Tröstliches. »Aber wenn Sie sich in diesem riesigen Kasten einsam fühlen, können Sie jederzeit zu uns zum Essen kommen. Und wir kommen Sie auch gern besuchen.«

»Danke, Martin. Ich würde mich freuen, mehr Zeit mit Ihnen und Rose zu verbringen. Allerdings sollten wir jetzt wohl wirklich anfangen zu arbeiten.«

»In der Tat. Ich habe einen Praktikanten darum ersucht, mir eine saubere Krawatte zu organisieren, das ist jetzt also mein erster Tagesordnungspunkt. Aber bitte geben Sie Bescheid, wenn ich etwas für Sie tun kann, Madam President. Egal, was.«

»Ich weiß das sehr zu schätzen.« Sie drückte ihm kurz den Oberarm, ehe er sich abwandte.

Sobald sie allein war, zog Connie das sichere Handy aus ihrer Tasche. Keine neuen Nachrichten. War Emily aufgebracht, weil die Medien sich so rüde in ihre Privatsphäre gedrängt hatten? Hatte sie Angst? Es war gut, dass sie so rasch einen Sicherheitsdienst organisiert hatte, auch wenn es furchtbar war, dass sie überhaupt einen brauchte. Es war etwas dran an dem, was Ramira über Connies Bedürfnis, die Heldin zu spielen, gesagt hatte. Bei dem Gedanken, dass sie das Problem nicht selbst in die Hand nehmen konnte, könnte sie vor Wut am liebsten die Faust gegen die nächste Wand rammen.

Sie musste herausfinden, wie Emily sich fühlte. Auf die eine oder andere Art. Vielleicht hätte sie das überhaupt als Allererstes tun sollen. Connie war wirklich aus der Übung.

Das alles tut mir so leid. Sind Sie gut in die Arbeit gekommen?

Emily wusch ihre Hände und Unterarme noch rigoroser, als sie es normalerweise tat. Passierte denn sonst nichts in der Welt, worüber die Medien berichten konnten? Wie hatte aus einer einzigen harmlosen Umarmung dieser Irrsinn werden können? Nie im Leben wollte Connie jetzt noch weiter mit ihr Zeit verbringen. Nicht, wenn so etwas bei jeder Gelegenheit passieren konnte.

Wenigstens fühlte sie sich im OP sicherer. Von dem Schock, als sie heute früh festgestellt hatte, dass Dutzende Paparazzi vor ihrem Haus lungerten, würde sie sich so bald nicht erholen. Den Rest des Morgens hatte sie dann damit verbracht, sich mit ihren neuen Bodyguards zu befassen – die sie Brooke und Rebecca verdankte – und sich dann mit ihnen in die Arbeit zu kämpfen. Das hatte natürlich nicht gerade gegen ihr Herzrasen und ihre Anspannung geholfen. Die Situation setzte ihr zu, was nicht zuletzt mit dem traumatischen Tod ihrer Eltern zusammenhing.

Außerdem fühlte sie sich schuldig. Diese Geschichte konnte Connie und ihrem Stab schweren Schaden zufügen. Emily war mit einem gewissen Widerwillen nach Washington gezogen, aber sie hatte der Aussicht, an einem derartig prestigereichen und finanziell gut aufgestellten Krankenhaus zu arbeiten nicht widerstehen können. Sie hatte jedoch nicht das geringste Bedürfnis, plötzlich deswegen im Fernsehen oder in Zeitungen Thema zu sein. Verdammt, irgendwelche Journalisten machten sogar schon Jagd auf ihre Freunde und Familie.

Als ihr Handy eine Nachricht von Connie anzeigte, zögerte Emily nicht. Obwohl sie sich dann noch einmal die Hände waschen würde müssen, wischte sie über den Bildschirm und rief sie zurück.

Connie hob schon beim ersten Klingeln ab. »Emily, hi. Geht es Ihnen gut?«

»Ja, alles in Ordnung. Keine Sorge. Es tut mir nur so leid, dass Ihnen das passiert ist.«

Connie lachte zittrig. »Das ist wohl eher uns beiden passiert. Die Presse hat sich da etwas zusammengesponnen, obwohl ja eigentlich gar nichts passiert ist. Aber wir regeln das schon. Ich wollte nur sichergehen, dass es Ihnen gut geht.«

»Das ist lieb, danke. Wie gesagt, es ist alles okay. Ich bin nur so wütend. Sie haben sicher ganz andere Dinge auf dem Tablett und jetzt müssen Sie sich mit diesem Affenzirkus befassen!« Emilys Stimme wurde lauter und sie musste sich zwingen, wieder in normaler Lautstärke zu sprechen. Zum

Glück war sie es aus dem OP gewohnt, sich zusammenzureißen und zu fokussieren.

»Mag sein, aber vor allem ist es unverschämt, wie die in Ihr Privatleben eingedrungen sind. Ich würde gern mehr tun, Sie vor alledem beschützen«, sagte Connie. »Aber strategisch gesehen ist es das Klügste, wenn wir warten, bis aus der Geschichte die Luft raus ist. Sie haben eine Securityfirma angeheuert, oder? Die sollten die Paparazzi von Ihnen fernhalten.«

»Ja, ich, äh ... Meine Freundin Brooke hat mir diese Firma vermittelt, die auch für ihre Familie arbeitet. Darum habe ich jetzt also einen Bodyguard, Caleb, der vor meiner Tür steht. Seine Leute beobachten das Krankenhaus und fahren mich. Rebecca besteht darauf, dass sie mich überallhin begleiten. Hoffen wir mal, dass das alles rasch vorbei ist. Schön ist das nämlich nicht.«

»Brooke Randolph, oder? Ich wusste nicht, dass Sie noch Kontakt haben.«

Wahrscheinlich war es nur der Stress, aber ganz kurz hatte Emily den Eindruck, dass Connie eifersüchtig klang. Sie schüttelte diese irrwitzige Idee ab. »Ich habe kaum Zeit für ... Freunde. Brooke ist nicht ... Wir streiten, na ja, ehrlich gesagt, streiten wir ständig, aber sie ist ein guter Mensch und ich brauche lange, bis ich anderen vertraue. Ihre Eltern sind Republikaner, aber sie waren immer anständig mir gegenüber.«

»Von der Sorte gibt es nicht mehr viele«, meinte Connie. »Während des Wahlkampfs habe ich von den Republikanern nicht sonderlich viel Respekt erfahren.«

»Das glaube ich Ihnen.«

»Emily –«

»Übrigens, ich weiß nicht, ob es etwas bringt, aber Brooke kommt für eine Veranstaltung ihrer Mutter nach Washington. Sie hat vorgeschlagen, dass wir miteinander essen gehen. In der Öffentlichkeit. Sie glaubt, dass das die Presse ablenken könnte und es mir dann vielleicht erspart bleibt, wieder praktisch im Krankenhaus zu wohnen wie damals während meiner Zeit als Assistenzärztin. Wir werden nicht wieder zusammenkommen, aber dann sollte es meinetwegen keine Probleme mehr geben, Madam President.« War es richtig gewesen, an der Stelle zu der formellen Anrede zu wechseln? Durfte sie sie überhaupt noch Connie nennen, nachdem ein bloßes Treffen ihr schon solche Schwierigkeiten gemacht hatte?

»Ah. Nun, wie ich sehe, ist es Ihnen lieber, wenn wir auf Abstand gehen, und ich kann Ihnen da keinen Vorwurf machen«, sagte Connie.

Emily wollte etwas einwerfen, doch sie ließ sie nicht zu Wort kommen.

»Ich kann verstehen, wenn ich eine Weile nichts von Ihnen höre. Viel Spaß mit Ms. Randolph. Und danke, dass Sie die Ruhe bewahrt haben. Ich lasse Sie dann mal weiterarbeiten, Dr. Lawrence.«

»Aber –«

»Auf Wiedersehen.«

Emily kam nicht einmal dazu, sich zu verabschieden. Offenbar hatte sie den Eindruck erweckt, dass sie nicht mehr mit Connie Nachrichten austauschen wollte. Oder schlimmer noch: dass sie überhaupt keinen Kontakt mehr zu ihr wollte. So schnell hatte Emily es noch nie geschafft, es sich mit einer Frau, zu der sie sich hingezogen fühlte, zu versauen.

Seufzend schaltete sie das Wasser wieder ein und machte sich erneut daran, sich gründlichst die Hände zu waschen.

Kapitel 11

Emily schob mit ihrer schweren Silbergabel ein Brokkoliröschen auf dem Teller herum und versuchte, sich auf Brooke zu konzentrieren. Gerade erzählte diese von dem letzten Technik-Start-up, das sie inkompetenten Gründern abgekauft hatte. Die Geschichte war nicht uninteressant, Emily hatte sogar ein paarmal lachen müssen. Das war auch nicht der Grund, warum sie die Reste ihrer Vorspeise finster ansah. Nein, das lag viel eher an dem Ort, an dem sie sich befanden.

Natürlich war der trendig, aber das war eben typisch Brooke. Während ihrer Beziehung hatte sie ständig versucht, Emily zum Foodie zu konvertieren, dabei konnte sie Pesto kaum von Pizza unterscheiden.

Was Emily aber wirklich störte, war, wie verdammt öffentlich dieses Lokal war. Dank Brookes Namen hatten sie einen der besten Tische bekommen, aber dadurch fühlte Emily sich erst recht wie ein Hummer im Tank, der von allen begafft wurde. Immer wieder brandete ein Raunen durch die Anwesenden und wann immer Emily das Gefühl hatte, dass sich endlich alle daran gewöhnt hatten, dass sie hier ganz normal saß und sich unterhielt, betraten neue Leute das Restaurant und das Getuschel und Gestarre gingen von vorne los. Trotzdem: Wenn das den Gerüchten über Emily und die Präsidentin ein Ende bereitete, war es das wert.

»… und dann habe ich ihm gesagt, er soll sich sein bescheuertes Surfboard schnappen und sich aus meinem Büro verpissen«, beendete Brooke die Geschichte ihrer letzten Akquisition. »Em? Ich weiß, ich bin nicht Hannah Gadsby oder so, aber das war schon ziemlich witzig.«

»Entschuldige.« Emily fischte ihre Serviette vom Schoß und legte sie neben ihren fast leeren Teller. Sie griff nach ihrem Glas Wein und zwang sich zu so etwas wie einem Lächeln. »Ich dachte nur gerade, wir hätten besser bei mir daheimbleiben und Essen bestellen sollen.«

»Leben auf dem Präsentierteller, hm? Aber nächste Woche ist das alles vergessen. Dann können sie sich über irgendeine Praktikantin oder Ex-Frau das Maul zerreißen und du kannst ganz normal mit deinem Leben weitermachen. Wir schauen nur, dass es ein bisschen schneller geht. Glaub mir, ich kenn mich in Washington aus.«

»Ich wünschte nur, das wäre alles nicht nötig. In New York gab es so etwas nicht.« Emily wollte nicht verbittert klingen, aber es war schwer, nicht wütend zu werden. Einer ihrer Patienten – oder viel mehr dessen Familie – hatte sogar nach einem anderen Chirurgen verlangt.

»Du wirst sehen, das ist schnell vorbei. Sobald sich etwas wirklich Spannendes tut, bist du vergessen.« Eine Ahnung des gedehnten texanischen Dialekts ihrer Mutter schlich sich in Brookes Stimme. »Soll ich meine Mutter drängen, dass sie bald mal bekannt gibt, ob sie kandidieren wird?«

»Will sie wirklich Präsidentin werden? Ich weiß, ihr steht auf der anderen Seite, aber ihr müsst doch zugeben, dass President Calvin ihre Sache gut macht.«

»Huch, wir haben ja fast keinen Wein mehr.« Wie immer wechselte Brooke mehr oder minder elegant das Thema. Sie winkte dem Kellner und bestellte eine zweite Flasche. Dann kam sie aber doch noch einmal darauf zu sprechen. »Für eine Demokratin ist sie ganz okay. Moment mal. Du hast doch nicht wirklich was mit ihr – oder?«

»Uff. Ich weiß gar nicht, wo ich anfangen soll«, erwiderte Emily. »Ich meine, Connie ist wirklich scharfsinnig und es ist immer interessant, mit ihr zu reden. Deswegen haben wir aber noch lange keine stürmische Affäre.«

»Huh. Connie?«

Emily biss sich auf die Zunge. Verdammt, das war ihr so rausgerutscht. »Nur wenn wir unter uns sind. Damit sie auch mal ein normaler Mensch sein kann. Wie auch immer. Was meinst du, wie lange brauche ich die Security noch?«

Vor allem Caleb, den Muskelprotz, der ihr überallhin folgte, konnte sie nicht leiden. Er hatte das Konversationstalent eines Sechsjährigen, jedoch nicht dessen Humor. Und was das Schlimmste war: Er hielt sich für wahnsinnig charmant. Dass Emily offen lesbisch war, hielt er nur für eine ulkige Marotte. Er war offensichtlich überzeugt davon, dass er sie mit seinem Geflirte herumkriegen konnte. Jetzt gerade saß er zusammen mit einem weiteren Bodyguard am Nebentisch. Mit ihren schwarzen Anzügen, den Waffenholstern und den Mikrofonen im Ohr waren sie so unauffällig wie ein Weihnachtsbaum.

»Bis Ende der Woche, denke ich. Bis dahin werden die allermeisten Reporter aufgegeben haben. Der Nachrichtenzirkus ist schnelllebig.« Brooke sah ihr nicht in die Augen, während sie das sagte.

Emily seufzte unendlich tief. »Das geht ja noch. Den Großteil der Zeit verbringe ich einfach im OP.«

»Dann bist du also immer noch der totale Workaholic?« Brooke nahm einen großen Schluck von ihrem Wein. »Dann ist ja gut, dass ihr nichts miteinander habt. Nie im Leben würdet ihr Zeit füreinander finden. Das hatten wir ja schon kaum und ich bin die Chefin in meiner Firma. Wenn ich nicht flexibel genug bin, ist die Präsidentin das erst recht nicht. Nicht, dass sie dich um ein Date gebeten hätte. Oder?«

»Nein.«

Über dieses Thema wollte Emily nun wirklich nicht reden. Ihr sicheres Handy lag ziegelschwer in ihrer Handtasche, voll geladen, aber ausgeschaltet. Sie hatte den Anblick der leeren Inbox nicht mehr ertragen.

»Ehrlich gesagt ... Ich habe unser letztes Gespräch ziemlich in den Sand gesetzt und jetzt glaubt sie, dass ich sauer bin und nicht mehr mit ihr reden will. Dabei stimmt das nicht. Im Gegenteil.«

Brooke stellte ihr Weinglas ab und strich die Serviette in ihrem Schoß glatt. Eine kleine Ewigkeit lang vermied sie es, Emily in die Augen zu sehen. »Hm«, machte sie schließlich.

»Was?«, knurrte Emily defensiv.

»Nichts. Nur ... Eigentlich wollte ich dich vorhin nur aufziehen. Aber du magst sie wirklich, oder? Mehr als nur freundschaftlich? Das ... ist nicht leicht für mich, aber ich weiß noch genau, wie du dann aussiehst. Früher hast du so ausgesehen, wenn du über mich geredet hast.«

»Brooke, ich ...«

Der Kellner trat wieder an sie heran.

Emily schickte ihn mit einem finsteren Blick weg und fühlte sich prompt schuldig.

»Ich verstehe es ja. Das mit uns hätte langfristig nie funktioniert. Während der letzten Wahl hat sich etwas zwischen uns verändert. Es ging nur noch darum, sich für eine Seite zu entscheiden und der gegenüber loyal zu sein. Da hat es dann plötzlich nicht mehr funktioniert, einander aller Unterschiede zum Trotz die Hand zu reichen oder auch mal eine andere Meinung anzuhören.«

Emily räusperte sich. »Das war nicht der Grund, Brooke. Es hat nicht gerade geholfen, dass du ständig die Position deiner Mutter verteidigt hast, vor allem natürlich, wenn es um Schusswaffen ging. Du weißt ganz genau, warum ich mit dieser Einstellung nicht klarkomme. Für mich ist das nicht bloß Theorie. Das ist keine künstliche Debatte darüber, dass jedes Argument valide ist und alle gleichermaßen recht haben können. Manche Dinge sind moralisch gesehen entweder richtig oder falsch. Punkt. Kann sein, dass es heutzutage nicht mehr *en vogue* ist, Prinzipien zu haben, aber ich kann nicht einfach höflich die Meinung von Leuten akzeptieren, die mir praktisch ins Gesicht sagen, dass der Mord an meinen Eltern nichts mit Schusswaffen zu tun hat. Sie wurden mit einer Schusswaffe ermordet. Die jemand legal erworben hat.«

»Ich weiß. Ich weiß, dass du das so empfindest, und ich respektiere das.«

»Aber nicht genug, um auch nur eine der Waffen aufzugeben, mit denen du deine Häuser vollgestopft hast.«

»Em, bitte. Ich wollte heute doch nur mit dir ausgehen, um dir zu helfen. Was ich eigentlich sagen wollte: Red mit ihr. Klär, was da zwischen euch schiefgelaufen ist. Und was immer du mir sagst, ich werde kein Wort davon weitergeben. Das weißt du. Dein Privatleben ist bei mir absolut sicher, wenn es das sonst schon nicht ist.«

Emily nickte. Kurz fühlte sie sich an die Anfänge ihrer Beziehung erinnert, als Brookes Großzügigkeit und ihre Gelassenheit sie ganz in den Bann gezogen hatten. Doch nur zu bald waren zwischen ihnen unüberbrückbare politische Differenzen aufgeklafft. Brooke hatte nie verstanden, dass gute Absichten gar nichts brachten, wenn sie mit so viel Üblem einhergingen, dass es nicht nur den Menschen in den USA, sondern Menschen weltweit schadete.

Und zu allem Überfluss war Connie jetzt auch noch angefressen, weil Emily mit ihrer Ex ausging. Momentan hatte sie eindeutig zu viel Drama in ihrem Leben. »Danke. Aber für heute habe ich mich der Öffentlichkeit genug ausgesetzt. Ich lass mich von Caleb heimbringen, auch wenn ich mir dann noch mehr von seinem grauenvollen Musikgeschmack antun muss.«

»Du bist seine Chefin, Emily. Nimm dir ein Beispiel an mir – oder an Präsidentin Calvin – und sag ihm, wie er dich fahren und behandeln soll. Du musst nicht immer zu allen nett sein. Vor allem dann nicht, wenn sie deine Angestellten sind und du von der Presse gejagt wirst. Tu so, als wärst du eine fiese Herzchirurgin mit Gottkomplex. Genau so stellt sich alle Welt euresgleichen doch ohnehin vor.«

Emily stand auf, umrundete den Tisch und hauchte ein Küsschen auf Brookes Wange. Sie roch immer noch nach dem gleichen teuren Parfüm und ihre Haut war makellos weich, das konnte Emily trotz der Foundation und des Puder-Make-ups spüren. Einen Moment lang sahen sie einander in die Augen, doch Emily spürte noch nicht einmal einen Hauch der alten Anziehung. Sie war endlich über sie hinweg.

»Ich mache es lieber auf meine Art, aber danke für deine Hilfe. Schick mir einfach die Rechnung für die Security. Ich will dir nicht zur Last fallen.«

Brooke lachte, aber es war kein unfreundliches Lachen. »Em, glaub mir, du willst nicht wissen, was das kostet. Meine Firma übernimmt das. Sieh es als Abschiedsgeschenk, als Wiedergutmachung für all die Essen, die ich versäumt habe, als wir noch zusammen waren.«

»Sicher?«, fragte Emily und als Brooke nickte, fügte sie hinzu: »Okay, danke. Ich meld mich, ja? Viel Spaß mit deiner Mom.«

»Den werde ich bestimmt haben. Weihnachten bei den Randolphs ist fast wie ein Besuch in Disneyland.«

Emily nickte. In ihrer Brust zog es kurz vor Mitleid. Mit ihrer konservativen Familie hatte Brooke ihre eigenen Herausforderungen. Sie schenkte ihr ein letztes Lächeln, dann ging sie gefolgt von Caleb und dem zweiten Bodyguard zur Garderobe.

Draußen wartete bereits der riesige SUV auf sie, den sie nicht leiden, an dem sie aber auch nichts ändern konnte. Als sie gefragt hatte, ob sie stattdessen ihren Prius nehmen könnten, hatte Caleb einen Lachanfall bekommen, ehe er begriffen hatte, dass die Frage ernst gemeint war. Anscheinend fehlten ihrem Auto die getönten kugelsicheren Scheiben, die der kleine Panzer hier hatte.

»Können Sie bitte vorne sitzen?«, fragte Emily, nachdem Caleb ihr ins Auto geholfen hatte. »Und lassen Sie die Musik aus. Ich muss einen Anruf tätigen.«

»Ja, Ma'am«, antwortete Caleb und schob tatsächlich die Unterlippe schmollend hervor.

Ansonsten beschwerte er sich aber nicht über ihre Anweisung, sondern setzte sich auf den Beifahrersitz. Der andere Bodyguard steuerte den Wagen. Normalerweise hätte Emily ihn höflich nach seinem Namen gefragt. Heute jedoch hatte sie etwas Wichtigeres zu tun.

Sie zückte ihr sicheres Handy. Es gab ein leises Piepsen von sich, als sie es einschaltete. Gleich darauf war es auch schon hochgefahren. Sollte sie Conny einfach eine Nachricht schicken? Die Lage sondieren? Nein, das fühlte sich irgendwie feige an. Also wählte sie die einzige Nummer in der Kontaktliste.

Es klingelte. Und klingelte. Und klingelte.

Nachdem sie heute eine Computerfabrik in Michigan besucht und zahllose Meetings gehabt hatte, war Connie müde und gereizt. Sie verbrachte ein Stündchen mit Zachary, ehe er widerwillig ins Bett ging, und nahm sich ein Glas Scotch. Erst dann schaute sie auf ihr Handy. Sie hatte heute so wenig Zeit an ihrem Handy und im Internet verbracht wie lange nicht mehr. Was vermutlich daran lag, dass Social Media gestern Abend voll gewesen war mit Fotos von Emily und Brooke Randolph. Die herkömmlichen Medien hatten kurz darauf nachgezogen.

Connie hatte Emilys Anruf nicht ignorieren wollen, aber sie war auch nicht in der Stimmung für ein Gespräch gewesen. Jetzt jedoch bereute sie ihre Sturheit. Sie wollte unbedingt wieder mit Emily reden. Wie hatte sie ihr nur so schnell so verfallen können? Ständig, und wenn sie auch noch so viel arbeitete, dachte sie an sie oder wollte ihr etwas Witziges schreiben oder ihr sagen, was ihr gerade so durch den Kopf ging.

Nun, genug war genug. Das, was sie wollte, war zum Greifen nah, und hier und jetzt, allein in ihrem Wohnzimmer, beschloss Connie, tatsächlich danach zu greifen.

Es dauerte, bis Emily ranging. Doch schließlich meldete sie sich. »Hallo?«

»Hallo, Emily. Ich bin's. Aber das wissen Sie natürlich schon. Entschuldigen Sie, dass ich erst jetzt zurückrufe. Ich wollte Sie gestern Abend nicht stören.« Connie ließ sich auf der Couch zurücksinken und machte es sich bequemer. Hoffentlich würde dieses Gespräch ein bisschen länger dauern.

»Kein Problem. Tatsächlich musste ich gestern noch wegen eines Notfalls ins Krankenhaus, jetzt ist es also ohnehin besser.«

»Immer kommt etwas dazwischen, was? Ist bei mir auch so. Ähm. Weswegen ich angerufen habe: Es tut mir leid, dass ich letztens etwas unterkühlt war. Manchmal reagiere ich ohne nachzudenken, wenn man mich mit meinem Titel anredet. Aber ich hoffe ehrlich, dass Ihr Essen mit Ms. Randolph nett war.«

Emily antwortete nicht gleich. Schließlich sagte sie: »Es lief ganz gut. Das Essen war fantastisch und das Lokal sehr schön. Blöderweise haben wir gestritten, den Abend etwas getrübt. Aber das tun wir meistens. Wir haben auch keine öffentliche Szene gemacht oder so, wir hatten einfach nur die gleichen moralischen Differenzen wie eh und je.«

Connie nahm einen Schluck von ihrem Drink und balancierte das Glas in der Handfläche. »Haben Sie sich deswegen getrennt? Entschuldigung, ist das zu persönlich?«

»Nein«, erwiderte Emily mit einem leisen, rauchigen Lachen.

Verdammt. So sexy.

»Ich will doch nicht hoffen, dass meine vergangenen Beziehungen von Interesse für die nationale Sicherheit sind, oder?«

»Sind sie nicht. Nur für mich ganz persönlich.«

»Dann ist ja gut. Wir haben einfach sehr unterschiedliche Ansichten, über Politik, aber auch über alles andere. Als ich gerade mit dem Studium fertig war, fand ich uns weltgewandt und wahnsinnig modern. Wir haben ständig miteinander diskutiert, über alles Mögliche, und wenn wir in einer Gruppe ausgegangen sind, haben sich die Leute um uns herum geschart und uns dabei angestarrt, als wären wir ihr persönliches Unterhaltungsprogramm. Es gab ein paar Themen, da konnten wir die Meinung der anderen akzeptieren, aber Brooke ist nun mal in vielen Dingen die Tochter ihrer Mutter. Vor allem, wenn es um ein mögliches Verbot von Schusswaffen geht.«

»Ah.«

»Genau.« Kurz waren nur gedämpfte Geräusche zu hören, als hätte Emily den Finger auf das Mikrofon gelegt. »Trotzdem, sie hat mir mit der Security sehr geholfen. Hoffentlich bin ich die Bodyguards bald wieder los.«

»Man gewöhnt sich dran«, meinte Connie. Sie leerte ihr Glas und erwog, sich noch eins einzuschenken. »Aber wenn es möglich ist, ohne ständige Überwachung zu leben, dann kann ich das durchaus empfehlen.«

»Ich denke, das sollte wieder möglich sein, sobald allen klar ist, dass ich nicht mit der Präsidentin zusammen bin.«

»Wohl wahr.« Plötzlich hatte Connie das dringende Bedürfnis, aufzustehen und sich zu bewegen. »Ich schätze, es war so schon schlimm genug, ohne dass Sie sich dieses Horrorszenario ausmalen mussten.«

»Wieso soll das ein Horrorszenario sein?«, fragte Emily. »Wenn es ein Date gewesen wäre, wäre es ein gutes gewesen. Der beste Platz im Kennedy Center. Champagner. Das war doch echter Champagner, oder?«

»Oh, natürlich, die würden es nicht wagen, mich mit dem billigen Fusel abzuspeisen. Trotzdem. Ich bin mir sicher, wenn ich Sie um ein echtes Date gebeten hätte, hätten Sie höflich abgelehnt. Obwohl Sie ziemlich gut darin sind, sich im Chaos zurechtzufinden, wie sich herausgestellt hat.«

Connie hielt den Atem an. Nahm das Gespräch wirklich diese Wendung?

»Madam President ... Connie. Ich hatte einen langen Tag – eigentlich eine lange Woche – und ich habe eben erst acht Stunden im OP gestanden und versucht, das Herz eines Patienten wieder zusammenzuflicken, nachdem er angeschossen und seine Brust praktisch zerfetzt wurde. Das ist jetzt vielleicht ein bisschen arg direkt und ich entschuldige mich, wenn ich da etwas falsch verstehe – aber bitten Sie mich gerade um ein Date?«

»Und wenn es so wäre?« Sie zögerte nicht, suchte nicht nach einer alternativen Erklärung. Nach dem Gespräch mit Martin war Connie innerlich zur Ruhe gekommen. Zum ersten Mal hatte sie nicht das Gefühl, Robert zu betrügen, wenn sie darüber nachdachte, mit jemand anderem auszugehen. »Die Presse macht ohnehin schon Druck. Wie sagen die Engländer so schön? *Besser man schlachtet das Schaf als das Lamm.*«

»Ach so, sagen sie das?« Emily prustete leise. »Langsam beschleicht mich das Gefühl, Sie sind ein ziemlicher Nerd.«

»Also bitte. Ich habe das gelernt, als ich als Austauschstudentin in Oxford war.«

»Weil das nicht nerdig ist.«

Jetzt lachten sie beide. Connie wünschte, sie müsste dieses Gespräch nie beenden.

»Sie wissen schon, dass ich der Luftwaffe befehlen kann, Ihr Viertel dem Erdboden gleichzumachen, wenn Sie mich reizen, nicht wahr, Emily? Sie gehen ein ganz schönes Risiko ein, wenn Sie solche Sachen sagen. Vielleicht ist mir mein Image ja ganz furchtbar wichtig, wer weiß? Die Republikaner werden mich schon nicht grundlos als *Snowflake* bezeichnen.«

»Und trotzdem steht das Kapitol noch«, erwiderte Emily. »Dann muss auch ich mir keine Sorgen machen. Und was das mit dem Date anbelangt ... Wenn Sie mit mir ausgehen wollen, dann müssen Sie mich das fragen. So richtig. Und es auch ernst meinen.«

Connie räusperte sich. Ausgerechnet jetzt wurde sie nervös. Aber sie würde das durchziehen. Nervosität hin oder her. »Nun denn. Auch wenn mindestens drei meiner engsten Mitarbeiter ausflippen werden. Vom *Republican National Committee* und ihren Spendern ganz zu schweigen. Also ... Oh. Sie sind mir zu nichts verpflichtet, ja? Was auch immer Sie sagen, wird keinerlei Auswirkungen auf Ihre Karriere haben. Ich habe keinerlei Einfluss auf die Krankenhausleitung. So. Aber jetzt. Emily Lawrence, möchten Sie mit mir ausgehen?«

Natürlich ließ Emily sie einige quälend lange Sekunden auf ihre Antwort warten. »Ich bin mir nicht unsicher«, sagte sie schließlich. »Ich weiß, was ich will. Aber ich glaube, es ist trotzdem besser, wenn ich erst einmal darüber nachdenke. Um unser beider willen. Ich will nicht einen auf schwer zu haben machen, wirklich nicht. Ich will nur sicher sein können, dass ich das Richtige tue. Und ich finde, ich sollte nicht bloß Ja oder Nein sagen. Ich sollte vielmehr Sie um ein Date bitten. Damit sich keine Abhängigkeitsfragen stellen oder so.«

Connie seufzte leise. »Das ist sehr ehrenwert. Und vernünftig. Was ich grundsätzlich gut finde. Und ich verstehe Sie. Sie sollten es auch nicht geheim halten müssen. Wenn Sie jemanden haben, dem Sie wirklich, wirklich vertrauen, dann ...«

Das war riskant, aber Connie fand es furchtbar, Emily darum zu bitten, es vor aller Welt zu verbergen. Sie wusste nur zu gut, wie schwer es war, nicht mit den Liebsten über das reden zu können, was einen beschäftigte, darum würde sie auf keinen Fall darauf bestehen, sich irgendwelche grotesken Geheimhaltungsszenarien auszudenken. Sie würden ehrlich sein, bis zu einem gewissen Grad zumindest.

»Danke, das ist gut zu hören. Kann ich Ihnen am Freitag Bescheid geben? In zwei Tagen? Das ist lang genug, aber nicht zu lang. Ich muss auch darüber nachdenken, wie das mit meinem Beruf zusammengeht. Die Scheidungsrate unter Ärzten ist nicht ohne Grund derartig hoch. Nur weil man Herzen flicken kann, ist man in Liebesdingen noch nicht kompetenter als der Rest.«

»Natürlich. Ich freue mich, von Ihnen zu hören. Egal, ob Sie mich um ein Date bitten werden oder nicht«, sagte Connie. »Ich unterhalte mich wirklich gern mit Ihnen.«

»Geht mir genauso. Dann bis dann?«

»Bis dann. Und gute Nacht.«

»Nacht.«

Connie warf das Handy auf ihr Bett und reckte triumphierend die Faust in die Luft. Wie auch immer Emily sich entscheiden würde: Connie hatte es durchgezogen. Nach all den Jahren der Trauer hatte sie es endlich geschafft, nach vorne zu schauen. Das war erfrischend wie ein Eisbad nach einem Saunagang. Die Farben waren ein bisschen strahlender, die leisen Geräusche im Haus ein bisschen lauter. Nach einem langen, harten Winter reckten vielleicht die ersten Frühlingsboten die Köpfe empor.

Sollte Emily zusagen, würden das Drama, die strategischen Überlegungen und all die Gründe, warum es eine schlechte Idee war, etwas mit ihr anzufangen, früh genug über sie hereinbrechen. Jetzt gerade war ihr das alles ganz egal. Sie hatte ein Geheimnis, die leise Hoffnung auf etwas Neues, Aufregendes. Alles andere? Darum konnte sie sich auch später noch kümmern.

Das konnte auch nicht schwerer sein als der letzte Wahlkampf.

Kapitel 12

An manchen Tagen war Connie den Anblick des *Oval Office* leid. Das kam nicht oft vor und ging normalerweise rasch vorbei, aber heute war definitiv einer dieser Tage.

Da half es auch nicht gerade, dass ihre Mitarbeiter sich aufführten wie Hühner, die einen Fuchs im Hühnerstall vermuteten. Tatsächlich waren zwei Republikaner anwesend, nämlich die Mehrheitsführerin im Senat und der Minderheitsführer im Repräsentantenhaus. Immerhin hatten sie zum Ausgleich ihre demokratischen Gegenstücke dabei.

Treffen wie dieses fanden regelmäßig statt und dienten dazu, eine positive Arbeitsatmosphäre aufrechtzuerhalten und die Parteivorsitzenden über die aktuellen Vorgänge zu informieren. Manchmal fühlten sie sich aber mehr nach Kaffeetratsch und Rumgezicke an. Wie Asha so richtig sagte, waren diese Treffen der Inbegriff von Meetings, für die eigentlich eine bloße E-Mail genügt hätte.

Connie leitete das Meeting gemeinsam mit Ramira. Die Programmpunkte waren im Vorhinein von ihrem Stab festgelegt worden. In Washington schätzte man es gar nicht, in einen Hinterhalt zu geraten. Die ersten Minuten waren Fotografen dabei gewesen und hatten festgehalten, wie sie einander mit breitem Lächeln und herzlichem Händedruck begrüßt hatten. Trotz anderweitiger Berichte in den Nachrichten, schafften die meisten Politiker es, im persönlichen Gespräch höflich und anständig miteinander umzugehen. Nur vor den Kameras wurde es schmutzig. Und auf Social-Media-Plattformen natürlich.

Hinter Connies Schläfen pochte es unangenehm, als Francesca endlich alle Anwesenden hinausgeleitete. Fast alle, zumindest. Senatorin Randolph, die Mehrheitsführerin, blieb zurück, weil sie Connie offensichtlich noch sprechen wollte, obwohl die das gerade überhaupt nicht gebrauchen konnte. Allerdings wäre es unglaublich unhöflich, wenn sie sie abwies, und Connie würde sich einen monatelangen Kleinkrieg einhandeln, wenn sie wegen eines Termins davoneilte. Egal, ob der nun vorgeschützt war oder nicht.

Senatorin Randolph war eine beeindruckende Erscheinung, groß und breitschultrig. Das ergrauende Haar mit den blonden Strähnchen hatte sie wie immer zur Banane hochgesteckt und mit einer eleganten Perlenspange fixiert. Sie trug eines ihrer typischen pastellfarbenen Kostüme, das bestimmt von Chanel oder einem ähnlich traditionellen Modehaus stammte. Es harmonierte farblich perfekt mit dem hellen Ton ihrer Haut, die immer einen leichten Rosastich hatte. Blush brauchte sie definitiv nie aufzutragen. Ihren Mantel trug sie über einen Arm gefaltet. Nie würde sie ihn dem Personal anvertrauen.

»Senatorin?«

»Oh, wir sind doch hier unter uns, Madam President. Sie können mich gern Miriam nennen, das habe ich Ihnen ja schon oft genug gesagt.«

Ramira war schon halb aus der Tür und Connie bedeutete ihr mit einem Nicken, dass sie gehen konnte. Dies sollte eindeutig ein Vieraugengespräch werden. Natürlich würde sie nachher trotzdem jedes Detail mit ihrer Stabschefin besprechen.

»Dann nennen Sie mich aber bitte unbedingt Connie.« Das war eine Art inoffizieller Test. Menschen, die ihr wirklich treu ergeben waren, wie Ramira zum Beispiel, die sie in jeder nur erdenklich möglichen Situation gesehen hatten, von Studentenpartys bis hin zu Staatsbanketten, bestanden darauf, sie dennoch mit ihrem Titel anzusprechen. Wenn Connie sich nicht ganz täuschte, gehörte Mrs. Randolph hingegen zu der Sorte Menschen, die es genossen, mit kleinen Vertraulichkeiten zu beweisen, dass sie besser waren als andere und dass sie Zugang zum engsten Kreis der Macht hatten.

»Dann also Connie.«

Vermutung bestätigt. Connie schenkte ihr ihr geduldigstes Lächeln und zwang sich, nicht daran zu denken, dass heute Freitag war und Emily sie jeden Moment anrufen und ihr schreiben oder womöglich gar hier auftauchen könnte. Heute war der Tag der Wahrheit. Emily würde ihr etwas sagen, das Connie entweder sehr glücklich, oder aber sehr unglücklich machen würde.

»Wollten Sie noch etwas wegen China besprechen? Ich denke, wir haben die neuen Zollgebühren jetzt so weit fixiert.« Natürlich wusste Connie, dass es ihr nicht um die Arbeit gehen würde. Aber man durfte ja wohl noch hoffen.

»Nein, ich wollte Ihnen nur einen Rat geben, sollten Sie ihn brauchen. Sie sozusagen an meinem reichen Erfahrungsschatz teilhaben lassen.«

»Da Sie bereits über zwanzig Jahre im Senat sitzen, ist da wahrscheinlich wirklich einiges an Erfahrung zusammengekommen, Miriam. Ich kann sicher einige Tipps gebrauchen, bevor ich im Januar nach Houston fahre.«

»Eine wirklich wunderbare Stadt. Aber ich wollte mich eigentlich erkundigen, ob man Ihnen in der Lawrence-Sache auch ausreichend gute Ratschläge gibt. Wie Sie vielleicht wissen, kenne ich Emily aus eigener Erfahrung. Da Sie die Gerüchte ignoriert haben, bin ich überzeugt, dass sie ungerechtfertigt waren. Dennoch. Solche Dinge nehmen in der Regel ein Eigenleben an.«

Betont gelassen lehnte Connie sich gegen ihren Schreibtisch. »Inzwischen dürfte sich diese Geschichte, die gar keine war, erledigt haben.«

Wusste Miriam, dass an den Gerüchten etwas dran war? Hatte Emily sich ihrer Tochter anvertraut? War diese ihres Vertrauens würdig, zumal angesichts eines Geheimnisses, das ihre Familie ausschlachten und für sich nutzen konnte? Connie war sich da nicht so sicher.

»Vermutlich. Bitte verstehen Sie mich nicht falsch. Sie ist eine gute Ärztin und stammt aus einer guten Familie. Ihre politischen Anschauungen sind nicht die meinen, aber in unserer Jugend waren wir wohl alle liberaler. Es ist zumindest besser, wenn sie mit Ihnen über Krankenversicherungen diskutiert, als wenn sie rumläuft und allen eine Gratisabtreibung anbietet, die eine haben wollen.«

Connie täuschte einen Hustenanfall vor, um nicht antworten zu müssen. Das war die sicherere Variante.

»Ich weiß, dass Sie sich nächstes Jahr das Thema Schusswaffen vornehmen wollen. Und Sie wissen natürlich, wer meine größten Unterstützer sind. Diese Fabriken sind ein wichtiger Wirtschaftszweig in meinem Staat und wir Texaner hängen sehr an unserem Recht, Waffen zu tragen. Nun frage ich mich – und Sie müssen mir natürlich nicht antworten –, ob die junge Lawrence tatsächlich deswegen in Ihrem Umkreis aufgetaucht ist und ob dieser ganze Gesundheitszirkus nicht vielleicht nur Tarnung ist?«

»Ich kann Ihnen nicht ganz folgen«, sagte Connie und leider stimmte das. »Wir haben uns mehrfach mit der Waffenkontrolllobby getroffen sowie mit diversen Betroffenenverbänden. Mir ist bewusst, dass es in Em... in Dr. Lawrence' Vergangenheit einen tragischen

Schusswaffenvorfall gab, aber ich kann Ihnen versichern, dass wir sie nicht als ... als Gallionsfigur benutzen, wenn es das ist, worauf Sie hinauswollen.«

»Gut. Mir ist es wichtig, dass man in unserer Position offen miteinander reden kann, auch wenn man nicht immer einer Meinung ist. Ich persönlich fand immer, dass sie keinen sonderlich guten Einfluss auf meine Brooke hatte, aber das ist ja nun alles vorbei. Ich sollte dann auch wieder zurück zum Kapitol. Heute Nachmittag steht noch eine Abstimmung an.«

»Natürlich. Aber Miriam? Kann ich Sie noch etwas fragen?«

»Selbstverständlich.«

Connie überlegte kurz, wagte es dann aber doch. »Ist es für Sie wirklich in Ordnung, dass Brooke lesbisch ist? Sie ist natürlich nicht das erste Kind aus einer prominenten republikanischen Familie, das sich geoutet hat, aber für mich scheint das nicht so recht zusammenzupassen. Nichts für ungut.«

»Ich liebe meine Tochter, Connie. Ich nehme an, Sie beziehen sich darauf, dass ich inzwischen ... oh, drei- oder viermal gegen die gleichgeschlechtliche Ehe gestimmt habe. Ja, das wurde mir jedes Mal um die Ohren gehauen. Auch von meiner Brooke.«

»Aber warum –?«

»Ich bin nicht dagegen. Andere Mitglieder meiner Partei sind ganz grundsätzlich der Meinung, dass die Ehe nur etwas zwischen Mann und Frau ist. Das bin ich nicht. Aber ich habe von Anfang an gesagt, dass es einer gesamtstaatlichen und keiner bundesstaatlichen Regelung bedarf. Und diesem Prinzip bleibe ich treu.«

Dieses abgedroschene Argument hatte Connie schon so oft gehört, bei so vielen Gelegenheiten. Auch wenn es von Miriam Randolph kam, wurde es deswegen noch nicht überzeugender.

»Auch wenn diese Prinzipien jemanden verletzen, den Sie lieben? Und ihr Rechte vorenthalten, die Ihr Sohn zum Beispiel hat? Für Zachary würde ich das nicht wollen.«

Miriams Lächeln wurde schmal und ihr Blick eisiger. »Es freut mich, dass die Kleine Ihnen keinen Ärger machen wird. Wie bedauerlich, dass Martin nicht bei unserem Meeting dabei sein konnte, aber er hat bestimmt viel Spaß bei seiner kleinen Konferenz in Mexiko. Bis bald, Madam President.«

Damit verließ Miriam Randolph das Büro.

Connie hatte so eine Ahnung, dass sie gerade einer Prüfung unterzogen worden war, doch sie wusste nicht so recht, warum. Weil sie sich jetzt ohnehin nicht konzentrieren konnte, gestattete sie sich einen Blick auf ihr Handy. Noch kein Zeichen von Emily.

Das würde ein sehr langer Tag werden.

—⁂—

»Hallo? Erde an Emily?«

Dima schnipste direkt vor Emilys Nase mit den Fingern herum. Sie standen gerade in der Mensa in der Schlange. Da sie vor der nächsten OP nur eine halbe Stunde Zeit hatten, war etwas Gesünderes oder Leckereres keine Option. Manchmal gab es eben nur einen zwielichtigen Nudelsalat, den sie mit viel zu süßer Limo runterspülte. Ein Überbleibsel aus dem Studium und ihrer ersten Zeit als Assistenzärztin.

»Entschuldige, ich war kurz weggetreten.«

»Warst du gedanklich noch im OP? Die Transplantation ist gut gelaufen. Du brauchst dir keine Sorgen zu machen.«

Emily ließ die Schultern kreisen, auch wenn ihre verspannten Muskeln ein wenig protestierten. Die Schlange bewegte sich ein Stückchen vorwärts. »Das will ich auch hoffen.«

»Was setzt dir denn wirklich zu? Du warst gestern schon so in Gedanken. Nicht, dass es mich stört. Dann ist es ruhiger im OP. Allerdings werde ich das Gefühl nicht los, dass du wen zum Reden brauchst.«

»Nicht hier«, erwiderte Emily. »Wenn wir sitzen, gern.«

Sie beendeten ihre Mensa-Routine, suchten sich die am wenigsten trockenen Nudeln aus, bezahlten und gingen dann zu einem ruhigen Tisch am hinteren Ende des Raums, der weit genug von den anderen Ärzten und Pflegekräften entfernt war. Mit etwas Glück würde so niemand ihr Gespräch belauschen können.

»Schieß los«, verlangte Dima, sobald sie sich gesetzt hatten.

»Bist du mit jemandem zusammen? Das hättest du mir erzählt, oder?«

Dima schnaubte. »Bei unseren Arbeitszeiten? Nicht gerade leicht. Außerdem bin ich immer die Außenseiterin, da wie dort. Ganz abgesehen davon, dass Daten als Trans-Person nicht gerade spaßig ist. Aber völlig tote Hose herrscht bei mir auch wieder nicht.«

»Du Glückspilz. Das Einzige, was bei mir geht, ist, dass ich plötzlich in irgendwelchen Boulevardmedien auftauche.« Mit finsterer Miene stocherte Emily in ihrem Salat herum.

»Und deswegen fühlst du dich ... einsam? Oder willst du einfach nur deine Möglichkeiten einschätzen?« Dima musterte sie. »Du musst doch ständig irgendwelche Angebote bekommen, so hübsch und klug wie du bist.«

»Hmm. Eines habe ich momentan tatsächlich. Aber ich bin mir unsicher. Beziehungen sind so schon schwer genug und diese wäre so kompliziert wie nur möglich. Ich sollte es einfach vergessen.«

Dima trank einen großen Schluck von ihrer Limo. »Ah. Sind deine Fake-News wahr geworden? Oder glaubst du zumindest, dass sie es könnten? Wow. Du willst es echt wissen.«

»Urgh, ich weiß. Eigentlich sollte ich sofort aufspringen und Ja schreien. Stimmt was nicht mit mir, dass ich das nicht tue? Andere würden sich an meiner Stelle bestimmt geschmeichelt fühlen.«

»Mag sein, aber letztlich ist sie doch auch nur ein ganz normaler Mensch. Und ... Ist es nicht eigentlich so, dass man über Dinge, die man nicht machen will, gar nicht erst nachdenkt? Vielleicht gibt es ja einen Grund, weswegen du dir so den Kopf zerbrichst?«

Verdammt. Dima hatte recht. Nachdenklich schweigend verputzte Emily ihren restlichen Nudelsalat. Bald würde sie wieder im kühlen OP stehen, das Skalpell in der Hand, ganz auf den nächsten Patienten konzentriert.

Aber wenn sie sich bis dahin ausmalte, wie es wohl wäre, mit Connie auszugehen? Nun, was war da schon dabei?

———·∞·———

Als es Abend wurde, wusste Connie, dass sie ihre Antwort erhalten hatte. Es würde nie das Highlight ihrer Woche sein, sich für ein weiteres ätzendes Abendessen mit einem Haufen alter weißer Männer in Smokings fertig zu machen. Angesichts des immer noch stummen Handys fühlte es sich heute aber besonders sinnlos an.

Sie hatte ein ganz klein wenig Hoffnung, dass die Veranstaltung auf wundersame Weise doch interessanter werden würde als gedacht. Inzwischen nahmen mehr Frauen an Events wie diesem teil, zumal an Spendengalas der Demokraten wie der, die ihr heute bevorstand. Ramira hatte die Kampagne für nächstes Jahr bereits in allen Details vorbereitet. Mit jedem neuen Job schien die Wiederwahl schneller heranzunahen. Connie hätte schwören können, dass sie erst vor fünf Minuten zum ersten

Mal als Gouverneurin vereidigt worden war. Dabei bereitete sie jetzt schon die letzte Wahl für das letzte Amt vor, das sie jemals ausüben würde.

Im Alter von nur fünfzig Jahren. War das nun deprimierend oder inspirierend? Vielleicht ein bisschen von beidem.

Darius musste den Kurzen gezogen haben, denn er war es, der sie heute begleiten würde. Connie war ganz froh darum, denn seine Nähe hatte etwas Beruhigendes. Im Smoking sah er besser aus als sonst schon und so einige Leute warfen ihm schmachtende Blicke zu. Darius bemerkte sie nicht, was direkt niedlich war.

Still und aufrecht wie Statuen standen Connies Agenten, darunter auch Jill, im Raum verteilt.

»Sie hatten heute bestimmt eigentlich etwas Besseres vor«, sagte Connie, als Darius mit zwei Weingläsern, die er gerade geholt hatte, an sie herantrat. Ihren Wein hatte ein engagiertes Mitglied ihres Sicherheitsteams vorgetestet, wie immer bei derartigen Veranstaltungen. Diese Vorsichtsmaßnahme verdrängte sie meistens. Manchmal wäre es schon schön, wenn sie sich ein frisches Glas oder ein Häppchen nehmen könnte, ohne gleich einen Börsencrash herbeizuführen.

»Nein, Ma'am. Die Freitagabende halte ich mir immer frei. Samstagfrüh spiele ich Basketball und da muss ich alles geben.«

»Spielen Sie in einer Liga?« Manchmal vergaß Connie ganz, dass ihre Mitarbeiter auch ein Leben außerhalb des Weißen Hauses hatten.

»Nein, nur ein paar Leute vom Kongress. Ich bin dabei, weil ich früher für die Kongressabgeordnete Grant gearbeitet habe. Demokraten gegen Republikaner. Meistens geht es ziemlich zur Sache.«

»Klingt lustig.«

»Ma'am? Ihre, äh, Ihre Tasche scheint gerade zu vibrieren.«

Connies Herz machte einen Satz. Jahrelang hatte sie keine Handtasche mehr dabeigehabt. Sie brauchte schließlich weder Schlüssel noch Bargeld. In die winzige Clutch passten auch nur ihr Handy, ein Taschentuch und ein Fläschchen von dem Handdesinfektionsmittel, das Francesca sonst überallhin für sie mitnahm. Eine Konsequenz des ewigen Händeschüttelns.

Connie entschuldigte sich bei Darius, nickte Jill zu und eilte dann aus der stillen Ecke, in die sie sich zurückgezogen hatte, in den Raum, den man ihr inoffiziell zugeteilt hatte. Wenn sie irgendwo länger als nur für einen winzigen Auftritt blieb, pflegten die Agenten stets ein Zimmer für sie zu organisieren, in dem sie sich aus den Augen der Öffentlichkeit zurückziehen konnte.

»Hallo?« Hoffentlich hatte sie den Anruf rechtzeitig angenommen. Sie wollte Emily für ihre Absage nun wirklich nicht hinterhertelefonieren müssen.

»Ich bin's. Emily.«

Connie verkniff sich die Bemerkung, dass ihr das durchaus klar war. »Was gibt es denn?«, fragte sie stattdessen.

»Störe ich? Laut Ihres öffentlichen Kalenders sind Sie gerade auf einer Veranstaltung, aber ich dachte mir, ich probiere es trotzdem.«

»Wir müssen das wirklich nicht hinauszögern. Sie können auch einfach –«

»Connie, wollen Sie mit mir ausgehen?«

Stille breitete sich zwischen ihnen aus.

Hektisch kramte Connie nach einer guten Antwort, nach einer, die Emily mit ihrer Unfreundlichkeit von eben versöhnte. Doch letztlich befand sie, dass nichts besser war als ein schlichtes »Ja«.

»Gott sei Dank.« Emily lachte leise auf. »Ich hatte mich selbst schon davon überzeugt, dass Sie gar nicht mehr wollen. Und dann war den ganzen Tag so viel los, dass ich nicht anrufen konnte. Darum ist das alles jetzt etwas dramatischer geworden als nötig. Ich wollte Sie eigentlich damit beeindrucken, wie gelassen ich bin.«

»Sie wirken immer noch gelassen. Und ich hätte auf keinen Fall Nein gesagt. Ich freue mich sehr, dass Sie es versuchen wollen, Emily. Wirklich sehr.«

»Ich auch. Wobei der wirklich schwierige Teil ja erst noch kommt. Wie soll ich ... Ich meine, ich will Sie ausführen. So richtig. Aber geht das denn überhaupt? Es war ja schon fast unmöglich, mir Blumen zu schicken.«

Connie ließ sich auf den Sessel sinken, der ihr hier zusammen mit einem kleinen Tischchen bereitstand. Wahrscheinlich stammten die Möbel eigentlich aus der Hotellobby und waren extra für sie hierhergebracht worden.

Heute Abend hatte Joseph die Aufgabe, den separaten Raum zu bewachen, während Jill mit den anderen Agenten im Saal war. Er hatte sich so diskret neben der Tür platziert, dass Connie ihn beinahe vergessen hätte, stünde er jetzt nicht genau in ihrem Sichtfeld. Sie wandte den Blick zur Seite.

»Es gibt schon die eine oder andere Möglichkeit. Andere Präsidenten sind mit ihren Frauen essen gegangen. Nicht, dass ich das vergleichen will ... Aber Sie wissen schon, was ich meine. Jedenfalls, in einem gewissen Rahmen ist so etwas wie ein Sozialleben durchaus möglich. Ich war auch mit Zachary ein paarmal irgendwo. So etwas bedarf nur relativ gründlicher Planung, darum wird es keine wirklichen Überraschungen geben. Ich hoffe, das ist Ihnen nicht zu langweilig?«

»Nicht im Geringsten.«

»Ich kann es nämlich verstehen, wenn Sie deswegen doch nicht wollen. Und dann ist da ja auch noch die Tatsache, dass Sie Zacharys Ärztin sind. Zwar noch nicht lange, aber wenn das für Sie ein Problem ist –«

»Ich mag Zach und ich bin gern seine Ärztin. Meine Kollegen können das aber zur Not genauso gut wie ich. Außerdem tanzen wir inzwischen ja doch schon ein Weilchen umeinander herum, und im Fokus der Öffentlichkeit waren wir auch schon. Mir macht nur eines Sorgen – und ich bin mir sicher, dass Ihre Mitarbeiter das ohnehin schon auf dem Schirm haben: Wenn Sie eine Beziehung eingehen, solange Sie im Amt sind, sind die Kommentare bezüglich Ihres Privatlebens unvermeidbar. Während Ihrer letzten Wahl war das kein Thema und ich will Sie keine Stimmen kosten.«

Connie schlug die Beine übereinander, lehnte den Kopf gegen die Rückenlehne des Sessels und schloss die Augen. Wahrscheinlich sollte sie diesen Hinweis nicht ignorieren, sie hatte ihn in letzter Zeit schließlich oft genug von anderen gehört. »Das werden Sie nicht. Und wenn doch, dann ist es mein Problem. Die Meute wird sich so oder so auf mich stürzen. Das wird keine nette oder sogar höfliche Wahl. Es haben sich längst alle in Gefechtsposition begeben. Ich könnte Sie natürlich fragen, ob wir das alles auf einen Zeitpunkt nach dem Antritt meiner zweiten Amtszeit verschieben wollen, aber ich kann nicht von Ihnen verlangen, so lange auf mich zu warten.«

Es klopfte an die Tür. Joseph spannte sich an, überprüfte seine Waffe und öffnete schließlich die Tür. »Ma'am, jemand möchte Sie sprechen. Es ist, äh, Gabriel Emerson.«

Abrupt richtete Connie sich auf. Was machte der aktuelle republikanische Herausforderer auf einer Spendengala der Demokraten?

»Emily, ich muss los. Aber ich bitte Francesca darum, etwas Schönes zu organisieren. Und dann schauen wir einfach weiter, ja? Ich schreibe Ihnen später noch, aber ich freue mich. Okay?«

»Okay. Ich schreib Ihnen, bevor ich schlafen gehe. Viel Spaß beim Händeschütteln.«

»Werd ich haben.« Connie beendete den Anruf und steckte das Handy wieder ein. »Joseph, bitten Sie Mr. Emerson herein.«

»Madam President!« Gabe Emerson erschien überlebensgroß, als er in den Raum stolzierte. Es war, als würde er gerade in Atlantic City eine Bühne betreten. »Vielen Dank, dass Sie mich empfangen. Ihr Junge, Darren oder wie auch immer er heißt, schien es für eine gute Idee zu halten. Vielleicht wollte er mich aber auch nicht frei rumlaufen lassen.«

»Darius kann ein bisschen beschützerisch wirken. Ich bin mir sicher, Ihr Wahlkampfteam wird sich genauso verhalten. Sobald Sie eines haben.« Sie stand auf und schüttelte ihm die Hand, ehe sie sich wieder setzte und ihm bedeutete, es ihr gleichzutun.

Er schnappte sich einen Stuhl, setzte sich rücklings darauf und platzierte sein Jackett vor sich auf der Rückenlehne. In Hemd und Hose und ohne Krawatte wirkte er ganz schön entspannt für jemanden, der zum ersten Mal der Präsidentin begegnete. Connie war es gewohnt, dass die Menschen in ihrer Gegenwart ein wenig nervös wurden – manche auch ein wenig mehr. Diejenigen, die keine Nervosität zeigten und sich betont selbstbewusst und nonchalant in ihrer Gegenwart gaben, waren stets weiße, heterosexuelle Cis-Männer.

»Ich dachte mir, ich sollte mich Ihnen mal vorstellen«, sagte Gabe und ignorierte damit ihren Kommentar. »Wissen Sie, mein Daddy sagte immer, bevor man mit jemandem kämpft, sollte man dem Gegner immer zeigen, worauf er sich einlässt. Boxer müssen sich nicht ohne Grund die Hände schütteln, bevor sie ihre Handschuhe anziehen.«

Connie war überrascht von seinem höflichen Tonfall. Hoffentlich spiegelte ihre Miene das nicht wider. »Nun, ein Wahlkampf muss nicht in einen Kampf ausarten. Und bevor wir gegeneinander antreten können, Mr. Emerson, müssen Sie die Vorwahlen überstehen. Ich habe das Glück, keine Gegenkandidaten aus der eigenen Partei zu haben. Das ist wohl der Vorteil der Amtsinhaberin.«

»Ah, das ist eine bloße Formalität. Gabe Emerson ist der geborene Gewinner. Nach dem Super Tuesday heißt es dann also, ich gegen Sie. Dann wird es erst interessant. Aber ein bisschen Höflichkeit kann uns beiden nicht schaden, denke ich. Die Wähler sind das ewige Aufeinandereinhacken leid.«

Was sollte sie darauf antworten? Bei jeder Wahl gab es jemanden, der meinte, die Regeln neu schreiben zu können, all das Geld und die Machtspielchen zu ignorieren, sich auf die Basics zu besinnen. Gabriel Emerson wirkte wie ein altmodischer Gentleman und die hielten sich nie in einem Wahlkampf. Bestimmt würde bald einer der üblichen Kandidaten in den Ring steigen und dann konnte Connie damit anfangen, sich Gedanken über eine Gegnerin wie Miriam Randolph oder einen anderen traditionelleren Republikaner zu machen.

»Es war sehr nett, Sie kennenzulernen, Mr. Randolph, doch ich fürchte, ich werde draußen erwartet. Ich muss noch eine Rede halten.« Sie ging zur Tür und er folgte ihr, setzte sogar an, sie zu überholen.

Joseph hielt ihn zurück, indem er ihm eine Hand auf die Schulter legte. »Wenn Sie der Präsidentin bitte den Vortritt lassen würden, Sir.«

Connie öffnete die Tür und wappnete sich gegen die Menschenmenge.

»Oh, und keine Sorge, Ma'am«, rief Good Ol' Gabe ihr nach. »Ich werde Ihre kleine Freundin nicht in die Sache mit hineinziehen. Zumindest jetzt noch nicht. Wir sollten uns schließlich alle ab und zu ein bisschen Spaß gönnen.«

Connie zuckte mit den Schultern und verließ den Raum. Sie pflasterte ein Lächeln auf ihr Gesicht, als die erste Gruppe von Spendern auf sie zutrat, um ihr die Hand zu schütteln und ein präsidiales Selfie zu ergattern. Die ganze Zeit über spukten ihr Gabe Emersons Worte durch den Kopf. Das Handy schien in ihrer Handtasche zu vibrieren, obwohl sie wusste, dass sie sich das einbildete. Als wollte es sie dazu drängen, Emily anzurufen und die Sache mit ihr im Keim zu ersticken.

Als sie Francesca entdeckte, übergab sie ihr kurzerhand ihre Tasche. Komme, was wolle, sie würde zumindest einmal mit Emily Lawrence ausgehen.

Niemand würde sie daran hindern.

Erst recht kein Republikaner.

Kapitel 13

»Das ist wirklich nicht nötig«, sagte Emily zum dritten Mal zu Sutton, während sie warteten, dass die Ampel grün wurde. Es hatte zwei Wochen gedauert, bis Connie und sie einen Termin für ihr Date gefunden hatten, und jetzt schaute sie alle paar Sekunden auf ihr Handy, weil sie halb damit rechnete, dass Connie die Verabredung in letzter Sekunde absagte. »Ich bin ja nicht mehr auf der Highschool, dass meine große Schwester mich bis an die Tür bringt.«

»Bis zum Parkplatz, meinst du. Aber keine Sorge, ich begleite dich sogar noch hinein, weil –«

»Sutton! Du gehst ganz sicher nicht mit mir hinein! Der Secret Service ist da und Codewörter gibt es auch. Diese Leute haben was gegen Überraschungen und du *wärst* eine Überraschung. Ich musste denen dein Nummernschild geben, damit du überhaupt vorfahren und mich absetzen darfst. Aber ich hab dich nicht auf die Gästeliste setzen lassen oder so. Eigentlich wollten sie ja ohnehin einen Fahrer schicken, der mich abholt, so wie vor der Veranstaltung im Kennedy Center.«

»Emily, ich bin immer noch deine Schwester, und auch wenn diese Frau gründlicher durchleuchtet wurde als jeder ihrer Vorgänger, heißt das noch lange nicht, dass sie auch mir standhält. Mom und Dad hätten auch überprüft, ob sie gut genug für dich ist. Ganz egal, welchen Job sie hat.«

»Dein Ernst? Das ist total unfair und es ist auch noch viel zu früh dafür. Hab ich damals so einen Aufstand wegen Rebecca gemacht? Nope. Dabei wussten wir zeitweise noch nicht einmal, ob sie überhaupt so etwas wie eine Seele hat. Also. Setz mich vor dem Restaurant ab und ich ruf dich morgen an. Keine Widerrede. Außerdem ... Sollte irgendwas passieren, dann wird das schneller im Internet stehen, als ich dir schreiben kann.«

»Darüber macht man keine Witze«, sagte Sutton und bog auf den Parkplatz des Hotels ein. »Mir ist ganz egal, wer sie ist. Niemand tut meiner kleinen Schwester weh. Auch nicht diese widerlichen Schmierfinken. Übrigens siehst du super aus. Könnte ich das Kleid mal klauen? Ich muss da nächste Woche auf eine Party. Ich zahl auch für die Reinigung.«

»Kauf dir selber eins«, grummelte Emily. Kaum hielt das Auto vor dem Gebäude aus grauem Sandstein an, sprang sie auch schon hinaus. So schnell, dass sie einen Moment schwankte, bis sie auf ihren hohen Absätzen das Gleichgewicht wiederfand. »Im Ernst, mach dir einen schönen Abend mit Rebecca. Ich meld mich, wenn ich dich brauche.«

»Das will ich auch hoffen.« Sutton warf ihr einen letzten Blick zu, dann brauste sie in den Washingtoner Abendverkehr davon und ließ Emily vor dem Hotel zurück, in dem sich eines der hippsten neuen Lokale der Stadt befand.

Über dem Hoteleingang wehten die Flaggen in der Abendbrise und der Parkplatz war wie leer gefegt. War das das Werk des Secret Service? Emily joggte schon fast auf den Eingang zu – zumindest hätte sie es getan, wäre das nicht erstens peinlich und zweitens ihre Schuhe dafür zu hoch.

Möglicherweise bildete sie sich das nur ein, doch Emily hatte das Gefühl, dass der Portier sie etwas zu lange ansah. Das war grundsätzlich nicht ungewöhnlich, ihr Gesicht kam Menschen häufig bekannt vor. Vielleicht lag es aber auch am Kleid. Nie im Leben würde Sutton es sich ausleihen wollen, es entsprach so gar nicht dem Emo-Teenager-Stil, den ihre Schwester nie so ganz abgeschüttelt hatte. Die dunkelrote Seide und der schmale Schnitt waren viel zu feminin für Sutton. War es vielleicht zu auffällig? Sie trug zwar einen schwarzen Wollmantel darüber, trotzdem schenkte die dunkelhaarige Empfangsdame ihr ein anerkennendes Lächeln, als Emily aus dem Aufzug stieg und auf das Restaurant zuging.

»Ich, äh …« Emily räusperte sich. »Ich bin wegen der Föderalistenfeier da.«

Die Frau starrte sie an.

»Nein, Moment! Wegen des Föderalistendinners. Dinner.«

Ein würziger Duft stieg Emily in die Nase und ihr Magen knurrte erwartungsvoll. Gleich darauf strahlte die Empfangsdame sie an. Laut ihres Namensschilds hieß sie Carmen, doch Emily beschlich der leise Verdacht, dass sie tatsächlich eine Agentin des Secret Service war, die sich sowohl die Uniform als auch den Namen ausgeliehen hatte.

»Wenn Sie mir bitte folgen würden«, sagte Carmen und führte Emily einen Flur entlang. An der Taille war ihr schlichter schwarzer Anzug leicht ausgestellt. *Definitiv eine Agentin.* Allmählich durchschaute Emily dieses Spiel.

Sie betraten das Restaurant, doch Carmen führte sie an den Tischen mit den Gästen vorbei, ohne diese auch nur eines Blickes zu würdigen. Der Raum war leicht gebogen. Emily bemerkte noch einige weitere Agenten, die sich an strategisch günstigen Tischen platziert hatten, von denen aus sie das Geschehen gut überblicken konnten, selbst aber hinter diversen Pflanzen und Kunstwerken verborgen blieben.

Zugegeben, das alles wirkte schon ziemlich einschüchternd. Natürlich war es gut, dass man Connie stets beschützte. Bloß stieg unweigerlich die Frage in ihr hoch, *wovor* sie mit diesem Aufwand beschützt werden musste.

Sie erreichten eine Milchglasscheibe und Carmen klopfte eine spezifische Abfolge, die bestimmt ein Code war. Jill, eine der Agentinnen, die Emily bereits kannte und von der Connie am häufigsten sprach, öffnete die Tür.

»Dr. Lawrence, bitte kommen Sie herein. Die Präsidentin wird in drei Minuten eintreffen. Setzen Sie sich.«

Emily betrat das Separee und sah sich mit großen Augen um. Wunderschön war noch untertrieben. Eine Wand war komplett verglast und bot eine beeindruckende Aussicht auf den Rock Creek Park, über den sich allmählich die Dämmerung senkte. Eine saftig grüne Wiese breitete sich vor ihr aus, durch die ein schmaler Bach floss. Das Hotel hatte geschickt eine unauffällige Beleuchtung installiert, damit die Gäste auch abends das wunderbare Stück Natur mitten in der dicht bebauten Stadt genießen konnten.

Der Raum selbst war luxuriös ausgestattet, von den dunkelpinken Samtstühlen – es waren nur zwei und sie standen an einem beeindruckenden Tisch aus Glas und Bronze, der sich in der Mitte des Raums befand – bis hin zu dem weichen Teppich unter ihren Füßen. Das impressionistische Gemälde an der Wand kam Emily vage bekannt vor, doch sie traute sich nicht, näher heranzugehen, um es genauer zu betrachten. Anders als im Museum hing ohnehin kein kleines Schild daneben, das ihr erklärt hätte, worum es sich bei dem Gemälde handelte.

Emily schlüpfte aus ihrem Mantel und bevor sie noch überlegen konnte, was sie damit tun sollte, trat Carmen an sie heran und nahm ihn ihr ab.

»Vielen Dank«, sagte sie. Unter Jills wachsamem Blick nahm sie an dem Tisch Platz. Das Licht der Designerleuchte, die darüber hing, war warm und weich. Als säße sie im angenehmsten Sonnenschein.

Gerade, als sie sich entspannen wollte, griffen die Agentinnen sich gleichzeitig an die Ohren.

Emily erschauderte.

»Wie viele?« Jill sprach in ihren Ärmel. Vermutlich war darin ein Mikrofon verborgen. »Negativ, lasst sie dort. Wir haben einen Alternativeingang. *Vigilance*, Kursänderung, Zugang Bravo.«

Kaum drei Minuten später öffnete sich die Tür und Connie stürmte herein. Trotz der zehn Zentimeter hohen Absätze machte sie große, schnelle Schritte. Die Agenten, die sie begleitet hatten, blieben an der Tür zurück und Jill bedeutete Carmen, sich zu ihnen zu gesellen. Connie hatte ihren Mantel bereits abgegeben.

»Madam President, wir bleiben in der Nähe. Gut gemacht, wie Sie der Presse ausgewichen sind.«

Emily stand auf. Sie wollte den Tisch umrunden und Connie den Stuhl richten, doch die kam ihr zuvor und setzte sich, bevor Emily ihre höfliche Geste starten konnte.

»Die konnte man eine Meile weit sehen. Nur ein paar Opportunisten. Ich glaube nicht, dass sie etwas ahnen«, tat Connie die Sorge der Agentin ab. Sie bedeutete Emily, sich zu setzen.

Connie trug ihre Haare halb hochgesteckt, wie sie es auch bei formellen Anlässen meist tat. Es kribbelte Emily in den Fingern, den Umriss ihres Ohrs nachzuzeichnen. In einem Interview hatte Connie mal zugegeben, dass sie gewisse Komplexe hatte, weil ihre Ohren leicht hervorstanden. Emily fand sie hingegen bezaubernd, wie nahezu alles an ihr. Sie war längst mehr als nur ein bisschen verknallt.

»Hey«, sagte Emily, als sie endlich allein waren. »Ich bin wirklich froh, dass wir das durchziehen.« Wahrscheinlich würde gleich ein Kellner kommen und sie unterbrechen, also nutzte sie ihre Chance und legte die Hand offen auf den Tisch.

Connie ergriff sie, ohne zu zögern.

»Wenn ich etwas mehr Vorbereitungszeit gehabt hätte, hätten die Agenten noch etwas Schöneres für uns planen können.« Connies Augen blitzten. »Aber man kennt mich hier und die Agenten schätzen das Restaurant. Das Kleid steht dir übrigens hervorragend. Da könnte man fast neidisch werden. Carolina?«

»Ja, Carolina Herrera. Gut erkannt, Madam President.«

»Sollten wir uns nicht ein Codewort überlegen? Oder wenigstens einen Spitznamen?«

»Wäre das nicht verwirrend?« Emily grinste. »Ich habe mich gerade erst daran gewöhnt, dich Connie zu nennen.«

»Es fehlt mir, mit meinem Namen angesprochen zu werden. Darum habe ich ja anfangs überhaupt erst darauf bestanden, die formelle Anrede wegzulassen.«

»Dabei verwendest du deinen vollen Namen so selten. Constance ist auch ein schöner Name. Und er hat eine schöne Bedeutung. *Beständigkeit*.«

»Als Kind fand ich den Namen immer langweilig. Mein Dad hat mich immer Connie genannt, oder Con, und dabei ist es dann geblieben.«

»Dann bleiben wir ab jetzt bei Connie.«

Jill führte den nervösesten Kellner der Welt herein. So sehr wie der Ärmste zitterte, hätte er problemlos Martinis mixen können.

»Weißt du, warum deine Eltern dich Emily genannt haben? Waren sie Brontë-Fans?«

»Nein, sie mochten den Namen einfach. Manchmal werde ich ›Em‹ genannt, aber ich weiß nicht recht, ob das zu mir passt.«

»Dann bleibe ich bei Emily. Und nachdem das jetzt geklärt ist: Sollen wir uns als Nächstes den Weltfrieden vornehmen? Oder wollen wir den netten Herrn unsere Bestellung aufnehmen lassen?«

Bald darauf hatten sie einige Gerichte bestellt, durch die sich Auberginen, Pilze und Zucchini sowie einige Gewürze, von denen Emily noch nie gehört hatte, als roter Faden zogen. Vor allem aber gab es Wein.

Connie wog die Vorzüge eines Rotweins gegen die eines anderen ab und Emily nickte einfach zustimmend, als sie sich für einen entschied. Wenigstens blieb es ihr erspart, zuzugeben, dass sie keine Ahnung hatte, worin die beiden sich unterschieden und dass sie ihren Wein normalerweise aufgrund des Preises auswählte. Vorausgesetzt, der Preis stand – anders als hier – in der Weinkarte, was natürlich nicht der Fall war. Oh. Wurde dieses Essen etwa mit Steuergeldern bezahlt? Emily schob den Gedanken beiseite. *Bestimmt nicht.*

»Du siehst heute wunderschön aus«, sagte Emily, sobald sie wieder allein waren. Das war noch untertrieben. Connies Kleid bestand aus einem metallischen Garn, das im warmen Licht silbern schimmerte und es betonte jede ihrer Kurven. Emily konnte den Blick nicht abwenden. Das Kleid würde sich hervorragend neben ihrem eigenen machen.

Sie schenkte sich Wasser ein und trank einen großen Schluck.

Connie ließ sie die ganze Zeit nicht aus den Augen. Eine angenehme Anspannung lag in der Luft, die Erwartung eines ersten Dates ohne den Druck ständiger Grübelei. Sie wollten schließlich beide herausfinden, wohin das mit ihnen führen würde. Ein Lächeln stahl sich auf Emilys Lippen.

»Woran denkst du?«, fragte Connie und brach so das Schweigen.

»Wie schön ich es finde, dass wir hier sind«, antwortete Emily ehrlich. »Das Restaurant sieht toll aus. Bist du Vegetarierin, oder –?«

»Natürlich nicht, das würde mich zu viele Stimmen in Nebraska kosten«, witzelte Connie und sie grinsten einander an. »Ich habe noch nie viel Fleisch gegessen und das ist eines meiner Lieblingslokale. Außerdem ist es gut fürs Herz? Aber wir wollten ja heute mal nicht über die Arbeit reden.«

»Das ist sehr ... umsichtig von dir. Und du hast natürlich recht. Meistens bevorzuge ich wirklich gesundes Essen«, erwiderte Emily. »Aber manchmal muss es auch einfach ein richtig guter Cheeseburger sein. Aber ein derartig schickes Restaurant hat wahrscheinlich bessere Security als *Five Guys* oder *Burger King*.«

»Na ja, wir können uns so etwas für die Zukunft trotzdem mal vormerken. Wenn du magst. Bei kontinuierlichen Dingen kann der Secret Service wahre Wunder bewirken. Nur Spontaneität und Ungewissheit machen Jill und ihre Leute nervös.«

»Kontinuierlich?«

Emily konnte nicht weiterreden, weil der Kellner zurückkam und ihnen ihren Wein brachte. Diesmal wirkte er schon etwas weniger verschreckt.

Connie überließ es Emily, den Wein zu probieren. Und hui, der Malbec war ganz schön gut.

»Geht das zu schnell?«, fragte Connie, nachdem der Kellner ihnen eingeschenkt und sich wieder zurückgezogen hatte.

»Kommt drauf an. Fragst du mich gerade, ob ich mit dir fest gehen will oder so?«

Connie zögerte kurz, doch dann griff sie nach Emilys Hand. Mit dem Daumen strich sie über Emilys Knöchel, langsam und sanft.

Wärme durchflutete Emily. Sie war stolz auf ihre Hände, auf ihre Fähigkeiten und ihr Können. Auf das, was sie mit ihnen tun konnte. Sie hatte lange, schmale Finger und weit bevor sie sich für die Medizin entschieden hatte, hatte man ihr schon immer wieder gesagt, dass sie Chirurgenhände hatte. Connie schienen sie auch ziemlich zu gefallen. Sie beugte sich vor und hauchte einen zarten Kuss auf Emilys rechten Handrücken.

Kein Herumgeplänkel, keine Peinlichkeit, nur eine Frau, die sich ihrer selbst bewusst war und die sich mit einem breiten Grinsen auf den Lippen wieder aufrichtete.

Emily entkam ein zufriedenes kleines Brummen, als Connie noch einmal ihre Hand drückte, ehe sie losließ. Ihr Herz schlug etwas schneller, flatterte vor Aufregung. Wem war ein Moment wie dieser schon vergönnt?

»Nun, das ist zumindest schon mal ein guter Anfang«, sagte sie schließlich, was Connie leise auflachen ließ. Emily nahm einen Schluck von ihrem Wein, um sich ein wenig zu beruhigen. »Es berichtet auch niemand mehr über uns und niemand hat mich auch nur eines zweiten Blickes gewürdigt, als ich reingekommen bin. Nach dir werden sie aber natürlich weiterhin Ausschau halten.«

»Normalerweise können wir die Paparazzi gut auf Abstand halten«, sagte Connie nüchtern. »Ich mag dieses Restaurant auch deswegen so gern, weil es hier mehrere Möglichkeiten gibt, wo mein Fahrer parken kann. Außerdem gibt es vier Ausgänge. Tatsächlich gibt es einige Lokale, die für alle Eventualitäten vorbereitet sind. Muss es in einer Stadt wie Washington wohl auch. Und das kommt ja nicht nur mir zugute, sondern allen, die Bodyguards brauchen.«

»Jill wäre mir definitiv lieber als die Horde, bei der ich gelandet bin.« Emily errötete, als ihr bewusst wurde, wie intensiv Connie sie ansah. Sie senkte den Blick und strich die Serviette in ihrem Schoß glatt, länger als nötig.

»Also«, sagte Connie schließlich und nahm einen Schluck von ihrem Wein. »Was liest du gerade?«

———

Der Abend verlief perfekt. Das Essen war hervorragend und sie tranken noch eine zweite Flasche Wein. Connie lud Emily ein. Francesca hatte ein kompliziertes System für Fälle wie diesen, das sicherstellte, dass das Geld wirklich von Connies Privatkonto stammte. Emily nahm diese Erklärung mit deutlicher Erleichterung auf.

Ja, es war alles perfekt. Zumindest bis zu dem Zeitpunkt, als sie gehen wollten. So lief es eigentlich immer, wenn Connie mal aus dem Weißen Haus ausbrach. Sie wollten gerade aus der Tür treten, doch Jill versperrte ihnen den Weg und schob sie zurück ins Separee.

Hinter sich schloss sie die Tür wieder. »Ma'am, es gibt ein vermehrtes Medienaufgebot. Die ursprünglichen Paparazzi haben wir erfolgreich abgelenkt, doch auf Twitter sind Kommentare über Ihren Restaurantbesuch aufgetaucht. Wir haben einige falsche Fährten gelegt, aber es hat sich zu schnell herumgesprochen.«

»Wie gehen wir dann jetzt vor?« Es brodelte in Connie.

Emily zuckte neben ihr zusammen.

Diesen Tonfall hob sie sich normalerweise für ihre Gegner in hitzigen Diskussionen auf. »Verdammt, kann ich nicht wenigstens *einmal* essen gehen?!«

»Wir werden einen schnellen Abgang machen«, sagte Jill. »Können Sie in den hohen Schuhen rennen?«

Connie war das inzwischen gewohnt und es war auch das eine oder andere Mal vorgekommen, dass ihre Agenten sie an den Armen fassten und hochhoben, wenn sie nicht mehr hatte mithalten können.

Auch Emily nickte zustimmend, dabei waren ihre Schuhe ebenso hoch wie Connies.

»Dann los. *Vigilance* setzt sich in Bewegung.«

Kaum hatte sie die Tür wieder geöffnet, begaben die Agenten sich um sie in Formation und joggten los. Kurz verlor Connie Emily aus den Augen, als sie den Lastenaufzug erreichten. Die Türen schlossen sich hinter ihnen und Connie erwischte Emilys Arm und drückte ihn. Gleich darauf rannten sie auch schon durch ein dunkles Gässchen und wurden in die Präsidentenlimousine bugsiert. Weit und breit war von einem Blitzlichtgewitter nichts zu sehen.

»Ach du …«, keuchte Emily, als der Wagen losraste. »Machst du so einen Abgang auch, wenn du auf Partys bist?«

»Sie sind gut«, sagte Connie voller Stolz. »Das ist auch ganz praktisch, wenn ich gezwungen bin, meine Mutter zu besuchen und ihr entkommen will. Willkommen in meinem persönlichen Panzer. Alles okay?«

Emily linste zu dem Agenten, der vor ihnen saß. »Nur ein bisschen … Du weißt schon –«

»Es ist ganz schön viel. Ich hab mich daran gewöhnt, als ich Gouverneurin war, aber als Präsidentin ist es dann doch eine andere Hausnummer. Lass dir Zeit, komm erst mal wieder zu Atem.«

Connie ergriff Emilys Hand und drückte sie, sanft und vorsichtig. Eine stumme Frage, die Emily mit einem Nicken beantwortete, ehe sie sich auf dem Ledersitz zurücklehnte und die Augen schloss. Mit einem Finger malte Connie die feinen Knochen ihrer Hand nach, einen nach dem anderen. Das war doch ein angemessener erster Schritt, oder?

Emily musste ihr leichtes Zögern bemerkt haben. »Nur fürs Protokoll: Ich bin aus freien Stücken zu dieser Verabredung gekommen und in dieses Auto gestiegen, Connie.«

»Das dachte ich mir schon.«

»Wenn du dir also den Kopf zerbrichst wegen des Machtgefälles zwischen uns, oder weil du dich fragst, wie es wohl aussieht, oder was auch immer dich sonst so den lieben langen Tag beschäftigt, kann ich dich beruhigen. Ich hatte einen wunderbaren Abend und ich hätte nichts dagegen, wenn er so endet, wie ein gutes Date nun einmal enden sollte.«

Das musste sie nicht zweimal sagen. Connie verstand den Wink mit dem Zaunpfahl sofort.

Und dann küsste sie sie.

Wer brauchte schon Privatsphäre? Emily erbebte merklich. Sie rückte näher an sie heran und legte alles in den Kuss. All die Sehnsucht, die Anziehung, die Schlagabtäusche entluden sich in diesem Moment. Erst begegneten sie einander mit zittriger Vorsicht, doch bald wurde ihr Kuss zu einem hitzigen Tanz. Das abrupte Ende des Dates versank ebenso im Nebel wie der Rest der Wirklichkeit. Es gab nur noch sie beide.

Schließlich verlangsamte Connie den Kuss, ließ etwas von der Hitze zwischen ihnen abflauen. Auf mehr als diesen einen Kuss hatten sie sich nicht geeignet. Trotzdem löste sie sich nur widerwillig von Emilys warmen Lippen.

Als der Wagen anhielt, ging ihr Atem schnell. Sie musste nicht aus dem getönten Fenster schauen, um zu wissen, dass sie vor dem Weißen Haus gehalten hatten. Sie spürte es einfach, so, wie andere fühlten, wenn sie daheim angekommen waren.

»Ich würde dich ja reinbitten ...« Connie strich Emily eine Haarsträhne aus der Stirn. »Aber ich glaube, dafür ist es noch ein bisschen zu früh.«

Emily zögerte und nahm Connies Hand in ihre. »Ist es. Aber ich möchte das wiederholen. Nur, wenn möglich, ohne die Flucht vor den Paparazzi.«

Connie drückte ihre Hand und lächelte. Beinahe hätte sie sich in Emilys Augen verloren, doch sie schaffte es, sich zusammenzureißen. »Das ist schön. Dann trennen sich hier jetzt unsere Wege. Sie können dich nicht in diesem Wagen fahren, aber Jill hat dafür gesorgt, dass man dich nach Hause bringt. Nächstes Mal machen wir das etwas eleganter.«

Sie stiegen aus dem Auto und die Agenten bezogen entlang der Mauern des Weißen Hauses Position oder verschwanden in der Dunkelheit über der Rasenfläche. Normalerweise war Connie die stille Anwesenheit der Agenten gewohnt. Meistens fielen sie ihr gar nicht mehr auf. Heute jedoch war jeder einzelne Anwesende ein Eindringling für sie. So wie Emily es wahrscheinlich auch empfand.

»Danke für den wunderbaren Abend. Nächstes Mal können wir auch gern wo hingehen, wo es Steaks gibt. Das macht mir wirklich nichts aus«, sagte Emily.

Sie lächelte, als Connie einen Arm um sie legte und sie in einen tiefen, langsamen Kuss zog. Ihre Lippen waren perfekt und als Emily mit einem kaum hörbaren Seufzen den Mund öffnete, folgte Connie der Einladung und erkundete sachte ihre Zunge. Ein Funkenregen breitete sich in ihr aus.

»Ich muss mich verabschieden«, sagte Connie eine ganze Weile später, nachdem sie sich voneinander gelöst hatten.

»Gute Nacht«, erwiderte Emily. »Kann ich dir nachher noch schreiben?«

»Ich wäre enttäuscht, wenn du es nicht tust.«

Connie konnte Emilys Blick auf sich spüren, während sie zum Eingang ging. Sie widerstand dem Impuls, sich noch einmal umzudrehen und ihr zu winken. Nicht, weil sie es nicht wollte, sondern weil sie ganz genau wusste, dass sie Emily dann keinesfalls widerstehen könnte.

Kapitel 14

Emily stemmte die Füße in den Boden und ließ die Schultern kreisen. Sie war bereit für die Herausforderung. Statt auf dem quietschend sauberen OP-Boden stand sie auf einer Wiese und grub die Spikes ihrer Schuhe in das saftige Gras. Statt ihrer OP-Klamotten trug sie ein blassblaues Poloshirt und eine cremefarbene Chino, ihr bevorzugtes Golfoutfit. Den Mützenschirm hatte sie tief über ihre Stirn gezogen, um ihre Augen vor der blendenden Wintersonne zu schützen. Sie wählte den passenden Schläger aus und platzierte den ersten Golfball des heutigen Tages.

»Wollen wir es interessant machen?«, fragte Dima, die am benachbarten Tee stand. »Irgendwie muss man Golf ja interessant machen.«

»Hey, es war deine Idee, dass ich mir eine Aktivität aussuche.« Emily bewegte ihre Hüften, um sich auf den Schlag einzugrooven. Die Driving Range war so gut wie leer, einer der Vorzüge, wenn man gleich, nachdem sie aufgemacht hatte, herkam, direkt von einer OP, die fast die ganze Nacht gedauert hatte.

»Bei dem Klatsch, den du mir versprochen hast, hätte ich allem zugestimmt. Kann ich jetzt bitte aufhören, so zu tun, als würde ich auf irgendwelche Bälle eindreschen? Erzählst du mir jetzt endlich, wie dein Date gelaufen ist?«

Emily zielte und traf den Ball mit einem befriedigenden *Schmack*. Ein guter Treffer, der Ball flog verdammt weit über das Grün.

»Okay, da niemand hier ist, der uns hören könnte … Nicht, dass es viel zu erzählen gibt. Es war sehr nett.«

»Eine Lady genießt und schweigt? Willst du das damit sagen?« Dima lehnte ihren Schläger gegen die Wand und kam zu Emilys Platz, wo sie sich in sicherer Entfernung auf die Bank setzte.

»Vorausgesetzt, es gab etwas zu genießen.«

»Ah, aber ich weiß ganz genau, dass diese Röte auf deinen Wangen kein Sonnenbrand ist, Boss Lady. Du wirst rot wie ein Teenager.«

Um Zeit zu schinden, postierte Emily den zweiten Ball auf dem Tee und nahm Schwung. »Ich weiß nicht, wovon du sprichst.«

»Alles klar. Oh, schau, deine besondere Freundin ist wieder im Fernsehen.«

Bevor sie noch recht wusste, was sie tat, fuhr Emily zu dem Fernseher des Klubhauses herum, auf dem ohne Ton die Morgennachrichten liefen. Viele schätzten es wahrscheinlich, sich beim Golfen über die aktuellen Aktienkurse und die wichtigsten Neuigkeiten zu informieren. Und tatsächlich, da war Connie. Zwar nicht live, sondern auf Aufnahmen, die eindeutig schon ein paar Tage alt waren. Trotzdem breitete sich ein verräterisches Grinsen auf Emilys Zügen aus.

»Okay, vielleicht habe ich doch ein bisschen etwas zu erzählen. Aber dafür lädst du mich auf den Kaffee ein.«

»Alles klar. Gib einfach Bescheid, wenn du damit fertig bist, auf diese Winzbälle einzudreschen.«

—⁂—

»Sicher, dass du nicht einsam sein wirst?«, fragte Zach. Er saß auf einem der Sofas im *Oval Office* über seinen Hausaufgaben. Stirnrunzelnd stierte er auf eine Gleichung, ehe er sie schließlich löste und zu Connie aufsah.

Connie deutete auf ihren Schreibtisch, auf dem sich die Akten stapelten, obwohl sie doch darauf bestanden hatte, so weit wie möglich auf Papier zu verzichten. Mit leisem Grauen dachte sie an die Unmengen weiterer Dossiers, die noch auf ihrem Tablet auf sie warteten. Manchmal war es ganz schön verlockend, es – ähnlich wie manche ihrer Vorgänger – mit der Arbeit nicht ganz so genau zu nehmen. Doch obwohl Connie ihrem Stab bedingungslos vertraute, war sie noch nie gut im Delegieren gewesen.

»Ich werde kaum Zeit haben, dich zu vermissen, Schatz«, sagte sie. Ächzend lehnte sie sich in ihrem Stuhl zurück und nahm die Lesebrille ab. Die nächste Welle Kopfschmerzen schlich sich schon wieder an sie heran und sie kniff sich in die Nasenwurzel. »Ist es schon zu spät, um mich noch in deinem Koffer zu verstecken?«

»Da ist kein Platz. Ich schmuggle präsidiale M&Ms zu Grandma. Jede Menge.«

»Ich könnte dich beim Secret Service verpetzen und dich auf die No-Fly-Liste setzen lassen«, meinte Connie grinsend.

»Weil ich demnächst ganz sicher einen Flug chartern werde. Du bist ja so lustig, Mom. Triffst du dich mit –?«

»Ich bin noch nicht so weit, dass ich darüber reden kann, Schatz. Vielleicht, wenn du wieder da bist.« Connie stand auf und umrundete ihren Schreibtisch. Vielleicht war es noch zu früh für ein zweites Date. Oder überhaupt für ein Date. War es nicht bezeichnend, dass sie mit ihrem Sohn darüber reden konnte?

Wie aufs Stichwort kam der Leiter von Zachs Securityteam herein. Unerwarteterweise hatte er Jill im Schlepptau.

»Ich wünsch dir ein schönes Wochenende«, sagte Connie. »Grüß deine Grandma von mir. Und benimm dich.«

»Nur, wenn du das auch tust.« Zach umarmte Connie, ehe er sich seinen Rucksack schnappte. »Und Mom? Wenn du richtig mit Dr. Lawrence zusammen bist, dann sagst du es mir doch, oder?«

»Natürlich. Aber keine Sorge, wir sind noch nicht so weit. Du bist der Erste, dem ich es erzähle.«

Zach musterte sie kurz, dann nickte er und huschte aus dem Raum. Auf dem Weg hinaus kam er an Jill vorbei, die ihm lächelnd die Schulter drückte.

»Jill?«

Connie hatte sich seit dem Wahlkampf an ihre Anwesenheit gewöhnt, doch sie zeigte sich nur selten außerhalb ihrer Schicht, außer Connie verlangte explizit nach ihr. Statt wie sonst einen schwarzen Anzug mit weißem Hemd, trug sie heute Jeans und ein gelbes Flanellhemd, das einen wunderbaren Kontrast zu ihrer dunklen Haut bildete.

Schnell linste Connie über Jills Schulter nach draußen. Waren noch mehr Agenten auf dem Weg zu ihr? Wenn ja, musste etwas wirklich Ernstes vorgefallen sein. Wenn Connie das richtig im Kopf hatte, musste der gesamte Westflügel in sich zusammengestürzt sein, bevor man sie in einen sicheren Bunker schleppte. Nicht, dass sie das in einem solchen Krisenfall mit sich machen lassen würde.

Draußen war niemand zu sehen, also wandte Connie sich wieder Jill zu.

»Madam President.« Jill nahm ihren üblichen Posten neben Connies Schreibtisch ein und nickte dem Agenten zu, der gerade draußen vor der Verandatür Dienst hatte. »Ich wollte Sie nur wissen lassen, dass alles, was für Sonntag geplant ist, genehmigt wurde.«

»Für Sonntag?« Reflexartig griff Connie nach dem lautlos geschalteten Handy in ihrer Tasche.

Sie war den ganzen Vormittag beschäftigt gewesen. Sie regierte immerhin ein ganzes Land und organisierte nicht bloß einen Schulball.

Trotzdem hatte sie ab und an auf das Handy geschaut, um sicherzugehen, dass sie keine Nachricht von Emily verpasste. Diesmal war Emily mit dem Planen des Treffens, ihrem nächsten Date, an der Reihe. Mit dem Restaurantbesuch waren sie davongekommen, weil es keine Fotos gab, aber sie hatten ordentlich jonglieren müssen, um Zeit für ein zweites Date zu finden. Inzwischen war das erste schon über eine Woche her. »Was das anbelangt ...«

Jill straffte die Schultern. »Wollen Sie die Pläne ändern?«

»Und wenn es so wäre? Ich bin die Präsidentin; so etwas kann nun mal passieren.«

Jill lächelte stoisch und merklich angespannt. »Natürlich, Ma'am. Bloß ... Wir können ändern, was immer Sie nötig finden.«

»Und wenn ich ganz absagen will? Was, wenn ich es zum Beispiel nicht mit meinem Sohn geklärt hätte und Emily nicht hinter seinem Rücken treffen will?« Connie wollte nicht absagen, doch es wäre das Klügste, es zu tun. Sie hatten Glück gehabt, dass sie bei ihrem ersten Date unbehelligt davongekommen waren. Sie würden ihr Glück nur strapazieren, wenn sie sich noch einmal verabredeten. Zumal diesmal nicht sie ausgesucht hatte, wo sie sich treffen würden. Noch konnte sie den unvermeidlichen Komplikationen aus dem Weg gehen. Dann müsste sie ihrem Stab oder Zachary oder, noch schlimmer, ihrer Schwiegermutter nie von ihrer Beziehung erzählen.

Mit jeder Verabredung stieg die Wahrscheinlichkeit, dass die Öffentlichkeit von ihnen erfuhr. Forderte sie nicht unweigerlich das Schicksal heraus, wenn sie sich weiter mit Emily traf? Und wenn es noch so schön war, sie zu sehen. Sie zu küssen ...

Connie hatte alles erreicht, was sie sich vorgenommen hatte, weil sie immer das Richtige tat. Seit ihrem ersten Date mit Emily waren Ramira und der Rest ihres Stabs verdächtig ruhig. Doch sie wusste, dass sie davon Wind bekommen hatten.

»Sie sind bestimmt erleichtert, wenn ich einfach daheimbleibe«, fügte Connie hinzu, als Jill so gar nicht reagierte.

»In der Tat.« Jill machte einen Schritt zur Seite, doch Connie entging nicht, dass sie zögerte. Das war ungewöhnlich. Jill war normalerweise der Inbegriff der Entschlossenheit.

»Stimmt etwas nicht, Jill? Sie wissen doch, wie wichtig es mir ist, dass meine Secret-Service-Agenten ehrlich zu mir sind. Daran hat sich nichts geändert.«

»Es ist bloß ...« Geistesabwesend berührte sie ein Blütenblatt der Usambaraveilchen, die auf dem Beistelltisch standen. Sie machten sich hervorragend in dem kleinen Topf, den Connie damals bei ihrem Auszug aus ihrem Elternhaus mitgenommen hatte. »Als Sie zugestimmt haben, dass Dr. Lawrence sich etwas für Ihre Verabredung überlegt ... Sie hat sich viele Gedanken darüber gemacht, was Sie unternehmen können. Sie hat Alternativen geplant, falls Sie Zach mitbringen möchten, und Locations in drei verschiedenen Bundesstaaten vorgeschlagen, falls etwas Unerwartetes dazwischenkommt –«

»Ja, und?«

»Ma'am, wenn jemals eine Frau derartig viel Aufwand wegen einer Verabredung mit mir betrieben hätte, wäre ich wahrscheinlich nicht mehr Single.«

Connies Entschlossenheit bröckelte. Natürlich hatte Emily sich die allergrößte Mühe gegeben. Was umso bemerkenswerter war, wenn man bedachte, wie viel sie schon mit ihrer Arbeit um die Ohren hatte, von dem zusätzlichen Stress ganz abgesehen, der damit verbunden war, wenn man mit jemandem ausging, der einen Sohn und ein Securityteam hatte. Hatte Connie nicht sofort gewusst, dass sie etwas Besonderes war?

Jahrelang hatte niemand ihr Interesse geweckt. Bis sie dieser Frau begegnet war, die Connie mühelos in ihren Bann zog. Außerdem hatte sie längst bewiesen, wie vertrauenswürdig sie war. Nicht der Hauch eines Gerüchts war an die Presse vorgedrungen. Connie vertraute nicht leicht, doch wenn sie jemandem vertraute, dann bedingungslos. Es fühlte sich so unglaublich *gut* an, auf jemanden zählen zu können.

Scheiß drauf. Man hatte ihr die Codes für das Atomwaffenarsenal der USA anvertraut. Da konnte sie selbst es sich ja wohl zutrauen, sich auf ein zweites Date einzulassen. Ein drittes, wenn man das im Kennedy Center mitzählte, was sie nicht tat.

»Wie könnte ich dann absagen? Wann soll ich am Sonntag startklar sein?«

»Wir haben Francesca bereits informiert. Um elf holen wir Dr. Lawrence ab, das bedeutet, wir müssen um 10:43 Uhr hier losfahren, Madam President.«

Es klopfte an die Tür zu Ramiras Büro. Jill nahm das als Zeichen, sich zu verabschieden und den Raum zu verlassen. Ramira kam herein und nahm ihren Platz an Connies Seite ein.

»Du siehst glücklich aus.« Der Hauch einer Anklage schwang in Ramiras Stimme mit. »Ist das ein guter Zeitpunkt, um dir zu sagen, dass ein Kongressabgeordneter aus Florida gerade live in den Nachrichten fordert, dass sie sich selbstständig machen?«

»Mäh, es ist Florida.« Connie wedelte mit der Hand. »Lassen wir sie doch einfach. Was ist das Schlimmste, was passieren kann?«

»Nun, der Tourismus –«

»Schon, aber dann müssten wir uns nicht mehr jeden Tag mit Florida auseinandersetzen. Komm mir ein bisschen entgegen, Ramira.«

»Du bist gerade ziemlich auf Krawall gebürstet. Vermisst du Zach? Ich nehme an, er ist schon weg.«

Connie bedeutete ihr, sich zu setzen. Es nervte, wenn ihre Mitarbeiter die ganze Zeit über ihr aufragten. »Er ist schon unterwegs, ja. Zum Glück lebt meine Mutter nicht in Florida.«

»Bist du deswegen bereit, einen Bundesstaat aufzugeben? Weil Zach dir fehlt?«, fragte Ramira mit der gleichen Vorsicht, als würde sie sich ihren Weg zwischen Landminen hindurchbahnen.

Connie wollte nicht zu sehr darauf herumreiten. Sie hatten alle Opfer gebracht, um dahin zu kommen, wo sie jetzt waren. Dass sie keine eigenen Kinder hatte, war eines von Ramiras Opfern.

»Er fehlt mir immer.« Connie schlichtete die Papiere auf ihrem Tisch, um sich nicht anmerken zu lassen, wie sehr das stimmte. »Aber ich werde diesen Job ja nicht ewig machen. Obwohl ich so eine Ahnung habe, dass du eigentlich hier bist, um über meine Wiederwahl zu reden.«

Ramira schenkte ihr ein schiefes Grinsen und rief etwas auf ihrem Tablet auf. »Elliot und Asha haben ein paar Umfragen ausgewertet und schlagen vor, dass wir uns zeitnah im Südwesten zeigen und dort ein paar wichtige Themen ansprechen. Die Republikaner glauben, dass die Gegend ihnen allein gehört und wir sollten schauen, dass wir nicht ins Hintertreffen geraten.«

»Ich lasse Francesca schon mal meine Sonnencreme einpacken. Aber wir fangen erst nach dem Wochenende damit an, oder? Es ist bloß –«

»Frühestens am Dienstag. Vielleicht ein Trip nach Albuquerque«, sagte Ramira. »Hast du am Wochenende ein heißes Date?«

»So ähnlich. Aber ein diskretes, versprochen. Das ist doch kein Problem für den Stab, oder? Letztes Mal hatten wir ja Glück und konnten den Kameras ausweichen.«

»Überlass den Stab mir«, erwiderte Ramira. »Ich werde sie einfach mit der Planung dieser Reise ablenken. Und Madam President?«, rief sie über ihre Schulter, als sie schon fast an der Tür war. »Genieß es. Du hast es verdient.«

———⸎⸎✕⸎⸎———

Der nächste Tagesordnungspunkt war eine ganz gewöhnliche Pressekonferenz, die den Abschluss der dieswöchigen Nachrichten aus dem Weißen Haus bildete. Meistens konnte Connie unbedeutenden Terminen wie diesem aus dem Weg gehen, doch ihr Stab war der Meinung, dass Sichtbarkeit wichtig war, während sie sich darauf vorbereiteten, einige bedeutende Gesetzesinitiativen ins Rollen zu bringen.

»Wir können wohl alle nachvollziehen, wie das ist, wenn man ein wenig überfordert ist«, sagte Connie gerade in Bezug auf einen kleineren Sicherheitsalarm, der ausgelöst wurde, als ein Privatflugzeug versehentlich in eine Flugverbotszone gelangt war. »Aber alle Systeme haben perfekt funktioniert und der Vorfall wurde sofort registriert. Damit können wir sehr zufrieden sein, nicht wahr, Nancy?«

Noch als sie es sagte, wusste Connie, dass es ein Fehler war, die angriffslustige Reporterin der *Times* direkt anzusprechen. Nichts, was sie sagte oder tat, stellte Nancy und ihre getreue Leserschaft je zufrieden.

»Wir haben inzwischen beinahe zwei Wochen lang keine neuen Gerüchte mehr über Ihr Liebesleben gehört, Madam President. Ist das Zufall oder Absicht?«

Ärger brodelte in Connie hoch bei dieser Frage, die wohl eher ein Seitenhieb war. Sie umklammerte die Kante des Rednerpults und gab sich alle Mühe, einen neutralen Gesichtsausdruck beizubehalten. »Ich dachte, wir haben uns hier eingefunden, um über Sicherheitsfragen zu reden. Haben Sie noch eine richtige Frage oder soll ich mich Ihrer Konkurrenz in der dritten Reihe zuwenden?«

Unzufriedenes Gemurmel erhob sich. Obwohl sie miteinander um die besten Geschichten und Exklusivberichte konkurrierten, konnten die anwesenden renommierten Journalisten es allesamt nicht leiden, wenn Fragen ignoriert oder unterdrückt wurden. Connie stimmte ihnen da normalerweise zu, doch wenn ehemals seriöse Journalisten ihren Einfluss sowie ihren Zugang zur Macht missbrauchten, um derartig übergriffige Fragen zu stellen, wollte sie am liebsten mit Dingen werfen. Gerade in

Zeiten wie diesen, wo ganze Nachrichtensender logen und betrogen, um ihre eigene Agenda voranzutreiben, war es ein riesiges Privileg, dazu beizutragen, dass das System und die darin agierenden Politiker ehrlich blieben.

»Das war eine ernst gemeinte Frage, Ma'am. Aber lassen Sie sie mich anders stellen. Sind Sie aktuell in einer Beziehung? Und wenn ja, hat diese Person eine Sicherheitsunbedenklichkeitsbescheinigung?«

Angesichts dieser direkten Frage brachen alle Anwesenden in lautstarkes Getuschel aus. Wie es aussah, war ihr auf dieser Front also nur vorübergehend Ruhe vergönnt gewesen. Der beste Weg, die Berichterstattung über dieses Thema zu kontrollieren, war es, sich an die Fakten zu halten und nichts preiszugeben, das sie nicht preisgeben wollte.

Allerdings hatte sie sich nicht mit Emily abgesprochen und nicht mit ihr geklärt, ob das für sie in Ordnung war. Es war schlimm genug, dass sie sie in das alles mit hineinzog, aber auch noch ohne ihre Zustimmung? Auf keinen Fall.

»Also, erstens vergebe ich überhaupt keine Sicherheitsunbedenklichkeitsbescheinigungen. An niemanden. Das übernehmen die entsprechenden Behörden und sie sind nicht leichtfertig dabei. Niemand, der das Weiße Haus betreten darf, stellt auch nur auf irgendeine Art ein mögliches Sicherheitsrisiko dar.«

»Madam President –«, setzte Nancy an.

»Und was mein Privatleben anbelangt – das ist genau das: privat. Meine Wähler und Wählerinnen haben mir einen deutlichen Auftrag erteilt. Und wie von mir, erwarten sie auch von Ihnen, meine sehr verehrten Damen und Herren, dass Sie ihre Tätigkeit mit Integrität ausüben. Sie sind keine Klatschreporter. Oder bin ich hier in der falschen Pressekonferenz gelandet?«

Obwohl er hinter ihr stand, merkte Connie, dass Darius zunehmend panisch wurde. Was sie da sagte, hatte so gar nichts mit der Strategie zu tun, die sie für den Umgang mit der Presse erarbeitet hatten. Und tatsächlich: Sobald sie einen Schritt zur Seite machte, trat er auch schon vor, einen entschlossenen Ausdruck im Gesicht.

»Damit ist das Zeitfenster der Präsidentin auch schon geschlossen. Sie muss sich wieder der aktuellen außenpolitischen Lage zuwenden. Bei weiteren Fragen zu den Angriffen auf unsere Botschaften wenden Sie sich bitte an den Pressesprecher des Verteidigungsministeriums. Vielen Dank.«

Zur Abwechslung war Connie dankbar für die Agenten, die sie aus dem Raum eskortierten. Sie ermöglichten es ihr, unbehelligt durch den Westflügel in den Residenzbereich zu gelangen. Heute Abend stand ihr eine weitere öde Veranstaltung bevor, diesmal in Baltimore.

Aber immerhin konnte sie sich daran festhalten, dass bald Sonntag war. Bald würde sie ihr geheimnisvolles Date mit Emily haben, das diese gemeinsam mit Francesca und Jill organisiert hatte. Es war eine Ewigkeit her, dass Connie sich zuletzt ohne exakten Ablaufplan auf etwas eingelassen hatte. Und die Sahnehaube war, dass die Presse trotz der dreisten Fragen eben nicht den blassen Schimmer davon hatte.

In weniger als zwei Tagen würde Connie mit Emily allein sein, sie küssen, ihre Hand halten und vielleicht sogar noch weitergehen können. Und mit ihr reden, ihre Meinung hören. Oder ein paar medizinische Gruselgeschichten. Das war vielleicht das Beste überhaupt. Mit dieser Aussicht ließen sich die komplexen Entscheidungen, die harte Arbeit und die langweiligen Gespräche, die ihr bis dahin noch bevorstanden, so viel besser ertragen.

Kapitel 15

Connie nestelte am Saum ihres Shirts herum, während sie aus dem Fenster des nicht gekennzeichneten SUV schaute, in dem sie heute statt ihrer üblichen Limousine fuhr. Hoffentlich war ihr Outfit für die Aktivität geeignet, die ihr gleich bevorstand – auch wenn sie immer noch nicht so genau wusste, welche das eigentlich war. Aber mit einem hellblauen Shirt, einer dunklen Jeans, Stiefeletten und einer Daunenjacke, die eher zum Après-Ski passte als nach Washington, konnte man doch eigentlich nichts falsch machen, oder? Wenigstens hatten sie Glück mit dem Wetter. Ja, es war ein richtiger Herbsttag, aber einer von der sonnigen, freundlichen Sorte, die einen nach draußen lockte.

Bei ihrem Glück wollte Emily wahrscheinlich mit ihr ins Kino.

Zum ersten Mal seit Jahren hatte sie bei der Wahl ihrer Kleidung völlig freie Hand gehabt. Das hatte sie einigermaßen überfordert. Sie war kurz davor gewesen, einen Videocall mit Francesca zu starten und sie zu fragen, ob ihre Klamotten in Ordnung waren. Schon seit ihrem Wahlkampf für das Amt als Gouverneurin hatte sie nur noch vollständige, mit ihrer Stylistin abgestimmte Outfits im Schrank hängen, die auf konkrete Anlässe und Zielgruppen abgestimmt waren. Seit Jahren trug sie nur noch Anzüge oder Pencilskirts mit Blazer. Sie besaß zwar ein paar Jogginghosen und T-Shirts, die sie in ihrer Freizeit anzog, doch wenn sie ausging, dann fast ausschließlich in Ball- oder Cocktailkleidern.

Sie blinzelte ihr Spiegelbild in der verdunkelten Scheibe an. Sah sie zu alt aus? Oder, schlimmer noch, als wollte sie sich jünger geben als sie war? Als wollte sie wirken wie jemand in Emilys Alter? Zumindest wirkte sie nicht antiquiert oder unmodisch. Sie hatte immerhin so viel Stil, dass sie nicht völlig daneben aussehen sollte. Trotzdem. Es war schwer, sich passend anzuziehen, wenn man nicht wusste, *wofür*. Zumal Jill ihr nicht den kleinsten Hinweis gegeben hatte, was ihr bevorstand.

Oh Mann, wie sehr konnte man sich eigentlich wegen solch einer Nichtigkeit den Kopf zerbrechen? Genau das war der Grund, weshalb die Präsidentin der Vereinigten Staaten sich nicht auf irgendwelchen Dates herumtreiben und sich vergnügen sollte und erst recht nicht …

Die Hintertür des SUV wurde geöffnet und Emily schlüpfte hinein. Sie nickte Joseph zu und schenkte ihm ein Lächeln, ehe er die Tür wieder schloss.

Erleichtert stellte Connie fest, dass Emily ähnlich angezogen war wie sie selbst. Sie trug abgenutzte Doc Martens, eine weinrote Cordhose, die ihre schlanken Beine betonte, einen dunkelblauen Oversize-Pullover und darüber eine dieser gewachsten Jacken, die Connie immer unweigerlich an die Freizeitkleidung der englischen Royals erinnerten. Sie selbst hatte eine solche Jacke praktisch gar nicht mehr ausgezogen, als sie während des ersten Sommers ihrer Präsidentschaft ein paar Tage in Balmoral verbracht hatte.

»Hey«, hauchte Emily, ehe sie sich vorbeugte und Connie auf die Wange küsste. Sie duftete nach ihrem Duschgel und einem leicht blumigen Parfüm. »Deine Leute nehmen es mit der Pünktlichkeit ganz schön genau, was?«

»Ob du es glaubst oder nicht: Ich führe ein strenges Regiment«, antwortete Connie. »Wir sind übrigens in der Regel ziemlich schnell unterwegs, du solltest also ...« Sie deutete auf den Anschnallgurt, obwohl sie ihren eigenen bisher nicht angelegt hatte. Den Agenten war es lieber, sie festzuhalten, sollte es zu einem Zusammenstoß kommen, was allerdings nicht funktionieren würde, wenn Emily neben ihr saß. Es war wichtig, sie notfalls binnen Sekunden aus dem Auto schaffen zu können.

Innerlich schüttelte Connie den Kopf – ihr Leben wurde schon von verdammt merkwürdigen Routinen bestimmt. Sie beugte sich vor and legte Emily den Gurt an, strich dabei über ihren weichen Kaschmirpullover und sog ihre Wärme in sich auf. Dann setzte sie sich wieder zurück und schloss ihren eigenen Gurt. Gerade rechtzeitig, denn ein Klopfen auf dem Dach signalisierte, dass sie fahrbereit waren.

»Wo fahren wir hin?«, fragte Connie, während der Wagen startete. »Was immer es ist, du hast meine Agenten ganz schön beeindruckt.«

»Sie waren sehr freundlich und hilfsbereit.« Emily streckte die Hand aus und griff vorsichtig nach Connies. »Mmmh.« Lächelnd betrachtete sie ihre verschränkten Finger. »Besser. Und verrate ich nicht. Du wirst es schon rechtzeitig sehen. Ich hab Jill gesagt, dass sie dir Bescheid geben soll, falls du nicht passend gekleidet bist.«

Mit rasendem Herzen drehte Connie den Kopf zur Seite und schaute aus dem Fenster. Wie hatte sie nur denken können, dass sie das aufgeben konnte? Emily war wunderbar, so loyal und so umsichtig, zeigte ihre Zuneigung so offen. Trotz ihres anstrengenden Jobs und all der Verantwortung, die damit verbunden war. Sie hatte es geschafft, unter den widrigsten Umständen ein Date zu organisieren, wo alle anderen an ihrer Stelle bloß auf einen schnellen Abstecher ins präsidiale Schlafgemach aus wären.

Connie verstand in diesem Moment, dass Emily sie wirklich *sah*. Jenseits des Titels, des Pomps und der Etikette. Das hatte niemand mehr, seit ... Robert. Und selbst für ihn war es nicht immer leicht gewesen, hinter seiner Frau zurückzustecken, nicht als sie noch Generalstaatsanwältin gewesen war und auch nicht in ihrer Zeit als Gouverneurin. Er war zwar ein moderner Mann gewesen, aber über die Jahre hatte sein Stolz doch etwas gelitten. Emily schien bisher zu respektieren, dass sie immer hinter Connies Job zurückstecken würde müssen. Ja, mehr noch, sie schien sich dadurch weder bedroht noch zurückgesetzt zu fühlen. Vielleicht, weil sie selbst so erfolgreich und so gut in ihrem Job war. Das besondere Selbstbewusstsein einer Herzchirurgin hatte. Oder vielleicht, weil sie quasi vor vollendete Tatsachen gestellt wurde und sich einem längst perfekt eingespielten Apparat gegenüberfand. Robert hingegen hatte eine Bezirksstaatsanwältin geheiratet, keine Gouverneurin und erst recht keine Präsidentin.

Connies Gefühl sagte ihr, dass Emily sie immer gleich behandeln würde, egal, ob sie Praktikantin wäre oder die Präsidentin der USA. Das spürte sie tief in ihrem Herzen. So war sie einfach. Fair und geradeheraus.

»Danke«, brachte sie schließlich heraus und ihre Stimme hatte einen etwas rauen Klang. Vor dem Fenster flogen die Ausläufer der Stadt vorbei. Sie schaffte es nicht, Emily wieder in die Augen zu sehen, fühlte sich zu verletzlich dafür. »Für alles.«

»Das war es wert«, erwiderte Emily. »Zumal ich es geschafft habe, dass ich heute nicht auf Abruf bereitstehe. Eher müsste die Welt untergehen, als dass ich wegen eines Notfalls ins Krankenhaus gerufen werde, versprochen. Darf ich dich nur um eine Sache bitten?«

Inzwischen hatte Connie sich so weit im Griff, dass sie nicht gleich losheulen würde. Sie wandte sich Emily zu. »Worum denn?«

»Lass locker? Hab Spaß. Es ist alles vorbereitet und die Agenten haben alles im Griff. Sei einfach hier, bei mir. Mehr musst du heute nicht machen. Der Rest der Welt kann bis morgen warten. Heute gehört nur uns beiden. Das ist schwer, ich weiß, aber wir können es wenigstens versuchen?«

»Deal, Dr. Lawrence«, sagte Connie mit einem neckenden Lächeln.

———

Irgendwo in Maryland hielten sie schließlich an, weit ab von den Hauptstraßen. Der schmale Weg mit den vielen Schlaglöchern hatte sie ordentlich durchgeschüttelt. Je weiter sie fuhren, desto flauer war Connie wieder zumute. Wo fuhren sie bloß hin? Hier gab es doch nichts. Doch bevor ihre Nervosität vollends überhandnehmen konnte, bog der SUV mitsamt dem reduzierten Konvoi auf einen kleinen Parkplatz ein, der gänzlich leer war. Wie erwartet, hießen die Agenten sie an, noch ein paar Minuten im Auto sitzen zu bleiben und abzuwarten. Connie versuchte, sich unauffällig umzusehen, doch Emilys breitem Grinsen nach zu schließen, als sie wieder zu ihr schaute, war ihr das nicht gelungen.

»Keine Sorge. Das ist nur der Parkplatz«, sagte Emily, doch bevor sie das ausführen konnte, wurden die Autotüren geöffnet und sie konnten aussteigen.

Jill befahl den wenigen Agenten, um sie herum Aufstellung zu nehmen, und gemeinsam gingen sie los, einen Pfad entlang. Statt wie sonst Anzüge trugen die Agenten Freizeitklamotten. Man hätte sie glatt für eine Freundesgruppe halten können, die gemeinsam Wandern ging. Von den Schusswaffen und den Stöpseln im Ohr einmal abgesehen.

Die Bäume hier waren riesig, mit dicken Stämmen, und standen nah beieinander. Ein natürlicher Schutzwall, was Connie sehr zu schätzen wusste. Vögel zwitscherten und eine leichte Brise brachte die Blätter zum Rascheln. Davon abgesehen war es so still, dass Connie ihre eigenen Atemzüge hören konnte. Es war so friedlich und ihr Herzschlag beruhigte sich ganz automatisch. Wie beim Meditieren, nur dass die Ruhe des Waldes echt war und sie direkt hindurchwanderten.

»Es ist nicht mehr weit«, sagte Emily nach ein paar Minuten.

Unter ihren Füßen raschelte Laub, ab und an knackste ein Ast, wenn jemand darauf trat. In einem Gebüsch bewegte sich etwas und Connie zuckte erschrocken zusammen. Doch da war nichts, wahrscheinlich nur kleine Tiere, die sich nicht weiter für sie interessierten.

Sie gelangten an eine Lichtung an einem Bach. Connie keuchte auf. Wie traumhaft schön es hier war! Was auch immer Emily genau geplant hatte: Die Umgebung war die Reise definitiv wert gewesen. Bäume mit herabhängenden Ästen umringten die kreisrunde Wiese, auf der Baumstämme zum Sitzen einluden. In der Mitte der Lichtung stand eine Feuerschale. Die Atmosphäre erinnerte Connie an Camp David. Sie nahm sich vor, Emily zu fragen, ob sie sie dort vielleicht bald mal besuchen wollte. Der Secret Service wäre bestimmt begeistert.

Jill pfiff und die Agenten ließen sich zurückfallen, während sie sich Connie und Emily zuwandte. »In jeder Himmelsrichtung ist in Rufweite ein kleines Team postiert. Und nichts für ungut, Ma'am, und nur damit Sie es wissen: Besonders laut rufen müssten sie nicht, um gehört zu werden. Wir geben Ihnen so viel Privatsphäre wie möglich, aber wir müssen nun einmal in der Nähe bleiben.«

Joseph joggte über die Lichtung auf sie zu. Er hatte einen Korb sowie eine Decke in der Hand, die er Emily reichte. Er schenkte ihnen beiden ein Lächeln, etwas, das er nicht gerade oft tat.

»Oh, ein Picknick ist ... mal etwas anderes.« Connie versuchte, begeistert zu klingen, aber vermutlich gelang es ihr nicht so ganz. Sie würde gleich zum ersten Mal mit Emily allein sein. Bei dem Gedanken beschlich sie eine leise Panik. Würde sie jetzt alles versauen? Sie hatte doch keine Ahnung mehr, wie das mit der Romantik funktionierte. »Aber um Zeit zu sparen, hätten wir auch eines im Rosengarten veranstalten können.«

»Oh, pschht«, machte Emily unbeeindruckt. Sie wandte sich wieder Jill und Joseph zu. »Danke vielmals für Ihre Hilfe. Ich drücke dann einfach auf den Knopf, oder?«

»Um was zu tun?«, fragte Connie, doch Jill lächelte nur.

»Ich werde Ihnen am nächsten sein, Ma'am. Sie sind hier nicht allein. Vergessen Sie das besser nicht.« Sie zwinkerte ihnen zu und trat dann zur Seite.

Emily führte Connie das restliche Stück zu den Holzstämmen und Steinen am Ufer des Bachs. Je weiter sie gingen, desto mehr entspannte Connie sich wieder. Sie drehte sich langsam um die eigene Achse, den Blick nach oben ins Blätterdach gerichtet. Das Sonnenlicht blinzelte hindurch und sorgte für ausreichend Helligkeit, doch in den Bäumen hingen zusätzlich noch Lichterketten.

Emily stellte den Korb und die Decke ab und ging zu einem Generator, der zwischen den kleinen Felsen stand. Sie drückte auf einen Knopf und der Generator schaltete sich surrend ein. Am Stamm eines Baums entrollte sich eine Leinwand und ein Beamer fuhr sich hoch.

»Da ein Multiplex-Kino keine sonderlich gute Idee ist, habe ich mir eine Alternative überlegt«, sagte Emily, ehe sie die Picknickdecke auf einem ebenen Stück Wiese ausbreitete. »Übrigens, Madam President: Da wir hier draußen am Land sind, ist die Arbeitsverteilung ein bisschen demokratischer organisiert.«

»Natürlich«, sagte Connie, konnte den Blick aber nicht von der Leinwand reißen. Sie war vollends entrollt und das MGM-Logo prangte in ihrer Mitte. »Was kann ich tun?«

»Den Picknickkorb auspacken. Ich hab auch keine Eiersalatsandwiches dabei, versprochen.«

Gehorsam drapierte Connie die Köstlichkeiten auf der Picknickdecke. All ihre Lieblingssnacks aus dem Weißen Haus. Das Personal hatte wahrscheinlich darauf bestanden, auf sein Standardrepertoire zurückzugreifen, aber Emily hatte genau die richtigen Dinge geordert.

»Woher wusstest du …? Ich habe nichts davon in meiner Küche verlangt.«

»Francesca hat mir geholfen«, erklärte Emily. »Und ich bin gut im Recherchieren. Du hast so viele Interviews gegeben und einige davon waren recht nützlich, wenn es um deine Lieblingsspeisen ging. Ich kann dich ja schließlich nicht auf Facebook stalken wie jede andere neue … Frau.«

»So etwas Normales habe ich seit Jahren nicht mehr gemacht.« Tränen traten in Connies Augen. Ihr war gar nicht bewusst gewesen, wie sehr sie es vermisst hatte, draußen in der Welt zu sein. Auch wenn die Agenten natürlich ganz in ihrer Nähe waren.

»Hey, hey, alles ist gut.« Emily rückte an sie heran und zog sie in eine Umarmung. »Wenn dir das zu schlicht ist, dann sag es einfach. Dann fahren wir zurück nach Washington, lassen ein Restaurant räumen und gehen mittagessen. Dann könnten wir jemandem, den wir hassen, den Tag versauen, indem wir ihn rauswerfen lassen. Das wäre bestimmt auch super.«

»Danke«, nuschelte Connie und reckte den Kopf, um Emily einen Kuss auf die Lippen zu geben. »Was mache ich nur mit dir? Hast du denn überhaupt keine Fehler?«

»Ah, nun ja. Die meisten Ärzte sind bekanntlich Kontrollfreaks, Workaholics oder schlicht unglaublich arrogant, weil sie tagtäglich Leben retten. Vielleicht gilt das ja auch für mich?«, meinte Emily. »Zumindest bin ich fest entschlossen, dich dazu zu bringen, eine anständige Gesundheitsversorgung aufzubauen, bevor das miserable System, das wir aktuell haben, in sich zusammenbricht. Aber dafür hab ich dich nicht hierhergeschleppt. Heute nicht.«

»Mhm, lass uns nicht die Stimmung ruinieren.« Connie schwang sich rittlings auf Emilys Schoß und dieser Kuss war deutlich abenteuerlustiger als die bisherigen. Sie verlor sich in Emilys Nähe, in der Wärme ihres Munds, in den neckenden Berührungen ihrer Lippen und ihrer Zunge, die voller Versprechungen waren. Bevor sie ganz die Kontrolle verlor, zwang sie sich jedoch, ihren Kuss zu unterbrechen. Sie schaffte es sogar, in ihrem Hirn nach so etwas wie einer kohärenten Frage zu kramen. »Was für einen Film hast du denn ausgesucht?«

Emilys Augen waren dunkler als zuvor und ihre Lippen glänzten verlockend. Sie brauchte eine Sekunde, bis sie antwortete. »Äh, also. Ich wollte etwas Unpolitisches, also hab ich mich für eine Romcom entschieden. Wir haben alle ein bisschen Fluff verdient. Du hast in deinem Leben definitiv genug Spannung und Scheußlichkeiten.«

»Absolut. Das klingt perfekt.« Sie schenkte Emily ein zärtliches Lächeln. »Wenn ich mit Zach mal einen Film schaue, dann endet das meistens damit, dass ich ein Nickerchen mache, während er dabei zuschaut, wie sich irgendwelche Roboter gegenseitig in die Luft jagen.«

»Nicht so schön«, murmelte Emily, beugte sich vor und küsste Connie erneut. Und noch einmal. Und ein weiteres Mal. Sie grinste sie an. »Zum Glück habe ich mich dann doch gegen *Transformers* entschieden.«

»Wenn du den genommen hättest, wäre ich wahrscheinlich einfach wieder gegangen.«

»Wärst du nicht. Außerdem habe ich sowieso so eine Ahnung, dass wir nicht sonderlich viel von dem Film mitbekommen werden.« Emily zerrte an Connies Jacke und schob sie ihr etwas ungeschickt über die Schultern. »Falls du diesen Meg-Ryan-Film schon kennst, müssten wir uns auch nicht so sehr auf die Handlung konzentrieren. Was ein weiterer Vorteil ist.«

Während der Vorspann lief, drängte Emily Connie sanft nach hinten, bis sie auf dem Rücken lag. Aus irgendeinem Grund – okay, aus einem sehr offensichtlichen Grund – hatte Connie erwartet, dass sie die Zügel in der Hand haben würde. Doch als Emily sich über sie beugte und sie langsam und durchdringend küsste, genoss sie es, dass jemand anderes die Führung übernahm. Zumindest für ein Weilchen. Von der unsicheren Stimmung vorhin im Auto war nichts mehr zu bemerken, jetzt, da sie allein und ungestört waren. Ein ungeahntes Gefühl der Freiheit breitete sich ausgehend von jeder Berührung, von jedem Kuss in Connie aus. Leicht und frei und prickelnd.

»Wow.« Emily ließ sich neben Connie auf die Picknickdecke sinken. Sie legte eine Hand auf ihre Hüfte und zog an ihr, bis auch Connie sich auf die Seite drehte und ihr in die Augen sah. »Schön, mal so raus in die Natur zu kommen, hm?«

»Weil du nicht nur Menschenherzen flicken, sondern auch den Fleckenkauz vorm Aussterben bewahren willst? Oder weil du hier draußen mit mir rumknutschen willst?«

»Beides natürlich. Halt dich nur an mich, Connie, dann zeige ich dir, wie man sich richtig große Ziele setzt.«

Sie sahen sich an und lachten beide prustend los.

»Ja, was mir als erste weibliche Präsidentin fehlt, sind eindeutig größere Ziele«, meinte Connie schließlich betont trocken. Belohnt wurde sie dafür mit einem weiteren glühend heißen Kuss von Emily, den sie genauso leidenschaftlich erwiderte. Sie umfasste Emilys wunderbare Hände und führte sie unter ihren Sweater und ihr Hemd. Gegen die überhitzte Haut ihres Bauchs fühlten sie sich kühl an.

»Ganz schön mutig«, murmelte Emily, was Connie ein Grinsen entlockte.

Sie beugte sich vor und verteilte Kuss um Kuss entlang ihres Kiefers. Ihres bemerkenswert scharf geschnittenen, ganz furchtbar attraktiven Kiefers, dem Connie bisher noch viel zu wenig Aufmerksamkeit gewidmet hatte. Sie würde noch wesentlich mehr Zeit mit dieser wunderschönen Frau verbringen, sie noch viel länger und intensiver betrachten müssen. Das war natürlich ein großes Opfer, aber Connie war nur zu bereit, es zu erbringen.

»Ich bin so froh, dass wir das durchgezogen haben. Ich weiß, in Zukunft werden wir uns eher im Weißen Haus treffen oder in einem Restaurant in der Stadt, das extra für uns einen halben Tag schließt. Aber das hier ... das hat schon was für sich«, sagte Emily und zog den Picknickkorb heran. »Sorry, vom Knutschen bekomme ich immer Appetit. Ich wollte dir etwas Unkompliziertes bieten.« Sie zwinkerte Connie zu und steckte sich ein paar Oliven in den Mund.

»Ein bisschen Normalität kann ich gut gebrauchen.« Connie streckte sich aus und ihr Sweater rutschte hoch, offenbarte ein paar geöffnete Hemdknöpfe. »Aber pass auf, dass ich nicht zu viel esse, sonst passt mir die Jeans nicht mehr.«

»Dann müsste ich dich daraus befreien. Was für eine Horrorvorstellung.«

»Das sagst du jetzt, aber der Dow Jones sinkt jedes Mal um ein paar Prozentpunkte, wenn eine Klatschseite mich als aufgedunsen bezeichnet.«

»Was für ein Quatsch«, entgegnete Emily entschieden. »Du bist wahnsinnig attraktiv, Connie, und ich hoffe, du weißt das auch. Ehrlich gesagt ist das ganz schön ablenkend.«

»Ah, du hast also begriffen, wie weit du mit Schmeicheleien kommen kannst. Weißt du ...« Connie nestelte am Saum ihres Hemds herum. »Ich war mir unsicher, ob wir das wirklich hinkriegen. Als Nancy von der *Times* mich am Freitag nach meinem Liebesleben gefragt hat, ist mir klar geworden, dass die Medien uns auf der Spur sind. Das ist ein weiterer Grund, weshalb wir vorsichtig sein müssen. Selbst wenn ich verkünden könnte, dass wir miteinander ausgehen und was für eine tolle Küsserin du bist ... Ich kann dir das nicht antun. Ich will dich diesem Medienzirkus nicht aussetzen. Das wäre nicht fair.«

»Mhm. Wir hatten noch Glück, als die Presse so vorschnell darüber berichtet hat, dass wir zusammen sind.« Emily zupfte ein Blatt aus ihrem Haar. »Aber wenn wir uns weiter treffen, werden sie es irgendwann herausfinden. Ich wünschte, ich bräuchte keine Bodyguards, aber ich kann mich damit arrangieren. Wir sind irgendwie in diese Sache hineingestolpert, aber ich will es nicht schon beenden. Auch dann nicht, wenn das bedeutet, dass wir das zwischen uns erst einmal geheim halten müssen. Ich komme damit klar, solange es eben sein muss. Weiß Gott, ich hab genug zu tun, langweilig wird mir ohne offizielle Beziehung also bestimmt nicht.«

Emilys offene Worte beeindruckten Connie zutiefst. Emily schenkte ihnen Wein ein, reichte Connie ihr Glas und nahm einen großen Schluck von ihrem eigenen.

»Das letzte Mal war nur ein Vorgeschmack«, sagte Connie. »Ich weiß nicht, was uns erwartet, wenn wir wirklich zusammen sind. Ob uns alles um die Ohren fliegt. Ich würde dich beschützen wollen und das macht mich angreifbar – politisch gesehen. Aber wir sitzen im selben Boot. Ich will das mit uns auch nicht beenden.«

»Und was bedeutet das? Für uns?«

»Dass ich mit dir zusammen sein will, Emily. Richtig. Ich mag dich und ich will mehr Zeit mit dir verbringen. Vielleicht bist du meiner irgendwann überdrüssig oder vielleicht ist dir das ganze Drumherum irgendwann zu viel. Aber wie sollen wir das herausfinden, wenn wir es gar nicht erst versuchen?«

Emilys Lächeln war so strahlend wie das Sonnenlicht, das durch die Blätterdecke blinzelte. Sie lehnte sich vor und küsste Connie zärtlich, hinterließ dabei den Geschmack von fruchtigem Rotwein. »Dann ist das ja geklärt. Und der Rest wird sich von allein regeln.«

»Bist du wirklich bereit dafür? Für Paparazzi, die dich jagen? Deinen Ex-Freund aus der fünften Klasse, der auf CNN Interviews über dich gibt? Artikel im *Enquirer*, laut denen du mein Alien-Baby bekommst?«

»Kinder sind dann doch noch Zukunftsmusik.« Emily lachte auf, doch ein nervöser Unterton schlich sich in ihr Lachen. Sie war also doch nicht ganz so selbstbewusst, wie sie wirkte. »Wir finden bestimmt einen Weg, den Medien gerade so viel zu bieten, dass sie sich benehmen. Wie die Briten, wenn einer der Prinzen mal wieder eine Normalsterbliche heiratet.«

»Ich glaube, die nennen die anders.«

»Wahrscheinlich«, meinte Emily. »Aber wie auch immer: Manches ändert sich nie, doch ich hoffe, dass Amerika nicht dazugehört. Du warst immer offen mit deiner Sexualität. Nur weil es jetzt vielleicht offensichtliche Beweise dafür gibt, sollte das die Meinung der Leute über dich nicht ändern.«

»Das mit uns könnte sich aber nicht nur auf mich auswirken, sondern auch auf deine Arbeit.«

»Nichts kommt zwischen mich und meine Tätigkeit im Krankenhaus. Oder zwischen mich und meine Familie, wenn wir schon dabei sind.« Emilys Gesichtsausdruck hatte etwas Kämpferisches, die Nervosität von eben war verschwunden.

Vermutlich sollte Connie das nicht so attraktiv finden, aber keine Chance.

»Lass uns abwarten, ob es wirklich so schlimm wird, bevor wir alles aufgeben. Das wäre doch typisch Demokraten, oder? Sobald es schwierig wird, flippen wir aus und resignieren, während die Republikaner tun, was sie wollen und niemanden um Verzeihung bitten. Wie viele deiner männlichen Vorgänger sind im Amt geblieben, obwohl sie Affären hatten oder uneheliche Kinder gezeugt haben? Wir sind zwei alleinstehende Frauen, die nicht das Geringste falsch machen.«

Connie dachte einen Moment lang über Emilys Worte nach. Dann sagte sie: »Das Glück ist mit den Mutigen?«

»So ähnlich. Vor allem aber werden wir nicht angezählt. Das mit uns läuft nach unserem eigenen Tempo. Ich passe mich da ganz dir an. Ich weiß, dass du nicht einfach mit dem Finger schnipsen kannst und alles ist gut.« Emily küsste sie erneut und linste dann auf ihre Uhr. Schon jetzt war ihre Zeit knapp. Sie konnten nicht ewig in ihrer glücklichen Blase in der Natur bleiben.

»Eigentlich bin ich schon ziemlich mächtig, also wer weiß«, sagte Connie. »Aber danke für dein Verständnis. Und jetzt komm her. Wir müssen unser ungestörtes Picknick doch genießen.«

·

Kapitel 16

»Emily«, begrüßte Rebecca sie stirnrunzelnd. Sie schaute zum Tresen, wo Sutton gerade mit der Barista verhandelte, weil sie noch irgendetwas Spezielles in ihren Smoothie haben wollte. »Waren wir zum Frühstück verabredet?«

»Nein, waren wir nicht. Aber ihr seid die Einzigen, die ich kenne, die an einem Montag so früh mit mir reden, ohne mir eine einstweilige Verfügung an den Hals zu hängen«, erwiderte Emily. Sie trug noch ihre Laufklamotten, weil sie bereits sechs Meilen gejoggt war. Immer noch blubberte nervöse Energie in ihr wie Champagner.

»Hey, Em.« Sutton trat an sie heran. Sie küsste Rebecca auf die Wange, ehe sie sich auf den freien Stuhl setzte. Das Café des Krankenhauses war groß und laut und voll von Mitarbeitern und Besuchern, die auf der Jagd nach Koffein waren. Das bedeutete auch: Hier konnte niemand hören, was sie miteinander besprachen. »Ich hab schon gezweifelt, ob wir dich heute überhaupt zu Gesicht bekommen, nachdem du so kryptisch warst, was deine Wochenendpläne anbelangte.«

»Ja, was das angeht …« Emily schnappte sich ein Stück vom vegetarischen Speck auf Rebeccas Teller und genoss deren entsetzten Blick. »Also. Ihr wisst doch, dass ich mit einer gewissen Person essen war. Und dann habe ich nichts mehr erzählt, weil ich nicht wusste, wo wir stehen.«

»Ja …« Sutton kniff die Augen zusammen.

»Also, wir sind gestern wieder miteinander ausgegangen und es war perfekt. Damit hatten wir jetzt also zwei richtige Dates. Wir werden es geheim halten, bis es nicht mehr so … Na ja, jedenfalls sage ich es euch hiermit offiziell. Dass es super mega streng geheim ist, muss ich ja nicht extra hinzufügen.«

Rebecca nahm einen großen Schluck von ihrem Kaffee. »Okay, jetzt weiß ich, warum du in meinem Krankenhaus arbeitest und nicht bei der CIA«, sagte sie. »Ich würde sagen, wir erwähnen den Namen jener Person besser nicht. Sicher ist sicher. Zumindest wenn wir in der Öffentlichkeit sind.«

»Ist wohl wirklich besser«, meinte Emily. »Es ist so schwer, einen ungestörten Moment abzupassen, um darüber zu reden. Auch mit Dima, zum Beispiel. Ständig sind zig Krankenschwestern um uns herum.«

»Und was ist mit ... dieser Frau?« Sutton rutschte automatisch in den Beschützerische-große-Schwester-Modus. »Meint sie es ernst? Oder will sie nur ein bisschen Spaß haben, bis die Medien euch wieder auf der Spur sind? Sie haben dich schon auf die Titelseite geklatscht, als gar nichts passiert war. Hast du zumindest gesagt.«

Emily verdrehte die Augen. »Mit den Medien komm ich schon klar, wenn es sein muss. Aber wenn ich eines von den Randolphs und den anderen Republikanern gelernt habe, dann dass man sich nur dann Schuldgefühle einreden lassen kann, wenn man selbst überzeugt davon ist, einen Fehler begangen zu haben. Wir sind beide Singles, wir haben einander nie etwas vorgemacht. Unsere Beziehung hat nichts Schändliches. Niemand kann behaupten, dass sie falsch wäre. Noch nicht einmal die Sexisten und die Homophoben, obwohl sie sich natürlich alle Mühe geben werden.«

Sutton und Rebecca öffneten gleichzeitig den Mund, um etwas zu erwidern, doch Sutton brachte ihre Frage schneller heraus. »Wann siehst du sie wieder?«

»Das versuchen wir gerade zu klären. Sie muss wieder eine Dienstreise machen und unsere Arbeitswoche wird ja auch stressig. Irgendwann werden wir es offiziell machen und dann werde ich sie auf manche Veranstaltungen begleiten. Irgendwann. Wir haben keine Eile.«

»Wenn ihr das macht, kannst du nicht mehr die Ärztin ihres Sohns sein«, sagte Rebecca. »Dima sollte ihn übernehmen können. Aber du wirst noch ein, zwei Verbündete mehr auf der Arbeit brauchen. Halt sicherheitshalber Abstand von allen, die du nicht gut kennst. Sie könnten sich als *Insiderquellen* entpuppen, wenn die Sache publik wird.«

»Ganz schön zynisch«, meinte Emily. »Egal, genug von mir. Habt ihr schon ein neues Haus gefunden? Es wäre so cool, wenn ihr in meine Gegend zieht.«

»Kann sein«, antwortete Rebecca. »Sutton hat sich endlich entschlossen, mich nicht mehr zu quälen, indem sie darauf besteht, dass wir in ihren Schulbezirk ziehen. Es wird also.«

»Wenn die Immobilienpreise nicht wären«, murmelte Sutton. »Was? Ich darf die zu teuer finden. Und wenn wir in Washington ein Kind aufziehen –«

»Werdet ihr?« Begierig beugte Emily sich vor. Bei genauem Hinsehen sah Sutton tatsächlich ein bisschen anders aus. Auf der Spendengala waren sie schon um dieses Thema herumgeeiert, doch Suttons unbedachte Aussage war schon fast eine Bestätigung.

»Wir sagen nichts. Noch nicht«, erwiderte Sutton, doch das Lächeln wich nicht von ihren Lippen. »Frag uns in so etwa sieben Wochen noch mal, okay?«

»Mach ich.« Emily umarmte ihre Schwester. Sie würde Tante werden! Wie großartig! »Oh Mann, eine neue Generation von Lawrences ... Der Wahnsinn!«

»Damit fangen wir im ersten Trimester gar nicht erst an.« Rebeccas Tonfall duldete keinen Widerspruch. »Du solltest vor der Arbeit noch unter die Dusche springen, Emily. Lycra kommt bei der Visite nicht so gut.«

»Verdammt, dabei hatte ich mir das so schön ausgemalt.« Emily stand auf und streckte sich. »Wir sehen uns nachher, Rebecca. Schwesterherz, lass uns heute Abend Pizza bestellen und reden.«

»Ja, ja. Geh schon arbeiten. Und wenn du was Näheres über dein nächstes Date weißt, dann wart nicht erst bis zum Abendessen, sondern erzähl es mir sofort, ja? Und ich will noch ganz genau wissen, was gestern passiert ist. Jedes Detail.«

»Das ist leider streng geheim.« Emily winkte ihnen noch zu, dann eilte sie zum Ausgang.

———

Der Tag hielt eine Reihe kleinerer OPs bereit und Emily kam erst dazu, auf ihr sicheres Handy zu schauen, als sie unterwegs zu Sutton war. Sie hatte eine einzige Nachricht bekommen, die gleichermaßen kurz und prägnant war:

Rufst du mich an, sobald du kannst? Ich hatte da eine Idee. Und noch mal danke für gestern.

Eine ausführlichere Aufforderung brauchte Emily nicht. Sie startete schon einen Anruf. Mit etwas Glück würde sie Connie direkt erwischen.

Und tatsächlich: Mit einem Lachen hob Connie ab. »Ich hatte so eine Ahnung, dass du dich meldest. Den ganzen Nachmittag lang rumzuknutschen wie die Teenager hat dich offenbar angefixt.«

»Du bist allein, wenn du so offen reden kannst, oder?«, meinte Emily.

»Ich hab das Gefühl, es ist schon eine Million Jahre her, dass wir uns gesehen haben. Willst du das nächste Date ausmachen?«

»So ähnlich. Ich würde dich gern am Donnerstagabend ins Weiße Haus einladen. Ursprünglich habe ich mich für den Termin entschieden, weil Zach da irgendein Sportevent hat, doch das wurde abgesagt. Aber dann dachte ich mir, das wäre doch vielleicht eine gute Gelegenheit, damit ihr beide euch außerhalb des Krankenhauses kennenlernen, euch mal gegenseitig ein bisschen beschnuppern könnt. Nur ganz kurz.«

Emilys Magen schlug einen Purzelbaum. Zach zu treffen, ohne seine Ärztin zu sein ... Das war eine ganz andere Hausnummer. Beim letzten Mal hatten sie sich gut verstanden, doch da war sie noch nicht die potenzielle neue Freundin seiner Mutter gewesen. Viele Jugendliche in seinem Alter wären von Haus aus gegen sie eingestellt. Wie würde es mit Zach sein?

Als Emily allzu lange schwieg, schaltete Connie sich wieder ein. »Natürlich würde ich dich noch nicht offiziell als meine Freundin vorstellen«, sagte sie. »Aber unsere Kalender sind immer so voll und ich würde mögliche Änderungen gern rechtzeitig vorbereiten. Dann versteht er besser, was du mir bedeutest, wenn ... sich etwas zwischen uns entwickelt. Macht das Sinn? Ich will nichts vor ihm verbergen, schon gar nicht, weil es nur noch uns beide gibt. Und ich will nicht, dass er das Gefühl hat, dass ich dich ihm gestohlen habe.«

»Natürlich macht das Sinn. Ich verstehe genau, was du meinst.«

»Emily, bist du sicher? Ich will dir keinen Druck machen oder so. Wir können das mit uns immer noch beenden und dann bist du wieder nur seine Ärztin, wenn du findest, dass das wichtiger ist.«

Sie räusperte sich und versuchte, ihre Gedanken zu ordnen. »Nein, wirklich. Ich würde ihn sehr gern wiedersehen. Er ist dir so wichtig, das ist ganz offensichtlich. Und ich will nicht, dass er mir skeptisch gegenübersteht. Ich will für ihn keine Fremde sein, die die ohnehin schon knappe Zeit seiner Mom für sich beansprucht. Wie auch immer du es angehen willst, ich bin dabei.«

»Dann also am Donnerstag.« Emily konnte Connies Lächeln praktisch hören. »Wir werden uns etwa zehn Minuten mit Zach nehmen und dann gemeinsam essen, nur wir beide.«

»Ich kann es kaum erwarten. Irgendwann werde ich diese Etikettensachen bestimmt auswendig kennen, aber äh ... Gibt es einen Dresscode?«

»An den meisten Abenden laufe ich im Pyjama herum.« Connie lachte. »Aber um den Schein zu wahren, oder zumindest, um das Personal nicht total zu verwirren ... Sagen wir, der Dresscode ist *Dinnerparty bei einem stylischen Freund*. Kannst du dir darunter etwas vorstellen? Ich werde wahrscheinlich ein Kleid anziehen. Nach Feierabend ist es doch immer schön, aus der Bürokluft rauszukommen.«

Emily gab sich alle Mühe, sich Connie nicht ohne ihre strengen, maßgeschneiderten Anzüge und auch ohne alles Weitere vorzustellen. Sie scheiterte natürlich, bedauerte das jedoch nicht im Geringsten.

»Dann ziehe ich wahrscheinlich meinen Panda-Onesie an«, witzelte Emily. Und wie schön war es, dass sie inzwischen vergessen konnte, *wer* Connie war, und dass sie einfach mit ihr herumalbern konnte? »Und jetzt muss ich mit meiner Schwester Kohlenhydrate futtern und ihr von gestern erzählen. Aber da ich eine Lady bin, werde ich es jugendfrei halten.«

»Dann musst du aber einiges zensieren«, meinte Connie. »Wobei ich hoffe, dass wir irgendwann auch auf Aktivitäten zusteuern, die ab achtzehn sind.«

Emily stockte der Atem. Sie war also nicht die Einzige, deren Gedanken ab und an eine gewisse Richtung einschlugen. »Das hoffe ich auch. Bis Donnerstag, Connie.«

»Francesca wird sich wegen der Details melden, aber letztlich sollte es darauf hinauslaufen, dass wir dir einen Wagen schicken und deinen Namen hinterlegen. Mach dir keine Sorgen.«

»Ich mach mir keine Sorgen. Bis dann. Oh, und ich lasse das Handy bis dahin an, falls du über irgendetwas reden willst. Inklusive gewisser potenzieller nicht jugendfreier Aktivitäten.«

»Ich behalte das im Hinterkopf«, erwiderte Connie. »Viel Spaß mit deiner Schwester.«

Emily steckte das Handy wieder ein und ging die Stiegen hinauf. Bei der Aussicht auf Pizza knurrte ihr der Magen. Lächelnd ging sie noch einmal ihr Gespräch mit Connie durch. Dass die Aussicht, Zachary Calvin wiederzusehen, sie nervös machte, war ja nur zu erwarten. Doch sie hatten sich gut verstanden, als Emily seine Ärztin gewesen war. Was sollte sich daran schon ändern?

Sutton erreichte ihre Wohnungstür beinahe zeitgleich mit Emily. Sie war vollbepackt mit Taschen und Büchern, die jeden Moment zu Boden zu fallen drohten. Emily nahm ihr einen Stapel ab und folgte ihr in das stylische Apartment, in dem sie seit vier Jahren zusammen mit Rebecca lebte.

»Willst du die Wohnung wirklich aufgeben?«

»Ich werde sie schon vermissen«, meinte Sutton. »Jetzt habe ich sie mir endlich so hergerichtet, wie ich das wollte. Aber sie ist nicht für Kinder geeignet. Viel zu offen und zu viele harte Oberflächen. Die Wohnung kann man unmöglich kindersicher machen.«

»In meiner Straße kommt wahrscheinlich bald ein Reihenhaus auf den Markt. Wäre das nicht cool?«

»Vielleicht.« Sutton scrollte sich durch ihr Handy. Bestimmt gab sie gerade ihre übliche Bestellung auf. Die Stadt mochte eine andere sein, ihre Lieblingspizza jedoch nicht. »Aber ich finde, wir sollten unsere Entscheidung nicht von deiner Adresse abhängig machen. Wer weiß, vielleicht wohnst du bald im Weißen Haus.«

»Wohl kaum.« Emily schnaubte. »Wir wollen es zwar miteinander versuchen, aber es ist doch total ungewiss, ob eine Beziehung unter diesen Voraussetzungen halten kann. Ich bin nicht grundlos den Großteil meines Lebens Single gewesen. Zwei Workaholics miteinander ... Das schreit nun nicht gerade nach dem großen Happy End.«

»Vielleicht könnt ihr einander aber gerade deswegen verstehen und einen Weg finden, wie es funktioniert.«

Aus Sutton sprach die ewige Optimistin. Wie sie es geschafft hatte, all das durchzustehen, was sie durchstehen hatte müssen, und sich trotzdem die positive Sicht auf das Leben und die Welt zu bewahren, war Emily ein ewiges Rätsel. Ihre Schüler hatten riesiges Glück sie als Lehrerin zu haben. Emily konnte sie vielleicht wieder zusammenflicken, aber allein die Vorstellung, einen Haufen ihrer Patienten unterrichten zu müssen, trieb ihr den Angstschweiß auf die Stirn. »Ich hab Dima erzählt, dass ich nach meiner Schicht herkomme. Macht es dir etwas aus, wenn sie auch vorbeischaut?«

»Natürlich nicht! Es ist so schön, dass ihr jetzt Kolleginnen seid. Ihr wart immer so eng miteinander.«

Suttons liebevoller Tonfall zauberte ein Lächeln auf Emilys Lippen. »Das bleibt nicht aus, wenn man miteinander operiert. Aber sie geht inzwischen als Ärztin ihren eigenen Weg. Wenn ich weiter Chefärztin bleibe, ist es irgendwann noch so weit, dass ich ihr assistiere – ich sitze bald mehr in Meetings und Präsentationen, als im OP zu stehen.«

»Rebecca ist sehr zufrieden mit dir. Ich sollte dir das nicht sagen ...« Sutton schenkte ihnen Mineralwasser ein und ließ bereits vorgeschnittene Zitronenscheiben in die Gläser gleiten. »Aber sie ist unglaublich erleichtert, dass du den Job bekommen hast. Einige der anderen Bewerber hätten ihr so gar nicht gepasst.«

»Das ist schön zu hören.« Emily nippte an ihrem Wasser. »Wollen wir uns auf die Couch setzen, bis das Essen kommt?«

»Klar ... Em?«

»Ja?« Emily hielt auf halbem Weg zu dem plüschigen roten Sofa an.

»Bist du auch vorsichtig? Mit der Präsidentin und so? Ich meine nicht nur wegen deiner Gefühle. Wobei, schon auch. Aber es gibt einen Grund, weshalb wir uns immer von Politik ferngehalten haben. Und dass du jetzt all diese Bodyguards oder Agenten oder was auch immer brauchst ... Das macht mich nervös.«

»Hey, ich versteh das. Und ich denke darüber nach.« Emily ging zurück zu ihrer Schwester und drückte beruhigend ihre Schulter. »Aber wahrscheinlich ist das einer der sichersten Orte der Welt. Und weil du uns Pizza bestellt hast, können mir auch deine Kochkünste nicht gefährlich werden. Eine klassische Win-win-Situation.«

Sutton schlug Emily gegen den Arm und beendete damit den ernsten Moment zwischen ihnen.

»Hey! Pass doch auf! Ich brauche meine Arme, um Leben zu retten!«

Sutton verdrehte die Augen. »Ja, ja. Sei nicht so ein Weichei, Doc. Und jetzt komm, ich bin dran damit, den Film auszusuchen.«

Der Agent des Secret Service – den sie bisher noch nicht kannte – brachte Emily in einen hübschen Wartebereich, sagte ihr jedoch nicht, ob sie sich hinsetzen sollte. Mit gewissem Misstrauen beäugte Emily die antiken Möbel, ehe sie dazu überging, die ledernen Einbände der Bücher zu studieren, die in einer Ecke dieses sehr roten Raums standen. Von der Tapete bis zum Teppich: Alles hatte zumindest einen Hauch von Rot, der von Cremetönen und Gold kontrastiert wurde.

Sie wollte sich bloß nicht ausmalen, was wohl passiert wäre, wenn Connies Gegenkandidat gewonnen hätte. Oder schlimmer noch, wenn bei der nächsten Wahl jemand wie Gabe Emerson gewann. Er würde die schönen Gemälde wahrscheinlich durch gerahmte Football-Trikots und signierte Helme ersetzen.

Emily zog eine Ausgabe von *Über die Demokratie in Amerika* aus einem Regal, das sich auf Augenhöhe befand, und strich mit einem Finger über den dunkelblauen Ledereinband. Eine Erstausgabe, wie es aussah. Sie war nicht immer de Tocquevilles Meinung, aber es hatte schon etwas, dieses berühmte Buch in Händen zu halten, ausgerechnet in diesem Gebäude. Vorsichtig blätterte sie darin herum und frischte ihr Gedächtnis wieder auf.

Plötzlich ertönte ein dumpfer Schlag.

»Hallo?« Sie schloss das Buch und drehte sich um.

Hätte sie es nicht anfassen sollen? Ging gerade ein stummer Alarm los? Konnte man wegen eines buchspezifischen Verbrechens verhaftet werden, wenn man es in einem Regierungsgebäude beging?

»Ohne den weißen Mantel sehen Sie anders aus«, erklang eine Stimme aus einem Eck.

Emily atmete auf und wandte sich dem Neuankömmling zu. »Das bekomme ich öfter zu hören.« Sie grinste ihn an. »Wie sollen wir das zwischen uns handhaben, Zach? Wollen wir da weitermachen, wo wir das letzte Mal aufgehört haben, oder möchtest du lieber noch einmal bei null anfangen?«

»Ich glaube nicht, dass das nötig ist.«

»Gut«, sagte Emily. »Ich war sehr gern deine Ärztin und ich wäre es auch gern weiterhin gewesen, aber die Situation ist inzwischen eine andere. Ich hätte nie damit gerechnet, dass ich je deiner Mom begegne und erst recht nicht, dass wir uns ... so gut verstehen. Aber ich sorge dafür, dass du die beste medizinische Versorgung bekommst, versprochen. Meine Freundin Dima ist eine ganz großartige Ärztin, zu ihr wirst du wahrscheinlich kommen.«

»Weil Sie mit meiner Mom zusammen sind? Und nicht gleichzeitig meine Ärztin sein können?«

Emily nickte. »Du weißt vermutlich, wie das ist, hm?«

Der Blick, mit dem er sie bedachte, hätte eins zu eins von seiner Mutter stammen können, obwohl er ansonsten eher wie ein kleinerer Klon seines Vaters aussah. Emily war Robert nie begegnet, doch sie wusste, was für ein großartiger Mann er gewesen sein musste. Noch so ein Grund, weswegen die Beziehung mit Connie wenig Sinn machte. Emily würde unweigerlich im Schatten ihres ersten Mannes stehen. Aber sie war noch nie vor einer Herausforderung zurückgeschreckt.

»Meine Mom hat mich hergeschickt, um Sie abzulenken«, sagte Zach. »Sie musste noch telefonieren und es wird etwas später. Das passiert übrigens oft.«

»Kein Problem. Wohnst du gern im Weißen Haus?«

Er zog eine Augenbraue hoch. »Die Gouverneursvilla mochte ich mehr, aber klar. Wussten Sie, dass es hier eine Bowlingbahn gibt?«

»Klar. Habt ihr das alte Schwimmbad schon gefunden?«

»Das ist unter dem Presseraum. Das weiß doch jeder. Aber auf dem Südrasen gibt es auch einen Pool. In dem können wir sogar schwimmen.«

Zach verschränkte die Arme und oh Mann, Emily versaute es gerade total. Sie suchte nach einem besseren Thema, nach etwas, das sowohl sein Alter als auch seine ungewöhnliche Herkunft berücksichtigte. Doch Zach kam ihr zuvor.

»Wollen Sie wissen, mit wem meine Mom telefoniert?«

»Nur, wenn du dann nicht in Schwierigkeiten kommst. Oder die nationale Sicherheit gefährdest«, sagte Emily. »Nicht, dass du das tun würdest. Wahrscheinlich kennst du dich damit viel besser aus als ich.«

»Ich glaube, Lady Gaga hat mit der nationalen Sicherheit nichts zu tun, aber Sie können ja mal nachfragen.«

»Ernsthaft?«

»Nein.« Connie betrat den Raum und legte die Hände auf Zachs Schultern. »Zach erlaubt sich nur einen kleinen Scherz mit dir, Emily. Ich habe mit unserem UN-Botschafter telefoniert.«

»Oh. Ist es gut gelaufen?«

»Nun, wir sind immer noch Mitglied der Vereinten Nationen, das ist ja schon mal was. Hat man dir schon etwas zu trinken angeboten? Wir sind im privaten Esszimmer, möchtest du uns nach oben begleiten?«

»Oh. Natürlich.« Emily wusste nicht recht, wie sie sich verhalten sollte. Normalerweise hätte sie sich vielleicht vorgebeugt und Connie auf die Wange geküsst. Oder sie hätte sie zumindest umarmt. Sie war eigentlich ziemlich gut in diesen Dingen. Aber da Zach sie beide so intensiv beobachtete, konnte sie nichts davon tun. Also blieb sie unbeholfen stehen und deutete auf eine offene Tür, hinter der ein großer Tisch und Stühle zu sehen waren. »Ist das nicht der Speisesaal dort drüben?«

»Witzigerweise nennt man den tatsächlich den Familienspeisesaal, aber wir essen trotzdem immer in dem privaten oben. Das macht dir doch nichts aus?«

»Natürlich nicht.« Emily war nur zu bewusst, dass sie zu der privatesten Etage des gesamten Gebäudes gingen. Besucher waren hier so gut wie nie willkommen. Wenn sie sich richtig erinnerte – sie hatte den Lageplan auf der offiziellen Website des Weißen Hauses ziemlich gründlich studiert –, lag das kleine Esszimmer direkt gegenüber vom Schlafzimmer der Präsidentin. Sie gab sich alle Mühe, bei dem Gedanken nicht zu erröten. »Ich wollte dir etwas mitbringen – Wein oder so –, aber die Agenten meinten, ich soll es besser lassen.«

»Für sie ist das nur unnötig kompliziert.« Connie bedeutete Zach, vorzugehen, und reihte sich neben Emily ein, als sie den langen Flur entlang- und dann die Treppe hinaufgingen. »Sie müssen Tests durchführen, Scans – und dann muss man sich immer noch den Kopf über ein Preislimit für Geschenke machen. Es ist wirklich einfacher, wenn wir etwas trinken, das schon im Haus ist. Der Weinkeller ist hervorragend bestückt.«

»Da bin ich mir sicher.«

Mit einem leichten Druck auf ihren Ellbogen lenkte Connie Emily zur Seite. Die Berührung ließ ihr Herz flattern und Wärme durchflutete sie.

Sie betraten ein Esszimmer, das zwar sehr elegant war, davon abgesehen aber beinahe normal wirkte. Es gab nur sechs Stühle, den Tisch und eine Kommode voller Geschirr, über der ein Bild von Eleanor Roosevelt hing. Emily setzte sich mit dem Rücken zu Eleanor – sie wollte nicht den ganzen Abend lang von ihr abgelenkt werden. »Willst du sicher nicht, dass Zach bleibt? Mir macht es nichts aus.«

Zach hatte eigentlich gerade weggehen wollen, blieb aber in der Tür stehen. Er drehte sich um und sah Emily direkt an. »Würde das nicht euer Date ruinieren?«

»Na ja, du wohnst hier«, erwiderte Emily. »Und ich glaube, es geht nicht, dass man deiner Mom näherkommt, ohne dich kennenzulernen. Das würde doch nie funktionieren. Aber wenn du super viele Hausaufgaben hast, die du dringend machen musst, verstehe ich das natürlich.«

Emily schaute zu Connie. Sie wusste gar nicht so recht, was sie geritten hatte, diese Frage zu stellen. Hoffentlich fand Connie das gut. Eigentlich hatten sie sich ja auf bloß eine kurze Begrüßung geeinigt und Emily wollte keine Grenzen überschreiten. Sie mochte den Jungen aber und es war so schön, zu sehen, wie Connie sich in seiner Gegenwart verhielt – sie war so viel entspannter.

Wie sich herausstellte, waren Emilys Sorgen unnötig: Connie strahlte geradezu.

»Du kannst gern bleiben, wenn du magst, Schatz. Netflix kann auch noch eine Stunde warten. Wir wissen beide, dass du nicht wirklich gelernt hättest.«

»Okay.« Zach zuckte mit den Schultern, als wäre ihm das ganz gleich. Doch als er sich setzte, schenkte er Emily ein kleines Lächeln.

Kaum hatten sie alle Platz genommen, erschien ein Butler.

»Emily, darf ich dir Ronald vorstellen? Ronald, wir werden heute zu dritt abendessen.«

»Selbstverständlich, Ma'am.« Er verschwand aus dem Zimmer.

»Ich wollte eigentlich noch eine gründliche Recherche durchführen«, sagte Connie an Emily gewandt. »Aber leider hatten die Börse und diese Attacken vergangene Woche andere Pläne. Weil ich dein Lieblingsgericht nicht herausfinden konnte, habe ich die Küche darum gebeten, eines von meinen zu machen. Aber du musst es nicht mögen. Wenn du etwas anderes willst, dann sag es einfach.«

»Ja, die in der Küche sind besser als die Ratten in *Ratatouille*.« Ein Grinsen breitete sich auf Zachs Zügen aus, als zwei Bedienstete in gestärkten weißen Schürzen den Raum betraten und ihnen Getränke und Brot brachten.

Emily atmete tief ein und genoss den Duft des frisch gebackenen Brots, das in einem silbernen Brotkorb lag. Sie war plötzlich wie ausgehungert und stürzte sich förmlich auf das Brot. Es war noch warm, die Butter wunderbar cremig und salzig. Aß man hier immer so? Daran konnte sie sich gewöhnen.

»Ah, das Ambiente ist dir also nicht auf den Appetit geschlagen, das ist gut.« Demonstrativ zog Connie den Brotkorb zurück und reichte ihn Zach, was Emily ein verlegenes Lächeln entlockte. »Aber du solltest dir noch Platz für das eigentliche Essen lassen. Die Küche zeigt Neulingen immer gern, was sie kann.«

»Ja, und außerdem kann ich Ihnen keine unangenehmen Fragen stellen, wenn Sie den Mund voller Brot haben«, meinte Zach grinsend.

Emily schluckte den letzten Bissen Brot runter. *Los geht's.*

Kapitel 17

»Niemals!«, brüllte Zach und kletterte dabei fast über den Tisch. »Iron Man hat Gadgets! Waffen! Cap hat einfach nur ein Schild und ein nettes Lächeln.«

»Ich bleib dabei«, entgegnete Emily und warf ihrem restlichen Dessert einen hungrigen Blick zu.

Es hatte ihr deutlich hörbar geschmeckt – und Connie war ganz schön abgelenkt gewesen von den Geräuschen, die sie beim Essen von sich gegeben hatte.

»In einem Zweikampf gewinnt Captain America jedes Mal. Und er verhält sich auch noch korrekt dabei.«

»Wow.« Connie stand auf und schenkte ihnen Wein nach. Zach hielt ihr spaßeshalber sein Wasserglas auch entgegen und sie grinste ihn an.

»Und du nennst mich einen Nerd, Emily. Mit deinem blinden Glauben an Steve Rogers bist du ja fast noch patriotischer als ich, und ich werde dafür bezahlt, dieses Land zu regieren.«

Emily zuckte mit den Schultern und lehnte sich zurück. »Ich stehe zu meiner Meinung, sorry. Ganz abgesehen davon steckt Black Widow die beiden locker in die Tasche und es kommt sowieso niemand an Captain Marvel heran. Gadgets hin oder her.«

Das brachte Zach zum Lachen. Er war manchmal so ernst und jedes Mal, wenn jemand anderes als sie es schaffte, ihn glücklich zu machen, wurde ihr ganz warm ums Herz. Allein schon deswegen war sie froh, dass sie Emily eingeladen hatte.

»Ich sollte mich wirklich mal an die Hausaufgaben machen.« Zach seufzte theatralisch. »Aber bevor du gehst, kannst du dir gern alle drei Iron-Man-Filme ausborgen, Emily. Um was gegen deine Bildungslücken zu tun.«

»Vielleicht mach ich das wirklich. Das wird mir nämlich dabei helfen, meine eigene These zu stützen: Ich werde nur noch mehr Schwächen finden, die Cap gegen ihn wenden kann.«

Er schnaubte angewidert und ließ sich von Connie zum Abschied auf die Wange küssen. Trotz Emilys Gegenwart wand er sich nicht aus ihrer Umarmung. Ein weiteres gutes Zeichen.

»Danke, dass du Zach miteinbezogen hast, ohne dass ich darum bitten musste«, sagte Connie, sobald sie allein waren. »Bei deinem Job gehört es natürlich dazu, dass du gut mit Kindern bist, aber trotzdem: Diese Geste war wirklich wichtig.«

»Er ist ein toller Junge«, erwiderte Emily.

Sie sagte das so ernsthaft, dass Connie ihr noch ein bisschen mehr verfiel. Eigentlich sollte das mit ihnen nur ein Flirt sein, eine kleine Ablenkung von der harten Realität ihres Jobs. Aber Connie fühlte sich mehr und mehr zu Emily hingezogen. Auf jede nur erdenkliche Weise.

»Und glaub mir«, fügte Emily hinzu. »Ich hab mit vielen Kindern zu tun, also kann ich das durchaus einschätzen. Du musst so stolz auf ihn sein. Das alles ist sicher auch nicht leicht für ihn.«

»Ist es nicht. Und vor meiner Präsidentschaft war ich ja acht Jahre lang Gouverneurin.« Connie seufzte. »Manchmal frage ich mich, ob ich mehr Rücksicht auf seine Kindheit hätte nehmen sollen. Noch vier Jahre warten, vielleicht auch acht. Aber sobald die biologische Uhr zu ticken beginnt ... Ich wollte ein Kind bekommen, solange ich im Amt war, sonst wäre es womöglich zu spät gewesen. Vermutlich gibt es so etwas wie den richtigen Zeitpunkt ohnehin nicht.«

»Deine Wähler sind bestimmt dankbar dafür, wie du dich entschieden hast. Und dass du dich um eine zweite Amtszeit bewirbst. Damit rettest du uns vor Witzkandidaten wie Gabe Emerson.«

»Ich glaube, der ist gar kein so übler Kerl. Wir haben uns letztens bei einer Veranstaltung miteinander unterhalten und er scheint gute Absichten zu haben. Was in der Politik ganz schön selten ist. Vielleicht wäre es gar nicht so schlimm, gegen ihn anzutreten.«

»Trotzdem würdest du in einer Diskussion mit ihm den Boden aufwischen.«

»Die Republikaner werden ohnehin nicht so dumm sein, ihn aufzustellen.« Connie richtete sich auf. »Die Medien stehen zwar auf seine gemütliche Ausstrahlung, aber bald wird alles wieder seine gewohnten Bahnen gehen. Vielleicht wird Senatorin Randolph sich aufstellen lassen. Sie war ja jetzt doch schon recht lange Mehrheitsführerin im Senat. Vielleicht will sie ja ganz nach oben, jetzt, da eine Frau das Amt innehatte. Womöglich hast du deine Chance verpasst, in eine richtige Polit-Dynastie einzuheiraten.«

»So ernst war die Beziehung mit Brooke nie«, erwiderte Emily.

Nicht zum ersten Mal fragte Connie sich, wie es überhaupt dazu hatte kommen können, dass zwei derartig unterschiedliche Frauen ein Paar waren.

»Alle haben es von uns erwartet, aber wir waren nicht so weit. Und ich bin mir nicht so sicher, dass Senatorin Randolph wirklich antreten will. Sie sagt doch immer, der Senat ist das wahre Zentrum der Macht, nicht der Chefsessel.«

»Wenn die Demokraten das Schusswaffengesetz durchbekommen, sieht sie das vielleicht anders.«

Das Lächeln verschwand aus Emilys Gesicht und Connie bereute den Kommentar sofort. Sie hatte Miriam Randolph noch nie gemocht, aber seit sie Emily kannte, war zu ihrer immer schon schwelenden Abneigung noch brodelnde Eifersucht hinzugetreten. Trotzdem: Sie mochten ihre Schwächen haben, aber die Randolphs hatten Emily eindeutig gut behandelt und waren wichtig für sie. Das musste Connie respektieren.

»Das Dessert ist übrigens großartig«, wechselte Emily das Thema.

»Allmählich beschleicht mich das Gefühl, dass du wegen meiner Köche hier bist und nicht wegen der herausragenden Gesellschaft.« Connie stand auf, umrundete den Tisch und setzte sich an dessen Kopfende. Jetzt war sie Emily viel näher. So nah, dass sie die Hand nach ihr ausstrecken konnte. Was sie auch tat. Sie nahm ihre Hand und drückte sie sacht.

»Nein, die Gesellschaft ist ziemlich gut.« Eine leichte Röte stieg in Emilys Wangen.

Noch so etwas, das an ihr bezaubernd war. Sie konnte Connie wirklich gefährlich werden.

»Das Weiße Haus ist auch eine zugegeben beeindruckende Location für ein Date«, fuhr Emily fort. »Ist mein Kleid eigentlich okay? Wie sich herausgestellt hat, bin ich nicht so der Typ für Dinnerpartys. Ich wähle den Großteil meiner Garderobe danach aus, ob die Sachen gut unter einen weißen Kittel passen.«

»Wäre mir nicht aufgefallen. Du machst dich gut im Cocktailkleid. Schwarz steht dir hervorragend – auch wenn ich ganz froh bin, dass du auf den passenden Lippenstift verzichtet hast.«

Emily verdrehte ein wenig die Augen. »Kein Grund zur Panik. Meine kurze Goth-Phase habe ich schon lange hinter mir gelassen. Trotzdem werde ich meiner Garderobe wohl ein kleines Update verpassen müssen, wenn ich mit dir mithalten will. Deine Bluse ist ein wahres Kunstwerk.«

Tatsächlich war sie eines von Connies Lieblingsstücken. Sie hatte sie an einem ihrer wenigen freien Tage gekauft, nachdem ihre Amtszeit als Gouverneurin vorüber war und bevor sie ihre Kandidatur als Präsidentin verkündet hatte. In einer Boutique irgendwo vor Carmel. Das war einer der wenigen Lichtblicke in diesen furchtbaren ersten Monaten ohne Robert gewesen. Sie hatte die Bluse erst über ein Jahr später das erste Mal anziehen können. Wann immer sie sie davor aus dem Kleiderschrank genommen hatte, war eine Woge der Traurigkeit über sie hereingebrochen, weil Robert die Bluse nie an ihr sehen und ihr nie sagen können würde, wie sie darin aussah.

»Da wir aufgegessen haben ... Was hältst du davon, wenn ich dir eine kleine Hausführung gebe?«

»Oh, ich habe vor Jahren schon an einer Führung durch das Weiße Haus teilgenommen, als ich noch in der Schule war«, sagte Emily. »Es war meinen Eltern wichtig, dass wir einen realen Bezug zu unserer Regierung haben. Was wahrscheinlich kein Wunder ist, wenn man ihre Jobs bedenkt.«

»Aber bei dieser Führung hast du den Wohntrakt wahrscheinlich nicht zu Gesicht bekommen. Außer, du hast ein paar Regeln gebrochen.«

»Das stimmt natürlich.«

Connie stand auf und ließ Emilys Hand los, hakte sich jedoch gleich darauf bei ihr unter und führte sie aus dem Raum. »Ich komme nur so selten dazu, den Wohntrakt herzuzeigen. Selbst Staatsbesuche bleiben nur so kurz und Gäste werden in letzter Zeit nicht mehr im Weißen Haus untergebracht, sondern im Blair House.«

»Das Blair House ist bestimmt auch schick, aber mit diesen Räumlichkeiten kann es nicht mithalten«, meinte Emily, während sie den Flur entlanggingen. Im Gegensatz zu Connie studierte sie jedes einzelne Gemälde. »Wenn ich Präsidentin wäre, würde ich wahrscheinlich nie zum Arbeiten kommen, weil ich mich immer nur umsehen würde. Bitte sag mir, dass es Geheimgänge gibt!«

»Leider nicht, zumindest habe ich keine gefunden.« In einvernehmlichem Schweigen gingen sie die Treppe nach unten. »Hier hinein, denke ich. Wir können im *Diplomatic Reception Room* anfangen. Das ist natürlich schon lange her, aber hier –«

»... hat Roosevelt seine Kamingespräche abgehalten«, beendete Emily ihren Satz.

Connie hätte wissen müssen, dass sie vor Emily nicht mit ihrem Politwissen trumpfen konnte. Immerhin hatten Emilys Eltern ihr von klein auf diese Dinge nahegebracht.

Sie betraten den Raum, dessen Wände gekrümmt waren wie die des *Oval Office*, in dem sich aber wesentlich weniger Möbel befanden. Plötzlich überwältigte Connie das Gefühl, dass sie endlich Zeit allein miteinander verbringen konnten. Das Date im Wald war schon zu lange her und auch wenn sie sie ignoriert hatten, waren trotzdem stets Agenten um sie herum gewesen. Doch Connie lag schon seit Tagen eine Frage auf der Zunge. Und wann sollte sie sie stellen, wenn nicht jetzt?

»Glaubst du, du wirst je in meiner Nähe sein können, ohne dir dessen bewusst zu sein, dass ich die Präsidentin bin? Du sprichst mich nicht mehr mit meinem Titel an, aber manchmal habe ich trotzdem das Gefühl, dass er zwischen uns steht.«

»Ich mache das nicht mit Absicht.« Emily setzte sich auf einen der Sessel vor dem Kamin. »Und ich vergesse es auch immer mehr, sehe nur noch dich. So wie heute Abend mit Zach. Da warst du einfach nur diese wunderbare Frau, die vor Stolz auf ihren Sohn förmlich glüht. Ich glaube, je besser wir uns kennenlernen, desto einfacher wird es werden.«

»Gut. Das ist gut. Zum Glück hast du keine dunkle kriminelle Vergangenheit – es wäre verdammt schade, wenn man dich nicht ins Weiße Haus lassen würde und wir keine Zeit allein miteinander verbringen könnten.«

»Habt ihr das alles überprüft?« Emily klang ein wenig beleidigt. »Hat es euch nicht gereicht, dass man mich längst einem Backgroundcheck unterzogen hat? Immerhin arbeite ich mit Kindern und vulnerablen Erwachsenen.«

»Reine Routine. Und abgesehen von diesen Demos während deiner Collegezeit bist du nie mit dem Gesetz in Konflikt geraten. Sehr vorbildlich. Selbst ich bin mal verhaftet worden.«

»War das nicht wegen eines politischen Protests, während du als Generalstaatsanwältin kandidiert hast?«

Connie zuckte mit den Schultern, doch Emilys unerwarteter Zynismus entlockte ihr ein Lächeln. Vielleicht passte sie ja doch nach Washington. »Details, Details. Manchmal vergesse ich, dass mein gesamtes Leben öffentlich bekannt ist. Trotzdem: Dank dir ist das alles leichter als gedacht.«

»Ist es das?«

»Das ist unser drittes Date und mein erster Versuch, mich auf eine Beziehung einzulassen, seit Robert gestorben ist. Mir sind öfter Avancen gemacht worden, immer sehr ungeschickt, und ich bin dem aus dem Weg gegangen. Ich hab sehr gründlich nachgedacht, bevor ich mich entschlossen habe, mich auf etwas Neues einzulassen. Ich will, dass du das weißt. Ich würde keine neue Beziehung eingehen, wenn ich nicht bereit dafür wäre, Emily. Außerdem ... bist du es einfach wert.«

Emily strahlte förmlich, wurde aber bald wieder ernst. »Ich fühle mich geschmeichelt. Aber du vermisst ihn bestimmt. Du musst das nicht meinetwegen verstecken oder so tun, als wäre dein Verlust weniger schlimm, als er ist. Er muss ein großartiger Mann gewesen sein.«

»Das war er«, erwiderte Connie. Der Knoten, der ihr normalerweise auf die Brust drückte, wenn sie über Robert sprach, behelligte sie diesmal nicht. »Er war ein wunderbarer Vater, auch wenn wir uns nicht in allem immer einig waren. Und er war ein guter Soldat, auch nachdem er Zivilist geworden war. Es war hart für ihn, aber er ist gut damit klargekommen. Er hätte das alles hier geliebt, das weiß ich. Es ist so ungerecht, dass ihm nicht mehr Zeit vergönnt war.«

»Es tut mir so leid.« Emily stand auf und zog Connie in eine Umarmung.

Gott, fühlte sich das gut an, wieder in einer sicheren Umarmung zu liegen. Perfekt. Die Last, die stets auf ihre Schultern drückte, wurde leichter, und Connie schlang die Arme um Emily.

»Mein einziger Verlust davor war mein Vater. Er starb an einem Herzanfall. Zum Glück ging es sehr schnell. Aber das war etwas anderes. Ich meine ... Man glaubt, man ist sich dessen bewusst, was da auf einen zukommen kann. Weil man schon so viele deprimierende Filme gesehen hat und jemanden kennt, der das alles schon durchmachen musste. Mit dem Krebs. Aber ... Gott, nichts in der Welt könnte einen darauf vorbereiten, wie es wirklich ist.«

Connie löste sich aus Emilys Umarmung. Ihre Augen brannten und als sie fortfuhr, klang ihre Stimme erstickt. »Wir wussten schon früh, dass der Krebs unheilbar war, dass wir keine ... Wir haben alles getan, was wir konnten, um es für Zach so leicht wie möglich zu machen. Ich weiß immer noch nicht, ob ich ihn ausreichend beschützt habe. Aber wir haben versucht, das Maximum aus diesen letzten Monaten herauszuholen. Bis Robert zu krank dazu war. Er war so tapfer. Bis zum Schluss. Ich kann immer noch nicht fassen, dass jemand, der so lebendig war ... einfach nicht mehr da ist.«

»Das war für mich auch das Komischste«, sagte Emily nach einem langen Moment des Schweigens. Sie drückte Connies Schulter, sanft und tröstend, ehe sie sich wieder setzte. »Das Muskelgedächtnis sollte inzwischen nachgelassen haben, aber manchmal ... Wenn etwas Wichtiges passiert, denke ich manchmal immer noch als Erstes: *Oh wow, das muss ich Mom erzählen.* Obwohl ich bald den Großteil meines Lebens ohne sie verbracht habe. Das letzte Mal ist mir das durch den Kopf geschossen, als ich darüber nachgedacht habe, ob wir miteinander ausgehen sollen. Sie hätte bestimmt das Richtige gesagt.«

»Natürlich, sie war ja deine Mom. Ich hoffe, sie hätte es gutgeheißen. Danke, dass du mir das erzählt hast. Das hilft.« Sie lächelte Emily an. »Hey, was hältst du davon, wenn wir wieder hinaufgehen und uns noch hinaussetzen? Der Abend ist so schön und der Balkon ist immer so nett beleuchtet.«

»Bin dabei.« Emily machte Anstalten, zur Tür zu gehen, doch Connie zog sie in ihre Arme, ganz eng an sich.

»Wie läuft Mission Vergessen-dass-ich-die-Präsidentin-bin?«

»Präsi-was?« Emily schenkte Connie ein breites, ehrliches Grinsen. Sie lehnte sich vor und küsste Connie, hart und entschieden.

Connies Herz flatterte, als wolle es sich aus ihrem Brustkorb befreien – sie hatte schon fast vergessen, dass es dazu in der Lage war. Doch leider endete der Kuss viel zu bald.

»Und ist es immer noch okay für dich? Auch hier?« Noch immer nagte ein leiser, aber hartnäckiger Zweifel an Connie. »An dem Ungleichgewicht der Macht hat sich ja nichts geändert, und der Druck –«

»Willst du mich feuern lassen?«

Connie schüttelte den Kopf.

»Willst du irgendwelche Gesetze brechen?«

Wieder schüttelte Connie den Kopf.

»Nun, da wir beide erwachsen sind und uns beide bewusst dafür entschieden haben ... Wolltest du mir nicht die Aussicht zeigen?«

»Ich finde die Aussicht hier eigentlich auch ganz nett«, erwiderte Connie grinsend. Und dann schnappte sie sich Emilys Hand und zog sie geradezu hinter sich her und die Treppe hinauf.

Sie setzten sich auf eines der cremefarbenen Sofas auf dem Balkon. Die Heizstrahler vertrieben die abendliche Kühle, machten es angenehm warm. Vor ihnen lag die große Rasenfläche in der Dämmerung und dahinter funkelten entfernt die Lichter von Washington. Fast hätte man vergessen können, dass sie sich immer noch im Herzen der Hauptstadt befanden.

Doch sie hatten keine Augen für die Aussicht, nur füreinander. Sie küssten sich, lang und innig. Gerade als Connie über Emilys Oberschenkel streichelte, verkündete ein leises Knarzen, dass jemand die Balkontür geöffnet hatte. Wenn das Zach war, würde er eine Woche lang Hausarrest bekommen.

Mit einem unwilligen Brummen löste Connie sich von Emily.

Statt ihres Sohns stand Joseph vor ihr. Er trug seinen schwarzen Anzug und einen Knopf im Ohr.

»Madam President, Sie werden im *Situation Room* gebraucht.«

Connie seufzte schwer. So viel dazu.

Kapitel 18

Den Großteil ihres Lebens hatte Emily sich nie sonderlich auf die Weihnachtsfeiertage gefreut. Dieses Jahr schienen sie ihr besonders lang und sinnlos. Sie war aber nicht immer ein halber Grinch gewesen. Als ihre Eltern noch gelebt hatten, hatte sie Weihnachten über alles geliebt. Sie hatten das Haus dekoriert und den ganzen Tag lang Weihnachtslieder gesungen, bis Sutton sie anflehte, aufzuhören. Das Beste an Weihnachten war für Emily aber gewesen, dass sie mehr Zeit mit ihrer Mutter verbringen konnten, da um Weihnachten herum weniger Prozesse stattfanden und sie weniger arbeiten musste. Ihre Mutter hatte in Emilys Weihnachtslieder eingestimmt und Sutton hatte sich ihre Niederlage eingestehen müssen.

Nach der Schießerei war alles anders. Ihre Eltern waren im Spätsommer gestorben und an Weihnachten war Sutton immer noch nicht wieder fit. Emily hingegen war wie betäubt gewesen. Der Nebel, der über ihr lag, hatte sich erst nach dem Prozess allmählich wieder gehoben. Was auch gut gewesen war, denn dank dieses Nebels hatte sie es geschafft, gegen den Schützen auszusagen und dafür zu sorgen, dass er lebenslang bekam. Doch als er weg war, als all der Schmerz und die Trauer über sie hereinbrachen, war Weihnachten für sie bedeutungslos geworden. Ihre restliche Familie hatte sich alle Mühe gegeben, Weihnachten wieder zu etwas Besonderem zu machen, doch sie hatte die Freude daran nie wiedergefunden.

Dieses Jahr fühlte Emily sich emotional besonders weit entfernt von Sutton und Rebecca. Wahrscheinlich lag das daran, dass sie so beschäftigt waren mit dem Umzug und der Schwangerschaft, über die sie nicht sprachen. Sie schlossen Emily nicht aktiv aus und sie verbrachten den ersten Weihnachtsfeiertag gemeinsam in Emilys Haus, das endlich komplett eingerichtet war. Aber manchmal machten sie dieses typische Paar-Ding, bei dem sie sich in eine gemeinsame Blase zurückzogen, in der für andere kein Platz war. Da Emily selbst so darauf achten musste, diskret zu sein, wurde sie das Gefühl nicht los, dass sie kaum noch miteinander sprachen.

»Essen ist gleich fertig. Geht's dir gut?«, fragte Sutton zum dritten Mal, dabei hatten sie noch nicht einmal zu Mittag gegessen. Mit ihrer ruhigen Kompetenz hatte sie die Herrschaft über Emilys Küche übernommen.

Rebecca saß auf einem Stuhl und blätterte in einer Zeitschrift. Es war ein bisschen beunruhigend, sie so entspannt zu sehen. Sie trug Jeans und einen Weihnachtspullover, schaffte es aber, darin auszusehen wie einer Modezeitschrift entsprungen. Sutton hatte ihr ein bisschen Lametta um das Haarband gebunden, das Rebeccas Braids heute in ihrem Nacken zusammenhielt. Manchmal fiel es Emily immer noch schwer, die entspannte, witzige Rebecca, die mit ihrer Frau herumalberte, mit der unterkühlten, immer professionellen Leiterin des Krankenhauses in Einklang zu bringen. Aber allmählich gewöhnte Emily sich daran, komplizierte Frauen in sehr unterschiedlichen Kontexten zu sehen.

»Alles in bester Ordnung«, sagte Emily.

»Weißt du, du könntest sie auch einfach anrufen«, meinte Rebecca und sah auf. »Sie ist momentan daheim in Kalifornien, oder? Selbst deine Freundin hat ab und an mal einen Tag frei.«

»Sie ist nicht meine ...« Emily schenkte sich Saft ein und knallte den Saftkarton mit mehr Kraft als nötig zurück in den Kühlschrank. »Wie auch immer. Ich will mich nicht aufdrängen. Wenn man Kinder hat, sieht Weihnachten doch ganz anders aus. Sie kann mich ja anrufen, wenn sie Zeit hat.«

»Und es ist okay, wenn sie das nicht tut«, warf Sutton von ihrem Platz am Backofen aus.

Emily hatte gar nicht gewusst, ob das Ding wirklich funktionierte, aber ihre Schwester hatte einfach vergnügt Dinge hineingeschoben und Schalter gedreht.

»Ich weiß ja, dass du nicht mehr viel von ihr gehört hast, seit ihr letztens bei eurem Date gestört wurdet. Aber es hätte genauso gut ein Anruf wegen eines deiner Patienten sein können, oder?«

»Ja. Wir sind einfach beide furchtbar beschäftigt. Wir haben miteinander telefoniert, aber wir haben kaum Zeit, einander zu sehen. Und dass sie über die Feiertage daheim ist, macht es nicht gerade einfacher.«

»Wir hätten auch nach Kalifornien fahren können.« Ein leiser Vorwurf schwang in Suttons Stimme mit. »Unsere Tanten haben sich ja wie üblich darum gestritten, wer uns einladen darf.«

»Es ist besser so«, meinte Rebecca. »Nächstes Jahr werden wir uns ohnehin den Kopf über Familie und Reisen und was nicht noch alles zerbrechen müssen. Dieses Jahr können wir noch einmal durchatmen. Das sollten wir besser genießen.«

»Haben wir uns eigentlich schon für einen Film entschieden?«, beeilte Emily sich, das Thema zu wechseln. »Wenn wir wieder *Ist das Leben nicht schön?* schauen, muss ich die ganze Zeit heulen und …«

Das Klingeln ihres Handys hallte in der Küche wider wie eine Alarmglocke. Emily hätte ja zu gern behauptet, dass es ihr gelang, die Ruhe zu bewahren und entspannt zu reagieren, zumal vor ihrer Schwester und Rebecca. Doch stattdessen quietschte sie auf, schnappte sich das verdammte Teil und raste in ihr Schlafzimmer, um ungestört zu sein.

Sie wusste jetzt schon, dass ihr das den ewigen Spott ihrer Schwester einbringen würde.

Kaum war die Tür hinter ihr ins Schloss gefallen, wischte sie auch schon über das Display und nahm den Anruf an. »Frohe Weihnachten! Ich hab gehofft, dass du anrufst.«

»Entschuldige, dass ich es nicht früher geschafft habe«, antwortete Connie. »Aber Geschenke sind bei uns immer noch eine Riesensache und am Schluss sucht Zach immer Spielsachen zusammen, die er spenden möchte, und die bringen wir dann zusammen zur Missionssammlung.«

»Was für eine schöne Tradition.«

»Das ist es wirklich. Es war sogar seine Idee. Als er mal in den Nachrichten gesehen hat, dass manche Kinder gar nichts zu Weihnachten bekommen, hat ihn das richtig traurig gemacht. Seither spendet er an Weihnachten Spielsachen. Inzwischen ist er auch alt genug, um Essen auszuteilen. Das werden wir jetzt eine Weile machen und danach gehen wir zurück nach Hause.«

Emily lächelte, obwohl Connie das nicht sehen konnte. »Ich hatte ja keine Ahnung. Deine Mitarbeiter wollen bestimmt unbedingt Fotografen hinschicken und dein Weihnachten dokumentieren.«

»Ja, wahrscheinlich. Aber das kommt nicht infrage. Diese Menschen haben etwas Besseres verdient, als für irgendwelche Propaganda missbraucht zu werden. Und es ist schön, unbemerkt zu bleiben, also ist es irgendwie auch ein bisschen selbstsüchtig.«

»Du bist eindeutig schon zu lange in der Politik, wenn du meinst, dass man es als selbstsüchtig verstehen kann, wenn du in einer Obdachlosenunterkunft aushilfst. Wann kommst du denn zurück nach Washington?«

Connie gluckste. »Vermisst du mich etwa?«, neckte sie sie.

»Mehr als gedacht«, erwiderte Emily aufrichtig. »Wahrscheinlich sollte ich mich unbeeindruckter geben und so tun, als wäre es mir egal, ob wir uns sehen oder nicht. Versprochen, ich bin auch keine Klischee-Lesbe, die sofort mit dem Umzugswagen bei dir anrückt – aber es wäre schön, wenn ich dich zumindest sehen könnte.«

»Finde ich auch. Es tut mir so leid, dass wir uns seit dem verpatzten Date nicht mehr treffen konnten. Selbst Zach nervt mich schon, wann ich dich endlich wiedersehe.«

Emily hörte auf, in ihrem Schlafzimmer auf und ab zu tigern, und legte sich aufs Bett. Dann verhielt sie sich eben wie ein verknallter Teenager, der ewig lang am Telefon hing und dabei mit seinen Haaren herumspielte. Na und? Wenigstens lag dabei ein Lächeln auf ihren Lippen.

»Glaub mir, ich verstehe, dass es nicht ging. Aber sobald du Zeit hast, setze ich alle Hebel in Bewegung, um mich mit dir zu treffen. Sofern das Krankenhaus mich lässt.« Emily atmete tief durch. »Klingt das erbärmlich?«

»Nein, es klingt warmherzig und wunderbar. Ich verdiene dich nicht, Emily.«

»Wahrscheinlich nicht, aber wenigstens gibst du dir Mühe. Wenn du aber endlich die Krankenversicherung für alle durchbringst, um mich zu beeindrucken, dann wäre das etwas anderes.«

Connie lachte laut und herzlich. »Das übersteigt wahrscheinlich selbst meine Fähigkeiten, aber ich kann dir inzwischen etwas anderes anbieten.«

»Was denn?«

»Ich habe darüber nachgedacht, dass du meintest, du kommst mit dem Medienrummel klar. Mir macht das immer noch Sorgen, aber wer nicht wagt, der nicht gewinnt. Im Januar findet ein Galadinner für ein paar Wissenschaftler statt. Mit Medaillen, Reden und so.«

»Kenne ich. Gibt es für Mediziner auch«, erwiderte Emily. »Meistens hängen da noch irgendwelche Spendensammlungen dran. Soll ich mein Scheckbuch mitnehmen?«

»Nein, aber vielleicht brauche ich dich als Übersetzerin für den Nerdsprech. Meistens kann ich ganz gut mithalten, aber wenn lauter Wissenschaftler aufeinandertreffen, bleibe ich meistens außen vor.«

»Ich gebe mir Mühe. Aber ich kenne mich vor allem mit dem menschlichen Herzen aus, weniger mit Kernphysik. Bei Chemikern kann ich dir aber wahrscheinlich weiterhelfen.«

»Genug angegeben?«, witzelte Connie. »Eigentlich habe ich das deswegen erzählt, weil ich dich gern als meine Begleitung an meiner Seite hätte. Wir müssen davor wahrscheinlich einige Umfragen und Fokusgruppen über uns ergehen lassen. Ich zumindest, du nicht. Aber ich finde, wenn wir wirklich zusammen sein wollen, sollten wir uns nicht verstecken.«

»Weil das einfacher ist, als es geheim zu halten?« Wie gut, dass Emily sich hingelegt hatte. Ihr war ein bisschen schwindlig. Die Vorstellung, ihre Beziehung öffentlich zu machen, war gleichermaßen berauschend und erschreckend. Damit wurde das, was bisher eher die Fantasie einer Beziehung gewesen war, plötzlich real. Und der Druck auf sie stieg. Als würde ein Steinschlag darauf warten, sie niederzudrücken.

»Das ist ein Vorteil, ja. Wenn wir uns nicht irgendwo herumstehlen müssen, stehen uns weit mehr Möglichkeiten offen. Aber da ist noch mehr, Emily.«

»Ja?«

»Wir sind beide starke, unabhängige Frauen, die sich dazu entschieden haben, offen zu leben. Wir haben uns beide vor allen in unserem Leben geoutet und uns geweigert, unsere Sexualität zu leugnen. Meine wird zwar ignoriert, weil ich mit einem Mann verheiratet war und bi-erasure verdammt hartnäckig ist. Aber wann immer ich konnte, habe ich betont, dass ich bi bin. Und du bist immer offen und ehrlich.«

»Ja, aber das bedeutet noch nicht –«

»Wir schulden es der Welt. Ich zumindest. Den Kindern und Jugendlichen, die Angst davor haben, dass ihre Eltern sie nicht mehr lieben werden. Die dafür geschlagen und verprügelt werden, wie sie aussehen, wie sie reden, wessen Hand sie halten. Ich will unsere Beziehung nicht zu einem Wahlslogan werden lassen – und bitte stopp mich, falls ich doch Gefahr laufe, es zu tun –, aber diese Chance hatte noch niemand vor uns. Kannst du dir vorstellen, wie es sich für uns angefühlt hätte, wenn wir so etwas im Fernsehen, in der Zeitung gesehen hätten? Wenn wir in der Öffentlichkeit Händchen halten, kann das Leben retten, Emily. Okay, du rettest ohnehin schon jeden Tag Leben. Aber ich würde das zur Abwechslung auch gern mal ausprobieren.«

Eine Träne lief über Emilys Wange und sie wischte sie weg. Ihre Kehle war wie zugeschnürt. Jetzt wusste sie wieder, warum sie diese Frau gewählt hatte. Sie räusperte sich und zwang sich, zu antworten.

»Machst du dir keine Sorgen? Dass du dir damit eine Zielscheibe auf die Brust klebst? Dass es sich, keine Ahnung, auf die Beziehung zu Ländern auswirkt, in denen Homosexualität immer noch strafbar ist? Und was ist mit den konservativen Staaten bei uns?«

»Vielleicht wird es negative Auswirkungen haben. Vielleicht ändern sie sich auch. Weiß Gott, bei uns ist nicht alles perfekt und wir müssen noch so viel verbessern. Wenn die Person an der Spitze unseres Landes *out and proud* ist, wird das den positiven Wandel beschleunigen. Aber ich verstehe, wenn dir das zu viel ist, Emily. Das mit uns ist noch so neu und das ist wirklich alles sehr viel.«

Jemand klopfte an die Tür und gleich darauf ertönte Suttons Stimme: »Essen ist fertig!«

»Komme gleich!«, rief Emily, bevor sie sich wieder dem Handy zuwandte. »Ich wette, sie versucht gerade, zu lauschen.«

»Ich will dich nicht von deiner Familie fernhalten«, sagte Connie. »Ich wollte es nur mal vorgeschlagen haben. Wir können auch gern so weitermachen wie bisher. Aber eines Tages muss dieses Land mal sehen, dass zwei Frauen genauso ein richtiges Paar sein können wie zwei Heteros. Mit dir zusammen zu sein, meine Gefühle für dich ... Das macht mich mutiger. Wie auch immer es ausgehen wird.«

»Okay, dann habe ich jetzt jede Menge, worüber ich nachdenken kann. Ich stehe dem Ganzen positiv gegenüber, aber können wir es gemeinsam entscheiden? Bei unserer nächsten Verabredung?«

»Natürlich. Ich wollte dich ohnehin nach Camp David einladen. Ich fahre dort noch vor Silvester hin. Würde der Achtundzwanzigste für dich passen? Eine Nacht, vielleicht auch zwei, und ganz viel Platz und Privatsphäre. Du bekommst ein eigenes Zimmer. Oder auch nicht.«

»Klingt interessant«, meinte Emily grinsend. »Dann schauen wir einfach mal, wie es sich entwickelt, oder?«

»Ja, genau. Frohe Weihnachten, Emily. Hab einen schönen Tag.«

»Das werde ich. Viel Spaß mit Zach. Wünsch ihm frohe Weihnachten von mir.«

»Mach ich.«

Und dann war das Telefonat auch schon vorbei. Emily drückte sich das Handy an die Brust, schloss die Augen, und versuchte, Ordnung in ihre rasenden Gedanken zu bringen. Würde sie die offizielle Freundin der Präsidentin sein? Wie sollte das überhaupt aussehen?

»Emily!« Sutton war mit dem Alter kein Stück geduldiger geworden.

Emily krabbelte aus dem Bett, steckte das Handy in ihre Hosentasche und richtete den Haarreifen mit dem Rentiergeweih, den sie heute trug. Betont gelassen spazierte sie zurück in die Küche. Als wäre nichts weiter geschehen.

Rebecca hatte den Anstand, nur leise zu schnauben. »Muss ein gutes Gespräch gewesen sein. Aber könntest du bitte ein bisschen weniger strahlen? Ich hab meine Sonnenbrille nicht dabei.«

»Du siehst wirklich glücklicher aus.« Sutton beugte sich über eine Schüssel mit Kartoffelpüree. »Habt ihr euch wieder verabredet?«

»Hmm?« Emily hatte kaum mitbekommen, was die beiden gesagt hatten. Was ihnen gegenüber nicht sonderlich fair war. Sie schüttelte sich leicht, um wieder in die Realität zurückzufinden. Die lebensverändernden Entscheidungen konnten noch ein bisschen warten. »Japp. Ja. Wir treffen uns in ein paar Tagen. Alles gut.«

»Solange die Paparazzi nicht Wind davon bekommen«, grummelte Rebecca und ging an den Tisch.

Emily machte sich nicht die Mühe, das richtigzustellen. Die großen Neuigkeiten würden sie schon früh genug erfahren.

»Aber genug über Politik geredet. Lasst uns essen. Sutton, du hast dich mal wieder selbst übertroffen.«

»Es riecht wirklich köstlich«, bekräftigte Emily. »Ich hole den Wein.«

Kapitel 19

Als Emily aus dem Auto stieg, dröhnten über ihr die Turbinen des Jets. Schnell lief sie zum Hangar, um die Landung mitverfolgen zu können. Sie liebte es, zu fliegen, liebte alles daran. Für sie wurde also ein kleiner Traum wahr, dass sie jetzt tatsächlich den Landeanflug der *Air Force One* aus der Nähe beobachten konnte. Live und in Farbe. Noch besser war nur, dass sie gleich mit *Marine One* – dem Helikopter der Präsidentin – nach Camp David fliegen würde.

Emily durfte tatsächlich ganz nah an die Landebahn heran, zusammen mit mehreren Agenten des Secret Service und dem Personal des Flughafens. Mitarbeiter des Weißen Hauses schwirrten natürlich auch noch irgendwo herum. Obwohl der Flugplatz privat und für die Öffentlichkeit gesperrt war, erwartete also eine richtige kleine Menschenmenge die Ankunft der Präsidentin. Die dann auch auf die Minute pünktlich erfolgte – anders als bei kommerziellen Fluglinien gab es bei der *Air Force One* natürlich keine Verspätung. Die Flugzeugtür wurde geöffnet und Passagiere kamen die Treppe hinunter.

»Dr. Lawrence!« Francesca trat zwischen einigen Agenten hervor. Wie immer hatte sie ein Tablet in der Hand. Ihren Stock hatte sie heute nicht dabei. »Die Präsidentin hat mich darüber informiert, dass Sie mitkommen.«

»Ich hoffe, die spontane Planänderung ist kein allzu großes Problem. Gerade um diese Zeit im Jahr wissen Sie Ihre Ruhe bestimmt zu schätzen und sind keine Fans von großen Überraschungen.«

Francesca zuckte mit den Schultern. »Wir tun, was immer die Präsidentin von uns verlangt. Außerdem habe ich bis Neujahr frei, es trifft sich also gut, wenn sie in Camp David ist.«

»Das freut mich. Zach ist bei seiner Großmutter?«

»Wir haben ihn unterwegs dort abgesetzt, ja. Eine gut gemeinte Warnung: Es setzt der Präsidentin immer etwas zu, wenn sie von ihrem Sohn getrennt ist. Daran werden Sie sich gewöhnen müssen, wenn Sie beide Ihre Beziehung offiziell machen.«

»Mhm, wir denken darüber nach. Ich will das Leben der beiden nicht noch komplizierter machen, und mein eigenes auch nicht. Aber es wäre wahrscheinlich das Richtige. Und wir wollen es beide.«

»Nun. Wenn Sie meinen. Oh, da kommt sie ja.«

Connie schritt über die Landebahn auf sie zu und sofort breitete sich ein Lächeln auf Emilys Lippen aus. Begleitet wurde sie wie immer von einer ganzen Schar von Menschen und der Trubel machte es Emily zum Glück möglich, weiter nachzudenken.

»Hallo du.« Connie zog Emily in eine Umarmung und wisperte ihr ins Ohr: »Gott, siehst du gut aus.«

Emily schluckte und atmete den Duft ihres Parfüms ein. »Hattest du einen guten Flug?«

»Ja, alles gut. Wegen der Crew steige ich immer als Letzte aus. Wobei ein paar mit Zach in Chicago geblieben sind. Dein Anblick ist der einzige Trost dafür, dass ich ihn erst im Januar wiedersehe.«

Francesca räusperte sich. »Kann ich sonst noch etwas für Sie tun, Ma'am?«

»Danke, nein, wir haben alles. Genießen Sie Ihre freien Tage, Francesca. Wir sehen uns dann im neuen Jahr.« Connie schüttelte ihr die Hand, doch der Handschlag der beiden wirkte herzlich wie eine Umarmung.

»Wollen wir los?« Allmählich kroch die Kälte Emily in die Glieder.

Connie deutete auf den wartenden Helikopter. Riesig und grün gestrichen, mit einem weißen Dach, ragte er vor ihnen auf. Vorfreude blubberte in Emily auf, als Connie ihre Hand nahm und mit ihr zu *Marine One* ging.

»Bereit für drei ganze Tage ungestörter Zweisamkeit? Camp David ist echt nett.«

»Weiß ich natürlich, ich bin da ja ständig«, witzelte Emily. »Das WLAN ist aber suboptimal.«

Connie lachte. »Das solltest du unbedingt in deiner Bewertung erwähnen.«

Lächelnd stiegen sie in den Helikopter, nahmen auf den überraschend bequemen Sesseln Platz und warteten auf den Abflug.

—⚜—

Schon lange vor der Landung wollte Connie unbedingt raus aus dem Helikopter. Sie konnte es nicht leiden, derartig lang unterwegs zu sein –

erst im Flugzeug, dann im Helikopter und dann noch mit dem Auto –, auch wenn sie zugegeben sehr bequem reiste. Holzklasse war dann doch etwas anderes. Trotzdem: Bereits nach dem Flug aus Kalifornien war ihre Klaustrophobie beinahe unerträglich gewesen.

Dass Emily ihre Hand hielt, war das Einzige, was Connie daran hinderte, die Agenten anzukeifen und darauf zu bestehen, sofort nach der Landung auszusteigen. Die endlosen Routinechecks waren nun einmal notwendig. Aber es wäre schon schön, wenn Connie sich zur Abwechslung einmal mit normaler Geschwindigkeit bewegen könnte, statt entweder mitten in einem Pulk von Agenten irgendwohin zu eilen oder aber endlos lang an einem sicheren Ort ausharren zu müssen, ehe sie sich endlich fortbewegen durfte.

Dazu kam, dass sie bald mit Emily allein sein würde. Es gab momentan keine dringenden internationalen Krisen, die Aktienmärkte hatten sich beruhigt und der Großteil des Landes schien sich darauf geeinigt zu haben, über die Feiertage Nachrichten wie Politik gleichermaßen zu ignorieren. Endlich Ruhe. Wer konnte es ihr da verdenken, dass sie ungeduldig war?

»*Vigilance* ist bereit«, sagte der Agent, der ihnen am nächsten saß, endlich in sein Mikro. »Transit zusammen mit *Velvet*.«

»Moment, was? Meint eines davon mich?« Irritiert wandte Emily sich Connie zu.

»Na ja, ich bin *Vigilance*«, erwiderte Connie. »Also ja, ich schätze, dann bleibst nur noch du. Ist das eine Anspielung auf Sarah Waters?«

»Aber ...«

Connie beugte sich ganz nah zu Emily vor und flüsterte ihr ins Ohr: »Ich bin so froh, dass du da bist. Dass wir das wirklich machen.« Eine wunderbare Röte auf Emilys Wangen war ihr Antwort genug. Was für ein befreites Gefühl, mit ihr flirten zu können, ohne sich fragen zu müssen, wer ihnen zuhörte und ob ihnen womöglich Verachtung begegnen würde.

Überrascht stellte Connie fest, dass sie nicht wie sonst die Sehnsucht nach Robert durchzuckte. Die Schuldgefühle deswegen blieben jedoch nicht aus, im Gegenteil, sie trafen sie hart und heftig. Es hatte sich wie ein riesiger Fortschritt angefühlt, dass sie Emily beim letzten Mal von Robert erzählt hatte. Doch bei dem Gedanken, dass sie dieses Wochenende womöglich miteinander schlafen würden, überkam Connie die blanke Panik. Das würde das erste Mal sein, dass sie mit jemand anderem als Robert schlafen würde, seit sie damals ein Paar geworden waren.

Wusste sie überhaupt noch, wie das ging, fragte eine nagende Stimme in ihrem Hinterkopf. Resolut drängte sie den Selbstzweifel beiseite. Robert war bei Weitem nicht ihr einziger Liebhaber gewesen. Auch wenn es ein Weilchen her war, war sie alles andere als unerfahren. So etwas verlernte man bestimmt nicht.

Sie betrog Robert auch nicht, wenn sie mit Emily schlief. Hatte er ihr in diesen furchtbaren letzten Wochen nicht selbst gesagt, dass er sich wünschte, dass sie wieder glücklich wurde? Hatte er sie nicht sogar gezwungen, es ihm zu versprechen? Doch es war etwas anderes gewesen, als sie ihm damals dieses Versprechen gegeben hatte. Da war es nur hypothetisch gewesen, nur eine vage Möglichkeit. Jetzt jedoch, da sie tatsächlich so weit war, hatte sie das Gefühl, am Rand einer Klippe zu stehen.

Dann drehte Emily sich zu ihr um und schenkte ihr ihr strahlendstes Lächeln und Connie erinnerte sich daran, warum es so berauschend war, von Klippen zu springen und ins tiefe, klare Wasser darunter einzutauchen. Sie atmete tief durch und zog den Ehering von ihrem linken Ringfinger. Sie ballte die Faust darum, atmete aus und wartete darauf, dass ein ungutes Gefühl sich in ihr ausbreitete. Doch das tat es nicht.

Sie war bereit.

Connie nahm Emilys Hand und führte sie vom Helikopterlandeplatz. Kurz behielt sie den Ring noch in ihrer Hand, dann steckte sie ihn in die Manteltasche.

Emily war so begeistert von Camp David, dass auch Connie die Anlage mit neuen Augen sah. Selbst die Golfcarts fand Emily bezaubernd. Der Convoi fuhr wesentlich langsamer als sonst, damit Connie Emily ihre Lieblingsplätze zeigen konnte.

Dann schloss sich die Haustür hinter ihnen und sie waren endlich allein.

Neugierig sah Emily sich um. Sie war ganz entspannt, nicht der Hauch von Nervosität war ihr anzumerken.

»Hast du Hunger?«, fragte Connie, ganz die perfekte Gastgeberin. »Ich könnte schnell gegrillte Käsetoasts machen. Und dazu vielleicht ein Glas Wein?«

»Sehr gern. Ich bin direkt aus dem Krankenhaus zum Flugplatz gefahren. Alles ist besser als das Essen in der Krankenhaus-Cafeteria.«

»Wie war deine Schicht denn? Hoffentlich nicht zu anstrengend? Entschuldige, dass ich nicht eher gefragt habe.«

»Alles gut. Zu Weihnachten heißt es im Allgemeinen alles oder nichts. Wir schauen immer, dass so viele Mitarbeiter wie möglich die Feiertage mit ihrer Familie verbringen können, darum finden zu der Zeit kaum reguläre OPs statt. Notfälle gibt es natürlich aber immer, um die kümmern sich dann, wenn möglich, die Kollegen, die ohnehin nicht Weihnachten feiern.«

»Und du machst das alles mit links, stimmt's, Dr. Lawrence? Habe ich in letzter Zeit mal erwähnt, wie beeindruckend du bist?«

Connie ging zu der gut ausgestatteten Küche, und Emily folgte ihr. Es war keine große Überraschung, dass Annie, die Köchin von Camp David, bereits am Herd stand und in einer Ausgabe von *Good Housekeeping* blätterte. Wie meistens hatte sie ihr graues Haar im Nacken zu einem Knoten zusammengesteckt. Obwohl es schon spät war, trug sie ihre weiße Kochuniform und darüber eine schwarze Schürze. Auf dem Herd stand bereits ein Topf und auf dem Schneidbrett aus Marmor lag alles für Käsetoast bereit. »Madam President, wir haben zwar heute Abend alle frei, aber da Sie eine anstrengende Reise hinter sich haben, wollte ich fragen, ob Sie eine Kleinigkeit zu essen möchten.«

»Sie sind zu gut, um wahr zu sein, Annie.«

»Mag sein. Gegrillte Käsetoasts und Tomatensuppe für zwei Personen? Zach ist diesmal nicht dabei? Der Wein ist bereits dekantiert.«

»Man hat Sie informiert, dass ich einen Gast mitbringe?«, fragte Connie ein wenig misstrauisch. Während das Personal im Weißen Haus manchmal distanziert war, war hier in Camp David alles wesentlich intimer.

»Ja.« Annie wusch sich resolut die Hände. »Nur damit Sie es wissen: Keiner Ihrer Mitarbeiter hat auch nur das geringste Problem damit. Man hätte uns also nicht extra informieren müssen. Aber Sie können sich auf unsere Diskretion verlassen.«

Annies freundliche Worte taten gut, sie wunderten Connie aber nicht. Annies ältester Sohn James war schwul und hatte in der Schule deswegen sehr gelitten. Darum waren Annie und James auch Connies Ehrengäste gewesen, als Connie vor einigen Monaten den Gleichheitsgrundsatz offiziell unterschrieben hatte, der für sie persönlich das wichtigste Projekt ihrer Amtszeit war.

»Danke, dass Sie das sagen«, erwiderte Connie. »Und es ist bestimmt besser, wenn wir ihr meine grauenvollen Kochkünste erst einmal ersparen. Wir wollen unsere Zeit hier ja genießen. Emily sollte darum auch als Familienmitglied behandelt werden, sie kann alles haben, was sie möchte.«

»Wirklich alles?« Ihr Tonfall hatte etwas Neckendes, auf das Connie nicht weiter einging.

Stattdessen schnappte sie sich die Weinflasche und die beiden Gläser, die bereits bereitstanden. »Ich nehme mir mal den Wein. Ist es noch warm genug, um draußen zu sitzen?«

»Es wird jeden Moment regnen«, meinte Annie. »Aber wenn es morgen früh wieder trocken ist, decke ich draußen zum Frühstück.«

Emily, die das Gespräch von der Tür aus beobachtet hatte, räusperte sich. »Wollen wir uns vor dem Essen vielleicht noch umziehen? Das wäre doch entspannter.«

»Gute Idee. Komm mit.« Connie deutete den Flur entlang. »Ich zeig dir dein Zimmer. Und unser Zimmer. Was immer dir lieber ist.«

»Ich folge dir auf dem Fuße.« Emily grinste.

Connie stellte den Wein auf dem Wohnzimmertisch ab, damit sie die Hände frei hatte. »Du musst dir keine Sorgen machen, dass du im gleichen Bett schlafen wirst wie gewisse meiner Vorgänger. Francesca hat sämtliche Möbel erneuern lassen, bevor ich das erste Mal hier war.«

Der angekündigte Regen setzte ein und prasselte gegen die Fenster.

Connie öffnete die Zimmertür und ließ Emily den Vortritt. Kaum hatte sie die Tür hinter sich geschlossen, entkam Connie ein leises, erwartungsvolles Seufzen. Emily sah sie fragend an und Connie nickte. Sofort war Emily bei ihr, drängte sie fast schon gegen die Wand und küsste sie. Darauf hatte Connie gewartet, seit die *Air Force One* gelandet war. Vielleicht ließ sie sich das zu sehr anmerken, vielleicht küsste sie sie zu hungrig. Aber verdammt, Emilys Kuss war genauso drängend wie ihrer.

Sie waren kurz davor, sich völlig ineinander zu verlieren, als Annie sie zum Essen rief.

»Ich denke nicht, dass wir das zweite Zimmer brauchen werden. Was meinst du?«, fragte Emily und rang um Atem.

»Sehe ich genauso. Pyjamas?« Connie deutete auf ihre Taschen, die bereits von jemandem hereingebracht worden waren, der anscheinend davon ausgegangen war, dass sie sich dieses Zimmer teilen würden. »Ich nehme zumindest an, dass du eine personalfreundliche Variante mitgebracht hast.«

»Habe ich.« Grinsend beugte Emily sich vor und kramte in ihrer Tasche nach einem weißen Baumwoll-Set, das mit kleinen Cartoon-Sushis bedruckt war.

Interessante Wahl. Innerlich verdrehte Connie die Augen und zog ihren dunkelgrünen Seidenpyjama aus der Reisetasche. Schnell zogen sie sich um und vermieden es dabei, sich anzusehen. Zumindest bis zu dem Zeitpunkt, als Emily am Verschluss ihres BHs herumfummelte.

»Den werfe ich immer weg, sobald ich meine Straßenklamotten los bin«, erklärte sie. »Ist das eh okay?«

»Natürlich. Auch wenn es ganz schön ablenkend ist.« Um für ausgleichende Gerechtigkeit zu sorgen, entledigte sich auch Connie ihres schwarzen Spitzen-BHs, den sie heute früh in einer weit entfernten Zeitzone ausgesucht hatte.

»Oh, und falls du enttäuscht sein solltest: Ich hab auch wesentlich weniger jugendfreie Outfits dabei. Nur für dich«, sagte Emily und umrundete das Bett. Betont unschuldig fing sie an, sich den Knöpfen von Connies Pyjamaoberteil zu widmen. Doch statt sie zuzuknöpfen machte sie sie auf. Und dann streichelte sie über die entblößte Haut und zog Connie in einen weiteren verzehrenden Kuss. Sie könnten auch einfach …

Connies Magen knurrte verräterisch. Was kein Wunder war, sie hatte ihr Essen im Flugzeug kaum angerührt.

»Lass uns rausgehen«, murmelte sie und schloss unbeholfen ihr Pyjamaoberteil wieder. »Je eher wir gegessen haben, desto eher kann Annie gehen. Und dann habe ich dich endlich ganz für mich allein.«

»Klingt gut«, sagte Emily und tätschelte ihren Bauch. »Los geht's.«

Mit einem breiten Grinsen auf den Lippen folgte Connie ihr.

Kapitel 20

Während des Abendessens bat Connie Annie, in den nächsten beiden Tagen sämtliche Zeitungen und sonstige Nachrichtenmedien, abgesehen von der *Washington Post*, von ihr fernzuhalten. Dann nahm sie Emily ihr Tablet und ihr Handy ab und übergab sie Jill, als die ihre Schicht antrat. Sie würde in dem extra für Agenten reservierten Zimmer am anderen Ende des langen Flurs schlafen, in dem sich die Schlafzimmer befanden.

Emily hielt ihr noch einen langen Vortrag darüber, dass sie ja darauf achten sollte, dass der Akku nicht leer wurde, und dass sie ihr sofort Bescheid geben sollte, wenn ein Notruf einging. Es stimmte schließlich, was sie Connie gesagt hatte: Notfälle konnte es jederzeit geben, auch an den Feiertagen. Davon abgesehen machte sich in Emily aber eine gewisse Erleichterung breit: Es war schön, zur Abwechslung mal nicht ständig ihre Mails checken zu müssen. Das schien auch Connie zu finden. Selbst Workaholics brauchten ab und an Erholung.

Bald darauf zogen Annie und Jill sich zurück.

Endlich waren sie ungestört.

Connie war es eindeutig nicht mehr gewohnt, etwas im Haushalt zu tun, dementsprechend lang brauchte sie, um die Küche aufzuräumen. Emily schritt aber erst ein, als sie versuchte, den Geschirrspüler einzuräumen.

»Bitte nicht. Du hast ganz bestimmt viele herausragende Fähigkeiten, aber das ist schlicht ein Verbrechen an der Geschirrspülordnung.« Emily schob Connie beiseite und die hob ergeben die Hände.

Schnell und effizient sortierte Emily das benutzte Geschirr an den richtigen Platz. Sie summte dabei die Melodie eines Robyn-Songs, der sie immer zum Tanzen brachte, wenn sie ihn hörte. Den musste sie unbedingt ihrer OP-Playlist hinzufügen, für den Fall, dass sie jemals statt Dima die Kontrolle über die Lautsprecher erlangte.

»So. Schlafenszeit«, sagte sie, nachdem sie fertig war, und wandte sich Connie zu. »Sicher, dass du das Zimmer nicht für dich allein willst? Du hattest einen langen Tag.«

»Allein zu schlafen ist definitiv das Letzte, was ich will, jetzt, da wir endlich allein sind.« Connie nahm Emilys Hände in ihre.

Ihr Griff war immer so sanft und respektvoll, dass Emilys Chirurgenego schier durch die Decke ging.

»Aber die Entscheidung liegt natürlich bei dir. Mein Zimmer oder deines?«

»Definitiv deines.«

Connie ließ Emilys Hände los, jedoch nur, um ihre Hüften zu umfassen und sie an sich zu ziehen. Sie nuschelte irgendetwas über ihren Sushi-Pyjama, das aber in ihren Küssen unterging.

Und oh, wie sie sich küssten. Ohne die Lippen voneinander zu lösen, schoben sie sich über den Flur. Mal war Connie in Kontrolle, mal Emily, ein wunderbares Wechselspiel. Doch das Schlafzimmer war noch so furchtbar weit weg. Kurzerhand drängte Emily Connie gegen die nächste Wand und verteilte Kuss um Kuss auf ihre Lippen, ihren Kiefer, ihren Hals.

Gott, wann hatte sie das zuletzt getan?

Connies Knie gaben nach, als Emily einen besonders empfindlichen Punkt hinter ihrem Ohr fand.

Emily umfasste sie fest, damit sie nicht zu Boden sackte, und sie mussten beide lachen. Was aber nicht das Geringste an der glühenden Hitze änderte, die Emily immer mehr durchflutete. Im Gegenteil: Dass sie gemeinsam lachen konnten, fachte ihre Erregung nur noch an.

Noch einmal küsste sie Connie, dann schafften sie es endlich ins Hauptschlafzimmer. Mit einem Krachen fiel die Tür hinter ihnen ins Schloss und sie machten beide einen Satz zur Seite und starrten schwer atmend auf die Tür. Würde gleich jemand angerannt kommen und überprüfen, ob alles in Ordnung war? Eine alberne Vorstellung, aber inzwischen bestand Emily nur noch aus Adrenalin und Lust.

Auf dem Flur regte sich nichts, alles blieb still. Schwer atmend grinsten sie einander an.

»Ich denke, bis morgen früh stört uns niemand mehr«, raunte Connie.

Subtil war anders und Emily war ganz ihrer Meinung.

»Genau das wollten wir auch, oder?« Emily zögerte. Ein Teil von ihr versuchte immer noch, die Frau, die sie in der letzten Zeit kennengelernt hatte, mit der sehr öffentlichen Person, die sie eben auch war, in Einklang zu bringen. Ein letztes Mal gestattete sie es sich, davon überwältigt zu sein, dass sie gleich mit der mächtigsten Frau der Welt schlafen würde. Dann schob sie den Gedanken beiseite und konzentrierte sich auf das, was wirklich zählte: ihre und Connies Gefühle. »Du warst so wunderbar und hast immer darauf geachtet, dass ich auch wirklich bereit bin. Und das bin ich. Aber bist du es auch? Wirklich? Ich weiß nicht, ob du in den vergangenen Jahren mit jemandem zusammen warst, also –«

»Und wieder einmal bist du ganz furchtbar umsichtig«, murmelte Connie. Doch es war, als wich eine leichte Anspannung aus ihr, nun, da sie einen Moment innehielt und nachdachte.

Der Anblick lockte ein Lächeln auf Emilys Lippen.

»Ich war tatsächlich eine ganze Weile allein, aber ich bin bereit. Bereit für dich.«

»Oh, das glaubst du jetzt.« Emily zwinkerte ihr zu und feixte. »Aber ich habe noch so einiges mit dir vor. Mal schauen, was du dann sagst. Aber ... Wenn du es langsam angehen lassen willst, können wir das natürlich auch.«

»Wag es bloß nicht.« Connie küsste sie hart, ehe sie nach ihrer Unterlippe schnappte und sachte daran zog. »Aber ehrlich gesagt ... Es gibt da schon noch etwas, weswegen ich mir unsicher bin. Ich weiß, es ist albern –«

»Ist es nicht.« Emily schlang die Arme um Connie. Eine deutliche vorfreudige Spannung lag in der Luft und Emily vergaß beinahe, zu atmen. »Erzähl es mir.«

»Wenn ich nicht die wäre, die ich bin, wenn ich einen anderen Job und keine hochtrabende Anrede hätte ... Würdest du mich dann immer noch wollen? Ich meine, ich bin eine alleinerziehende Witwe jenseits der Fünfzig.«

»Bist du, aber du bist die Mutter eines großartigen Sohnes. Und fünfzig ist die neue Vierzig und selbst für vierzig siehst du gut aus. Also: ja. Ich will dich, weil du die attraktivste Frau bist, der ich je begegnet bin. Und weil du unglaublich klug und intelligent bist. Soll ich weitermachen? Dass du so unglaublich reich und mächtig bist und trotzdem nur das Beste für alle willst – das ist auch verdammt anziehend. Wenn du also willst, dass ich vor dir auf die Knie falle und dir meine ewige Treue schwöre ... Nun, Ma'am, dann mache ich das nur zu gern.«

»Ah, jetzt werde ich dich wahrscheinlich nie wieder gehen lassen können ...« Mit einem Finger strich Connie Emilys Schlüsselbein entlang.

Die Berührung jagte einen wohligen Schauer durch ihren Körper.

»Ich denke, wir sind uns einig, dass wir die ganze *Es langsam angehen lassen*-Sache vergessen können, oder?«

»Mhm. Aber wir sind ein bisschen overdressed.« Emily nestelte am obersten Knopf von Connies Pyjamaoberteil herum, fand dann aber doch, dass ein leidenschaftlicher Kuss eher angebracht war.

Connie schien da ganz ihrer Meinung zu sein, schaffte es aber gleichzeitig, Emilys Hände wegzuziehen und das Knopfproblem selbst zu lösen, ohne dabei bleibenden Schaden zu hinterlassen.

Ganz schön beeindruckend.

Emilys eigener Pyjama setzte ihr zum Glück weniger Widerstand entgegen. Schnell schlüpfte sie aus dem Shirt und der Hose. Kaum war sie nackt, fing Connie ihre Lippen erneut in einem Kuss ein. Ihre Hände vergrub sie dabei in Emilys Haar.

»Wollen wir das ins Bett verlagern?«, nuschelte sie.

Statt einer Antwort schob Emily Connies Pyjamahose nach unten, entblößte ihren nackten Hintern und ihre Beine. Connie stieg aus der Hose und zog Emily mit sich auf das riesige, luxuriöse Bett.

Haut traf auf Haut und entlockte ihnen beiden ein Stöhnen. Connie schien instinktiv zu wissen, wie sie Emily berühren musste, nämlich mit dem gleichen souveränen Selbstvertrauen, mit dem sie Gesetzesentwürfe unterschrieb, einen historischen Friedensvertrag signierte und Staatenlenker aus aller Welt begrüßte. Nie zögerte sie, nie war sie unsicher.

Sie ließen alle Formalitäten und Etiketten, sämtliche Barrieren, die sie trennten, hinter sich und gaben sich ganz einander und dem Moment hin. Sie hatten es beide mehr als verdient, sich so gut und so glücklich zu fühlen.

Emily glühte bereits vor Erregung und schon bald fand Connie ihre empfindlichsten Stellen. Sie rollte sich auf Emily, ließ die Hand zwischen ihre Schenkel gleiten und nahm einen wunderbaren, verzehrenden Rhythmus auf. Kurz stockte sie, änderte den Winkel, und Emilys Lust stieg nur noch höher. Sie griff nach Connie, wollte jeden Flecken Haut berühren, den sie erreichen konnte, und zog sie an sich, so nah wie möglich.

Im Rhythmus der Bewegung ihrer Finger verteilte Connie Küsse auf Emilys Haut, trieb sie hoch und höher, bis es kein Halten mehr gab. Ein erderschütternder Orgasmus durchflutete sie – und Connie machte keinerlei Anstalten, aufzuhören.

Sie küsste sich ihren Weg Emilys Körper herab, kostete sie, schmeckte sie und nahm sich dabei alle Zeit der Welt. Emily stützte sich auf die

Ellbogen, um besser sehen zu können, wie Connie sie leckte, so geduldig, so langsam und so *gut*. Sie wisperte leise Worte des Zuspruchs und vergrub eine Hand in Connies Haar. Unwillkürlich zuckten ihre Hüften ihr entgegen. Connie brummte zustimmend, drang mit der Zunge in sie ein und sie kam keuchend und bebend. Davon würde sie nie genug bekommen, das wusste sie mit absoluter Gewissheit.

»Wie war das?«, fragte Connie, als Emily wieder halbwegs bei Sinnen war. Küssend bahnte sie sich den Weg zurück nach oben, bis sie ihr in die Augen sah.

»Ich würde dich wieder wählen.« Mit einem zittrigen Finger streichelte Emily über Connies Wange. Connie schmiegte sich in die Berührung und Wärme durchflutete Emily. »Dann werde ich dir mal anständig danken.«

Kapitel 21

Emily erwachte so entspannt wie seit Monaten nicht mehr. Die Matratze war wahrscheinlich die bequemste, auf der sie je geschlafen hatte. Träge streckte sie sich, krümmte die Zehen und machte sich lang. Ihre schmerzenden Muskeln kündeten von der wunderbaren Nacht, die sie mit Connie gehabt hatte. Als sie den Kopf zur Seite drehte, musste sie aber feststellen, dass Connie selbst nicht mehr neben ihr lag.

Für einen kurzen, peinlichen Moment überkam sie die blanke Panik. Hatte sie die Situation falsch gedeutet? War das etwa der am längsten geplante One-Night-Stand aller Zeiten gewesen? Würde gleich das Personal oder Agenten des Secret Service hereingeeilt kommen und sie nach draußen zerren, sie zusammen mit einer Verschwiegenheitserklärung davonjagen?

Nein. Das war lächerlich. Die gestrige Nacht hatte sich so gar nicht nach etwas Einmaligem angefühlt. Sie wollten beide eine Wiederholung, das war eindeutig gewesen. Endlich ließ ihr Herzrasen nach und Emily stand auf, um sich dem ersten Tag ihres gemeinsamen Wochenendurlaubs zu stellen.

Emily zog sich den schweren Baumwollbademantel an, der für sie bereitgelegt worden war, und stellte sich ans Fenster. Eine Weile schaute sie hinaus in den neblig dämmernden Morgen, dann ging sie ins Bad. Leider stand Connie nicht in der riesigen Dusche – obwohl sie kein rauschendes Wasser gehört hatte, hatte ein Teil von Emily darauf gehofft –, doch auch allein genoss sie die Regendusche. Ein guter Start in den Tag.

Schnell schlüpfte Emily nach dem Abtrocknen in eine Skinny-Jeans, die hervorragend zu ihren liebsten Wanderschuhen passte. Bei einem derartig wichtigen Urlaub würde sie ganz bestimmt nicht den Anfängerfehler machen, neue Schuhe anzuziehen. Was sehr wohl neu war, war das hellgraue Karohemd, das sie über ein helles, leichtes Shirt zog. *Sieht gut aus.*

Natürlich würden draußen keine Fotografen herumlungern und auf den besten Schnappschuss hoffen. Doch es war bestimmt eine gute

Übung, so zu tun, als ob. Irgendwann nach ihrem zweiten Orgasmus und kurz bevor sie um den dritten gebettelt hatte, war ihr endgültig klar geworden, dass das zwischen ihnen mehr war als bloße Anziehung oder auch sexuelle Kompatibilität. Natürlich spielte das auch eine Rolle, aber als Connie neben ihr gelegen hatte, so befriedigt und glücklich und verletzlich, da war das überwältigende Bedürfnis in Emily hochgekocht, sie zu beschützen und sich ihrer würdig zu erweisen. Vielleicht war das altmodisch, aber wenn sie dafür an Connies Seite sein durfte, war die Vorstellung, ihre Beziehung öffentlich zu machen, mit einem Mal sehr viel weniger erschreckend. Wer bekam schon die Gelegenheit, einen Bankettsaal an der Seite von jemandem zu betreten, der so elegant, so charmant, so unglaublich großartig war?

Ja, es war unheimlich gewesen, als die Paparazzi ihr Haus belagert hatten. Das hatte aber auch viel damit zu tun, wie überraschend es gewesen war und wie sehr sie unerwartetes Eindringen in ihre Privatsphäre hasste. Aber wenn sie vorbereitet war und Security an ihrer Seite hatte, würde das doch bestimmt erträglicher sein? Was war denn die Alternative? Ruhe und Frieden und nie wieder neben Connie einzuschlafen? Das schien ihr kein guter Handel.

Wenn sie das nächste Mal über dieses Galadinner redeten und darüber, ihre Beziehung allmählich öffentlich zu machen, würde sie ihr Okay geben. Ja, dadurch wurde ihre Beziehung wahrscheinlich sehr schnell zu etwas Festem, aber sie war bereit dazu.

Auf der Suche nach Frühstück – und Connie – eilte Emily zur Terrasse. Aber bevor sie dort ankam, trat Jill ihr in den Weg. Die Agenten trugen hier keine Anzüge, doch in ihren Alltagsklamotten waren ihre Waffen nur noch viel deutlicher zu sehen. Jill trug ein Lederholster, das ihre breite Statur noch betonte, und ihre Cargopants waren an der Hüfte ausgebeult, was auf weitere Waffen schließen ließ. Das mochte notwendig sein, doch Emily beschlich bei dem Anblick stets ein ungutes Gefühl.

»Sie haben mir zwar aufgetragen, Ihnen Ihr Handy nur zurückzugeben, wenn Ihre Schwester anruft oder Sie einen Notfall im Krankenhaus hereinbekommen, aber Brooke Randolph hat inzwischen so oft angerufen, dass das Handy wahrscheinlich bald schmilzt. Möchten Sie sie zurückrufen?«

Eine leichte Enttäuschung machte sich angesichts der Unterbrechung in Emily breit, doch sie nahm das Handy mit einem dankenden Nicken entgegen. »Natürlich. Wenn sie so oft anruft, ist es bestimmt wichtig.«

Jill zuckte unbeteiligt mit den Schultern und Emily setzte den Weg zur Terrasse fort.

Connie war im langen, schmalen Pool und schwamm mit entschlossenen Zügen Länge um Länge. Sie trug einen geradlinig geschnittenen schwarzen Badeanzug, der hinten sehr, sehr tief ausgeschnitten war. Emily winkte ihr, doch Connie schien sie gar nicht zu bemerken, so konzentriert war sie.

Das Handy klingelte und vor Schreck ließ Emily es beinahe fallen.

»Brooke?«

»Em, hi. Ich bin wieder in Washington, habe meine Mom nach Weihnachten begleitet. Wir geben eine Silvesterparty in ihrem Haus und ich wollte dich dazu einladen.«

»Wirklich? Ich war da nicht mehr seit, äh, inzwischen drei Jahren?«

»Ich weiß, aber – und das muss zwischen uns bleiben – ich glaube, sie hat Schmerzen in der Brust. Bisher dürften sie nicht so schlimm sein und sie sagt immer, sie hat nichts, aber manchmal, wenn sie glaubt, sie ist allein, verzieht sie so das Gesicht und ... Jedenfalls, sie hat natürlich einen eigenen Spezialisten, aber sie ist zu stur, um sich einen Termin bei ihm auszumachen.«

Emily unterdrückte ein Seufzen. Die Randolphs hatten sich seit ihrer Trennung von Brooke kein bisschen geändert. Die Senatorin verabscheute es beinahe so sehr, Schwäche zu zeigen, wie sie niederschwelligen Zugang zu Geburtenkontrolle verabscheute. Emily ließ sich auf einen Stuhl auf der Terrasse fallen und beobachtete weiter, wie Connie sirenengleich durchs Wasser glitt. »Ich habe keine Ahnung, inwiefern ich sie auf einer Party untersuchen kann, aber vielleicht kann ich sie ja davon überzeugen, einen Termin bei ihrem eigenen Arzt zu vereinbaren. Ich komme aber erst am einunddreißigsten vormittags zurück. Oh, und warn deine Mom vor, dass ich komme. Sonst kommen ja wahrscheinlich nur Politiker und ich möchte vermeiden, dass der Sicherheitsdienst mich rauswirft oder die Hunde auf mich hetzt.«

»Oh, bist du doch nach Kalifornien gefahren? Meintest du nicht, du verbringst die Feiertage dieses Jahr mit Sutton und Rebecca?«

»Hab ich auch. Ich bin nur, äh, ein paar Tage weggefahren, bevor ich wieder zur Arbeit muss«, brachte Emily heraus, obwohl Connie gerade aus dem Pool stieg. Dampf stieg von ihr auf, als das warme Wasser, das ihr über die Haut lief, auf die kühle Winterluft traf. Als Connie dann jedoch mit schwingenden Hüften auf sie zuschritt, war sie zu keinem einzigen klaren Gedanken mehr imstande. »Du, ich muss auflegen, das ist sonst nur unhöflich, schließlich bin ich hier zu Gast. Ich meld mich, wenn ich wieder da bin, dann können wir noch klären, wenn irgendetwas wegen der Party noch offen sein sollte, okay? Aber ich schulde dir was, also komme ich.«

»In Begleitung?«, fragte Brooke. Ein leichtes Misstrauen schwang in ihrer Stimme mit, das Emily nur zu gut kannte. »Ich kann im Weißen Haus anrufen, und schauen, ob sich da was machen lässt.«

Connie küsste Emily auf die Wange.

»Oh, das wird nicht nötig sein. Schönen Tag noch!«

Sie beendete das Telefonat, schob das Handy über den Tisch und zog Connie in ihren Schoß, um sie richtig zu küssen. Leider hatte sie sich inzwischen gegen die Winterkälte einen Bademantel angezogen. Aber gut, dadurch wurde Emily wenigstens nicht ganz so nass.

»Halte ich dich von einer Party fern? Du hättest was sagen sollen!«

»Nein, ich hab nur gerade eine verspätete Silvestereinladung bekommen«, erwiderte Emily und streichelte über Connies Rücken. »Müssen wir damit rechnen, unterbrochen zu werden?«

Connie beugte sich vor, um sie zu küssen. »Wahrscheinlich. Aber wir können ja trotzdem versuchen, ob wir schneller sind als Annie mit dem Frühstück. Oder soll ich sie lieber bitten, uns Frühstück ans Bett zu bringen?«

»Klingt verführerisch.«

»Nicht wahr?« Connie rutschte von ihrem Schoß, fischte ein Handtuch mit dem Präsidentensigel hervor und machte sich daran, ihre Haare abzutrocknen.

»Du hast schon eine Eins-a-Gelegenheit unter der Dusche verpasst«, meinte Emily, ohne die Augen von Connie zu lösen. »Aber ich habe nichts gegen ein Frühstück im Freien. Und ich bin gespannt, was dir hier so einfällt.«

»Dann verstehst du ja jetzt, warum ich unsere Handys weggegeben habe«, sagte Connie und winkte Annie, die gerade mit einem Servierwagen, auf dem sich viel zu viele Köstlichkeiten stapelten, auf sie zukam. Der Duft von Speck und Ahornsirup stieg Emily in die Nase. Annie lächelte ihnen freundlich zu, ehe sie zurück ins Haus ging.

»Wir können alles tun, worauf du Lust hast«, fügte Connie noch hinzu. »Aber auf wessen Party willst du denn gehen? Oh, ich könnte mir eine Perücke und eine Brille aufsetzen und mitkommen, wie eine echte Freundin. Ich müsste nur erst den Secret Service abschütteln.«

»Eine Freundin, hm?« Ein strahlendes Lächeln breitete sich auf Emilys Zügen aus. »Aber ehrlich gesagt habe ich darüber auch nachgedacht. Ich wollte mit dir noch mal über dieses Galadinner reden.«

»Das sollten wir definitiv, aber das ist eher ein Gespräch für die echte Welt, oder? Können wir das noch ein bisschen verschieben?«

»Natürlich.« Obwohl sie selbst das Thema zur Sprache gebracht hatte, war sie froh, dass sie es vertagten.

»Hast du eigentlich einen Badeanzug mitgebracht? Du kannst schwimmen, wann immer du willst.« Connie deutete auf den Pool.

Emily schüttelte den Kopf. Das hatte niemand erwähnt. »Es ist Winter. Und es gibt durchaus Menschen, die bei dieser Kälte lieber nicht schwimmen gehen.«

»Das ist aber gut fürs Immunsystem. Und der Pool ist geheizt.«

»Nein, danke.« Emily machte sich daran, die abgedeckten Teller auf den Tisch zu stellen. »Das Essen riecht wirklich hervorragend.«

Connie schnappte sich den Krug mit dem Orangensaft und die dampfende Kaffeekanne und platzierte sie ebenfalls auf dem Tisch. Sie schenkte Emily zuerst Kaffee ein. Bei der höflichen Geste breitete sich Wärme in Emily aus.

Als sie sich über das Essen hermachten, sah Annie wieder nach ihnen. »Ich hatte keine konkreten Angaben, was Sie gern essen, Emily. Ich hoffe, die Auswahl ist Ihnen genehm?«

»Es ist großartig«, erwiderte Emily. »Vielleicht muss ich die Hash Browns in meiner Handtasche hinausschmuggeln.«

»Wie Madam President es mit ihren Zigaretten macht«, meinte Annie mit einem Blitzen in den Augen.

»Du rauchst?«, fragte Emily verblüfft. Sie hatte nie auch nur die Ahnung von Rauch an Connie gerochen.

»Nur wenn ich besonders im Stress bin«, sagte Connie sichtlich zerknirscht. »So etwa einmal im Jahr. Man muss ja auch ein paar Laster haben. Aber ich hätte Sie nicht für so eine Klatschbase gehalten, Annie.«

»Ihnen soll ja nicht langweilig werden mit mir, Ma'am.« Annie stellte noch ein paar Gewürze auf den Tisch. »Guten Appetit. Wenn ich wiederkomme, will ich nur leere Teller sehen.«

»Das ist echt der Wahnsinn«, sagte Emily – und das war noch untertrieben. »Meistens schaffe ich es morgens höchstens, mir einen

Smoothie zu mixen. Oft ist es aber auch nur irgendwelches wenig gutes Gebäck aus der Krankenhauscafeteria.«

»Geben Sie etwa gerade zu, dass Sie sich selbst nicht immer an Ihre Regeln halten, Frau Doktor?« Connie schnappte sich einen einzelnen Pancake und eine Scheibe Speck.

»Ich bin auch nur ein Mensch.« Emily schüttelte den Kopf. »Ich mache nur deswegen Sport, weil ich für überlange OPs fit sein muss, nicht, weil es mir solchen Spaß macht. Aber ich bin immer ehrlich zu meinen Patienten. Dieses ganze moralinsaure Herumgeeiere, wenn es ums Essen geht, kann ich nicht leiden, aber unsere Körper brauchen nun mal bestimmte Stoffe, damit sie richtig funktionieren. Wie auch immer.« Sie lächelte Conny an. »Was haben wir für heute geplant?«

»Wir könnten wandern gehen.« Connie nippte an ihrem Kaffee und schloss verzückt die Augen. »Und wenn ich mich dann nach spätestens zwei Meilen daran erinnere, dass ich wandern eigentlich hasse, könnten wir wieder umdrehen und Gesellschaftsspiele spielen und grillen. Oder wonach auch immer dir sonst so ist.«

»Wandern klingt super, dann erspare ich es mir, joggen zu gehen.« Emily nahm ebenfalls einen Schluck von ihrem Kaffee. »Grillen und spielen finde ich auch gut. Aber ich muss dich warnen. Bei Monopoly kenne ich keine Gnade. Und wenn wir *Doktor Bibber* spielen, mache ich dich fertig.«

Lachend drückte Connie Emilys Oberschenkel. Der Moment war so perfekt, dass Emily sich wünschte, sie könnte mit den Fingern schnipsen und ihn einfrieren.

»Ich mache mich mal fertig«, sagte Connie, obwohl sie kaum etwas von ihrem Frühstück angerührt hatte. »Bleib sitzen, nimm dir, was immer du willst.«

»Brauchst du vielleicht Hilfe?«, fragte Emily leise. »Ich kann mir auch was zu essen mit hineinnehmen.«

Connie schüttelte den Kopf. »Ich brauch nicht lang, aber ich will noch schnell Zach anrufen und schauen, wie es ihm geht. Das mache ich jeden Tag, erst recht, wenn wir getrennt sind. Schau nur, dass du bereit für eine richtige Wanderung bist, wenn ich zurückkomme.«

»Wir sind noch gar nicht dazu gekommen, über deine Familie zu reden«, sagte Connie. Dem Klang ihrer Stimme nach zu urteilen, beschäftigte sie das Thema schon länger. Während der Wanderung hatten sie nur über erfreuliche Themen geredet, wenn auch über nichts, das irgendwie in die Tiefe ging. Jetzt, da sie wieder im Haus waren und es sich auf dem nicht sonderlich schönen, dafür aber bequemen Sofa mit dem Blumenmuster bequem gemacht hatten, wandten sie sich wieder ernsteren Themen zu. Auch wenn dieses für Emily ein besonders schweres war. Aber wenn Connie es geschafft hatte, offen über ihre Trauer um Robert zu reden, würde sie es schaffen, über ihre Eltern zu sprechen. Sie vertraute Connie und wollte ihr gegenüber genauso offen sein, wie die es ihr gegenüber war.

»Die wenigsten wissen, wie sie auf dieses Thema zu sprechen kommen sollen. Was absolut okay ist. Ich rede ohnehin nicht gern darüber. Aber wenn ich etwas aus meinen vielen Therapiestunden gelernt habe, dann, dass es nie gut ist, alles immer nur in sich hineinzufressen.«

»Gut, dass du Hilfe hast. Wir müssen aber auch nicht darüber reden. Ich möchte keine schwierigen Erinnerungen aufwühlen.«

»Es gibt ohnehin nicht viel zu sagen. Du hast wahrscheinlich eh schon im Internet gelesen, was damals passiert ist.« Emily nahm einen großen Schluck von ihrem Irish Coffee.

»Hab ich«, sagte Connie sanft. »Ramira hat mir erst einen Überblick gegeben, aber danach habe ich mich noch auf eigene Faust eingelesen. Damals war ich gerade frisch verheiratet – ein weiterer Beweis, dass ich doch ein ordentliches Stückchen älter bin als du.«

»Ich glaube, ich habe dir gestern Nacht bewiesen, wie wenig mich das stört.«

Connie hauchte Emily einen Kuss auf die Lippen. »Darf ich Sie daran erinnern, dass ich Staatsanwältin war, Dr. Lawrence? Ich werde das Gefühl nicht los, dass Sie vom Thema ablenken. Nicht, dass ich das nicht verstehe. Ich würde dich auch nie zwingen, mehr zu erzählen, als du erzählen willst. Ich will einfach nur, dass du weißt, dass ich dieses für dein Leben so wichtige Ereignis unbedingt verstehen will. Weil du mir wichtig bist.«

Sie hätte wissen müssen, dass es nicht so einfach sein würde, Connie abzulenken. Trotzdem hatte sie es versuchen müssen. Sie küssten sich, während sie die Tränen niederkämpfte, die in ihren Augen brannten.

Als sie ihre Gefühle halbwegs im Griff hatte – anders konnte sie dieses Gespräch nicht führen –, fing sie leise an zu reden. »Wahrscheinlich ist das leichter für mich, wenn du mich nicht ansiehst.«

»Okay.« Connie rutschte ein Stück nach vorne und legte sich hin, sodass ihr Kopf in Emilys Schoß lag. Wie von selbst fanden Emilys Finger ihren Weg in Connies Haar. Obwohl sie sie nicht ansah, hatte Connies Nähe etwas Tröstliches. Sie atmete tief durch und nahm sich noch einen Moment, um sich zu sammeln.

»Die meisten glauben, dass ich mich an jedes Detail erinnern kann«, sagte sie dann. »Aber es ist alles so schnell gegangen. Meine Tante war großartig in der Zeit danach, sie hat Sutton und mir wirklich dabei geholfen, das alles aufzuarbeiten. Sie hat eine Therapie für uns organisiert und überhaupt alles, was danach angefallen ist. Sie hat uns durch die Albträume und die Panikattacken geholfen. Wir haben gelernt, mit dem Trauma zu leben.«

»Deine Schwester ist auch verletzt worden, oder?«

»Genau. Sie war eine Weile im Krankenhaus und auch danach musste sie ständig zum Arzt und zur Physiotherapie. Die Leute sagen immer, ich wäre stark gewesen, dabei war es Sutton, die richtig gekämpft hat.«

»Sie hatte Glück, dich zu haben. Ich habe gelesen, was du für sie getan, wie du sie beschützt hast.«

»Purer Instinkt. Danach hat dann sie mir geholfen. Trotz der OPs und der Physio war sie meine größte Stütze. Sie war immer an meiner Seite, wenn ich vor Gericht erscheinen musste. Noch bevor die Ärzte ihr das erlaubt haben. Und seither widmet sie ihr Leben anderen, hilft Menschen, unterrichtet Kinder. Ich bin so unfassbar stolz auf sie, weißt du? Wahrscheinlich sage ich ihr das nicht oft genug, aber sie ist wirklich mein Fels in der Brandung.«

»Sie scheint eine beeindruckende, starke Frau zu sein. Aber das liegt bei euch ja in der Familie.« Connies Stimme klang so warm und diese Wärme breitete sich in Emily aus, vertrieb die klamme Kälte der Erinnerung.

»Das sagst du jetzt, aber wenn du sie erst kennenlernst, macht sie dich wahrscheinlich fertig, weil die Schulfinanzierung nicht funktioniert und du es bloß nicht wagen sollst, ihrer kleinen Schwester wehzutun.«

»Bei Ersterem würde sich ihr wahrscheinlich jede einzelne Lehrperson anschließen, die an einer öffentlichen Schule unterrichtet«, erwiderte

Connie ungetrübt. »Und was Zweiteres angeht: Ich respektiere, dass sie die Menschen beschützen will, die sie liebt.«

»Mhm.« Emily zögerte kurz, dann platzte sie heraus, erzählte ungefiltert weiter: »Ich bin nicht gut darin, zu erzählen, was damals passiert ist. Wie gesagt, ich erinnere mich auch nicht an alles. An sein Gesicht schon, das war total wutverzerrt. In meinen Albträumen sehe ich das immer zuerst. Dann höre ich die Schüsse. So surreal und überraschend leise. Erst als Sutton blutend auf dem Boden lag, habe ich verstanden, was gerade passierte. Von da an habe ich nur noch reagiert. Überall war Blut. Sutton. Und dann habe ich sie gesehen. Meine Eltern. Sie waren schon tot.«

Connie nahm Emilys Hand in ihre und hauchte einen Kuss auf ihre Knöchel.

Emily hatte gar nicht gemerkt, dass sie die Hände zu Fäusten geballt hatte, so fest, dass die Knöchel weiß hervortraten. »Danach ist alles verschwommen. Ich erinnere mich an den Rettungswagen und dass ich Suttons Hand gehalten habe. An die Polizei und die FBI-Agenten. Manche waren so kühl, fast schon fies. Und dann war da diese eine Agentin ... Ich werde sie nie vergessen. Sie hat verstanden, dass ich unter Schock stand und hat alles getan, um es mir leichter zu machen. Keine Ahnung, wie ich das ohne sie geschafft hätte.«

»Gott sei Dank war sie da.«

»Ja. Danach hat es ewig gedauert, bis wir eine anständige Beerdigung organisieren konnten. Ich glaube, ich habe bei der Organisation geholfen, aber ich erinnere mich nicht mehr, was ich getan habe. Bei der Beerdigung wollten mir so viele die Hand schütteln, aber ich war wie betäubt. Erst da habe ich wirklich begriffen, wie bedeutend meine Eltern waren. Dass sie mehr waren als nur meine Mom und mein Dad. Klar wusste ich, dass eine Richterin wichtig ist und dass auch Dad einen bedeutenden Job hatte, aber dass so viele Leute ihnen die letzte Ehre erweisen wollten ... Das hat mich völlig überfordert. Aber wenn ich jetzt daran zurückdenke, ist es tröstlich. Sie waren den Menschen wichtig, weißt du? Nicht nur mir und Sutton.«

»Natürlich waren sie das.« Connie setzte sich auf. Vielleicht merkte sie, dass Emily die Luft ausgegangen war. »Danke, dass du mir das erzählt hast. Wenn du es nicht möchtest, müssen wir nie wieder darüber reden. Und wenn du es doch willst, höre ich dir immer gern zu. Wahrscheinlich muss ich es dir gar nicht erst sagen, aber deine Eltern wären sicher unglaublich stolz auf dich. Ich kannte sie zwar nicht, aber ich bin Mutter und ich weiß, wovon ich rede. Glaub mir.«

»Hoffentlich.«

Connie streichelte über Emilys Wangen, um die Tränen wegzuwischen, ehe sie sie in eine Umarmung zog. »Kann ich irgendetwas für dich tun?«

Emily schüttelte den Kopf. »Es ist so ungewohnt, wie ruhig es hier ist«, sagte sie, um das Thema zu wechseln. Für heute hatte sie ihr Traumapensum definitiv erreicht. Noch länger konnte sie die furchtbaren Bilder nicht ertragen, die in ihr hochkochten, wann immer sie über den Mord an ihren Eltern sprach. Hoffentlich verstand Connie das.

»Stimmt.« Connie stieg auf den Themenwechsel ein. »Allmählich vermisse ich das weiße Rauschen auch schon. Normalerweise habe ich auch immer mindestens ein Display an und werde ständig unterbrochen.«

Emily schnappte sich die Fernbedienung und schaltete den Fernseher ein. *Caribou News* flimmerte über den Bildschirm und sie seufzten synchron.

»Warum tun wir uns das eigentlich an?«, fragte Emily.

»Halte deine Freunde nah bei dir, deine Feinde aber ... Und so weiter.« Connie kniff die Augen zusammen. »Oh, schau, da ist ja deine Ex-Schwiegermutter.«

Wahrscheinlich war Emily innerlich Masochistin, denn sie schaltete den Ton ein. Natürlich redete Miriam ausgerechnet darüber, ob die USA eine Lesbe im Weißen Haus brauchten, untergriffige Bemerkungen inklusive.

»Das stimmt doch noch nicht mal!«, blaffte Connie den Fernseher an. »Ich bin bisexuell, du Kuh! Wir haben echte, schwerwiegende Probleme, aber statt sich darum zu kümmern, redet diese Frau im Fernsehen über mein Sexleben. Ich wusste doch, dass die Republikaner weitermachen wie immer.«

»Es sind eben nicht alle auf den Regenbogenzug aufgesprungen, hm?«, neckte Emily sie und schaltete den Fernseher wieder aus. »Wenigstens kommt das nicht von Good Ol' Gabe, der führt ja momentan in den Umfragen. Wir sollten uns nicht fertigmachen. Warte mal ab, was erst passiert, wenn du das Gesundheitssystem reformierst. Dann wirst du das Land nicht wiedererkennen. Im besten Sinne.«

Connie verkrampfte sich, rutschte ein Stück zur Seite und zog die Knie an. »Ich kann mich aber nicht nur auf das Gesundheitssystem konzentrieren«, sagte sie. »Es ist wichtig, natürlich ist es das. Aber ich muss noch so viele andere Brände bekämpfen. Jeden Tag. Ich kann dieses Thema nicht nur deinetwegen priorisieren.«

»Das würde ich auch nie erwarten.« Emily setzte sich aufrechter hin. »Aber diese Reform war nun mal ein wichtiger Bestandteil deines Wahlkampfes. Ich hätte dich nicht für eine Politikerin von der Sorte gehalten, die ihr Wort nicht hält.« Emily bereute ihre harten Worte, kaum, dass sie sie ausgesprochen hatte. Aber das Thema lag ihr so sehr am Herzen.

»Zivilisten erwarten immer zu viel von uns. Ich versuche nur, realistisch zu sein, Emily. Von Menschen wie Miriam Randolph erwartet auch niemand Unmögliches und genau darum kann sie sagen und tun, was immer sie will. Warum widerspricht hier niemand und weist mal darauf hin, dass sie eine lesbische Tochter hat?«

»Warum sollte man Brooke zur Zielscheibe machen? Sie ist nicht in der Politik.«

Connie linste Emily über ihre Knie hinweg an.

Wo kam diese plötzliche Distanz zwischen ihnen her? Eben hatte Connie sie noch festgehalten und getröstet. Und jetzt brach sie wegen der Randolphs einen Streit vom Zaun?

»Wie gesagt, Zivilisten. Von außen mag das alles ganz einfach aussehen. Man hat seine Prinzipien und an die hält man sich. Aber so läuft das nicht. Schon gar nicht in Washington.«

Emily blinzelte. Wie konnte Connie nur so wenig Rückgrat zeigen? Gerade nach dem, was sie eben besprochen hatten?

»In meiner Familie lief es exakt so.« Zum Glück klang Emilys Stimme nicht tränenerstickt. »Fall du es schon vergessen hast: Wir haben gerade erst darüber geredet, dass meine Eltern ermordet wurden, weil sie sich für ihre Prinzipien eingesetzt haben. Weil sie das Richtige tun wollten. Für alle Menschen in diesem Land.«

Connie erstarrte.

Emily hätte sich ja schlecht gefühlt, doch ihr alter Zorn loderte so hoch wie eh und je. Jahrelang hatte sie in der Therapie daran gearbeitet, ihre Wut in den Griff zu bekommen, doch ab und an wurde auch ihre Selbstkontrolle brüchig. Egal, wie gut sie sonst war.

»Du hast recht, natürlich hast du das. Ich muss mich mehr anstrengen. Kannst du mir verzeihen, dass ich mich bisher nicht mit allem, was ich habe, dafür eingesetzt habe? Ich würde solche Fehler nicht vor vielen eingestehen.«

Irgendetwas an Connies Haltung war merkwürdig, doch Emily wusste nicht recht, was es war.

»Du wirst das Richtige tun, davon bin ich überzeugt.« Emily nahm Connies Hand und hauchte einen Kuss auf Connies Knöchel, so wie Connie es vorhin bei ihr getan hatte. Erst als Connie sich entspannt in die Kissen zurücklehnte, atmete Emily auf. Was auch immer ihr durch den Kopf gegangen war, schien vorüber zu sein. »Ich erwarte nicht, dass du etwas an deinem Regierungsstil änderst, weil wir zusammen sind. Aber du weißt, wie wichtig es mir ist, gegen die Krise des Gesundheitssystems anzukämpfen. Ich will nicht nur danebenstehen und dabei zuschauen, wie die gleichen alten Probleme nur immer und immer mehr werden.«

»Natürlich nicht.« Endlich lächelte Connie, wenn auch etwas zaghaft. »Habe ich jetzt unser Wochenende versaut?«

Statt einer Antwort küsste Emily sie. Connies ehrliche Reue löschte die Flammen ihres Zorns. »Wollen wir schauen, ob wir es schaffen, ohne Fernseher für ein bisschen Lärm zu sorgen?«

Connie zwinkerte ihr zu und beugte sich vor, um ihr Hemd aufzuknöpfen.

Emily würde sie ganz bestimmt nicht daran hindern.

Kapitel 22

Emily hatte nicht damit gerechnet, dass ihr letzter Morgen in Camp David damit beginnen würde, dass jemand gegen die Schlafzimmertür hämmerte. Wenigstens machte es sich bezahlt, dass sie jahrelange Erfahrung damit hatte, auf Notrufe zu reagieren und aufzuspringen, bevor sie überhaupt die Augen geöffnet hatte.

»Dr. Lawrence? Ich bin's, Jill. Sie haben eine Nachricht wegen eines Notfalls erhalten und jetzt rufen sie Sie an.«

Emily riss die Tür auf, nahm das Handy mit einem Nicken entgegen und blaffte: »Ja?«

Wie kleine Adrenalinpfeile schossen die Informationen über den Notfall auf sie ein. Während sie zuhörte, schnappte sie sich ihre Klamotten. Zum Glück hatten sie gestern schon gepackt, weil sie geplant hatten, morgens abzureisen. Doch als Emily auflegte, regte Connie sich immer noch nicht.

»Connie? Connie, ich muss ins Krankenhaus.«

»Darf ich?«, fragte Jill, als Connie nur unwillig brummte und den Kopf im Kissen vergrub. »Madam President! Die Kanadier sind einmarschiert!«

Abrupt setzte Connie sich auf. Die luxuriösen Laken bedeckten nur gerade so ihre Blöße.

Emily nahm auf ihre eigene Nacktheit keine Rücksicht, sondern rief sich das Gefühl, sich im Umkleideraum des Krankenhauses umzuziehen, ins Gedächtnis und tauschte ihr Seidennegligé gegen ein weißes T-Shirt, eine schwarze Jeans und eines von Connies Karohemden, das sie ihr bestimmt nicht zurückgeben würde.

»Moment«, sagte Connie, deren Hirn sich anscheinend gerade hochfuhr. »Was haben wir den Kanadiern verdammt noch mal getan?«

»Nichts, Madam President. Aber Dr. Lawrence muss los und da wir ohnehin abmarschbereit sind, ist es das Beste, wenn wir die Abreise vorziehen. Benötigen Sie noch etwas?«

»Kaffee!« Connie krabbelte zu ihren Klamotten, die sie ordentlich auf einem Sessel neben dem Bett gestapelt hatte. »Gott, mein Herz rast!«

Emily setzte sich aufs Bett und schlüpfte in ihre schwarzen Lederstiefel. Sie waren bequem und gut eingelaufen, aber jemand aus dem Personal hatte sie geputzt, bis sie funkelten wie neu.

»Es tut mir leid«, sagte sie. »Ich kann auch allein fahren. Ich weiß ja, dass deine Reisearrangements nicht gerade flexibel sind.«

Jill hatte sich in den Flur zurückgezogen, um ihnen etwas Privatsphäre zu geben, doch sie konnte sie eindeutig noch hören. »Dr. Lawrence«, sagte sie nämlich. »Wir haben stets Alternativpläne vorbereitet. Außerdem haben wir uns mit dem Sicherheitsdienst des Krankenhauses über ein dauerhaftes Arrangement unterhalten. Wie Sie wissen, wird Zach dort behandelt, außerdem ist es eines unserer Notfallzentren, sollte der Präsidentin etwas zustoßen. Angesichts Ihrer Beziehung haben wir uns entschlossen, das Krankenhaus dauerhaft zu sichern.«

»Wird das Auswirkungen auf den Krankenhausbetrieb haben? Wenn ich dort ankomme und einfach aus *Marine One* springe, oder so?«

»Nicht wirklich, Ma'am. Wenn nötig, können wir sehr schnell und diskret sein. Und auf diese Weise werden Sie schneller sein, als Sie es mit einem Fahrzeug je könnten. Schnelle Aufbrüche sind schließlich unsere Spezialität.«

Connie hatte sich in Rekordzeit angezogen. Ihr blondes Haar stand ihr etwas wirr vom Kopf ab und sie setzte sich eine Baseballkappe auf. »Weil ich erst im Weißen Haus dazu kommen werde, mich zu schminken und meine Haare zu machen«, erklärte sie und presste einen schnellen Kuss auf Emilys Lippen.

»Das versteh ich schon«, erwiderte Emily. »Aber eine Yankees-Kappe? Im Ernst?«

»Die sind nun mal beliebt. Ich könnte auch eine von den Dodgers verlangen, aber so lange willst du bestimmt nicht warten, oder?« Ihr Lächeln war ansteckend und zum ersten Mal, seit sie aufgewacht war, breitete sich Emilys übliche Gelassenheit in ihr aus.

Dafür war sie nun mal geboren.

Sie stiegen in die Golfcarts, während das Personal noch das Gepäck verstaute. Statt des großen grünen Helikopters, mit dem sie angekommen waren, wartete ein wesentlich unauffälligeres schwarzes Exemplar mit dröhnenden Rotoren auf sie. Das Personal, das ausschwärmte und ihr Gepäck zum Helikopter brachte, bot einen ganz schön beeindruckenden Anblick. Bevor sie noch recht wusste, wie ihr geschah, saß Emily schon auf einem durchgesessenen Ledersitz und schnallte sich an. Die massiven Kopfhörer waren zwar unangenehm, aber nur dank ihnen konnten sie sich trotz des Rotorenlärms unterhalten.

»Ich muss mein Team anrufen«, sagte Emily. »Damit sie die OP schon vorbereiten, während ich unterwegs bin.«

Connie deutete nach vorne auf Jill, die neben dem Piloten saß. Gleich darauf baute sich in Emilys Kopfhörern ein Anruf auf.

»Em?«

»Dima? Gut. Okay. Ich bin so weit informiert und ich sollte noch vor dem Transplantationsteam ankommen. Kannst du alles vorbereiten? Ich schulde dir was.«

»Na klar, Boss Lady.« Dimas Stimme klang etwas verzerrt. »Wir hätten die OP auch ohne dich durchführen können, aber die Patientin soll ja speziell von dir behandelt werden.«

»Wir warten schon fast zwei Jahre auf ein neues Herz. Die Zeit drängt, sie hat nicht mehr viel länger.« Emily schluckte schwer. Sie konnte sich jetzt keine Gefühlsausbrüche erlauben. Sie musste einen kühlen Kopf bewahren. Das Leben eines dreizehnjährigen Mädchens hing allein von ihr ab.

»Dann bis gleich.« Dima beendete den Anruf.

Emily sackte in ihrem Sitz zurück. Immerhin konnte sie sich ein wenig entspannen, weil sie sicher sein konnte, dass die Vorbereitungen so perfekt ablaufen würden, als hätte sie sie selbst durchgeführt. Jedes einzelne Skalpell würde glänzen und auf dem richtigen Platz liegen, genauso wie jedes einzelne OP-Tuch.

»Alles klar?« Selbst durch die Kopfhörer klang Connies Stimme warm.

Emily griff nach ihrer Hand und drückte sie. »Ja. Jetzt müssen wir nur noch hin.«

»*Marine One* ist der schnellste Weg, keine Sorge. Dauert nicht mehr lang.«

»Ich dachte, *Marine One* ist der Grüne?«

»*Marine One* ist der Helikopter, in dem ich mich gerade befinde. Egal, welcher das ist. Es gibt auch mehr als einen von jeder Sorte. Ist vielleicht ein bisschen bescheuert, aber so ist es nun mal.«

»Faszinierend. Du, stört es dich, wenn ich mir einen Moment nehme, um –«

»Was auch immer du brauchst.« Connie lehnte sich vor und küsste Emily auf die Wange. »Ehrlich, es ist großartig, dich im Herzchirurginnen-Superheldinnen-Modus zu sehen. Ich habe einen ziemlichen Kompetenz-Kink, weißt du?«

Emily grinste und griff nach ihrem Handy. Sie hatte ihre Notizen über die Patientin darauf gespeichert und rief sie auf, um sich auf die Transplantation vorzubereiten.

Zeit, das zu tun, was sie am besten konnte.

Einer der neueren Agenten – zumindest kannte Emily seinen Namen noch nicht – zog Emily schließlich aus dem Helikopter, bevor er noch richtig auf dem Dach des Krankenhauses aufgesetzt hatte. Sie bemerkte nur halb, dass Connie ihr nachwinkte. Gedanklich war sie bereits im OP-Saal.

─────✦─────

»Jill?« Der Rotor war immer noch an, schließlich sah der Plan es vor, dass sie sofort wieder abhoben und zum Weißen Haus flogen.

»Ma'am?«

»Kann ich Sie um einen Gefallen bitten? Sie meinten doch vorhin, das Krankenhaus wäre gesichert. Wie stehen denn meine Chancen, dass ich unbemerkt hineinschlüpfen kann?«

»Wollen Sie Patienten besuchen? Ma'am, vor jedem *Meet and Greet* müssen wir erst einen Hintergrundcheck der anwesenden Personen durchführen.« Jills linke Hand zuckte zu dem Knopf in ihrem Ohr. Wenn sie konnte, würde sie das Unmögliche möglich machen. Das war einer der Gründe, warum Connie sich bei ihr so sicher fühlte.

»Nein, nein, das wäre nur für mich. Falls das Krankenhaus es überhaupt erlaubt. Meinen Sie, ich könnte Emily kurz beim Operieren zusehen? Nur fünf Minuten. Nur um zu sehen, wie es wirklich in einem OP zugeht.«

»Schauen wir mal, was sich machen lässt, Ma'am.« Jill deutete auf die Tür und einer der Agenten, die draußen standen, öffnete sie erneut.

Connie entfernte ihre Kopfhörer und zog sich die Kappe tiefer ins Gesicht, um zu verbergen, dass sie ungeschminkt war. Jill nickte als Antwort auf etwas, das Conny nicht hören konnte. Die allmählich langsamer werdenden Rotorblätter übertönten immer noch das Gemurmel um sie herum.

»Der OP hat eine Galerie«, sagte Jill schließlich. »Normalerweise steht die nur Studierenden offen, aber Sie können hingehen, solange Sie das Licht nicht einschalten und nicht auf sich aufmerksam machen. Ist das in Ordnung? Sie können zehn Minuten dort drinnen haben. Weniger, falls Sie bemerkt werden.«

»Das reicht. Informiert man Sie, sobald Emily mit der OP beginnt? Dann können wir uns die ersten paar Minuten anschauen.«

»Genau darauf warten wir gerade, Ma'am. Der Heli muss wieder abheben, also werden wir uns hier in einen sicheren Raum begeben und Sie dann zum Weißen Haus fahren. *Cadillac One* ist bereits unterwegs.«

Begeistert sprang Connie aus dem Helikopter. Nachdem sie Emily so viel von ihrem Leben gezeigt hatte, würde sie endlich etwas aus deren Leben zu sehen bekommen. Das beflügelte sie mehr als gedacht, zumal Connie manchmal gewisse Schwierigkeiten mit dem Anblick von Blut hatte.

Bald hatte Jill zwei weitere Agenten hervorgezaubert – woher auch immer – und gemeinsam gingen sie durch die Tür und betraten das Krankenhaus. Beschwingt marschierte Connie durch diverse anonyme Korridore. Ihr Nacken prickelte aufgeregt bei der Vorstellung, Emily gleich in Aktion zu sehen.

Unauffällig wurde ihnen der Weg zur Galerie gezeigt, die zum OP-Saal hin komplett verglast war. Connie reckte den Kopf. Da! Ohne sie zu bemerken, betrat Emily den OP-Saal. Die Arme hatte sie von sich gestreckt, damit zwei Krankenschwestern ihr einen Kittel und elfenbeinfarbene Latex-Handschuhe anziehen konnten.

Andere hätten Emily unter den anonymen OP-Klamotten wahrscheinlich nicht erkannt, doch Connie war inzwischen jede Kurve ihres Körpers vertraut, genauso wie das Funkeln ihrer Augen, das sie selbst von hier oben sehen konnte. »Jill, wenn Sie mir so lange geben, wie der Secret Service es verantworten kann –«

»Selbstverständlich, Ma'am.« Jill postierte sich an der Tür, durch die sie gekommen waren. Ein weiterer Agent übernahm den zweiten Ausgang.

Das waren genug Sicherheitsmaßnahmen, dass Connie sich ganz auf den Anblick konzentrieren konnte, der sich ihr hier bot. Überraschend viele Menschen standen um die Patientin herum, die zwar bedeckt war, aber doch so verletzlich schien. Connie konnte nicht hören, was sie besprachen, doch der Körpersprache nach zu schließen, war das Team gut aufeinander eingespielt.

Erinnerungen an Zachs frühe OPs wollten sich in ihr hochdrängen und unweigerlich kaute Connie am Nagel ihres rechten Daumens. Das hatte sie seit seinem zweiten Geburtstag nicht mehr getan. Es war eines der unendlich vielen kleinen Abkommen gewesen, die sie mit dem Universum abgeschlossen hatte. Wie aufzuhören zu rauchen und selbst zu kandidieren, statt nur über die zu schimpfen, die es taten.

Connie wusste nicht, was Emily als Nächstes tun würde. Wie es aussah, übernahmen die anderen Ärzte zusammen mit den Schwestern die Vorbereitung. Sobald der Brustkorb der Patientin geöffnet war – und oh, was für eine kleine, zerbrechliche Person sie war –, schien sich etwas an Emilys Ausstrahlung zu ändern. Ihre Handgriffe waren vorsichtig und gewandt.

Connie hatte schon am eigenen Leib eine Ahnung davon bekommen, wozu diese Hände fähig waren. Doch Emily bei der Arbeit zu sehen, war noch etwas ganz anderes. Sie gab leise Befehle, bewegte sich so sicher. Die diversen Operationswerkzeuge fanden den Weg in ihre Hände wie in einem exakt choreografierten Ballett.

Und dann, als Connie sich gerade an das gewöhnt hatte, was da vor sich ging, kam alles plötzlich zu einem Halt. Maschinen wurden gecheckt und noch einmal gecheckt. Emily unterhielt sich mit einem der anderen Ärzte, ihre Masken bewegten sich kaum über ihren verdeckten Mündern.

Natürlich.

Eine Transplantation.

Das Team hatte alles getan, was es konnte. Jetzt ging es ausschließlich darum, auf das Herz zu warten. Connie kniff die Augen zusammen. Was war wohl geschehen, dass plötzlich ein Herz – so ein kleines, junges Herz – zur Verfügung stand? Als Zach noch klein gewesen war, hatte auch eine Transplantation im Raum gestanden, aber sie hatten Glück gehabt – und großartige medizinische Versorgung – und es war nicht dazu gekommen.

»Ma'am, wir sollten aufbrechen. Der Wagen steht im abgesperrten Bereich der Garage bereit, aber über kurz oder lang wird er trotzdem auffallen.« Jill sprach leise, um bloß nicht zu sehr zu stören, und bewegte sich nicht von der Tür weg.

»Gleich. Ich will nur noch sehen, wie das neue Herz ...«

Als hätten ihre Worte es herbeigerufen, betrat eine Krankenschwester mit einer sterilen Kühlbox den OP. Connie hielt den Atem an, als die Box postiert wurde und allmählich wieder Bewegung in den erstarrten OP kam.

Jill stellte sich hinter Connie und schweigend beobachteten sie, was geschah. Emily griff in die silberne Schüssel, die man vorbereitet hatte. Mit beiden Händen hob sie das rote, scheußlich-schöne Organ heraus.

»Danke.« Erst im letztmöglichen Moment riss Connie den Blick vom OP-Tisch los. »Wir können gehen.«

Kaum trat Emily aus der Dusche, da klingelte auch schon ihr Handy. Wäre es ihr normales Telefon gewesen, hätte sie es ignoriert. So jedoch wickelte sie sich in eines der flauschigen Badetücher mit ihrem Monogramm ein, die Sutton ihr zum Umzug geschenkt hatte, und setzte sich auf die Bank im Umkleideraum. »Vermisst du mich schon?«

Connie lachte, frei und offen. Sie hatte ein großartiges, aufrichtiges Lachen, das absolut untypisch für eine Politikerin war. Je öfter sie es hörte, desto mehr mochte Emily es.

»Ich wollte nur nachfragen, wie die OP gelaufen ist.«

»Gut. Es gab ein, zwei brenzlige Momente, aber so wie es aktuell aussieht, war die OP ein Erfolg. Jetzt heißt es warten. Morgen nach der Visite weiß ich mehr.«

»Also bist du schon wieder voll zurück im Arbeitsmodus, hm?« Connie klang nicht genervt, wie Brooke und ihre anderen Partnerinnen es immer getan hatten. »Nicht, dass ich groß reden kann. Ich warte gerade, dass Zach ankommt, aber ich stehe schon wieder knietief in irgendwelchen Memos.«

»Die Schattenseiten des Jobs, was?« Emily musste ihrem Hirn die Worte regelrecht abringen. Normalerweise verbrachte sie nach einer solch langen OP einige Zeit allein und sprach mit niemandem. Nachdem sie sich stundenlang konzentriert hatte, musste sie dringend herunterfahren. Sie war schon immer so gewesen. Auch nach einem Kino- oder Theaterbesuch schwieg sie für einige Zeit. Erst wenn sie im Auto saß und auf dem Heimweg war, konnte sie darüber reden. »Tut mir leid, dass unser Abschied heute früh so hektisch lief. Habe ich mich überhaupt richtig verabschiedet?«

»Es wird immer so sein, oder?«, antwortete Connie mit einer Gegenfrage. Sie platzte sie regelrecht heraus, als hätte sie sie eigentlich gar nicht aussprechen wollen.

Emilys Brust zog sich zusammen. »Nun, ich ... Ja. So sind unsere Jobs nun mal. Stressig und fordernd. Stressiger als die meisten anderen, schätzte ich. Und die Anforderungen an uns sind enorm, immer.«

»Ich hab dir ein bisschen zugeschaut, als du angefangen hast zu operieren.«

Emily kniff sich in die Nasenwurzel. »Dachte ich mir doch, dass sich in der Galerie was bewegt hat. Dima schuldet mir zwanzig Dollar. Sie meinte, es würde da spuken.«

»Es war ...« Connie rang merklich um Worte. Was ganz schön untypisch war für sie. »Ich habe schon so, so oft gesehen, wie beeindruckende Menschen großartige Sachen machen. Aber das war noch einmal etwa ganz, ganz anderes. Du hattest absolut alles unter Kontrolle und alle haben sich an dir orientiert. Es sah so mühelos aus, obwohl es das natürlich nicht war. Ich hätte dir den ganzen Tag lang zuschauen können.«

»Glaub mir, das wäre dir schnell langweilig geworden.« Emily stand auf. Sie musste sich dringend bewegen, doch gleichzeitig schmerzten ihre Beine auch. »Aber ich verstehe, was du meinst. Wenn du einen Raum betrittst und die allgemeine Aufmerksamkeit sich auf dich richtet, ist das auch ein ganz schön beeindruckender Anblick.«

Connie sog hörbar den Atem ein. »Bin ich selbstsüchtig? Weil ich mit dir zusammen sein will, obwohl ich dein Leben dadurch nur komplizierter mache? Dabei ist es ohnehin schon kompliziert genug und was du tust, ist so wichtig. Ich bin zumindest noch bis zur Wahl nächstes Jahr im Amt. Der Stress lässt also nicht nach. Und wenn ich eine zweite Amtszeit bekomme –?«

»Warum solltest du nicht? Du bist eine großartige Präsidentin.« Emily lehnte sich gegen den Spind. Das Metall war angenehm kühl an ihren bloßen Schulterblättern. »Du, hör mal, ich bin echt müde. Ich verstehe, warum du dir Sorgen machst, und wir können darüber reden. Dass ich es so eilig hatte, heißt aber nicht, dass ich plötzlich kein Interesse mehr an dir hätte.«

»Natürlich nicht.« Connies Stimme verlor den schweren Unterton. »Wahrscheinlich habe ich diese Zweifel auch nur, weil ich gerade in meinen Kalender geschaut habe und feststellen musste, wie voll der schon wieder ist. Deiner sieht wahrscheinlich ähnlich aus, da schien es mir irgendwie furchtbar naiv, so etwas wie eine richtige Beziehung auch nur vorzuschlagen.«

»Lass uns einen Schritt nach dem anderen machen, okay? Connie, ich muss los. Ich muss mich noch anziehen und dann heimfahren.«

»Glaubst du wirklich, dass ich schneller auflege, wenn du zugibst, dass du nackt bist?« Emily konnte Connies Grinsen förmlich hören. »Aber okay. Bis bald, Emily.«

»Bis bald«, erwiderte sie. Sobald die Verbindung unterbrochen war, schaltete sie das Handy aus und gleich danach auch das normale. Heute Abend würde sie nichts tun, außer sich auszuruhen, zu entspannen und in den Untiefen ihres Kleiderschranks nach einem Kleid zu suchen, das sie zu einer Feier bei den Randolphs anziehen konnte.

Über die Party selbst konnte sie sich auch morgen noch den Kopf zerbrechen.

Eilig schlüpfte Emily in ihre Klamotten. Das Hemd, das sie Connie heute früh geklaut hatte, roch noch nach ihrem Parfüm. Der intensive florale Duft war ein Kontrast zu dem üblichen Geruch von Desinfektionsmittel und Krankenhausduschgel und zauberte Emily ein Lächeln auf die Lippen.

Sie hatte heute das Leben eines Mädchens gerettet und gleichzeitig ihre neue Freundin beeindruckt. Die zufällig auch noch die mächtigste Frau des Landes war. Das sollte ihr erst mal jemand nachmachen.

Kapitel 23

Die Villa der Randolphs stand auf einem riesigen Grundstück in der Embassy Row. Von innen sah das Gebäude dementsprechend aus. Emily huschte einen holzvertäfelten Flur entlang. Das satte Walnussholz hatte bestimmt schon vor zweihundert Jahren, als es eingebaut worden war, ein Vermögen gekostet. Trotz der hohen Decken und der großen Fliesen auf dem Boden sorgte die dunkle Holzvertäfelung dafür, dass sich der Flur unangenehm eng anfühlte. Die Wände schienen immer näher zu kommen. Hoffentlich war ihr altes Versteck immer noch ...

Ha! Hatte sie sich doch richtig erinnert. Emily warf einen Blick über ihre Schulter, um sicherzugehen, dass niemand sie bemerkt hatte. Dann schlüpfte sie in die Besenkammer, deren Tür nahezu nahtlos mit der Holzvertäfelung verschmolz und darum kaum zu bemerken war. Der winzige Knauf war der einzige Hinweis und sehr leicht zu übersehen. Im fluoreszierenden Licht, zwischen den Regalen voller Reinigungsmittel und veralteten Deko-Artikeln konnte Emily zum ersten Mal wieder durchatmen.

Hier konnte Emily sich vorstellen, dass sie ganz woanders war. Diese Besenkammer könnte schließlich überall sein. In so vielen Gebäuden gab es nichtssagende Räume wie diesen, mit unverputzten Wänden und funzeligen Lampen, die die bedeutenden Bewohner nahezu vergessen hatten.

Seit dem Tod ihrer Eltern suchte Emily ständig nach Orten, an denen niemand nach ihr suchen würde. Damals hatte sie keinen Schutz, keinen sicheren Ort finden können, und dieses furchtbare Gefühl hing ihr trotz aller Therapie immer noch nach. Manchmal wollte sie einfach nur irgendwohin verschwinden, wo niemand sie stören konnte.

Lange war ihr jedoch keine Ruhe vergönnt. Jemand klopfte leise an die verborgene Tür. Nur ein Mensch wusste, wo er nach ihr suchen musste. Seufzend akzeptierte Emily ihr Schicksal. Sie hatte sich immerhin halbwegs davon erholt, dass sie eine Stunde lang mit den konservativsten Republikanern aller Zeiten hatte plaudern müssen, ohne dabei einen Streit vom Zaun zu brechen.

»Komm rein, Brooke«, sagte sie, und die tat genau das und huschte schnell durch die Tür.

In ihren eleganten schwarzen Abendkleidern wirkten sie beide völlig deplatziert in der Besenkammer. Das Oberteil von Emilys Kleid war mit goldener Spitze bestickt, also sahen sie wenigstens nicht aus, als hätten sie sich einer Sekte angeschlossen.

»Hey, ich habe gesehen, dass du hierher verschwunden bist, und da dachte ich mir, ich schaue besser mal nach dir.«

»Es geht mir gut.«

»Natürlich tut es das. Tut es immer. Aber meine Mutter hat gleich kurz Zeit für dich und ich wollte nicht, dass du das verpasst. Ich bringe dich rauf in ihren Salon, wenn du willst. Sie empfängt wie immer Leute wie Don Corleone.«

»Danke.« Emily wollte ihr temporäres Asyl absolut nicht verlassen, aber sie musste die Gelegenheit ergreifen, wenn sie sich ihr schon bot. Sie hatte sich fest vorgenommen, mit der Senatorin über ihre Gesundheit zu reden. Also folgte Emily Brooke über weitere luxuriös ausgestattete Flure und Treppen in die obere Etage der Villa.

»Wir warten besser hier«, sagte Brooke und setzte sich auf eine Bank gegenüber der geschlossenen Tür des Salons. Dunkle Ölschinken, auf denen Jagden und Schlachten dargestellt wurden, hingen an den Wänden. Nicht gerade einladend – aber das war ja auch der Sinn des Ganzen. Senatorin Randolph wollte ihre Besucher auf den Zehenspitzen halten.

»Danke, dass du das machst«, fügte Brooke hinzu. »Ihr seid natürlich ganz gegensätzlicher Meinung, aber sie respektiert deine medizinische Expertise.«

Emily nickte. Verglichen mit einem Galadinner an der Seite der Präsidentin war das doch ein Klacks. Außerdem war es schneller vorbei.

»Wo warst du denn auf Urlaub?«, fragte Brooke. »Normalerweise fliegst du ja nicht weg, wenn es sich vermeiden lässt.«

»Ich, äh, war auch nicht weit weg. Nur ein bisschen Landluft schnappen.«

»Hm ... Bist du etwa doch mit jemandem zusammen? Glaubst du, du musst das vor mir geheim halten?« Brooke strich sich über den Kopf, obwohl keine einzige Strähne ihres rabenschwarzen Haars sich selbstständig gemacht hatte. »Ist sie Geheimagentin oder so? Du weißt doch, was man über Beziehungen mit CIA-Agenten sagt.«

»Äh, nein? Weiß ich nicht. Und ich bin nicht ... mit einer Geheimagentin zusammen.« Emily versuchte, mit ihren Blicken die Tür dazu zu bringen, sich zu öffnen. Eine weitere Diskussion mit Miriam Randolph war eindeutig besser als ... das.

»Aber du bist mit jemandem zusammen. Und es ist geheim. Du würdest dich nie mit einer verheirateten Frau einlassen, warum machst du dann also einen auf *Dame, König, Ass, Lesbe*? Außer ... Nein. Du hast gesagt, das war ein Missverständnis!« Ihre Augen weiteten sich.

»War es auch, zu dem Zeitpunkt.« Emily seufzte. Aber irgendwie war es auch erleichternd, das auszusprechen. Sie hatte noch nicht mit Sutton reden können und die letzten Tage hatten alles verändert und Emilys Welt völlig auf den Kopf gestellt. »Aber es gab seither gewisse Veränderungen. Über die ich nicht reden kann. Bitte, Brooke, wenn ich dir je wichtig war, schweigst du darüber.«

Die Tür öffnete sich und der Butler der Randolphs, ein älterer Herr, steckte den Kopf lang genug heraus, um Brooke zuzunicken.

Sobald er sich zurückzog, wandte Brooke sich wieder Emily zu. »Natürlich werde ich das. Du kannst mir vertrauen. Aber sobald du darüber reden kannst, will ich Details. Und jetzt geh zu deiner Audienz bei Queen Miriam. Bevor sie ihre Meinung ändert.«

»Wünsch mir Glück.« Emily straffte die Schultern und machte sich bereit, sich ins Gefecht zu werfen. »Nachher reden wir in Ruhe.«

Brooke nickte nur und öffnete Emily die Tür. »Viel Glück.«

———

Der Anblick, der sich ihr bot, entsprach vielleicht nicht unbedingt einer Szene aus dem Paten. Trotzdem beschlich Emily das seltene Gefühl, nicht alles im Griff zu haben.

»Senatorin Randolph, vielen Dank für die Einladung.«

In einer huldvollen Geste, mit einer mit blitzenden Ringen geschmückten Hand, bedeutete die Senatorin Emily, Platz zu nehmen. Sie trug ein theatralisches violettes Abendkleid, das eher zu den Oscars gepasst hätte als zu einer normalen Party. Obwohl sie in der anderen Hand einen Drink hielt, wirkte sie so aufmerksam wie stets.

Sobald Emily sich gesetzt hatte, sprach die Senatorin weiter. »Brooke hat mich darum gebeten, dass ich mich mit Ihnen treffe. Sie sind doch nicht etwa als Botschafterin von Connie Calvin hier, oder?«

Emily schüttelte den Kopf und ließ ihre Tasche von der Schulter gleiten. »Sie wissen doch, dass ich mich nicht aktiv in die Politik einmische, Senatorin. Wie ich hörte, haben Sie gewisse Beschwerden und weigern sich, mit Ihrem Arzt darüber zu sprechen. Darf ich?«

»Ist das ein Stethoskop? So etwas bringen Sie auf eine Party mit?«

»Ich bin nicht wirklich zum Feiern hier. Warum möchten Sie nicht untersucht werden? Wir haben uns doch oft genug über Ihr Herz unterhalten, als ich noch mit Brooke zusammen war. Sie wissen, wie riskant es ist, darauf zu hoffen, dass die Symptome einfach wieder vergehen.«

»Meine Liebe, ich bin durchaus dazu in der Lage, mir medizinische Hilfe zu suchen, sollte ich sie benötigen. Bis dato bin ich stets zu Ihrem Vorgänger gegangen. Ich bin lediglich noch nicht dazu gekommen, ihn zu ersetzen.«

Wider Erwarten klang Senatorin Randolph nicht spöttisch und lachte auch nicht. Kurz war Emily sogar überzeugt, dass sie lächelte. Dann beugte sie sich vor und musterte Emily gründlicher. »Aber nur zu, wenn es denn sein muss. Wenigstens ist mein Kleid etwas tiefer ausgeschnitten, Sie sollten also ungehinderten Zugang haben.«

»Sehr schön.« Rasch stand Emily auf. Der Adrenalinkick des schnellen Siegs brodelte durch ihre Venen. »Sie wissen ja, wie es geht. Bitte seien Sie kurz ganz still, während ich Sie abhöre.«

Wie immer, wenn sie den Klängen des Herzens eines anderen Menschen lauschte, blendete Emily alles andere um sich herum aus. »Nun, Sie sind etwas älter als meine üblichen Patienten«, sagte sie schließlich. »Aber Ihr Herzschlag weist eindeutig Unregelmäßigkeiten auf. Sind Ihre Medikamente richtig eingestellt?«

»Das nehme ich doch an. Meine Sekretärin kümmert sich darum. Wenn ich morgens aufstehe, schlucke ich brav die Tabletten, die auf meinem Nachttischchen liegen. Immer schon.« Miriams Tonfall war nicht mehr so spielerisch wie eben, nun, da sie ein weiteres Herzproblem eingestanden hatte. »Wo wir gerade vom Aufwachen reden: Wie ich höre, waren Sie verreist, Emily. War es schön? Wo waren Sie denn?«

»Och, nicht der Rede wert.«

»Genauso wie mein Gesundheitszustand – der selbstverständlich hervorragend ist – nicht erwähnenswert ist, sollten Sie mit Ihrer mutmaßlichen Gastgeberin sprechen.« Wie um das zu unterstreichen, nahm Miriam einen großen Schluck von ihrem Scotch. Sie wusste ganz bestimmt, dass sie den ärztlichen Rat bekommen würde, auf Alkohol und rotes Fleisch zu verzichten, bis ihr Zustand wieder stabiler war.

»Sie wissen hoffentlich, dass ich nie gegen meine Schweigepflicht verstoßen würde.«

»Wie schön, dass es gesetzlich geregelt ist, dass Gesundheitsdaten geschützt werden müssen.«

»Nein, wie schön, dass ich Prinzipien habe. Ich würde niemals Informationen über jemandes Gesundheitszustand weitergeben. Auch nicht an jemanden, der mir nahesteht.«

Miriam Randolph zog eine Augenbraue hoch. »Sind Sie aber ehrenwert. Sie sollten jedoch nicht vergessen, dass Geheimnisse die Währung dieser Stadt sind. Vielleicht finden Sie sich mal in einer Position wieder, in der Sie etwas gegen jemanden in der Hand haben müssen.«

»Ich bin Ärztin und das hier ist nicht der Kalte Krieg, Senatorin.«

Das brachte ihr nun doch ein Lachen ein. »Schön gesagt. Man könnte fast meinen, dass Sie schon einiges von der Präsidentin gelernt haben. Aber keine Sorge, von mir erfährt niemand etwas. Genauso wenig wie irgendjemand von meinem Gesundheitszustand erfahren wird, wenn ich in ein paar Wochen verkünde, dass ich für das Präsidentenamt kandidiere. Also, Doc, wie lautet die Diagnose? Sorgen Sie dafür, dass meine Tochter endlich Ruhe gibt.«

»Sie brauchen ein EKG und ein Brust-Röntgen. Mir gefällt nicht, wie ausgeprägt Ihr Herzgeräusch inzwischen ist. Und warten Sie nicht erst bis zum Frühling. Am besten, Sie lassen Ihre Sekretärin gleich im neuen Jahr einen Termin vereinbaren.«

Miriam erhob sich und deutete auf die Tür. »Apropos: Ich sollte mich noch vor Mitternacht meinen weiteren Gästen zeigen. Bleiben Sie noch für die Feier?«

»Ein wenig«, erwiderte Emily, obwohl sie bereits das dringende Bedürfnis hatte, sich ein Taxi zu ordern und von hier zu verschwinden. Dass sie Brooke half, fühlte sich allmählich an, als würde sie Connie betrügen. Aber warum? Weil Miriam auch kandidieren würde? Aber damit rechneten die Demokraten doch gewiss schon, oder? Wie dem auch sei, für heute hatte Emily genug von der Politik. »Ich wünsche Ihnen einen guten Rutsch.«

»Ihnen auch, Dr. Lawrence. Ihnen auch.«

Connie tigerte in dem fremden Büro auf und ab. Abwesend musterte sie die ledernen Buchrücken in den Regalen. Manche kannte sie noch aus ihrer Zeit als Staatsanwältin, andere gehörten zu neueren Ausgaben, die sie sich nie hatte besorgen müssen. Ramira stand am Fenster und beobachtete den Abendverkehr, der langsam über die Straßen von Washington kroch, eine Abfolge von zwei Farben – rot und weiß.

»Mussten wir das ausgerechnet hier machen?«, fragte Connie bestimmt zum dritten Mal.

»Das ist nun mal der einzige Ort, an den wir gehen können, ohne dass du das Weiße Haus offiziell verlässt«, antwortete Ramira, während sie auf ihrem Handy herumtippte. »Das solltest du dir vielleicht besser einprägen, falls du ernstlich öffentlich machen willst, dass du mit jemandem eine Beziehung führst.«

»Nicht mit irgendjemandem. Mit Emily.«

»Genau. Ich meine ja nur, der Notfalltunnel ist durchaus praktisch.«

»Außer jemand von den Mitarbeitern hier findet heraus, wer da nach den Bürozeiten herumlungert, und beschließt, das weiterzutratschen. Ich weiß natürlich, dass das Finanzministerium sicher ist; muss es auch sein, schließlich stellen sie meine Secret-Service-Agenten bereit. Aber trotzdem habe ich das ungute Gefühl, dass ich mein gesamtes Vertrauen auf eine Karte setze.«

Ramira warf ihr einen skeptischen Blick zu, wahrscheinlich, weil ihre Metapher so wenig überzeugend war.

»Dieses Meeting muss geheim bleiben und die Senatorin hat freundlicherweise zugestimmt, ohne allzu viele Fragen zu stellen. Und das auch noch am ersten Januar. In vielen Angelegenheiten sind die Republikaner unsere Feinde, das stimmt schon, aber wenn wir das Schusswaffengesetz in seiner aktuellen Form durchbringen und damit die Straßen ein Stückchen sicherer machen wollen, dann ist das vielleicht unsere letzte Chance.«

Das bekam Connie nun schon seit vor den Feiertagen zu hören. Da hatten Asha und Darius berichtet, dass die Unterstützung für das Gesetz zunehmend sank. Connie hatte darauf vertraut, dass Ramira die perfekte Lösung finden würde, darum hatte sie sich keine allzu großen Sorgen gemacht, bis sie aus Camp David zurückgekommen war. Dann aber hatte eine Videokonferenz mit ihrem Stab bestätigt, dass es nur eine Möglichkeit gab, genug Stimmen in der Abstimmung zu bekommen: indem sie einige bestimmte Senatoren, die sonst immer im Sinne der Republikaner stimmten, davon überzeugten, dafürzustimmen. Diese Senatoren waren weder wirklich konservativ noch sonderlich liberal. Dafür stimmten sie beinahe immer so, wie eine ganz gewisse andere Senatorin es ihnen riet. Senatorin Miriam Randolph.

Wenn man vom Teufel sprach: Die Tür ging auf und Jill und Joseph geleiteten sie herein.

»Senatorin, vielen Dank, dass Sie gekommen sind.« Ramira zog einen Stuhl heran, sodass sie sich in einen Kreis setzen konnten. »Wir sind Ihnen sehr dankbar dafür, dass Sie sich die Zeit dafür genommen haben.«

»Sie sind um diese Zeit bestimmt sehr beschäftigt«, sagte Connie. »War Ihre Party ein Erfolg? Wie ich höre, ist sie ein absoluter Fixpunkt im Kalender des Kapitols.«

»Oh, ich hätte Sie natürlich eingeladen.« Miriam zog sich ihre ledernen Handschuhe aus und stopfte sie in die Taschen ihres Mantels mit Pelzbesatz. Sie trug ein elegantes Kostüm und eine Perlenkette. Ihre Hände waren perfekt manikürt und an beinahe jedem Finger trug sie einen Diamantring. Wenn man sie so sah, hätte man sie auch für eine alternde *Real Housewife* halten können. Doch tatsächlich war sie eine der drei mächtigsten Frauen des Landes, und sie war gekommen, um zu verhandeln.

Sie drapierte den Mantel über die Rückenlehne ihres Stuhls, ehe sie sich setzte. »Aber ich vermute, Sie kommen gar nicht dazu, an derartigen Veranstaltungen teilzunehmen.«

Connie setzte sich ebenfalls. Eigentlich war ihr Etikette nicht sonderlich wichtig, aber es missfiel ihr, dass Miriam sich gesetzt hatte, ohne darauf zu warten, dass Connie es zuerst tat. Täte das jemand anderes, in einer anderen Situation, wäre dieser Mangel an Ehrerbietung vielleicht erfrischend. Doch bei Miriam war es ein reines Machtspielchen.

»Leider ist die Zeit der Feste auch schon fast wieder vorüber.« Connie unterdrückte den Gedanken an die intime Party, die sie morgen für Emily geplant hatte. Dann lenkte sie das Gespräch in die nötige Richtung. »Und wir müssen bald wieder an die Arbeit. Einige Gesetze müssen bewilligt werden. Das Weiße Haus ist so weit, das Gesetz über die Kontrolle von Schusswaffen in den Senat zu schicken.«

»Sie glauben doch nicht etwa, dass jemand, der den Zweiten Verfassungszusatz so sehr unterstützt wie ich – meine gesamte politische Laufbahn fußt darauf, meinen Sie nicht auch? –, Ihnen dabei helfen wird, das Recht der Amerikaner zu beschneiden, Waffen zu tragen. Bei allem gebührenden Respekt, Madam President, aber haben Sie den Verstand verloren?«

»Wir sind nicht hinter den Handfeuerwaffen her, Senatorin«, erwiderte Ramira ungerührt. »Wir wollen lediglich zurück zu der Politik des gesunden Menschenverstands, die wir bereits vor zwei Jahrzehnten hatten. Sollen die Farmer ihre Schrotflinten haben und alle anderen ihre Handfeuerwaffen, um sich selbst zu verteidigen. Den Kompromiss werden wir derzeit eingehen. Aber es ist ein Kompromiss, und wir wollen, dass halb automatische Schusswaffen endgültig verboten werden. Niemand, der sein Hab und Gut verteidigt, braucht dafür eine Waffe, die für Kriegsgebiete gebaut wurde.«

»Der Zweite Verfassungszusatz –«

»Was wollen Sie dafür, Miriam?« Connie hatte keinen Nerv für das übliche Imponiergehabe. »Wir wissen doch alle, dass es hier schon lange nicht mehr um so etwas wie *Prinzipien* geht. Das war spätestens zu dem Zeitpunkt vorbei, als Ihre Parteibasis sich dazu entschlossen hat, dass es ihnen egal ist, dass Kinder in ihren Schulen abgeschlachtet werden. Wie Sie wissen, ist dieses Gesetz entscheidend für meine Wiederwahl. Ich habe es meiner eigenen Parteibasis versprochen. Immer noch gibt es Hunderte Amokläufe jedes Jahr. Kein anderes westliches Land hat dieses Problem. Was ist nötig, damit Sie mich unterstützen?«

Miriam ließ sich Zeit. Sie starrte Connie an und tippte mit den Fingerspitzen gegeneinander, als dächte sie angestrengt nach. Dabei wusste sie garantiert schon, was sie erwidern würde. Eine leise Stimme in Connies Hinterkopf drängte sie dazu, sich nach vorne zu beugen und ihr auf die Finger zu schlagen, damit sie das theatralische Getue unterließ und endlich zur Sache kam. Zum Glück hatte diese Stimme keinen Einfluss auf Connies politische Entscheidungen.

»Ich sollte mich wahrscheinlich angegriffen fühlen«, sagte die Senatorin schließlich. »Dass Sie denken können, meine Absichten wären etwas anderes als redlich. Dass mich womöglich gar Geld und Machtgier antreiben und nicht etwa das Bedürfnis, etwas Positives in diesem Land zu bewegen.«

Ramira nickte und spielte damit ihre Rolle in dem Gespräch so effizient wie eh und je. »Wenn Sie dieses Gesetz diskret passieren lassen, ohne dass man – oder zumindest die allgemeine Öffentlichkeit – merkt, dass Sie etwas damit zu tun haben, können Sie sich außerdem darauf beziehen, wenn Sie Ihre Kandidatur bekannt geben. In ein paar Wochen muss es doch so weit sein, oder?«

»Ah, da täuschen Sie sich.« Miriams Grinsen war zu ehrlich, um falsch zu sein. »In seiner grenzenlosen Weisheit hat das *Republican National Committee* verkündet, dass Gabe Emerson unser Standartenträger wird. Ich werde mich ihren Wünschen nicht entgegensetzen.«

»Doch, natürlich werden Sie das«, entgegnete Ramira. »Wir wissen doch alle, dass Sie nur Zeit schinden.«

»Sie müssen Ramira verzeihen.« Connie spielte ihre Rolle, als hätte sie ein Drehbuch, an das sie sich hielt. »Sie sieht einen Mann wie ihn nicht als Bedrohung. Sie glaubt immer noch, dass es so etwas wie Moral gibt, aber wir wissen das besser, nicht wahr, Miriam? Letztes Mal wart ihr alle so stinksauer, dass ihr die arme Witwe nicht angreifen konntet. Dieses Mal zieht ihr die Samthandschuhe aus. Und wer wäre die bessere Gegenkandidatin als eine andere Frau?«

»Ich habe immer schon gesagt, dass Sie sich besser auf Realpolitik verstehen, als man Ihnen im Allgemeinen zutraut«, erwiderte Miriam. »Nun gut, Sie wollten meinen Preis wissen. Um auch nur zu erwägen, diesen Gesetzesentwurf durchzuwinken, brauche ich gewisse große Zugeständnisse vom Weißen Haus.«

»Nämlich?«, wollte Connie wissen.

»Ich weiß, dass der nächste Punkt auf Ihrer Liste das Gesundheitswesen ist. Das ist ein Problem für einige meiner größten Unterstützer. Wenn ich Ihnen mit den Schusswaffen helfen soll, will ich, dass Sie dieses Thema von Ihrer Agenda streichen.«

Eisklumpen bahnten sich einen Weg durch Connies Adern. Sie war bereit gewesen, jeden nur erdenklich möglichen politischen Kompromiss einzugehen, jedes einzelne ihrer Ego-Projekte zu opfern, wenn Miriam das verlangte. Doch sie hatte nicht damit gerechnet, dass diese ausgerechnet auf das eine Thema abzielte, das Emily am wichtigsten war. Das aufzugeben sie am allermeisten enttäuschen würde.

Morgen würde Connie sich mit dem Secret Service und ihrem PR-Team zusammensetzen, um eine konkrete Strategie zu entwickeln, wie Emily als ihre Partnerin eingeführt werden konnte. War etwa schon etwas davon an die Öffentlichkeit gedrungen? Connie musste all ihre Selbstbeherrschung aufbringen, um Ramira keinen fragenden Blick zuzuwerfen. Wenn es je den idealen Zeitpunkt für ein Pokerface gegeben hatte, dann jetzt.

»Ich habe während meines Wahlkampfs versprochen, mich des Gesundheitswesens anzunehmen. Im Kongress ist der Wille da, endlich etwas zu ändern. Ich kann dieses Projekt nicht einfach aufgeben.«

»Doch, das können Sie. Konzentrieren Sie sich stattdessen einfach auf die Umwelt oder ein anderes nobles Thema, ganz egal, welches. Aber ich muss sicherstellen, dass mich die Versicherungsunternehmen weiter unterstützen, darum ist das mein Preis. Außer, Sie machen das alles nur, um Ihre Freundin, die Ärztin, zu beeindrucken? Glauben Sie mir, auch sie will nicht, dass weniger Geld in die Medizin fließt. Das ist ihr nur noch nicht bewusst. Genau das habe ich ihr auch gesagt, als sie auf meiner Party war.«

»War sie das?« Connie hatte schon vermutet, dass Emilys zu dieser Feier eingeladen worden war, doch sie hatten nicht darüber gesprochen. »Wie schön, dass sie es auf die Gästeliste geschafft hat.«

»Aber zu schade, dass sie sich noch nicht an Ihrer Seite zeigen kann. Zumindest nicht, ohne im Zentrum einer kleinen militärischen Spezialoperation zu landen.«

Connie bedachte sie mit einem schmalen Lächeln. »Sie brauchen sich keine Sorgen um mein Liebesleben zu machen, Miriam. Ich werde über Ihren Vorschlag nachdenken, aber ich kann Ihnen nichts versprechen.«

»Dann kann ich es auch nicht. Sie verlangen viel von mir, wenn Sie erwarten, dass ich meine Leute dazu bringe, dafürzustimmen, dass gottesfürchtigen Amerikanern die Waffen weggenommen werden, obwohl ihnen doch die Verfassung das Recht garantiert, Waffen zu tragen. Da benötige ich schon eine konkrete Gegenleistung.«

Genau deswegen war Connie in Camp David auf Abstand zu Emily gegangen. Die ständige Feilscherei, bei der es darum ging, den einen Traum durch einen anderen zu ersetzen. Dabei wurde zwar ein Problem gelöst, doch das andere bestand weiterhin und kostete Menschenleben und brachte so viel Unheil. Das gehörte zum Alltag als Berufspolitikerin dazu, aber es hinterließ stets ein ungutes Gefühl. Emily hatte starke Prinzipien, sah die Welt aber auch in Schwarz-Weiß. Connie beneidete sie darum.

»Sie können sich die Wahlrede sparen, Miriam. Gibt es sonst nichts, das für Sie eine Überlegung wert wäre?

»Wenn Sie das Waffenverbot wollen, tasten Sie das Gesundheitssystem nicht an. Überhaupt nicht. Das sind meine Bedingungen.«

Ramira stand auf und streckte der Senatorin die Hand entgegen. »Danke, Senatorin Randolph. Mein Büro wird sich zeitnah bei Ihnen melden.«

Miriam erhob sich ebenfalls und schüttelte ihnen die Hände. »Immer wieder schön, mit Ihnen Geschäfte zu machen, meine Damen. Grämen Sie sich nicht wegen des Gesundheitswesens. Sollte es je in eine echte Krise schlittern, wird der Markt schon eine Lösung finden. Aber nächstes Mal treffen wir uns wieder in einem unserer Büros, in Ordnung? Ich mag es nicht, mich mitten in der Nacht im Dunkeln herumzudrücken wie eine Kriminelle.«

Connie lag schon eine Bemerkung über Watergate und die Republikaner auf der Zunge, doch sie schaffte es, sie sich zu verkneifen. »Gute Nacht, Senatorin. Dank Ihnen habe ich jetzt einiges, worüber ich nachdenken werde.«

Erst als die Tür ins Schloss gefallen war, wandte sie sich Ramira zu. Sie wusste jetzt schon, was sie sagen würde.

»Connie ...« Das war das erste Mal seit der Wahl, dass Ramira sie mit ihrem Vornamen ansprach. Zwei Jahre lang war sie für sie nur Ma'am oder Madam President gewesen.

»Ich weiß, was du sagen willst. Mir ist auch bewusst, dass du glaubst, zu wissen, was ich will. Aber mir ist klar, was wir tun müssen, Ramira. Gib mir nur einen Moment, mich an die Vorstellung zu gewöhnen. Und daran, dass ich eine Niederlage gegenüber Miriam Randolph eingesteckt habe.«

»Das ist fast das Schlimmste daran, aber bist du dir sicher? Wenn wir unsere Köpfe zusammenstecken können, finden wir vielleicht eine andere Möglichkeit, wie wir einen Sieg einfahren können.«

»Und in der Zwischenzeit gibt es die nächste Schießerei, und dann noch eine und noch eine. Manches ist schlicht wichtiger als mein persönliches Glück. Oder als irgendwelche persönliche Versprechungen, die ich jemandem gegeben habe.« Sie konnte selbst kaum glauben, dass sie das gesagt hatte. Aber mit ihrem Amt kam eine große Verantwortung und, so schmerzhaft es auch war, ihr privates Glück hatte weder die erste noch die zweite Priorität in ihrem Leben.

Ramira überbrückte den Abstand zwischen ihnen und breitete die Arme aus. Dankbar sank Connie in ihre Umarmung.

»Ich wünschte, es könnte anders sein. Aber Emily muss das einfach verstehen. Und du musst es ihr ja auch nicht gleich sagen. Das dauert alles seine Zeit und sie ist schließlich nicht in der Politik. Auf ihren Job wird es keine Auswirkungen haben. Im Gegensatz zu deinem.«

»Ich will sie aber nicht anlügen.« Connie seufzte und schloss die Augen. »Ich konnte meinen Job noch nie gut von meinem Privatleben trennen.«

»So wie manche Republikaner, wenn es um Kirche und Staat geht«, murmelte Ramira und ließ sie wieder los. »Das geht auch manchmal ineinander über. Aber du wirst das hinbekommen. Du verdienst es.«

»Wenn wir das durchziehen«, sagte Connie, während sie zur Tür ging, »dann wird Emily das mit unserer Beziehung vielleicht gar nicht hinbekommen wollen. Vielleicht verdiene ich es auch nicht, beides zu haben. Gott, ich habe sogar schon darüber nachgedacht, mich nicht noch einmal nominieren zu lassen. Nicht, weil Emily irgendetwas Derartiges gesagt hat, aber allein darüber nachzudenken –«

»Pfft.« Ramira war die Idee anscheinend so zuwider, dass sie noch nicht einmal Worte dafür hatte.

»Ich war auch entsetzt von mir selbst.«

»Aber du würdest nie von ihr verlangen, die Chirurgie aufzugeben, um mit dir zusammen zu sein.«

Connie schüttelte den Kopf. »Nein, das würde ich nie tun. Wir sind Karrierefrauen, alle beide. Wir wissen nur zu gut, wie das läuft. Aber wie soll ich ihr klarmachen, dass ich derartige Deals abschließen muss, ohne sie darüber zu verlieren?«

»In der Politik können wir nicht immer die Wahrheit sagen.« Ramira öffnete die Tür und ließ Connie den Vortritt. Auf dem Flur warteten schon die Agenten, die sie durch den langen Tunnel zurückbringen würden. »Aber wir können uns dafür entscheiden, es in unserem Privatleben zu tun. Mach nicht die gleichen Fehler wie ich, Connie. Zweimal geschieden und keinerlei Aussicht auf eine dritte Ehe.«

»Wer immer dich bekommt, kann sich glücklich schätzen«, meinte Connie seufzend. Gemeinsam traten sie den Rückweg in das Weiße Haus an, das sich schon lange nicht mehr so sehr nach einem Gefängnis angefühlt hatte. »Aber du hast recht, Ramira. Ich muss diese Entscheidung treffen und ich hoffe inständig, dass Emily mich dabei unterstützen kann.«

Kapitel 24

Connie hatte fest vorgehabt, mit Emily über Miriams Ultimatum zu reden, sobald sie sie wiedersah. Schließlich hatte sie seit dem Meeting mit der Senatorin an nichts anderes denken können. Doch als es dann so weit war, hatte Connie es plötzlich nicht mehr so eilig, Emily einzugestehen, dass sie sie enttäuscht hatte.

Sobald sie in Emilys Nähe war, überkam Connie das inzwischen vertraute wohlige Gefühl, das sie mit der anderen Frau verband. Ihre Schritte waren plötzlich beschwingter und alle anderen Anwesenden traten in den Hintergrund. Sämtliche Staatsangelegenheiten waren mit einem Mal so viel unwichtiger als Emilys Lächeln. Sie ergriff ihre Hand unter dem Tisch des Seminarraums im Keller, der das inoffizielle Hauptquartier für das Team war, das sich damit befasste, wie Emily als Partnerin der Präsidentin eingeführt werden sollte.

»Das Wort *Partnerin* finde ich in Ordnung«, sagte Emily zu den versammelten PR-Mitarbeitenden sowie den Agenten des Secret Service, die mit der Angelegenheit betraut waren. »Aber können wir vielleicht das mit dem Einführen weglassen? Ich bin doch kein *Zäpfchen*.«

»Wir haben uns eingehend damit beschäftigt, welches Vokabular eine positive Wirkung hat.« Elliot richtete siese Krawatte, deren leuchtendes Muster wie immer einen deutlichen Kontrast zu siesem Karohemd bildete. »Aber intern können wir selbstverständlich andere Begriffe verwenden, wenn Sie die bevorzugen, Dr. Lawrence.«

»Die Präsidentin hat nicht ewig Zeit«, warf Francesca ein. Sie saß in einer Ecke des Raums und protokollierte das Gespräch. »Könnten wir uns bitte wieder den Sicherheitsmaßnahmen zuwenden und dann klären, was wir der Presse vor und während des Galadinners nächste Woche sagen?«

Jill räusperte sich. Die Sicherheitsmaßnahmen fielen in ihren Zuständigkeitsbereich.

Connie hatte eigentlich gedacht, dass sie wusste, welcher Aufwand betrieben wurde, um sie zu beschützen. Zumal sie sich peinlich genau damit befasst hatte, welche Maßnahmen zu Zachs Schutz ergriffen wurden. Doch selbst sie war überrascht davon, was alles bedacht werden musste, nun, da Emily ebenfalls ein Faktor war.

»Dr. Lawrence, Ihre aktuelle Wohnsituation bereitet uns gewisse Sorgen«, sagte Jill. »Wir können Ihr Haus zwar rund um die Uhr sichern, doch uns wäre wohler, wenn das Haus nebenan nicht bewohnt wäre.«

»Ähm, ich kann meine Nachbarn aber nicht auszahlen, wenn es das ist, worauf Sie hinauswollen.« Emily warf Connie einen beunruhigten Blick zu. »So ... So viel Geld habe ich nicht.«

»Natürlich nicht.« Jill notierte etwas. »Dem Secret Service ist es natürlich am liebsten, wenn alle relevanten Parteien unter einem Dach leben, idealerweise dem Weißen Haus ...?«

Connie drückte Emilys Hand und warf ihr nun selbst einen panischen Blick zu, aus dem aber bald ein Lächeln wurde. Sie waren noch nicht so weit. Kein Grund zur Panik. »Jill, Sie meinten, Sie können Dr. Lawrence' Haus sichern. Das genügt fürs Erste. Rufen Sie den Umzugswagen bitte wieder zurück.«

»Ja, Ma'am.« Erneut notierte Jill etwas. Ihr Gesichtsausdruck verriet keine Regung. Wenn sie frustriert war, ließ sie es sich nicht anmerken.

»Okay, gut«, sagte Emily. »Was ist mit der Arbeit? Ich muss weiterhin fast jeden Tag ins Krankenhaus. Konsultationen per Video sind zwar nicht mehr ungewöhnlich, aber während einer OP muss ich tatsächlich im gleichen Raum sein wie meine Patienten.« Emily hatte sich bewundernswert gut im Griff, dabei war sie dem starren Sicherheitsregiment des Weißen Hauses erst sehr skeptisch gegenübergestanden.

»Wir haben einen Hintergrundcheck bei dem Personal durchgeführt und uns mit dem Wachdienst koordiniert«, sagte Jill. »Sie werden weitgehend so weiterarbeiten können wie bisher, doch wir müssen sämtliche Ihrer Patienten überprüfen. Zwei mussten wir bereits von Ihrer Liste nehmen, aber um die kann jemand anderes sich kümmern. Rebecca war sehr zuvorkommend und Ihre Kollegin Dima ebenfalls.«

»Gut. Okay, gut.« Emily warf Connie einen Blick zu, den sie nicht recht deuten konnte. »Es tut mir leid, dass Sie meinetwegen so viel Mehrarbeit haben. Ich gebe mir wirklich alle Mühe, mich an sämtliche Regeln zu halten, aber wahrscheinlich werde ich Fehler machen. Das ist eine große Veränderung.«

»Wie wahr«, sagte Connie. »Mit der Gala können wir uns auch morgen noch beschäftigen. Francesca, Sie kümmern sich bitte weiterhin um die nötigen Arrangements. Elliot, Penny, bitte entwerfen Sie bis morgen früh eine Pressemitteilung. Einstweilen haben Emily und ich noch einiges zu besprechen. Ich bleibe im Haus, aber bitte versuchen Sie, mich nur zu rufen, wenn es irgendwo brennt, okay?«

Connie stand auf und verließ gemeinsam mit Emily den Raum. Schweigend bahnten sie sich ihren Weg durch das Weiße Haus in den Wohntrakt – einen Weg, den der Secret Service ausgetüftelt hatte und auf dem sie kaum Personal begegnen sollten. Trotzdem wurde ihnen der eine oder andere neugierige Blick zugeworfen. Doch schließlich waren sie endlich allein und ungestört.

»Ist alles okay?«, fragte Connie, sobald sie die Tür geschlossen hatte. Sie umfasste Emilys Gesicht mit beiden Händen, streichelte mit dem Daumen über ihre Wange und suchte nach offensichtlichen Anzeichen von Unwohlsein. »Ich kann verstehen, wenn dir das zu viel ist. Ich sollte das nicht von dir verlangen, Emily. Ich bin eine selbstsüchtige alte Frau, oder?«

»Alt bist du nicht.« Emily umfasste Connies Handgelenke und zwang sie so sacht, die Hände zu senken. Dann strich sie mit einer Hand durch Connies Haar. Ihr Blick war sanft und sie lächelte, nichts deutete auf Panik oder Wut hin. »Und ja, manches von dem, was ich da gerade gehört habe, war ein ziemlicher Schock. Aber mir war ja bewusst, dass es eine ordentliche Umstellung wird. Vielleicht ist es nur der typische Hormoncocktail einer neuen Beziehung, der da aus mir spricht, aber ich habe ernst gemeint, was ich gesagt habe: Das ist es wert. Du bist es wert.«

Seit ihrem Gespräch mit Miriam Randolph nagten Schuldgefühle an Connie. Jetzt aber brachen sie wie eine Flutwelle über sie herein. »Das sagst du jetzt, aber was, wenn ich in den Umfragen zurückfalle? Oder wenn ich ein Gesetz verabschieden muss, dem du nicht zustimmst? Ich muss dem ganzen Land dienen, und kann nicht nur meine Freundin beeindrucken.«

»Trotzdem bist du keine Verräterin, Connie«, sagte Emily. »Ich bin nicht naiv. Ich weiß, wie die Politik funktioniert. Ich werde dir nicht immer zustimmen, aber das wäre ja auch langweilig. Wir finden schon einen Weg. Ich will dein Leben und auch deinen Job nicht schwerer machen, als sie ohnehin schon sind.«

»Womit habe ich dich nur verdient?«, rutschte es Connie heraus, woraufhin Emily sich vorbeugte und sie endlich küsste. »Ich kann es kaum erwarten, dich endlich offiziell an meiner Seite zu haben und mit dir anzugeben. Daran musst du immer denken, wenn um uns herum das Chaos ausbricht.«

»Soll es nur«, wisperte Emily direkt an Connies Ohr.

Das Gespräch über die abgeblasene Gesundheitsreform konnte warten. Ohne sich die Mühe zu machen, sich selbst auszuziehen, ging sie vor Emily in die Knie. Mit klopfendem Herzen schob sie den Nadelstreifrock hoch und wurde mit dem Anblick schwarzer Strümpfe belohnt, die von zarten Strapsen gehalten wurden. Sie ließ sich Zeit, öffnete, mit einem Lächeln auf den Lippen, einen Verschluss nach dem anderen, ehe sie das schwarze Spitzenhöschen nach unten zog, bis es zu ihren Füßen lag. Noch immer trug Emily die Gucci-Stilettos.

»Ich wollte mich für heute schick machen. Ist ja ein großer Tag«, erklärte Emily.

Connies Herz setzte einen Schlag aus, vielleicht auch zwei. Das Lächeln wollte nicht aus ihrem Gesicht weichen. Sie würden es nicht in das Schlafzimmer schaffen, das war ihr mit einem Mal klar. Warum sollten sie auch? Sie hatten die ganze Wohnung für sich allein. Kurzerhand drängte Connie Emily gegen die nächste Oberfläche, einen antiken Konsolentisch, der wahrscheinlich noch älter war als das Weiße Haus selbst. Mit einem schnellen Blick überprüfte Connie, dass die Vase tatsächlich ihr gehörte, dann wischte sie sie mitsamt ihrem Inhalt beiseite. Mit einem lauten Krach zerdepperte sie auf dem Boden, doch Connie bemerkte es kaum, genauso wie das Platschen des verschütteten Wassers.

Emily blinzelte und runzelte für einen Moment die Stirn.

Connie zwinkerte ihr zu und strich dann mit den Daumen über die seidenweiche Innenseite von Emilys Oberschenkeln, entlockte ihr damit ein verzweifeltes Zucken. Connies Herz schlug höher und Wärme sammelte sich in ihrem Schritt, doch sie drängte ihre eigene Erregung zurück und beugte sich vor, folgte mit den Lippen dem Pfad, den eben ihre Daumen genommen hatten. Mit sanften, neckenden Küssen bahnte sie sich ihren Weg. Doch ihr war nicht danach, es ewig hinauszuzögern, nicht heute, nicht jetzt.

»Fuck«, wisperte Emily tonlos, als Connie das erste Mal über ihre intimste Stelle leckte.

Das war wahrscheinlich das Erotischste, was Connie je gehört hatte.

Emily war schon so feucht und sie schmeckte köstlich, nur ein wenig salzig und vor allem nach mehr. Connie bekam nicht genug von ihr, wollte alles von ihr kosten. Sie erkundete sie, mal sanft, mal drängender, und Emily verlor zunehmend die Kontrolle. Sie wand sich, zuckte zurück, ehe sie Connie die Hüften wieder entgegendrängte.

Connie umfasste Emilys Hüfte fester, ehe sie mit zwei Fingern in sie eindrang. Emilys beglücktem »Oh, oh, oh!« nach zu schließen, war das die richtige Entscheidung gewesen.

Eigentlich hatte Connie es langsam angehen, Emily immer weiter necken und reizen wollen. Doch sie schaffte es nicht. Nicht heute. Emily zu berühren, ihr dieses Wimmern und diese verhaltenen Flüche zu entlocken, war viel zu berauschend. Sie wollte noch mehr davon. Das, genau das war der Grund, warum all die Änderungen, all der Ärger es wert waren. Diese aufregende, brillante Frau mit dem goldenen Herzen, die so locker im Umgang mit ihr war und deren Körper sich im Einklang mit ihrem bewegte, war alle Untersuchungen und Einschränkungen wert und noch so viel mehr.

In einem regelmäßigen Rhythmus leckte Connie über Emilys Klit. Unter ihren Berührungen zitterte Emily, spannte sich zunehmend an. Und dann erbebte sie. Connie leckte sie weiter, immer weiter und mit einem leisen Aufschrei drückte Emily den Rücken durch und drängte sich ihr noch mehr entgegen.

Das war besser als sämtliche Standing Ovations zusammen.

Als Emily schließlich schweratmend zurücksackte, löste Connie sich von ihr und sah zu ihr auf. Wäre sie nicht ohnehin schon kurz davor, zu kommen, dann hätte Emilys Anblick allein bestimmt ausgereicht, um sie kurz vor den Orgasmus zu katapultieren. Ihr sonst so ordentliches Haar hing ihr in wirren Strähnen ins Gesicht. Ihre Bluse war teils aufgeknöpft und der BH etwas verrutscht. Sie war völlig aufgelöst und wunderschön. Und Connie verliebte sich immer mehr in sie, das begriff sie in diesem Moment mit völliger Klarheit. Es gab kein Zurück mehr.

Connie wischte sich mit dem Handrücken über das Kinn und richtete sich vollends auf. Sie war ein wenig überrascht, aber auch sehr glücklich, als Emily sie in einen langsamen, entschlossenen Kuss zog.

»Gott, bist du großartig«, raunte Emily, als sie sich von ihr gelöst hatte.

In ihrem Blick lag so viel offene Zuneigung, dass auch der letzte negative Gedanke in Connies Kopf verpuffte.

Nicht, dass Emily sie sonderlich lange anstarrte. Behände, wenn auch nicht unbedingt elegant, rutschte sie von der Konsole und trat sich die

Schuhe von den Füßen. Mit einem raubtierhaften Funkeln in den Augen kam sie auf Connie zu.

Noch bevor sie die Wohnzimmertür passiert hatten, war Connie ihren weinroten Blazer los, der einer ihrer liebsten war. Das Seidenleibchen folgte als Nächstes, dann stolperten sie gemeinsam in einem Wirrwarr aus Gliedmaßen und sehnsüchtigen Küssen auf das Sofa. Sie wollte jeden Zentimeter von Emilys Haut berühren, etwas, das auf Gegenseitigkeit beruhte. Emily fackelte nicht herum, sondern machte sofort kurzen Prozess mit Connies BH. Connie ließ sich nur zu gern von ihr mitreißen.

Und oh, wie mitreißend sie war.

Nicht, dass Connie selbst passiv geblieben wäre – ganz im Gegenteil. Sie zerrte an Emilys Klamotten, bis diese nur noch ihre Strümpfe trug. Kurz darauf waren sie beide nackt. Dann kam Connie ein komischer Gedanke: Sie war im Wohntrakt des Weißen Hauses noch in keinem Raum nackt gewesen, außer in ihrem Schlaf- und dem Badezimmer. Sie grinste kurz, dann schob sie den Gedanken beiseite und streichelte über jede Stelle von Emilys wunderbar weichem Körper, die sie erreichen konnte.

Emily rollte sich auf sie und sie verloren sich in tiefen Küssen.

Als Emily einen Schenkel zwischen ihre drängte, entkam Connie ein regelrechtes Knurren. Etwas, das Emily nur zu ermutigen schien. Sie verstärkte den Druck, bis Connie sich wimmernd an ihr rieb. Emilys weiche Haut an ihrer empfindlichsten Stelle, ihre Nylonstrümpfe ... Gott, fühlte sich das gut an. Doch es reichte nicht, war nicht genug. Dann legte Emily die Hände an Connies Brüste und alle Gedanken verflogen.

Connie entkam ein Stöhnen, als Emily fester zugriff. Die verstand sofort. Abwechselnd neckte sie ihre Nippel mit der Zunge und knabberte sacht – manchmal auch nicht ganz so sacht – daran. Ihre Hände ließ sie währenddessen tiefer wandern, den Bauch hinab, hin zu ihren Hüftknochen, die sie verzehrend langsam streichelte.

Connie drückte unwillkürlich den Rücken durch, wollte Emilys Hand noch tiefer fühlen. Sie zwang sich ein paarmal ruhig durchzuatmen, um nicht sofort zu kommen, sobald Emily ihre Klitoris streifte. Doch es war vergebens: In dem Moment, als die Fingerspitzen sich ihrer empfindlichsten Stelle näherten, baute sich ihr Orgasmus auf.

Emilys Berührungen waren unerbittlich, sie rieb sie, drang mit zwei Fingern in sie ein. Das war überraschend, nachdem ihr erstes Mal so zart gewesen war, doch es war auch verdammt gut. Immer noch leckte und biss und küsste Emily ihre Nippel, doch dazwischen begann sie etwas zu murmeln. Erst nur leise Anfeuerungen, dann Connies Namen. Sie sprach ihn aus, als wäre Connie etwas ganz Besonderes. Und das nicht, weil sie die Präsidentin war.

Ein heißer Schauer baute sich in Connies unterem Rücken auf. Sie keuchte, ihr Atem ging stoßweise. Und dann hörte sie den Befehl, den sie nicht länger ignorieren konnte,

»Komm für mich, Connie. Bitte, bitte, komm für mich.«

Ihre Worte, ihre Finger, ihr Mund ließen Connie gar keine andere Chance. Ihr Körper verkrampfte sich auf die bestmögliche Weise und für einen Moment sah sie nur noch weiß, wollte, dass dieses Gefühl nie endete. Schwer atmend sackte sie schließlich doch zurück auf die Couch und Emilys Berührungen wurden allmählich langsamer. Immer noch pulsierte Connie, hielt die Hand umklammert, die sie über die Klippe getrieben hatte. Doch allmählich konnte sie wieder klar denken. Gott, hoffentlich hatte sie Emily nicht verletzt, so heftig, wie sie gekommen war.

»Alles okay bei dir?« Ihre Stimme hörte sich rau an.

»Mir ging es noch nie besser.« Emily grinste.

»Mir ist gerade bewusst geworden, dass wir uns hier in durchaus exponierter Lage befinden«, sagte Connie, schließlich lagen sie in einem jener Räume, in dem Gäste empfangen wurden. »Aber mein Schlafzimmer ist direkt über uns.«

»Dann führ mich mal hin.« Mit deutlichem Widerstreben rappelte Emily sich auf, hielt Connie dann die Hand hin, um ihr aufzuhelfen. »Wenn wir uns sonst schon all den Regeln und dem Zeremoniell unterwerfen müssen, dann sollten wir jetzt so viel Spaß haben, wie nur möglich. Deal?«

»Deal«, erwiderte Connie.

Das Gespräch über die Gesundheitsreform konnte noch ein bisschen warten.

Kapitel 25

Sie war Cinderella auf dem Weg zum Ball. Und gleichzeitig war sie immer noch bloß Dr. Emily Lawrence. Und sie würde auch nicht auf einen Prinzen treffen. Dafür aber auf eine Präsidentin.

Die Limousine hielt vor The Ellipse, dem Park vor dem Weißen Haus. Das war Emilys letzte Chance, das Ganze abzublasen. Sie konnte dem Fahrer auf die Schulter tippen und ihn bitten, wieder loszufahren. Dann könnte sie heimgehen oder ins Krankenhaus, vielleicht auch einfach zum nächsten Starbucks, und weiter ein halbwegs anonymes Leben führen.

Wenn sie das Weiße Haus heute Abend als Connies Partnerin betrat, rutschte ihre gemeinsame Zeit, einfach alles, was sie in Zukunft unternehmen würden, ins öffentliche Interesse. Und ja, das belastete Emily. Doch dann dachte sie an Connies Küsse. Daran, wie sie gestikulierte, wenn ihr das, was sie sagte, besonders wichtig war. Daran, wie nah ihr so vieles ging und wie sehr sie sich dafür einsetzte. Und wie hinreißend schön sie war. Das machte den Druck, der auf ihr lastete, erträglich. Sie würden bei dem Galadinner einen leisen, würdevollen Sensationsauftritt hinlegen und gleich danach würde eine Pressemitteilungen an all die wichtigen Mailadressen in Washington und darüber hinaus gehen.

Emily musste bloß aus dem Auto steigen.

Noch einmal atmete sie tief durch, dann betrat sie den Roten Teppich, der von Bediensteten des Weißen Hauses sowie Agenten des Secret Service gesäumt war. Je näher sie Connie kommen würde, desto mehr von Letzteren würden da sein.

Emily schaffte es, die ersten Meter mit selbstbewusster Haltung zurückzulegen. Dass das Kleid, das sie trug, eine dunkelblaue Stella-McCartney-Robe, wunderschön und extrem teuer war, half ihr dabei. Ihr Schmuck war geschmackvoll, schlicht, und vor allem ein Geschenk von Connie. Emily hatte nicht nachgefragt, ob er neu oder ein vergessenes Familienerbstück war. So oder so schienen die zarte, in sich verschlungene Kette und die dazu passenden Ohrringe in Knotenform wie für sie gemacht zu sein.

»Dr. Lawrence?«

Francesca. Ein vertrautes Gesicht.

Sie umfasste sanft Emilys Ellbogen und führte sie hinein. Eine weitere Sekretärin schloss sich ihnen an. Emily war sich ziemlich sicher, dass die ältere Frau Dorothy hieß, aber sie hatte in den letzten Wochen so viele neue Menschen kennengelernt, dass selbst sie sich nicht alle Namen hatte merken können. Allein auf der Party der Randolphs war ihr gefühlt die gesamte bessere Gesellschaft Washingtons vorgestellt worden, und oben drauf kamen dann noch die Mitarbeiter des Weißen Hauses sowie die Agenten des Secret Service.

Emily hatte keine Ahnung, durch welchen Teil des Westflügels sie gerade eilten. Das rasche, regelmäßige Klackern ihrer Absätze hallte von den Wänden wider. Sie waren so schnell unterwegs, dass sie die Bilder an den Wänden kaum richtig registrieren konnte.

Als der Flur, durch den sie gerade schritten, auf einen anderen traf, blieben sie schließlich stehen. Auf der anderen Seite hatte sich eine kleine Schlange von Menschen in Abendkleidung gebildet, die darauf wartete, durch einen Metalldetektor zu gehen. Als wäre das der schickste Flughafen der Welt.

»Ich verlasse Sie dann hier«, sagte Francesca. »Der Secret Service übernimmt den Rest. Sagen Sie ihnen, dass Francesca sie geschickt hat, dann werden sie ein bisschen sanfter sein.«

»Wird das eine komplette Leibesvisitation? Muss ich mich ausziehen?« Emily erschauderte.

»Was?« Francesca warf ihr einen erstaunten Blick zu. »Natürlich nicht! Das ist eine reine Formalität. Bei Veranstaltungen wie diesen muss jeder, der das Gebäude betritt, da durch. Auch wir Mitarbeiterinnen.«

»Okay. Danke, dass Sie mich hergebracht haben.« Emily verabschiedete sich von Francesca und Dorothy, dann stellte sie sich hinten in die Schlange. Sie klemmte sich ihr Täschchen unter den Arm und tastete vorsichtig ihre Hochsteckfrisur ab, um zu überprüfen, ob sich irgendwelche Strähnen daraus gelöst hatten. Wie am Flughafen machte sich auch jetzt eine leise Beklommenheit in ihr breit. Als hätte sie vergessen, dass sie noch eine Machete in der Handtasche hatte, oder dass sie ein Titanimplantat im Schienbein hatte. Natürlich war das total irrational, trotzdem bildete sich Schweiß an ihrem Haaransatz.

In weniger als einer Minute hatte sie das Prozedere überstanden. Niemand Geringerer als Darius Morgan, der Kommunikationsdirektor des Weißen Hauses, begrüßte sie.

»Dr. Lawrence?« In echt war seine Ausstrahlung genauso charmant wie im Fernsehen. »Ich hoffe, es macht Ihnen nichts aus, den Saal mit mir zu betreten. Die Präsidentin muss mit den offiziellen Ehrengästen eintreten. Das Zeremoniell. Sie kennen das ja schon.«

»Natürlich macht mir das nichts aus!« Emilys Stimme kam etwas hoch und quietschig heraus. Aus den Augenwinkeln bemerkte sie, dass sie schon angestarrt wurden. »Wir beschreiten heute ohnehin schon genug neue Wege, da muss ich mich nicht auch noch in die offizielle Begrüßungsprozedur hineindrängen.«

»Das stimmt, aber ich hoffe trotzdem, dass Sie sich nicht unwohl fühlen«, erwiderte Darius und schenkte ihr ein breites Lächeln. Ein Blitzlichtgewitter schlug ihnen entgegen, als sie den *East Room*, einen großen, repräsentativen Saal, betraten. »Ich wollte Ihnen noch einmal ausdrücklich sagen, dass wir vom engsten Mitarbeiterstab Sie und die Präsidentin voll und ganz unterstützen. Es tut mir sehr leid, dass ich das Meeting vergangene Woche versäumt habe – ich war in Denver. Aber Elliot und Francesca waren voll des Lobes über Sie.«

Emily lachte leise. »Ich habe zwar ein bisschen das Gefühl, dass es Ihr Job ist, das zu sagen, aber danke. Es ist wirklich erleichternd, wie freundlich alle sind. Aber sagen Sie, halte ich Sie etwa von Ihrer eigentlichen Begleitung fern? Ich möchte Ihnen nicht zur Last fallen. Ich verspreche auch, mich nicht am Tafelsilber zu vergreifen.«

»Das tun Sie nicht, keine Sorge. Meine Begleitung arbeitet auch hier. Normalerweise wechseln wir uns bei solchen Veranstaltungen immer ab, dann hat einer von uns die Nacht frei und kann zum Sport gehen oder Wäsche machen. Aber die heutige Veranstaltung ist sehr wichtig, also sind wir alle da.«

»Weil heute all diese Nobelpreisträger da sind und die Presse deswegen ganz aus dem Häuschen ist? Denn sonst passiert ja nichts Bedeutendes, oder?« Emily brabbelte, aber wenigstens konnte sie irgendwohin mit all der nervösen Energie, die sich mehr und mehr in ihr aufbaute.

»Rein gar nichts.« Darius schenkte ihr ein weiteres nachsichtiges Lächeln. »In ein paar Minuten gibt es im *Blue Room* Cocktails. Aber vielleicht möchten Sie ja lieber hierbleiben und beim offiziellen Einzug zusehen?«

»Oh, ja, bitte«, sagte Emily. Sie ließ den Blick über die elegant gekleideten Anwesenden schweifen und musste unweigerlich an Miriam

Randolphs Silvesterfeier und die heimliche Untersuchung denken. Die Schweigepflicht war ihr heilig, aber allmählich hatte sie das Gefühl, sie hätte ein Geheimnis vor Connie, und das setzte ihr zu. Das Wissen um Miriam Randolphs Gesundheitszustand konnte ihr im Wahlkampf nutzen. Doch allein die Vorstellung, jemandes schwaches Herz so gegen ihn zu verwenden, hinterließ einen schalen Nachgeschmack. So etwas würde Connie doch sicher nicht von ihr erwarten, oder?

Die Band des Marine Corps stimmte *Hail to the Chief* an und dann erschien Präsidentin Constance Calvin schon auf der Treppe. In ihrem dunkelroten Seidenkleid mit der cremefarbenen Schärpe und den hellen langen Handschuhen sah sie atemberaubend aus. Die Robe fiel noch perfekter als jedes Disney-Kleid und ließ ihre Schultern frei. Ihre Haare trug sie halb hochgesteckt und blonde Locken flossen elegant auf ihre bloßen Schultern. Neben ihr stand die Chemikerin, die einen schnellen und effizienten Weg gefunden hatte, Impfstoffe herzustellen, und deren Mann. Sie waren ein beeindruckendes Paar und sahen aus, wie der Inbegriff wohlhabender Weißer, die Zugang zu den besten Schulen der Welt gehabt hatten.

Das Musikstück endete und die Anwesenden stellten sich an, um die Würdenträger zu begrüßen. Als Emily damit an der Reihe war, spielte die Band *The Star-Spangled Banner*.

»Wie schön, dass du gekommen bist.« Statt ihr wie den anderen die Hand zu schütteln, beugte Connie sich vor und hauchte einen Kuss auf Emilys Wange. »Der soll dir Glück bringen. Außerdem kann ich nicht anders: Du siehst großartig aus.«

»Es ist mir eine Ehre, Madam President. Ich muss sagen, nebeneinander sehen wir ganz schön patriotisch aus, so in Rot, Weiß und Blau.«

»Mein Stylist hat sich richtig ausgetobt. Bleib noch ein bisschen bei Darius, und erinnere ihn daran, dass er dich an meinen Tisch bringen soll, nicht an den der First Lady.«

»Aber es gibt keine –«

»Das Prozedere ist aber nicht dahingehend aktualisiert worden«, brummte Connie. Es schien sie zu stören, dass dieses kleine Detail übersehen worden war. »Und ich hätte dich heute Abend gern an meiner Seite. Und nicht nur, weil du so wunderschön aussiehst, Emily.«

»Danke.«

Viel zu schnell war der Moment vorüber. Die Leute hinter ihr drängelten schon ungeduldig nach vorn. Emily reckte den Kopf, auf der Suche nach Darius. Zum Glück war er so groß, dass sie ihn trotz der Menschenmenge sofort entdeckte. Er führte sie in den Raum, in dem die Cocktails serviert wurden. Dort stießen sie auch auf seine Begleitung, die, wie sich herausstellte, niemand anderes war als Asha Kohli.

Als die Zeit für das eigentliche Galadinner gekommen war, brachten Darius und Asha Emily an ihren Tisch, der bisher noch halb leer war. Die anderen Gäste spazierten durch den Saal und warteten auf die Präsidentin und ihre Ehrengäste.

Emily ließ sich ein Glas Weißwein servieren und sah sich dann mit großen Augen um. Die Vorgängerregierung hatte wohl nicht immer den besten Geschmack bewiesen, doch unter Connies Führung trat das Weiße Haus atemberaubend elegant auf. Und das, obwohl sie keine *First Person* an ihrer Seite hatte, die sich um Repräsentation und Zeremoniell kümmerte. Es hieß, dass ihre Mutter sich um diese Dinge kümmerte, doch sie war nie bei einem offiziellen Anlass als Gastgeberin in Erscheinung getreten. Das war eine von Millionen Fragen, die Emily Connie noch stellen wollte. Wahrscheinlich würden ihr die Fragen nie ausgehen.

Die Menge teilte sich und man führte die jüngste Nobelpreisträgerin und ihren Mann an die gegenüberliegende Seite des Tisches, an dem Connie saß. Der Duft von weißen Blumen und Sommertagen stieg Emily in die Nase und dann war Connie auch schon an ihrer Seite. Darauf hatte sie die ganze Zeit gewartet. Das enge, unsichtbare Band, das ihr den ganzen Tag schon die Brust zusammengeschnürt hatte, lockerte sich endlich.

»Danke, dass du dir das alles antust.« Connie drückte Emilys Hand, ganz kurz nur, doch das reichte, um einen elektrischen Impuls ihren Arm hochzujagen. »Das ist ja doch etwas anderes als ein Filmabend mit Lieferessen.«

Emily lächelte bloß. Sie traute sich noch nicht ganz zu, in Gesellschaft all dieser Würdenträger zu reden. Entweder ihre Stimme würde versagen oder sie würde etwas total Bescheuertes sagen.

Connie nahm Platz und alle anderen taten es ihr gleich. »Allerdings habe ich tatsächlich ein Heimkino, falls uns nachher noch danach ist. So, und jetzt vergiss sämtliche Regeln. Iss, trink, hab Spaß. Das ist keine Prüfung. Die Pressemitteilung ist draußen. Wir werden fotografiert werden und vielleicht beantworte ich gegen Ende der Veranstaltung ein oder zwei Fragen von der Presse, okay?«

»Okay.« Emily nickte wie ein Wackeldackel, riss sich aber schnell wieder zusammen. »Hast du irgendwelche Zweifel?«

»Kein bisschen. Allerdings frage ich mich, ob ich im College nicht doch ein paar naturwissenschaftliche Lehrveranstaltungen hätte belegen sollen. Ich schlage mich nicht so gut mit meinen genialen Gästen. Dafür reichen meine Small-Talk-Skills offenbar nicht.«

»Wirklich?«, fragte Emily überrascht. »Es fällt dir doch immer so leicht, dich zu unterhalten.«

»Ich bin bloß eine gute Schauspielerin.« Dieses Mal lächelte Connie richtig und drückte unter dem Tisch Emilys Oberschenkel.

Kurzerhand entschloss Emily sich, für sie in die Bresche zu springen. Für irgendetwas musste es ja gut sein, dass sie im Studium so viel Chemie gehabt hatte.

»Dr. Wallner, ich freue mich so, Sie kennenzulernen«, sagte sie also und versuchte, ihrer Stimme die Sicherheit zu geben, die sie nicht fühlte. »Ihre Forschung ist faszinierend! Stimmt es, dass wir unser Immunsystem so trainieren können, dass es uns gegen neue Viruserkrankungen schützt, statt jedes Mal einen neuen Impfstoff entwickeln zu müssen?«

»Oh, das ist nicht fair.«

Connies gewisperte Worte gingen in Dr. Wallners Antwort unter. Sie war merklich erleichtert, über ihre Forschung sprechen zu können, ohne dabei auf Laien Rücksicht nehmen zu müssen.

Emily wandte sich kurz Connie zu und zwinkerte.

»Wie würde das denn in einem gesetzlichen Krankenversicherungssystem funktionieren, wie man es in Europa hat?«

Connie stieß sie mit dem Ellbogen in die Rippen, doch Emily ignorierte das lächelnd. Sie lehnte sich zurück und genoss die Diskussion. Sie war zwar keine Politikerin, aber wie es aussah, konnte sie sich durchaus in Washington behaupten.

Als der erste Gang serviert wurde, lachte Emily gerade über einen Witz von Dr. Wallners Ehemann. Abrupt verstummte sie und starrte das Gericht aus großen Augen an. Es hatte geradezu etwas Architektonisches und erinnerte sie an das Spiel Jenga. Wie genau sollte sie diesen Turm denn essen, ohne ihn umzuschmeißen und sich lächerlich zu machen?

»Weißt du …« Connie lehnte sich zu ihr und wieder zuckte Emily zusammen, als hätte sie ein elektrischer Schlag getroffen. Damit musste sie dringend aufhören. »In dieser Vorspeise sind zwölf verschiedene Kartoffelsorten verarbeitet.«

»Im Ernst?«

»Würde ich lügen, was die Herkunft meiner Kartoffeln betrifft?«

»Gibt es dafür irgendwelche besonderen Gründe?«

»Du meinst, die Küche des Weißen Hauses hat Hintergedanken? Garantiert. Danke, übrigens. Wenn du wolltest, könntest du bestimmt im Labor von Dr. Wallner anfangen.«

»Ich bin ganz zufrieden im Krankenhaus.« Emily zuckte mit den Schultern. »Das ist nämlich sehr angesehen, Madam President. Außerdem ist es praktisch für meine neue Beziehung.«

»Und das ist ja auch das Wichtigste in einer Beziehung: Praktikabilität.«

Emily verschluckte sich beinahe an ihrem Kaviar. Laut der hübschen Menükarte kam der aus Illinois. »Dei... Dein Ernst?«

»Nein.« Ein Lächeln huschte über Connies Lippen. »Und das trifft sich ganz gut, denn mit mir zusammen zu sein, ist alles andere als praktisch. Wie dem auch sei. Beim Käsegang kannst du dich dann auf etwas gefasst machen.«

Der Abend verging wie im Fluge. Emily war die ganze Zeit damit beschäftigt, sich so viele besondere Momente wie möglich einzuprägen. Gerade unterhielt sie sich mit einem Kernphysiker und wartete gleichzeitig voller Vorfreude auf das Dessert – die Küche würde sich damit bestimmt wieder selbst übertreffen –, als Connie zurück an den Tisch kam, nachdem sie sich kurz mit ihrem Stab unterhalten hatte.

Darius und Asha saßen nebeneinander und er reckte den Daumen hoch, was Emily ein Lächeln entlockte.

Connie tippte ihr sachte auf die Schulter. »Darf ich um diesen Tanz bitten?«

Emily erstarrte. Sie hatten das Galadinner minutiös vorbereitet, aber von Tanzen war nie die Rede gewesen. »Ich, äh –«

»Die Neuigkeit ist durchgesickert. Die Leute checken ihre Handys, obwohl die eigentlich konfisziert sein sollten. Aber Gerüchte bahnen sich nun mal immer einen Weg. Dann können wir doch auch gleich auf die Tanzfläche huschen und noch ein paar ungestörte Momente genießen, bevor die Stimmung umschlägt.«

So gesehen waren Emilys zwei linke Füße plötzlich gar nicht mehr so schlimm. Sie ergriff Connies Hand und wie von unsichtbaren Fäden gezogen, erhob sie sich.

Als die Band bemerkte, dass die Präsidentin auf dem Weg zu der kleinen Tanzfläche in der Mitte des Saals war, stimmte sie einen neuen

Song an. Connie zog Emily in ihre Arme und das fühlte sich unendlich richtig an.

»Es überrascht dich hoffentlich nicht, dass ich gern führe.« Grinsend legte Connie eine Hand an Emilys Hüfte und hielt ihr die andere hin. »Du wirkst ein bisschen verschreckt, also folg mir am besten einfach nur. Ich gehe vor, du zurück. Vier Schritte. Ganz einfach.«

Wage konnte sich Emily erinnern, dass sie mal den Walzerschritt gelernt hatte. Solange Connie sie berührte und führte, würde alles gut gehen, da war sie sich sicher.

Als sie sich dann im Takt der Jazzmusik über das Parkett bewegten, machte es sogar beinahe Spaß. »Ich mag den Song«, bemerkte Emily, als sie sich wieder drehten. Je länger sie miteinander tanzten, desto leichter fiel es ihr.

»Ich kann ihn nicht recht zuordnen.«

»Ist der immer so schnell? Der ist aus *Maleficent*.«

»*Once Upon a Dream*. Wusste ich doch, dass ich den kenne.« Connie verdrehte über sich selbst die Augen. »Und ja, du Banausin, der ist immer so schnell. Das ist die Version aus *Dornröschen*, dem Originalfilm. Auch wenn du es nicht glauben magst: Kino gab es schon vor Angelina Jolie.«

»Wenn du meinst. Meine Mom hat mich als Kind kaum Zeichentrickfilme schauen lassen. War Angelina nicht –?«

»Im September hier? Ja, wir haben uns über ihr Engagement für die Vereinten Nationen unterhalten. Und wir hatten eine Sondervorführung von *Maleficent*. Zach war begeistert.«

»Wie wahrscheinlich jedes andere Kind an seiner Stelle auch.«

Bei ihrer nächsten Drehung beugte Connie Emilie leicht zur Seite und höflicher Applaus ertönte. »Du machst dich.« Connie klang merklich zufrieden.

»Mit dir ist es ja auch ganz leicht. Also …« Emily suchte nach den richtigen Worten, um schamlos nach einem Kompliment zu fischen. »Was meinst du, wie läuft es bis jetzt? Verglichen mit anderen Dates?«

»Nicht schlecht, dafür, dass wir das erste Mal gemeinsam in der Öffentlichkeit sind«, erwiderte Connie. »Ich war mir nicht sicher, ob du gern tanzt, aber du schlägst dich wacker. Es ist schön, sich nicht verstecken zu müssen, oder?«

»Das ist es.«

»Und du scheinst dich auch nicht gerade dafür zu schämen, dass du hier zusammen mit mir gesehen wirst.«

»Es macht mich sehr stolz, mit dir hier zu sein«, sagte Emily. »Nicht nur, weil du die Präsidentin bist und weil das Ambiente so schön ist. Sondern weil du es bist. Ich bin gern die Frau an deiner Seite.«

Connie verstärkte den Druck der Hand auf ihrer Hüfte. »Ich würde dich gerade so unglaublich gern küssen.«

»Aber wir dürfen es nicht übertreiben, ich weiß.«

»Das wird sich noch ändern. Es wird besser werden und wir werden dazu beitragen.«

Der Song endete und Applaus brandete auf.

Emily wandte sich zum Gehen, doch Connie hielt sie zurück.

»Was, wenn wir jetzt dazu beitragen?«, fragte sie.

Mehr brauchte Emily nicht zu hören. Sie folgte einfach ihrem Herzen und hauchte einen keuschen, aber doch auch etwas längeren Kuss auf Connies Lippen. Tosendes Gemurmel erhob sich, aber das war Emily ganz egal.

Kapitel 26

Als Connie aufwachte, war Emily schon weg. Noch vor Sonnenaufgang hatte der Secret Service sie hinauseskortiert. Das machte schon Sinn und immerhin hatten sie noch ein wenig Zeit zu zweit gehabt, nachdem sie den ganzen Abend lang unter Dauerbeobachtung gestanden hatten. Connie spürte ihre nächtlichen Aktivitäten am ganzen Körper, als sie ins Bad humpelte. Im Spiegel überprüfte sie, ob sie irgendwelche Spuren für die Kameras überschminken musste. Doch nein, wie immer war Emily sehr vorsichtig gewesen. Obwohl sie beide so stürmisch gewesen waren.

Da Connie wusste, was ihr heute alles bevorstand, machte sie sich in Rekordzeit fertig. Früher als sonst betrat sie das *Oval Office*. Doch wie immer hatte Francesca auch das erwartet. Kaffee und ein leichtes Frühstück standen schon bereit und die aktuellsten Zeitungen lagen ausgebreitet auf ihrem Schreibtisch.

Bevor Connie sich noch dem Kaffee und den Zeitungen widmen konnte, marschierte Ramira schon in ihr Büro. Sie hatte ein Tablet in der Hand und lächelte schmal. Mit ziemlich angespanntem Gesichtsausdruck folgte Elliot ihr.

»Oh, okay, legt los«, sagte Connie. »Präsentiert mir mal die Highlights. Ich bin bereit für meine morgendliche Dosis Homophobie.«

Ramira warf ihr über ihre Lesebrille hinweg einen vielsagenden Blick zu, aber Connie zuckte nur mit den Schultern und nippte an ihrem Americano. An diesem speziellen Morgen durfte sie ja wohl ein bisschen austeilen.

»Dann reißen wir am besten Mal direkt das Pflaster ab: Die rechten Medien sind alles andere als begeistert.« Ramira setzte sich auf den Besucherstuhl vor dem Schreibtisch.

So müde hatte sie seit dem Wahlkampf nicht mehr ausgesehen, dabei waren die Feiertage noch nicht so lange her. Verlangte sie zu viel von ihr? Das Schusswaffengesetz, der Deal mit den Republikanern, ausländische Staatsgäste, die bald anstehende Rede zur Lage der Nation, und oben drein auch noch Emily? War Connie in ihrer Euphorie über ihre neue Beziehung leichtfertig mit ihrem Stab und ihren Freunden umgegangen?

»*Caribou* hat einen News Ticker über den Lesben-Skandal der Präsidentin eingerichtet – ja, wir liegen mit ihnen wegen des Wordings im Clinch, unter anderem«, schaltete Elliot sich ein, während sier mit dem Revers sieses Blazers herumnestelte. »Einige der üblichen Verdächtigen reden vom Ende der Präsidentschaft und der Republik, aber das machen sie schon, seit Sie Iowa für sich gewonnen haben, das ist also nicht wirklich etwas Neues. Anders ist lediglich, dass sie dieses Mal auf Ihre Sexualität abzielen und nicht auf Ihr Geschlecht.«

»Okay, aber ich will, dass die schlimmste Überschrift bis heute Abend ausgeschnitten und eingerahmt ist«, erwiderte Connie, auch wenn die paar, die sie schon überflogen hatte, weniger amüsant als viel eher beunruhigend gewesen waren.

»Wird gemacht, Madam President. Aber zur Abwechslung hat Ramira auch gute Neuigkeiten für Sie.«

»Wirklich?«

Ramira nickte. »Sie brauchen nicht so misstrauisch zu schauen, Ma'am. Wir leben im einundzwanzigsten Jahrhundert. Wie Sie wissen, habe ich gelegentlich zynische Anwandlungen, in denen ich mich frage, ob wir den Kongress nicht am besten auflösen und in diesem Land noch mal ganz von vorne beginnen sollten?«

»Ja?« Worauf wollte sie denn bloß hinaus?

»Und was machen Sie, wenn ich derartig drauf bin? Bestärken Sie mich noch darin? Nein, Sie erinnern mich an diese grundlegende Überzeugung, die Sie immer antreibt, in allem, was Sie bisher getan haben und noch tun werden – dass die Menschen grundsätzlich gut sind.«

»Das klingt nach mir. Ich hätte aber ehrlich gesagt nicht gedacht, dass wir in diesem Fall darauf vertrauen können.«

»Nun, die gute Nachricht ist, dass der Großteil der Berichterstattung sich darauf konzentriert, *dass* Sie mit jemandem zusammen sind. Nicht darauf, dass diese Person eine Frau ist. Es gibt ein paar unangemessene, fehlgeleitete Kommentare, aber im Großen und Ganzen wird es als nette Klatschgeschichte rezipiert. Das ist viel, viel besser als erwartet.«

»Wirklich?«

»Wirklich.«

Connie lehnte sich zurück und schnappte sich etwas von dem Obstteller, den Francesca vorbereitet hatte. »Das ist fast zu schön, um wahr zu sein. Das Ganze muss doch noch einen Haken haben.«

»Na ja –«

»Wusste ich es doch.« Connie legte die Füße auf den Tisch. Die normalen Regeln galten heute nicht.

Ramira und Elliot sahen sich an. Ganz offensichtlich machten sie wortlos miteinander aus, wer diesen Part übernehmen musste. Die Ranghöhere gewann, also musste Elliot ran.

»Ich würde zu bedenken geben, Ma'am, dass erste Reaktionen manchmal in die Irre führen. Niemand will als Erstes sagen, *Ich habe ein Problem mit dieser Homo-Sache*. Aber insgeheim lassen sie schon Umfragen erstellen. Das tun wir natürlich auch und dann wissen wir, ob die negativen Reaktionen von *Caribou* es in den Mainstream geschafft haben.«

»Aber fürs Erste?«

»Fürs Erste gehen wir vor wie gehabt. Wir konzentrieren uns auf die nächste Veranstaltung und auf die danach. Ich weiß nicht, wie es mit Ihnen ist, Ma'am, aber ich möchte nicht, dass die Hater unser Vorgehen diktieren. Wenn wir ehrlich sind und korrekt handeln, können wir den Tonfall kontrollieren, in dem berichtet wird.«

»Sie haben natürlich ganz recht, Elliot. Und wo wir schon dabei sind: Was ist denn meine nächste Veranstaltung?«

»Eine, äh, Wissenschaftskonferenz mit Universitäten und Unternehmen. Innovation, Zukunft, Technologie und so. Sie baut auf der Veranstaltung letzte Nacht auf. Etwas sollten Sie aber wissen – Gabriel Emerson wurde in letzter Minute zur Gästeliste hinzugefügt. Wenn ich die Veranstalter richtig einschätze, kommen Sie direkt nacheinander dran.«

»Hoffentlich ist mein Briefing nachher im Flugzeug etwas ausführlicher, sonst werde ich nur über Flugzeugessen reden können«, bemerkte Connie trockener als zwingend notwendig. »Nun gut, sagen Sie Francesca bitte, dass sie sämtliche Anrufe vorerst zurückhalten soll. Ich muss mit Emily reden, mich erkundigen, welche Auswirkungen die Nachrichten auf sie haben.«

»Selbstverständlich.«

»Und Ramira?«

»Ja, Madam President?«

»Danke. Du bist eine herausragende Stabschefin und eine noch bessere Freundin.«

Ramira ging zur Tür, drehte sich im letzten Moment aber noch einmal zu ihr um. »Du solltest es ihr sagen. Je eher, desto besser. Wenn du dich dazu entschließt, das Gesundheitssystem nicht zu reformieren, muss sie das wissen. Vielleicht wiegt das Schusswaffenverbot es ja auf?«

Dann ließ sie Connie mit ihren Gedanken und ihrem Handy allein. Sie versuchte, Emily anzurufen, doch sie ging nicht ran. Vielleicht hatte sie keinen Empfang. Oder sie war beschäftigt. Möglicherweise war sie auch schlicht wieder ins Bett gegangen, die Nacht war schließlich anstrengend genug gewesen.

Trotzdem setzte es Connie zu, dass sie sie nicht erwischen konnte. Hatten sie das private Handy nicht extra dafür eingerichtet? Vielleicht wäre es doch nicht zu schnell, wenn sie unter einem Dach lebten, so wie der Secret Service es wollte. Nein. Alles zu seiner Zeit und sie würde Emily bestimmt kein schlechtes Gewissen machen und dadurch Druck ausüben. Das hatte sie immer schon gehasst.

Sie legte ihr Handy beiseite und widmete sich wieder ihrem Frühstück. So ruhig würde dieser Tag bestimmt nicht bleiben.

———

Als Connie *Air Force One* betrat, war ihre optimistische Stimmung schon wieder verflogen. Emily hatte sich noch immer nicht gemeldet und eine Mitarbeiterin der Residenz hatte gekündigt, was Francesca vor ihr geheim halten hatte wollen. Connie kannte die Frau nicht persönlich, sie war wohl mit für die Dekoration zuständig gewesen.

Anscheinend hatte sie es nicht mit ihrem Gewissen vereinbaren können, für eine Präsidentin zu arbeiten, die außerhalb der Ehe Übernachtungsbesuch empfing. Das, was sie nicht ausgesprochen hatte, tat mindestens ebenso weh. Connie hatte vielleicht nicht zu all ihren Mitarbeitern ein persönliches Verhältnis, aber sie hatte eigentlich gedacht, dass sie sie anständig genug behandelte, um eine gewisse Loyalität zu verdienen.

Auf der Veranstaltung hielt Good Ol' Gabe dann seine Rede vor Connie. Er war mit seiner eigenen Eskorte vom Secret Service angereist, die neben ihrer eigenen winzig klein aussah. Zum Glück hatte sie den Großteil der irrwitzigen Floskeln, aus denen seine Rede bestand, verpasst, doch da sie gleich dran war, stand sie nun im Backstage-Bereich und hörte jedes Wort.

»Wir alle kennen die heutigen Nachrichten. Und wir alle haben gehört, was viele kluge Menschen seit der letzten Wahl gesagt haben.

Dass Connie Calvin uns angelogen hat, indem sie sich als traurige Witwe ausgegeben hat.«

Das Publikum brummte verhalten.

»Ja, das hat sie. Vielleicht hat sie euch getäuscht. Vielleicht hat sie euch erfolgreich die normale kleine Familie vorgespielt, in der nur der verstorbene Mann fehlt. Aber jetzt ist sie schon seit ein paar Jahren im Weißen Haus und da glaubt sie, dass sie mit allem durchkommt. Die liberalen Medien werden sich natürlich gegenseitig damit übertreffen wollen, die *richtigen Begriffe* zu verwenden und *ihre Identität zu respektieren* ...«

Er malte tatsächlich Anführungszeichen in die Luft. Connie konnte es auf dem Bildschirm sehen.

»Aber manche von uns wissen ganz genau, was wirklich dahintersteckt. Ich will sie nicht beschimpfen, aber ich sage, was Sache ist. Dieses Verhalten gehört sich nicht für eine Lady, und ganz bestimmt nicht für eine Präsidentin. Ich habe selbst drei Töchter und ich liebe sie. Aber wenn eine von ihnen unter meinem Dach, in meinem Heim, so etwas abziehen würde, dann würde sie die Konsequenzen zu spüren bekommen. Und macht euch nichts vor: Das Weiße Haus ist unser Dach, unser Heim. Connie Calvin kann ruhig ihre kleinen Romanzen haben, aber sich damit nicht in den Vordergrund drängen, wenn das Land gerade seine klügsten Köpfe feiert. Das ist schlicht respektlos. Respektlos! Während der letzten Wahl hat sie uns vorgemacht, sie wäre anständig. Jetzt wissen wir es besser.«

Es gab keinen tosenden Applaus, aber es *gab* Applaus und das traf Connie. Reagierte sie über? War sie zu sensibel? Nein, vermutlich nicht, denn Jill tat etwas, das sie so gut wie nie tat: Sie brach aus ihrer wachsamen Starre aus und drückte Connie sanft die Schulter.

»Hören Sie nicht auf ihn, Ma'am. Das ist nur ganz billige Stimmungsmache.«

»Sie haben recht. Können Sie trotzdem dafür sorgen, dass wir uns heute Abend nicht begegnen? Ich will nur schnell rein und wieder raus.«

»Verstanden.«

Gabe Emerson beendete seine Rede mit weiterem Gejammer darüber, wie sehr Steuern den Unternehmen schadeten, dann war Connie an der Reihe. Gabe wirkte alles andere als begeistert, dass er auf die andere Seite von der Bühne gescheucht wurde. Connie genoss ihren kleinen Sieg.

Der Teleprompter gab ihr vor, was sie zu sagen hatte, und sie las es einfach nur ab, ohne es spontan zu variieren, wie sie es sonst manchmal tat. In Gedanken war sie ganz woanders. Nicht bei Gabe und seinen Beleidigungen, sondern bei Emily. Wie würden seine Worte bei ihr ankommen? Connie hatte versprochen, sie zu beschützen, und sie versagte schon, wenn es um kleine Beleidigungen wie in dieser Rede ging. Dabei war für eine Veranstaltung wie diese das Thema eigentlich überhaupt nicht relevant gewesen.

Kaum war sie zurück im Auto, checkte sie erneut ihr Handy, in der Hoffnung, dass das Universum ihr wenigstens eine aufbauende Nachricht gönnte.

Nichts.

Frustriert klatschte Connie mit der Hand gegen den Sitz.

»Ist alles in Ordnung, Ma'am?«, fragte Jill.

»Oh, nichts Wichtiges. Die Frau, die ich liebe, ignoriert mich nur.«

Jill starrte sie an. Während der gesamten Planung hatte Connie sehr darauf geachtet, vor allem von Partnerschaft zu sprechen. Das L-Wort war nie gefallen.

Aber ja, sie liebte Emily Lawrence.

»Jill, ich möchte unsere Pläne nach der Landung ändern …«

———

Zum ersten Mal stand Constance vor Emilys Zuhause. Es war ein hübsches Reihenhaus in einem guten Viertel. Genau so ein Haus würde auch Connie sich aussuchen. Das Einzige, was den Anblick trübte, waren die Agenten auf der Treppe sowie die Abdeckung, die sie über der großen Holztür errichtet hatten.

Beklommenheit machte sich in Connie breit. Man hatte sie vorgewarnt, dass Emily den ganzen Tag gejagt worden und schon ziemlich genervt war. Aber anscheinend hatten sich die Paparazzi vor allem auf das Krankenhaus konzentriert und weniger auf ihr Haus. Ein paar Paparazzi lungerten zwar bei einem Van auf der gegenüberliegenden Straßenseite herum, sie hatten ihre Ankunft aber nicht bemerkt, denn ihr Auto war von den Vans des Secret Service, die vor dem Haus parkten, abgeschirmt worden.

Connie hoffte inständig, dass Emily sich freuen würde, sie zu sehen. Sie zerbrach sich schon die ganze Zeit den Kopf darüber, warum Emily auf sie wütend sein könnte. Sie hatten sich doch vorgenommen, dass sie der anderen nicht vorwerfen würden, was auch immer in der Zeitung stand. Sie hatte keine Kontrolle über das, was irgendwelche Schmierfinken druckten.

Hatte vielleicht einer ihrer Mitarbeiter versucht, Emily zum Rückzug zu bewegen? Nein, das würden sie nicht tun. Nicht, ohne ihre Bedenken erst ihr gegenüber kundzutun. Connie hatte keine Ahnung, was vorgefallen sein könnte, und das setzte ihr genauso zu wie Emilys Stillschweigen.

Sobald sie im Gebäude war, konnte sie immerhin den Großteil ihrer Agenten abschütteln und sich beinahe so frei bewegen wie im Weißen Haus. Emilys Haus war geschmackvoll eingerichtet, auch wenn Connie nicht sagen konnte, wie viel davon tatsächlich Emilys Werk war. Schließlich lebte sie noch nicht lange hier.

Als sie die Treppe erreichte, warf Connie Jill einen fragenden Blick zu.

»Sie können nach oben gehen, Ma'am.«

Jill begleitete sie und sagte dann: »Hier ist es.« Sie deutete auf eine der Türen und setzte sich dann auf einen Stuhl im Flur, was untypisch war. Normalerweise stand sie immer auf Hab Acht bereit. Doch Connie fragte nicht weiter nach, zu dringend wollte sie zu Emily.

Sie klopfte an die Tür und es dauerte eine schiere Ewigkeit, bis Emily öffnete. Sie trug ein Joggingoutfit. Wahrscheinlich hatte sie sich für die schwarzen Leggings und die dunkelgraue Jacke entschieden, um möglichst unauffällig auszusehen.

»Du hättest dich doch nicht so schick machen müssen«, neckte Connie sie. »Aber kannst du mich reinbitten? Die Agenten werden nervös, wenn ich im Flur herumlungere.«

Emily machte einen Schritt zur Seite und Connie betrat das Zimmer. Doch als sie Emily küssen wollte, wich die aus.

»Habe ich etwas nicht mitbekommen? Ich habe versucht, dich zu erreichen. Die Reaktionen auf unser Coming-out waren überwiegend positiv und das wollte ich mit dir feiern.« Connie stemmte die Hände in die Hüften.

Statt auf das Sofa, auf dem sie nebeneinandersitzen hätten können, setzte Emily sich auf einen Ohrensessel am Kamin. Connie blieb stehen.

»Es waren aber nicht alle Reaktionen gut«, sagte Emily. »Allein heute haben zwei Patienten einen anderen Chirurgen verlangt. Gar nicht mal, weil du eine Frau bist. Aber ein Elternteil hat angedeutet, dass sie glauben, ich wäre jetzt zu beschäftigt mit Partys und Spendengalas, um ihre Kinder rund um die Uhr zu betreuen.«

Connie runzelte die Stirn. »Es ist doch von Anfang an klar gewesen, dass wir nicht alle zufriedenstellen können. Komm schon. Du hast doch selbst gesagt, du wärst nicht naiv.«

»Manche von uns haben aber noch andere Sorgen als nur dein Medienecho und deine Umfrageergebnisse!«, schnappte Emily.

Sie war richtig aufgebracht und Connie wich unweigerlich einen Schritt zurück.

»Meine Patienten bedeuten mir alles. Manche dieser Familien sind mir quer durchs Land gefolgt, damit ich sie weiter behandeln kann. Und jetzt fühlen sie sich von mir im Stich gelassen.«

»Emily, ist etwas passiert? Oh Gott, ist was mit deiner Schwester?«

»Was? Nein, ihr geht's gut. Tatsächlich wollte ich dich anrufen, sobald ich im Büro war. Dir erzählen, ob mich wieder irgendwelche Paparazzi verfolgt haben. Aber wie sich herausgestellt hat, war meine morgendliche Überraschung keine Meute auf dem Parkplatz. Sondern die Frau in meinem Büro.«

»Wer?«, fragte Connie, noch bevor sie wirklich nachdenken konnte. Ein flaues Gefühl breitete sich in ihrer Magengrube aus. Eigentlich gab es nur ein Thema, nur eine Person, die Emily derartig aufbringen konnte, wenn es um Connie und ihre Beziehung ging.

Emilys nächste Worte bestätigten, was Connie instinktiv schon geahnt hatte.

»Meine Ex-beinahe-Schwiegermutter. So hat sie es ausgedrückt. Vermutlich wollte sie mich nur verwirren. Hast du eine Ahnung, warum die Senatorin mich verwirren wollte?«

In Connie meldete sich das schlechte Gewissen, das sie seit ihrem eigenen Gespräch mit der Senatorin mehr oder weniger erfolgreich bekämpft hatte. »Ich wollte mit dir darüber reden. Aber es war so schön mit dir und ich wollte dich da nicht mit hineinziehen. Du hast ohnehin schon so unter Druck –«

Emily stand auf. »Deinetwegen! Wegen deines Jobs! Ich habe nicht darum gebeten, aber du musst ja wohl zugeben, dass ich gut damit klargekommen bin. Definitiv gut genug, um wie eine Erwachsene behandelt zu werden. Du hättest mich genug respektieren sollen, um mir davon zu erzählen.«

Connies Knie wurden weich. Sie ging die paar Schritte zum Sofa und setzte sich hin, ohne dabei den Blick von Emily abzuwenden. »Es tut mir leid. Das ist wahrscheinlich nur ein schwacher Trost, aber es ist die Wahrheit. Ich wollte dich immer nur beschützen. Ich dachte, ich *hätte* dich beschützt.«

»Du hast mich angelogen! Auch etwas zu verschweigen ist eine Lüge, Connie. Das würdest du doch genauso sehen, wenn es um dich ginge. Und was das Schlimmste ist: Du hast mich trotzdem gebeten, mein gesamtes Privatleben für dich zu riskieren. Ich habe mich ganz bewusst dafür entschieden und ich war sogar stolz auf meine Entscheidung. Aber ich hätte alle Fakten kennen müssen, bevor ich meine Privatsphäre aufgegeben habe, in der Hoffnung, mit dir so etwas wie ein normales Leben führen zu können. Du hast mich angelogen.«

»Emily –«

»Wahrscheinlich bist du schlicht und einfach nur eine weitere Politikerin. Eine, der es nur dann um die Wahrheit geht, wenn es dir auch nützt.«

Connie schwankte unter der Wucht ihrer Worte. Noch nie hatte sie Emily im vollen Angriffsmodus gesehen. Der im Übrigen verdammt attraktiv war. In diesem Moment begriff sie auch, warum Emily so gut in ihrem Job war. Jeder Patient konnte von Glück reden, wenn er jemanden hatte, der sich so vehement für ihn einsetzte.

Unter Emilys gerechtem Zorn fühlte Connie sich winzig klein. Zurecht, vermutlich. Sie widersprach auch eher aus purer Gewohnheit und nicht etwa, weil sie davon überzeugt war, im Recht zu sein. »Das ist nicht fair. Ich wollte es dir sagen, sobald ich dich das nächste Mal sehe. Wir können es gemeinsam durchgehen, einen Weg finden, wie sich die Gesundheitsreform doch noch durchsetzen lässt. Aber das Schusswaffenverbot ist zu wichtig. Damit kann ich wirklich etwas bewirken.«

»*Mir* brauchst du nicht erklären, dass weniger Waffen im Umlauf sein sollten. Dass jedes einzelne gerettete Menschenleben schon ein Sieg ist. Aber es sterben auch jeden Tag Menschen an heilbaren Krankheiten, weil sie es sich schlicht nicht leisten können, zum Arzt zu gehen. Wenn du wolltest, könntest du dich um beides kümmern. Willst du aber nicht. Weil du zu berechnend dafür bist und sich das negativ auf deine Wiederwahl auswirken könnte. Und seien wir doch ehrlich: Du warst außerdem überzeugt davon, dass ich mich weniger aufregen würde, weil ich dich liebe – weil wir miteinander schlafen, meine ich.«

»Oh nein, das machst du nicht.« Inzwischen war Connie glühend heiß, doch sie nahm sich nicht die Zeit, sich ihren Mantel auszuziehen. »Mir ist heute erst so richtig bewusst geworden, dass ich dich liebe. So richtig mit Geigen im Himmel und so. Wir werfen uns das nicht in einem Streit an den Kopf, dazu ist es zu wichtig.«

»Haben wir es nicht gerade getan?«

»Nun, ich ... Ja, das haben wir wohl.«

Eine Weile sagte keine von ihnen etwas.

Emily setzte sich wieder hin. »Ich bin immer noch stinksauer, dass du mir einfach so in den Rücken fällst«, sagte Emily schließlich. »Aber du fällst nicht nur mir in den Rücken. Sondern all den Menschen, die nicht versichert sind und die die Rettung nicht rufen, wenn sie sie brauchen, weil sie fürchten müssen, alles zu verlieren, wenn die Rechnung ins Haus flattert. Das ist so viel schlimmer. Und ganz ehrlich? Ich liebe dich zwar – ja, ich liebe dich, Connie –, aber im Moment bin ich mir nicht sicher, ob ich dich wählen würde.«

Fuck. Connie wurde schlecht.

Irgendwie hatte Emily es geschafft, auf die schlimmstmögliche Art deutlich zu machen, wie betrogen sie sich fühlte. Die Wucht ihrer Worte brach über Connie herein, als wäre sie gegen eine Ziegelwand gerannt. Sie konnte nichts sagen, nichts tun, das den Schaden wiedergutmachen würde, den sie angerichtet hatte. Mit zitternden Fingern nestelte Connie an den Knöpfen ihres Mantels herum. Endlich hatte sie jemanden gefunden, der sie wieder glücklich machte. Jemanden, dem sie vertrauen konnte, dem sie ihr Herz und ihren Job und ihre Familie anvertrauen konnte. Und dann hatte sie es mit ihrer Geheimhalterei und einem irgendwie unmoralischen Deal versaut.

Eine wahre Politikerin, da hatte Emily recht.

Connie verschaffte sich einen Moment zum Nachdenken, indem sie aus dem Wollmantel schlüpfte, bevor sie noch der Hitzschlag traf. Emily liebte sie. Auch wenn sie es im Eifer des Gefechts gesagt hatte, war es die Wahrheit. Aber sie war auch von Connie enttäuscht. Ja, sie enttäuschte ständig irgendjemanden, aber so weh tat es sonst nur, wenn sie mit Zach oder ihrer Mutter stritt.

Denn Connie liebte Emily Lawrence und sie zu enttäuschen fühlte sich an, als würde sie zugleich eine Wahlniederlage einstecken, den Superbowl verlieren sowie bei der verdammten Oscarverleihung leer ausgehen. Sie wusste nicht, was sie sagen sollte. Etwas an dem, was sie getan hatte, zu ändern ... dafür war es zu spät. Connie räusperte sich. »Ich würde deine Stimme gern zurückgewinnen. Ich will nicht, dass du sie vergeudest, indem du eine Drittpartei wählst oder überhaupt am Wahltag daheimbleibst. Aber was uns angeht? Können wir uns nicht in der Mitte treffen? Mich zu lieben und für mich zu stimmen, sind ja zwei unterschiedliche Dinge. Wenn wir darin übereinstimmen ... dann können wir das hinkriegen. Davon bin ich überzeugt.«

Immerhin nahm Emily sich einen Moment, um darüber nachzudenken. Doch dann schüttelte sie den Kopf. »Ich kann das aber nicht trennen. Nicht jetzt. Das soll nicht heißen, dass ich nie darüber hinwegkommen werde ... Aber ich brauche etwas Zeit dafür. Und Abstand.«

Connie verlor den Boden unter den Füßen. Sie hatte einen großen Teil ihres Lebens im Licht der Öffentlichkeit verbracht und das Gefühl, von Wählern oder ihren politischen Gegnern abgelehnt zu werden, weil die ihre Meinung nicht nachvollziehen, nicht wertschätzen konnten, kannte sie nur zu gut. Aber dass sie mit einer politischen Entscheidung jetzt Emily von sich gestoßen hatte? Ihre Kehle schnürte sich zusammen und Galle stieg ihr hoch. Zum Glück saß sie, sonst hätte Emily ihr allzu deutlich ansehen können, dass sie am ganzen Körper zitterte.

»Was kann ich tun? Sag's mir, Emily, bitte. Gibt es etwas, das ich tun kann, damit du mir glaubst, dass ich es ernst mit dir meine? Trotz meiner Verpflichtungen.«

Emily schüttelte den Kopf. Mittlerweile sah sie eher traurig als wütend aus. »Ich wüsste nicht, was. Ich muss erst mit dieser neuen Seite von dir klarkommen. Oder auch damit, dass ich dich jetzt genauer kenne. Du bist nicht die, für die ich dich gehalten, in die ich mich verliebt habe. Ich weiß noch nicht, ob ich mich daran gewöhnen kann.«

»Machst du mit mir Schluss?« Connie klang verzweifelt und es war ihr ganz egal.

»Nein. Nicht im Moment. Ich weiß auch gar nicht, ob ich das überhaupt will. Aber so einfach ist es nun mal nicht. Du kannst nicht einfach mein Lebenswerk unter die Räder kommen lassen und erwarten, dass ich dazu *Ja* und *Amen* sage. Dann wäre ich auch nicht die, in die du dich verliebt hast.«

»Ich liebe dich, Emily. Ich bin nicht bloß verliebt in dich.«

Emily nickte angespannt. »Es ist ja schon schlimm genug, dass ich nicht einfach joggen oder mit meiner Schwester etwas trinken gehen kann. Dass du hier bist –«

»Oh. Okay.« Connie stand auf und ging zur Tür. »Ich mache dir keinen Druck. Nimm dir die Zeit, die du brauchst. Wenn du es kannst. Was ich wirklich, wirklich hoffe.«

»Gute Nacht.« Emily wandte sich ab.

Connie konnte trotzdem sehen, dass sie weinte, und alles in ihr drängte danach, zu ihr zu gehen und sie zu trösten. Aber nein. Sie hatte das Recht darauf verloren.

»Gute Nacht«, erwiderte Connie und verließ das Zimmer.

Als sie den Flur entlangging, wischte sie sich selbst mehr als nur eine Träne von den Wangen.

Kapitel 27

Sutton brachte so viel Essen mit, als wollte sie eine kleine Armee verköstigen. Jedem Agenten, dem sie begegnete, reichte sie Boxen mit Nudeln oder Reis. Emily nahm sich wie immer eine Portion *Lo Mein*, ehe sie für sich ein kühles Bier und für ihre Schwester ein Glas Wasser holte.

»Es ist ewig her, dass wir uns richtig unterhalten haben.« Sutton wedelte mit ihren Stäbchen herum. »Und bevor du was sagst: Nachrichten zählen nicht. Das ist wie damals, als wir noch ein Dosentelefon hatten: Technologie kann persönliche Gespräche nicht ersetzen.«

»Dosentelefone? Haben wir in den *Abenteuern von Tom Sawyer* gelebt, oder was? Wir hatten richtige Walkie-Talkies.«

Statt einer Antwort zeigte Sutton ihr den Stinkefinger. Typisch große Schwester.

»Wenigstens hast du gut ausgesehen, als du in den Nachrichten warst«, sagte sie dann. »Hast dem alten Geschlecht derer von Lawrence keine Schande bereitet oder so. Rebecca ist sauer, dass in der Krankenhaus-Security herumgepfuscht wird, aber das weißt du sicher schon.«

»Allerdings. Sie ist wahrscheinlich heilfroh, wenn ich sicher im OP verstaut bin. Dort kommen die Paparazzi wenigstens nicht hin. Noch nicht, zumindest.«

»Jepp. Und, wann hast du das nächste heiße Date mit der Präsidentin? Darf ich sie Connie nennen, oder muss man mit ihr schlafen, um sich dieses Recht zu verdienen?«

»Du darfst sie President Calvin nennen. Und in nächster Zeit wird es keine weiteren Verabredungen geben. Wir haben uns eine kleine Auszeit genommen.«

Sutton erstarrte mit den Stäbchen auf dem halben Weg zum Mund. »Wie bitte, was? Etwa wegen deines Modegeschmacks? Ich wusste, dass der dir irgendwann in den Hintern beißen wird.«

»Haha. Als würdest du dir nicht die nächstbeste Jogginghose schnappen, sobald du daheim bist.« Emily warf einen vielsagenden Blick auf die Sportklamotten ihrer Schwester, die ihren eigenen nicht unähnlich sahen. »Wie war es denn heute in der Schule?«

»Glaub nicht, dass ich nicht merke, dass du das Thema wechselst.«
Sutton verdrehte die Augen. »Aber kannst du mir sagen, warum ich noch mal dachte, dass das Unterrichten meine Berufung wäre? Und jetzt kann ich am Ende eines langen Tages noch nicht mal meine Nerven mit einem Glas Wein beruhigen. Das ist so ungerecht.«

»Sieh es mal so: Sobald du ein Kind hast, kannst du ihm beibringen, wie man sich in der Schule perfekt benimmt und so einer anderen Lehrperson das Leben erheblich erleichtern.«

Sutton schüttelte den Kopf. »Ich wünschte, das würde funktionieren. Aber komm schon. Ich will alles über dich und *President Hottie* wissen. Und vor allem, warum ihr euch eine Auszeit genommen habt.«

»Okay, bitte hör auf, meine Freundin zu objektifizieren.«

»Sie ist also deine Freundin. Endlich gibst du es zu.« Sutton stieß einen leisen Triumphlaut aus, ehe sie sich in die Couchkissen zurücksinken ließ.

»Wir haben gerade vor sieben Milliarden Menschen offiziell gemacht, dass wir ein Paar sind, Sutton. Wie soll ich sie denn sonst nennen? Meine Yogalehrerin?«

»Wo wir gerade dabei sind: Kommst du Sonntagfrüh wieder mit zum Yoga? Oder geht das auch nicht mehr?«

Emily senkte den Blick und seufzte. »Die meisten Freizeitaktivitäten sind erst mal vom Tisch. Joseph sagt –«

»Wer ist Joseph?«

»Hast du den großen schwarzen Agenten am Eingang gesehen? Das ist Joseph. Er ist für meinen Schutz zuständig. Hat auch diese Sicherheitsdinger an der Tür und den Fenstern montieren lassen. Witzigerweise ist seine Schwester Jill für Connies Schutz zuständig. Jedenfalls, Joseph meint, dass ich wieder normalen Aktivtäten nachgehen kann, wenn sich der erste Wirbel gelegt hat, aber er kann noch nicht abschätzen, wann es so weit sein wird. Und ich werde sicher nicht darauf drängen. Ich meine, es ist ja kein Weltuntergang, wenn ich mal ein Weilchen nicht shoppen gehen kann oder so.«

»Sicher? Weißt du, ich mache mir Sorgen um dich, Em. Ich wünsche dir so sehr, dass du glücklich bist. Und du bist da in eine Riesensache hineingeraten. Ich will nicht, dass du daran kaputt gehst.«

»Das würde Connie nicht tun.«

»Ich mache mir auch nicht ihretwegen Sorgen. Ich glaub dir gern, dass sie dir nicht absichtlich wehtun würde. Wobei du ehrlich gesagt momentan nicht so wirkst, als würdest du auf Wolke sieben schweben. Wenn sie dich also doch irgendwie verletzt hat, werde ich ihr in den Hintern treten. Davon könnte mich nicht einmal der Secret Service abhalten.«

»Warum glaubst du, dass sie etwas gemacht hat?« Emilys Augen brannten. *Nicht schon wieder.* »Ich bin schließlich nicht gerade ein Beziehungsguru.«

»Weil du aussiehst, als hättest du das zehnte Jahr hintereinander keinen Welpen bekommen. Jetzt spuck's schon aus.«

»Ich kann nicht wirklich darüber reden. Eigentlich ist es auch nur eine Art Kulturschock. Anscheinend ist doch nicht plötzlich alles ganz einfach, nur weil man mit jemandem zusammen sein will. Wer hätte das gedacht? Und ehrlich? Unsere Beziehung hat mehr Hürden als ein Hindernisparcours. Es ist einfach anstrengend, jede einzeln zu überspringen. Ich bin auch nur ein Mensch.«

»Wenn du meinst ...« Sutton schnappte sich die Fernbedienung und zappte zu *Caribou News*. »Oh Mann, zeigen die ernsthaft schon wieder Gabe Emerson? Wie viel Gratis-Medienpräsenz kriegt der Wichser denn noch? Die sind ja richtig besessen von ihm. Wahrscheinlich warten die nur auf den nächsten inkorrekten Spruch von ihm, der viral geht.«

Emily schnaubte über den Wutausbruch ihrer Schwester. »Du bist doch nur sauer, weil er sich darüber auslässt, dass meine Gastgeberin im Weißen Haus Besuch in ihren privatesten Gemächern empfängt. Ich erkenne doch deinen Beschützerische-große-Schwester-Modus, wenn ich ihn sehe. Aber danke.«

»Ich meine ja nur. Die Medien müssen sich da schon zur Verantwortung ziehen lassen. Ich verstehe ja, warum *Caribou* und die anderen bigotten Rechten es machen, aber selbst die seriösen Nachrichtenplattformen berichten ständig über ihn, weil sie so Clicks generieren. Die glauben alle, das wäre nur ein Riesenwitz, aber Typen wie der – die glauben, Steuersenkungen lösen sämtliche Probleme – sind gefährlich. Je eher er rausfliegt und Miriam Randolph an seine Stelle tritt, desto besser.«

»Meinst du, sie lässt sich aufstellen?« Suttons Bemerkung überraschte Emily. Wenn sie sich mal politisch äußerte, was selten genug geschah, dann nur, um über das unterfinanzierte Schulsystem zu schimpfen oder über die üblichen Debatten innerhalb der queeren Community. »Wie kommst du darauf?«

»Was im Lehrerzimmer eben so geredet wird. Mir ist es auch eigentlich ziemlich egal, wer kandidiert. Die Lokalebene hat wesentlich größere Auswirkungen auf unser Leben. Schulträger, Bürgermeister – wer auch immer für die wirklich wichtigen Dinge zuständig ist und entscheidet, wie viel Geld wohin fließt.«

Obwohl sie beide genervt davon waren, ließen sie den Sender weiter laufen. Auf die Archivaufnahmen von Gabe Emerson folgte ein Bericht über seine jüngste Wahlrede. Ohne Umschweife stürzte er sich auf Connies Ruf und machte abfällige Bemerkungen über ihre Freundin. Er erwähnte ihren Namen zwar nicht, doch für Emily war es trotzdem grauenvoll, dass man im nationalen Fernsehen derartig über sie redete. In der Medizin gab es so etwas nicht.

»Was geht da bitte ab?«, fragte Emily entgeistert. »Ist das sein Ernst? Connie hat nichts falsch gemacht. Du hast so was von recht mit Miriam. Es ist eine Schande, dass sie wahrscheinlich doch nicht antreten können wird. Dann sind wir gezwungen, uns diesen Typen weiter zu geben.«

Sutton warf ihr einen anklagenden Blick zu.

»Was?«

»Du hast deiner Freundin gegenüber einen ausgeprägten Beschützerinstinkt«, meinte Sutton. »Aber kann es sein, dass du Brooke wieder einen Gefallen getan hast? Ich dachte, du bist auf Kinder spezialisiert, Emily. Ist Senatorin Randolph nicht ein bisschen zu alt dafür?«

»Über dieses Thema rede ich nicht. Und falls ich ihr einen Schubs gegeben haben sollte, damit sie endlich auf ihre Tochter hört und zum Arzt geht, dann wäre das alles, was ich getan hätte. Außerdem hat Brooke mir ihre Bodyguards zur Verfügung gestellt, als die Paparazzi zum ersten Mal vor meiner Tür aufgetaucht sind. Da konnte ich doch nicht Nein sagen, wenn sie mich um etwas bittet.«

»Hast du es der Präsidentin gesagt? Das interessiert ihr Wahlkampfteam bestimmt brennend.«

»Sutton! Ich würde nie gegen meine Schweigepflicht verstoßen. Du bist meine Schwester. Wenn mir da was rausrutscht, weil ich müde bin, ist das etwas anderes.«

»Ja, aber Connie ist dir wichtig. Und es würde ihr sehr helfen, politisch gesehen.«

»Ich breche doch nicht meinen Eid, weil ich jemanden kennengelernt habe.« Emily zuckte mit den Schultern. »Das passiert nun mal. Liebe kommt, Liebe geht. Das ist keine große –«

»Moment, was? Liebe?! Em, ich dachte, das wäre erst … Du liebst sie wirklich, oder?« Sutton sah sie mit großen Augen an.

»Sieht so aus.« Emily zuckte mit den Schultern. »Sie, äh, sie meinte, dass es auf Gegenseitigkeit beruht. Falls du dich das fragen solltest.«

Sutton schlug Emily gegen den Oberarm. »Du schuldest Rebecca fünfhundert Dollar. Damit kann sie mich so richtig toll zum Essen ausführen.«

»Gern geschehen.« Emily grinste. »Was immer ich tue, dient nur dem einen Ziel, dir einen schönen Restaurantbesuch zu bescheren.«

»Wusste ich's doch. Aber im Ernst: Bist du dir sicher? Es ist das eine, ein paar Wochen in den Schlagzeilen zu sein, aber wenn auch noch Gefühle im Spiel sind … Was willst du denn tun? Ins Weiße Haus ziehen? Sie heiraten? Wirst du dann die First Lady? Da ist noch so viel offen und du könntest auf so viele Arten verletzt werden.«

Emily rutschte auf dem Sofa nach vorne und stocherte weiter in ihrem Essen herum. »Ja. Ich mache mir auch nicht vor, dass es perfekt wird oder auch nur leicht. Im Gegenteil. Jemand Klügeres würde wahrscheinlich schon den Rückzug antreten, aber … irgendwie kann ich das nicht. Es ist, als wäre sie mitten in mein Leben marschiert und hätte verkündet, dass sie jetzt da ist. Diese eine Person, mit der ich unbedingt zusammen sein will. Aber sie hat mich diese Woche auch wirklich enttäuscht. Es wird eine Weile dauern, bis ich darüber hinweg bin. Es wäre so viel einfacher, wenn sie nicht für eine zweite Amtszeit kandidieren würde. Aber sie wird genauso wenig zurücktreten, wie ich aufhöre zu operieren.«

Sutton beugte sich vor – sie musste sich dabei ziemlich strecken, denn irgendwie war der Abstand zwischen ihnen immer größer geworden – und tätschelte Emilys Hand. Das neckende Lächeln war aus ihrem Gesicht verschwunden. Sie wirkte nachdenklich. »Ich fasse es nicht, dass meine kleine Schwester endlich so richtig ihr Herz an jemanden verloren hat. Auf die denkbar komplizierteste Weise, was ja irgendwie klar war. So bist du einfach. Aber es ist wirklich passiert. Gibt es denn schon Pläne, wie es weitergeht? Kann ich dir irgendwie helfen?«

»Hör mir einfach zu?«, fragte Emily. »Und pass auf, dass ich mich nicht selber google oder mich mit den negativen Meldungen fertigmache. Die sind da draußen, das weiß ich, aber ich muss die Details nicht kennen.«

»Geht klar. Okay, dann schieß los: Ist sie gut im Bett?«

Emily warf ein Kissen nach Suttons Kopf. »Nicht! Angemessen! Aber ... Ich kann mich nicht beschweren. Zufrieden?«

»Nachgerade euphorisch.«

»Hmpf. Sag mal, wollen wir nicht lieber einen Film schauen? Für heute reicht es mit der Politik.«

»Moment,« sagte Sutton, als sie auf den Fernseher sah, »jetzt kommt deine Süße. Wo ist sie heute überhaupt?«

»Sie unterschreibt ein neues Gesetz. Das Schusswaffenverbot ist durchgegangen, nachdem einige Republikaner doch noch dafür gestimmt haben. Eigentlich hätte das irgendwann heute tagsüber stattfinden sollen, aber sie wollten wohl doch bis zur Primetime warten.« Emily klang, als würde sie im Weißen Haus arbeiten, aber es war ihr egal. Obwohl sie immer noch verletzt war, tat es gut, über Connie zu reden, als würde zwischen ihnen alles wieder gut werden. Allmählich begann Emily tatsächlich, ihr zu verzeihen. Auch wenn sie einige Bedingungen hatte, bevor sie ihre Beziehung wieder aufnehmen konnten.

»Oh, da ist sie ja!« Sutton deutete auf den Bildschirm, wo Connie gerade die Stufen zum Kapitol erklomm. In dem schwarzen Jumpsuit und dem maßgeschneiderten weißen Blazer sah sie unglaublich aus. Das Haar trug sie wie immer hochgesteckt und in ihren Ohren und an ihrem Hals funkelten Diamanten. Klassisch und schick zugleich.

»Wann hat man die Präsidentin zuletzt zum Kapitol gehen sehen?«, fragte Sutton. »Die wollen wirklich, dass das wie eine große, überparteiliche Sache wirkt, hm?«

Emily wollte mit ihr angeben, nur ein bisschen. Der Anblick von Connie in all ihrer Pracht sandte eine Woge des Verlangens durch ihren Körper – auch wenn sie sich gleichzeitig hin- und hergerissen fühlte.

»Rechne mal lieber nicht damit, Senatorin Randolph zu sehen. Die wäscht ihre Hände in Unschuld. Aber Connie ...«

Das Geräusch im Fernsehen war nicht lauter als ein Böller.

Säße in diesem Moment jemand anderes neben ihr, hätte Emily vielleicht kurz gezweifelt. Versucht, sich einzureden, dass es nicht sein konnte. Obwohl ihr Herz raste und ihr Mund mit einem Mal staubtrocken war. Weil schließlich Autos Fehlzündungen haben konnten und es noch ganz viel anderes gab, das ähnlich klang.

In einem anderen, freundlicheren Leben hätte Emily sich wieder ihrem Essen zuwenden können, ohne dass sie mit zittrigen Fingern die Stäbchen so fest umklammerte, dass ihre Knöchel weiß hervortraten.

Aber Sutton begriff im gleichen Moment wie Emily. Instinktiv griffen sie nacheinander. Ihr Essen fiel auf den Boden. Sie ignorierten es, hatten nur Augen für den Fernseher.

»Waren das –?«

»Ja«, keuchte Sutton.

Die Kameraposition war unverändert. Immer noch war die Treppe vor dem Kapitol zu sehen, wo eben noch Connie gestanden hatte. Jetzt tummelte sich da ein Schwarm von Agenten in dunklen Anzügen. Das Bild wackelte und flackerte, als die Menge die Flucht ergriff. Dann verlosch es ganz. Einen Moment lang war der Bildschirm schwarz, ehe zurück zu den erschütterten Studiomoderatoren geschaltet wurde.

Das Handy. Emily brauchte ihr Handy.

»Warum sagen die denn nichts?«

Suttons Stimme war zu laut, während Emily zu keinem einzigen Wort in der Lage war. Sie umklammerte Suttons Arm nur noch fester.

»Emily? Em?« Suttons Atem ging nur noch stoßweise.

Das riss Emily zurück in die Gegenwart. Ihre Schwester schlitterte gerade in eine Panikattacke und Emily musste ihr helfen. Das hatte oberste Priorität. Connie konnte sie nicht helfen. Sutton schon.

»Alles wird gut. Sutton!« Emily umfasste die Schultern ihrer Schwester und atmete übertrieben tief ein, ganz langsam, zwang sie, mit ihr mitzuatmen. »Es ist nicht wie damals. Bestimmt schaut es schlimmer aus, als es ist. Bleib bei mir, okay? Alles wird gut. Wir sind sicher. Vor der Tür stehen Agenten und sie haben schusssichere Schirme vor meinen Fenstern aufgebaut, weißt du noch? Uns kann nichts passieren.«

Emily bemühte sich, ruhig und zuversichtlich zu wirken, doch gleichzeitig zog sich ihr Magen zusammen. Connie ... Nein, die Agenten hatten sie bestimmt abgeschirmt. Niemand konnte zu ihr vordringen. Seit Wochen wurde Emily doch immer wieder vorgebetet, dass der Secret Service auf alle Eventualitäten vorbereitet war. Falscher Alarm, knapp vorbei. Bestimmt bedeutete das nur verschärfte Sicherheitsmaßnahmen in nächster Zeit.

Emily wurde schlecht.

Dann begann Sutton allmählich wieder regelmäßig zu atmen und sank in Emilys Arme.

»Schalten wir mal zu einem anderen Sender.« Emily griff nach der Fernbedienung. »Vielleicht ist dieser nur nicht ...«

Sie zappte durch die Nachrichtensender, doch die boten alle einen ähnlich chaotischen Anblick. Wenn sie noch einmal lesen musste, dass sie *Bitte warten* sollten, würde sie schreien. Kurzerhand drückte sie Sutton die Fernbedienung in die Hand und während die weiter nach aktuellen Informationen suchte, durchwühlte Emily ihre Handtasche nach dem sicheren Handy.

Nichts.

Scheiße.

In dem Moment, als der Nachrichtensprecher eines großen Nachrichtensenders – Emilys Hirn nahm schon gar nicht mehr war, welcher das denn nun war – sich mit einer Sondersendung meldete, flog die Haustür auf und eine Armada an Agenten stürmte mit gezogenen Waffen auf sie zu.

»Was ist los?« Emily erkannte nur zwei von ihnen, dabei waren sie sicher zu zehnt. »Joseph?«

»Ma'am, wir haben Befehl, Sie an einen sicheren Ort zu bringen. Bitte kommen Sie mit.«

»Aber meine Schwester –«

»Em, mach, was sie sagen.« Sutton stand auf und zog Emily mit sich hoch.

Die professionelle Stimme des Nachrichtensprechers glitt durch die angespannte Stille wie ein scharfes Messer durch Wackelpudding. »Ersten Berichten zufolge sind heute auf dem Kapitol Schüsse gefallen. President Constance Calvin war anwesend, ebenso wie Mitglieder des Repräsentantenhauses und des Senats sowie Prominenz aus Film, Musik und Sport. Zu dem jetzigen Zeitpunkt ist über Opferzahlen noch nichts bekannt. Augenzeugenberichten zufolge wurden zwischen drei und fünf Schüsse abgegeben. Das Gebiet ist momentan abgeriegelt. Wir melden uns mit den aktuellen Details, sobald weitere Informationen an die Öffentlichkeit dringen.«

Ehe sie noch wusste, wie ihr geschah, umfasste je ein Agent ihre Oberarme und sie wurde aus dem Haus befördert. Dabei berührten ihre

Füße kaum den Boden. Das Handy hatte sie in ihre Tasche stecken können, doch es blieb grauenvoll still. Ob sie es ihr wohl wegnehmen würden?

Binnen Sekunden fand sie sich eingequetscht zwischen den beiden Agenten auf dem Rücksitz eines schwarzen SUVs wieder. Mit quietschenden Reifen rasten sie los. Ohne sich um rote Ampeln oder die anderen Verkehrsteilnehmer zu kümmern, bretterten sie in die Nacht.

Es war eine verdammt holprige Fahrt.

Emily wagte es nicht, zu sprechen. Von der hektischen Flucht wurde ihre Übelkeit nicht gerade besser. Erneut kochte Panik in ihr hoch, als sie daran dachte, dass sie Sutton zurückgelassen hatten. War sie in Sicherheit? Hatte wirklich ein Terrorist auf Connie geschossen? Würde Emily einen weiteren geliebten Menschen an diese grauenvolle, sinnlose Gewalt verlieren? Ihr Herz raste.

Sie bogen um eine weitere Kurve, und Joseph, der auf dem Beifahrersitz saß, drehte sich zu ihr um.

»Wohin fahren wir?«, fragte sie nun doch.

»Darf ich Ihnen nicht sagen, Ma'am.«

»Joseph –«

»Emily, bitte.« Er hatte sie noch nie mit Vornamen angesprochen. »Die Lage ist unübersichtlich und wir müssen die zentralen Figuren in Sicherheit bringen. Meine Kollegen werden Ihnen auch einige Fragen stellen wollen.«

Eine neue Welle der Übelkeit schwemmte über Emily hinweg. Um ein Haar hätte sie sich über die komplette Rückbank erbrochen. War das etwa ihre Schuld? Hatte sie versehentlich etwas preisgegeben, das Connies Sicherheit gefährdet hatte? War der Schütze etwa ein hasserfüllter, homophober Terrorist, der … Nein. Sie weigerte sich, das auch nur in Erwägung zu ziehen. Sie weigerte sich, daran zu glauben, dass das, was zwischen Connie und ihr passiert war – ihre zerbrechliche, wunderschöne Liebe –, solch eine Gewalt heraufbeschwören hatte können.

Damit war nur noch eine Frage offen, auch wenn sie die kaum über die Lippen brachte.

»Joseph, ich … Ich muss es wissen. Wurde die Präsidentin getroffen? Haben die Schüsse …?«

Er tauschte angespannte Blicke mit den Agenten zu ihren Seiten aus, bevor er schließlich zu einer Entscheidung zu kommen schien.

»President Calvin wurde ins Krankenhaus gebracht. Ich kann nicht … Ich darf nicht … Ach, verdammt, Sie werden es ja sowieso erfahren.«

»Sie machen mir Angst«, sagte Emily. »Bitte, ich ertrage das kein zweites Mal. Dann ist sie also im Krankenhaus, okay. Aber das kann doch auch eine reine Vorsichtsmaßnahme sein, oder? Aber wenn sie unverletzt wäre, hätte man sie ins Weiße Haus gebracht, oder? Nicht zu wissen, was mit ihr passiert ist, das ist –«

»Emily … Sie wurde angeschossen. Ich weiß nichts Näheres, aber President Calvin wurde heute angeschossen.«

Alles um sie herum drehte sich. Ihr Gesicht war wie betäubt.

Emily konnte nichts mehr sehen.

Sie bekam keine Luft mehr.

Kapitel 28

Irgendwann war Emily überzeugt, dass die Zeit rückwärtslief. Oder dass sie zumindest stillstand. Es schien Stunden zu dauern, bis irgendwelche Entscheidungen, irgendwelche halb garen Nachrichten zu ihr durchdrangen. Zuerst brachte man sie in irgendeine unterirdische Einrichtung, wo ein paar FBI-Agenten sie schroff, aber nicht Furcht einflößend befragten und ihre Handys überprüften. Ein Sanitäter zwang sie, zu atmen. Man gab ihr Wasser, das sie kaum herunterbrachte.

Jeder neuen Person stellte sie dieselben Fragen: Wie ging es Connie? Wo war sie? Konnte sie sie sehen? Wo war Zach? Wann konnte sie hier weg? Jedes Mal ließen die Agenten sie abblitzen, bis Joseph endlich zurückkam.

»Es tut mir leid, Dr. Lawrence. Im Fall eines Mordversuchs gibt es strenge Regeln und von denen konnte ich nicht abweichen. Aber Sie haben alle Fragen beantwortet und können jetzt gehen.«

»Wie geht es meiner Schwester? Wurde sie auch mitgenommen?«

»Auch sie musste ein paar Fragen beantworten, aber sie konnte mit entsprechenden Sicherheitsmaßnahmen nach Hause gehen. Sie und ihre Partnerin sind in Sicherheit. Sie können Sie anrufen. Ich habe Ihre Handys.«

»Kann ich ... Wir sind ja nicht verheiratet, aber ... Ich würde gern zu Connie gehen. Wo immer sie ist. Ist sie ... Connie ... Wo ist die Präsidentin?«

Seinem nachdenklichen Gesichtsausdruck und dem angespannten Kiefer nach zu schließen, gab es darauf keine gute Antwort. Emily musste die Frage trotzdem stellen. Sie musste es wissen, egal, wie die Antwort lautete. Die Warterei war am schlimmsten. Als ihre Eltern gestorben waren, hatte sie es gewusst, noch bevor die Rettungswagen den Tatort erreicht hatten. Sie hatte gesehen, wie ihre Mutter leblos auf dem Boden lag. Sie hatte das Blut gesehen, das sich immer weiter ausbreitete, dort, wo ihr Vater hingefallen war, nachdem er versucht hatte, sie alle abzuschirmen. Als sie an jenem Tag im Krankenhaus gesessen hatte, hatte sie nur an Sutton gedacht, nur für sie gebetet. Weil sie noch eine Chance gehabt hatte. Weil sie ihre positiven Gedanken am meisten brauchte. Jahrelang hatte sie sich danach wieder und wieder vorgeworfen, dass sie zu früh aufgegeben hatte. Dass es ihre Schuld war.

Mit Connie würde sie diesen Fehler nicht noch einmal machen.

»Bitte, Joseph. Sagen Sie mir, dass sie schon im Weißen Haus sitzt, ein Glas Scotch trinkt, etwas fahrig vielleicht, aber unversehrt. Oder dass sie in der *Air Force One* ist, oder vielleicht in irgendeinem Bunker.«

»Das geht aber nicht, Dr. Lawrence.«

»Und was jetzt? Muss ich jetzt hier in dieser ... Garage sitzen? Bis ich ins Internet darf? Weiß Zach ... Wo ist Zach? Weiß er es?«

»Nein, Dr. Lawrence. Die Präsidentin hat veranlasst, dass Sie die gleiche Sicherheitsfreigabe haben wie ein Familienmitglied oder ein Ehepartner beziehungsweise eine Ehepartnerin. Da Sie sämtliche Überprüfungen bestanden haben und das FBI vorerst alles hat, was sie brauchen, darf ich Sie zu President Calvin bringen. Zachary ist in Sicherheit. Mit ihm wird verfahren wie mit Ihnen, Ma'am. Die Situation ist nach wie vor unübersichtlich.«

Emilys Kopf pochte. Sie hätte sich mehr anstrengen und das Wasser doch herunterwürgen sollen. Sie war völlig dehydriert. Der Adrenalin-Crash würde sich bald bemerkbar machen. »Okay, genau das will ich. Bringen Sie mich zu Connie.«

»Ja, Ma'am. Hier entlang. Sobald wir die Einrichtung verlassen haben, werden Ihre Handys auch wieder funktionieren.«

Emily schob die Fragen, wo verdammt noch mal sie hier waren, beiseite. Damit konnte sie sich auch noch ein anderes Mal befassen. Erst als sie wieder im Auto waren – Joseph saß neben ihr und zwei weitere Agenten saßen vorne – und die riesigen Metallpforten sich hinter ihnen schlossen, wagte sie, wieder zu reden. »Wo fahren wir hin, Joseph?«

»Wie gesagt, die Präsidentin ist im Krankenhaus. Ich kann Ihnen erst sagen, welches es ist, wenn wir dort sind.«

Scheiße. Emily beugte sich vor und brachte den Kopf zwischen die Knie. Was auch immer gleich auf sie zukam: Sie würde stark bleiben. Sie durfte nicht aufgeben. Sie würde für Zach da sein und sie würde Connie sehen – lebendig – und ihr sagen, dass sie sie liebte und dass sie eine Lösung für ihre Probleme finden wollte.

Mehr wollte sie nicht.

Emily hatte mit mehr Widerstand gerechnet. Auch dann noch, als sie erkannte, dass sie vor *ihrem* Krankenhaus hielten. Doch als sie umgeben von Agenten das Krankenhaus betrat, schien ihr jede einzelne Tür offen zu stehen.

In forschem Tempo eilten sie die Flure entlang und hielten schließlich in einem anonymen Wartebereich, der offensichtlich geräumt worden war. Statt Patienten und ihren Familien befanden sich hier lediglich eine Handvoll Agenten des Secret Service sowie einige von Connies engsten Mitarbeitern. Darius und Asha saßen nebeneinander in einer Ecke. Er trug einen Arm in einer Schlinge und hatte den anderen um sie gelegt. Sie hatte das Gesicht in den Händen vergraben und ihre Schultern bebten.

Elliot trug OP-Klamotten, die siem viel zu groß waren. Sies Gesicht und Hände waren gerötet, vermutlich, weil sier Blut weggerubbelt hatte. Sier sah mehr aus, als würde sier zum Sanitätskorps in Kriegszeiten gehören als in die Politik.

Jill war nirgends zu sehen.

Blanke Panik breitete sich in Emily aus. Jill ging es gut, es musste ihr gut gehen, sie passte bestimmt gerade auf Connie auf, weil das nun mal ihr Job war. Wieder und wieder sagte sie sich das vor, trotzdem schlug ihr das Herz bis zum Hals.

Mit einem Tablett, auf dem mehrere Kaffeebecher standen, kam Ramira in den Wartebereich. Sie stellte es auf einen Tisch an der Seite. »Nehmt euch was, Leute. Ihr müsst bei Kräften bleiben.«

Zögerlich trotteten sie zu dem Tisch. Asha nahm zwei Becher, einen für sich und einen für Darius. Erst als sie sich aufrichtete, bemerkte sie Emily und Joseph. »Em… Dr. Lawrence! Sie sind hier!«

Aller Augen richteten sich auf sie. Emily wünschte, sie sähen woanders hin.

Ramira hatte sich als Erste wieder im Griff. Sie eilte auf Emily zu und leitete sie zu einem freien Platz. »Gut, es geht Ihnen gut.« Sie setzte sich neben sie. »Ich habe so eine Ahnung, dass der Secret Service Ihnen nicht sonderlich viel verraten hat. Stimmt das?«

Emily nickte nur. Sie zitterte so sehr, dass sie keine Antwort herausbrachte.

»Connie lebt. Jill und ein zweiter Agent konnten sie binnen Sekunden von dort wegbringen.«

Emily wimmerte erleichtert auf, doch aus dem Wimmern wurde gleich darauf ein Schluchzen. Endlich wich die Anspannung aus ihren Schultern. Sie hatte sich zwar geweigert, daran zu glauben, doch die hartnäckige Stimme in ihrem Kopf, die darauf bestand, dass sich die Geschichte wiederholt hatte, war immer lauter geworden.

»Connie – die Präsidentin – wird gerade operiert, weil eine der Kugeln sie getroffen hat. Wir wissen erst sicher, wie es ihr geht, wenn der Chirurg uns Bescheid gibt, aber man war optimistisch. Wahrscheinlich verstehen Sie auch mehr als wir, wenn man uns das nächste Update gibt.«

»Okay«, brachte Emily heraus und schluckte schwer. »Gut. Okay.«

»Ich kann mir nicht einmal annähernd vorstellen, was Sie gerade durchmachen, Emily. Das ist die schlimmste Nacht meines Lebens, aber nach allem, was Sie durchgemacht haben –«

»Zach?« Emilys Zähne klapperten und es fiel ihr unendlich schwer, Worte herauszupressen.

»Emily«, sagte Ramira sanft. »Darf ich Sie umarmen?«

Emilys Augen brannten. Sie nickte. Joseph zog sein Jackett aus und reichte es Ramira, die es ihr über die Schultern legte. Dann legte sie einen Arm um sie. Ihre Umarmung tat gut. Sie war so sicher und warm und lebendig.

»Zach ist unterwegs hierher, Dr. Lawrence«, sagte Joseph.

Während Emily versuchte, ihr Zittern unter Kontrolle zu bekommen, wurde ihr erst richtig bewusst, was alle, die sich jetzt in diesem Raum befanden auf sich genommen hatten, um dafür zu sorgen, dass Connie und sie zusammen sein konnten. Sie hatten sich der Presse gestellt, den Eindringlingen, dem Gewicht der Geschichte – all das, damit sie und Connie eine Chance hatten. Damit diese wunderschöne, zerbrechliche Liebe, die sie verband, sich, entgegen aller Widrigkeiten, entfalten und erblühen konnte. Ein Teil von Emily – überwiegend ihr angeknackster Stolz – war immer noch sauer auf Connie und ihre Entscheidung. Aber wie könnte sie bestreiten, dass dringend etwas gegen die vielen Waffen auf den Straßen unternommen werden musste? Zumal jetzt in diesem Moment.

Sie war so darauf bedacht gewesen, die tragischen Ereignisse ihrer Vergangenheit nicht ihr Leben bestimmen zu lassen, dass sie die Augen davor verschlossen hatte, wie groß das Schusswaffenproblem inzwischen war. Nicht, dass das Gesundheitssystem nicht genauso krankte, doch ein

Teil von Emily konnte verstehen, wieso Connie keinen anderen Ausweg gesehen hatte.

Und neben der Sorge um Connies Leben verblasste ihr Streit völlig. Alles, was zählte, war, dass Connie lebte, dass sie gesund war, und dass sie Emily weiter lieben und von ihr geliebt werden konnte. »Wann ... Wann können wir zu ihr? Wurden die Agenten ebenfalls verletzt?«

»Innerhalb der nächsten Stunde, hieß es. Vorausgesetzt, die OP verläuft wie geplant. Und den beiden Agenten ist nichts passiert. Jill hält vor dem OP Wache.«

»Dann kann es also sein, dass ...«

Die Ankunft weiterer Agenten unterbrach sie.

Ramira sah auf. »Zach ist da.«

Adrenalin durchströmte Emily und sie sprang auf. Das Bedürfnis, Zach vor einem Trauma zu beschützen, das sie selbst nur zu gut kannte, war geradezu überwältigend. »Er muss solche Angst haben!«

»Seine Großmutter ist bei ihm. Man musste sichergehen, dass ihm draußen keine Gefahr mehr droht, bevor er das Weiße Haus verlassen durfte. Aber er wollte unbedingt herkommen. Brauchen Sie noch ein paar Infos über Connies Schwiegermutter?«

»Oh, wir kennen uns schon. Keine Sorge.«

»Emily!« Sobald die Menge um ihn herum sich lichtete, bemerkte Zach sie. »Ramira, wo ist meine Mom? Hat sie schon wer gesehen?«

»Hey.« Ohne groß nachzudenken, zog Emily ihn in ihre Arme. Sie setzte sich mit ihm hin, so wie Ramira es vorhin mit ihr getan hatte. Innerlich kramte sie nach all den Dingen, die sie an dem Tag, an dem sie ihre Eltern verloren hatte, gern gehört hätte. Nach alledem, von dem sie sich gewünscht hätte, es wäre wahr. Zach würde erspart bleiben, was Emily durchmachen hatte müssen. »Alles wird gut, Zach. Die besten Ärzte der Welt kümmern sich gerade um deine Mutter. Und bald wissen wir auch, wie es ihr geht.«

»Stimmt das, Ramira?«

»Das stimmt. Aber Zach, du musst nicht den Starken spielen. Wir alle hier sind deine Freunde, deine Familie. Wenn du weinen musst oder schreien, oder wenn du irgendwelche Fragen hast – dann raus damit. Willst du was essen? Was trinken?«

»Ich will einfach nur zu meiner Mom«, antwortete Zach. »Aber danke, Ramalama.«

»Hatten wir diesen Spitznamen nicht schon lang hinter uns gelassen?« Ramira zerzauste ihm die Haare. Sie wirkte erleichtert, dass er sie so nannte, und ihre Erleichterung steckte Emily an.

Zach wandte sich ihr wieder zu. »Wie geht es dir denn? Ich hoffe, du ... Mom hat mir erzählt, was dir passiert ist.«

Verblüfft blinzelte sie ihn an. »Mir geht's nicht gerade gut«, sagte sie schließlich. Sie hatte nicht vor, ihn anzulügen. »Aber das heute ist etwas anderes. Ich weiß noch genau, wie es ist, an deiner Stelle zu sein. Es tut mir furchtbar leid, dass du solche Angst haben musst.«

»Wir haben über so was geredet. Also, nicht im Detail, aber mir war schon immer klar, dass die Chance besteht, dass so was passiert. Außerdem überspringen sie im Geschichtsunterricht bestimmte Ereignisse nicht, bloß, weil das auch meiner Mom passieren könnte. Ich wünschte nur, dass mein Dad da wäre. Er wüsste, was zu tun ist. Er hatte immer alles im Griff.«

»Du wirst sie heute nicht verlieren, Zach. Die Ärzte sind zuversichtlich, dass sie ihr helfen können. Das ist ein gutes Zeichen. Halt durch.«

»Das werde ich.« Er griff nach ihrer Hand und drückte sie. »Nicht schlecht für Moms neue Freundin.«

»Danke?«

Zach kämpfte merklich gegen die Tränen an, also legte Emily einen Arm um ihn und suchte nach einem Weg, von ihm abzulenken, damit er etwas Ruhe hatte. Suchend sah sie sich im Wartebereich um.

»Geht es denn sonst allen gut?«, fragte sie schließlich. »Darius, was ist mit Ihrem Arm passiert?«

»Bin während des Tumults auf der Treppe gestürzt«, erwiderte er. »Ist aber nicht schlimm. Ich muss den Arm nur in nächster Zeit schonen. Ich hatte Glück.«

»Es gab zwei Todesfälle.« Ramira setzte sich neben Emily, wandte den Blick aber nicht von Zach ab. »Und einige weitere Verletzte. Soweit ich weiß, wurden die in ein anderes Krankenhaus gebracht.«

»Was machen all diese Leute hier?« Mrs. Calvin wirkte genauso missbilligend wie bei ihrer ersten Begegnung. »Dieser Bereich sollte doch ausschließlich für die Familie reserviert sein.«

»Das ist unsere Familie, Grandma.« Zach stand auf und nahm sie am Arm. »Genau das würde Mom dir auch sagen. Und sie alle wollen doch nur, dass es ihr besser geht, okay?«

In einer anderen Zeit, bei einer anderen Gelegenheit, hätte Emily sich ihr noch einmal vorgestellt und versucht, einen guten Eindruck bei ihr zu erwecken. Jetzt jedoch ging ihre gesamte Energie dafür drauf, für Connie und Zach da zu sein.

Emily machte es sich schweigend auf ihrem Stuhl gemütlich. Unweigerlich wanderte ihr Blick zur Uhr. Den meisten anderen Anwesenden schien es genauso zu gehen. Jemand hatte vernünftigerweise den Fernseher abgeschaltet. Die Berichterstattung über den Vorfall und die Spekulationen über die Hintergründe der Tat würden niemandem von ihnen helfen.

»Es sollte nicht mehr lang dauern«, meinte Ramira nach zehn Minuten. Sie tätschelte Emily den Arm, was irgendwie tröstlich war.

Emily hatte sich schon fast erfolgreich eingeredet, dass alles gut werden würde, als hinter der Glastür des Warteraums jemand »Code Blau!« rief. Ein kleines Team sprintete mit einem Notfallset den Flur entlang.

Instinktiv stand Emily auf. Die Erleichterung wich der blanken Panik.

Und dann trat auch schon Rebecca durch die Tür. Sie musste Sutton daheim zurückgelassen haben, um sich um das Chaos im Krankenhaus zu kümmern. »Emily? Wir haben einen weiteren Notfall und alle verfügbaren Chirurgen sind schon im OP. Wir haben Hilfe von einem anderen Krankenhaus angefordert, aber bis die eine Sicherheitsfreigabe haben –«

»Schon gut. Ich kann operieren.« Endlich fand sie ihre übliche Ruhe und Selbstsicherheit wieder. Wie in einen vertrauten Mantel schlüpfte sie in ihre Chirurginnen-Persona. Sie ging zu Rebecca. »Wer ist mein Patient?«

»Das ist es ja.« Rebecca rang die Hände. »Es ist Miriam Randolph.«

Kapitel 29

Emily setzte stets alles daran, es nicht zu Not-OPs kommen zu lassen, indem sie sich hervorragend um ihre Patienten kümmerte und deren Behandlung sorgsam plante. Bloß hielt sich der menschliche Körper nicht immer an diesen Zeitplan. Gerade das Herz war anfällig, wenn es erst einmal krank war.

Routiniert bereitete sie sich auf die OP vor. Die Assistenzärzte kümmerten sich zum Glück bereits um die Patientin. Einer der Unfallchirurgen hatte sie zwischenzeitlich angeleitet.

»Ich übernehme dann mal«, sagte Emily, als sie den OP betrat. Handschuhe und OP-Kittel wurden ihr angelegt und sie trat an den OP-Tisch. »Dann wollen wir Sie mal unter Narkose legen, Senatorin.«

Emily nickte dem Anästhesisten zu, der daraufhin die Narkose einleitete.

Miriam griff nach Emilys Kittel. »Es tut mir leid. Dass ich Ihnen mit dem Gesundheitssystem Schwierigkeiten machen wollte.«

»Machen Sie sich deswegen keine Sorgen. Aber Sie haben mich gerade ganz schön erschreckt. Ich dachte erst, Sie wären angeschossen worden.«

Miriam schüttelte den Kopf. »Nur das verdammte Herz. Sie kriegen das wieder hin, oder?«

»Sie haben mal wieder grandioses Timing, aber ich gebe mein Bestes. Können Sie bitte von zehn rückwärts zählen?«

Noch bevor sie zu »acht« kam, war Miriam schon weggetreten.

Emily machte einen Schritt zur Seite. *Los geht's.* Der Bereich, dem sie sich widmen würde, war größer als die Kinderherzen, die sie gewohnt war. Aber Herz-OP war Herz-OP.

»Zehner Skalpell«, verlangte sie und gleich darauf wurde ihr das Gewünschte schon in die Hand gelegt. Emily drängte sämtliche Gedanken an Connie, Schusswaffen und Gewalt beiseite, setzte die Klinge an und begann mit der Arbeit.

»Mom? Mom ... Geht es dir gut?«

Connie versuchte, die Augen zu öffnen, doch es war unmöglich. Derartig erschöpft war sie zuletzt gewesen, als Zach noch ein Baby war und dreimal die Nacht aufwachte. Verdammt, warum war sie so müde? Und brannte ihr Arm? Alles tat weh?

»Mom?«

Dunkelheit umfing sie.

⸻⸺⸺

Laute Stimmen weckten sie. Connie runzelte die Stirn. Warum waren die Leute bloß so laut?

»Zach?« Ihre Stimme war kaum mehr als ein Krächzen, und den Kopf von dem furchtbar flachen Kissen zu heben, erwies sich als unmöglich. Doch gleich darauf war Zach bei ihr und drückte ihre Hand. Er beugte sich über sie, damit sie sein Gesicht sehen konnte. Verkniffen, blass, verschreckt. Sie hob ihre gute Hand, um ihm über die Wange zu streicheln, verfehlte sie jedoch ein ordentliches Stück. »Was ist passiert?«

»Alles ist gut, Mom. Du bist operiert worden, aber die Ärzte sagen, du wirst wieder ganz gesund.«

»Operiert? Zachary?«

»Alles ist gut. Die Ärzte meinten, es war ein glatter Durchschuss und es wurde kein lebensgefährliches Organ verletzt. Aber dann bist du nicht aufgewacht und ... ich dachte ... ich dachte ...«

Scheiß auf den Schmerz. Connie richtete sich auf, so gut es ging, und zog ihren Jungen mit dem letzten bisschen Kraft, das ihr noch geblieben war, in eine Umarmung. Hinter ihr begann etwas zu piepsen, aber das war ihr völlig gleich. »Du wirst mich nicht verlieren, Schatz. Das verspreche ich dir.«

Er schniefte gegen ihre Schulter und krabbelte vollends aufs Bett, als sie ein Stückchen zur Seite rutschte, um ihm Platz zu machen. Krankenhäuser erinnerten Connie immer an Robert, an den langen Abschied von ihm. Für Zachary musste es noch viel schlimmer sein. Er hatte damals solche Angst gehabt, egal, wie viel sie mit ihm darüber redeten. Connie streichelte ihm über die Haare und versuchte, sich an das Schlaflied zu erinnern, das sie ihm immer vorgesungen hatte, wenn er aus einem Albtraum erwacht war. Aber ihr Hirn war leer und ihr Mund staubtrocken.

»Sie meinten, ich darf nicht lange bleiben, damit ich dich nicht zu sehr anstrenge«, sagte er nach einer Weile. »Brauchst du irgendwas?«

»Nein, danke. Und du strengst mich nie an. Hat Jill dich hergebracht?«

»Nein, sie ist dir nicht von der Seite gewichen. Sie ist mit Ramira draußen im Wartebereich. Grandma ist auch hier, aber sie war sehr müde, darum ruht sie sich jetzt in einem anderen Krankenzimmer aus.«

Connie legte sich zurück. In ihrem Kopf herrschte ein einziges Chaos. Wann immer sie versuchte, einen klaren Gedanken zu fassen, verschwamm der, wurde unscharf und entglitt ihr schließlich ganz, während eine Welle der Übelkeit in ihr hochstieg. Ihr war eindeutig etwas Schlimmes zugestoßen. So benommen, wie sie war, musste der Medikamentencocktail, den man ihr verabreicht hatte, es in sich haben. Wenigstens hatte Zach wieder etwas Farbe im Gesicht und wirkte mehr wie er selbst, jetzt, da Connie wieder unter den Lebenden weilte. Wie lange war sie weg gewesen? »Schatz, kannst du eine Krankenschwester bitten, mir noch ein paar Zusatzkissen zu bringen? Und sag Ramira, dass sie reinkommen kann. Wenn sie will.«

»Natürlich will sie!«

Zach wirkte gleich viel lebendiger, weil er eine Aufgabe bekommen hatte. Das hatte er von ihr.

Connie sah auf, als die Tür sich erneut öffnete.

Eine sichtlich erschütterte Ramira betrat den Raum. »Connie, ich bin so schnell gekommen, wie ich konnte. Ich war gerade im Büro, als die Schüsse gefallen sind, und habe es im Fernsehen mitbekommen. Dann wollte ich sofort los, aber selbst für mich war das nicht so ... Geht's dir gut? Du schaust aus wie eine wandelnde Leiche.« Ramira nahm auf dem Stuhl Platz, auf dem eben noch Zach gesessen hatte. Sie musterte Connie und drückte ihre Hand.

»Wenn du nur hier bist, um mir zu sagen, dass ich es nicht auf das Cover der *Vogue* schaffen werde, Ramira –«

»Ich bin hier, um dich auf den neuesten Stand zu bringen. Es gab zwei Todesopfer. Phil, einen der neuen Agenten. Und ... Gabe Emerson.«

Connie keuchte auf. Irgendwo jenseits der Medikamente lauerte der Schmerz, das wusste sie. Und Zach hatte eine Schießerei erwähnt. Aus den verschwommenen Bruchstücken ihrer Erinnerung ergab sich kein zusammenhängendes Bild. Sie knurrte frustriert.

»Außerdem gibt es drei Schwerverletzte und Miriam Randolph wurde gerade in den OP gebracht. Ich weiß nicht genau, was mit ihr ist, aber sie war auch da, also ... Ich bin so froh, dass es dir so weit gut geht, Connie.«

»Huh, wenn du mich nicht mit meinem Titel ansprichst, muss die Lage wirklich ernst sein. Diese armen Männer. Ich hoffe, wir tun schon alles für ihre Familien, was wir können? Ich werde sie natürlich anrufen. Sobald ich wieder fit bin.«

Zach betrat den Raum erneut. Er hatte die Kissen dabei sowie eine Krankenschwester, die kurz um sie herumwuselte. Wie sich herausstellte, konnte sie auf einen Knopf drücken, um mehr Morphium zu bekommen. Das war eine Erleichterung, denn so konnte sie den Schmerz zurückdrängen, der sich schon wieder an sie angeschlichen hatte.

»Sind die … Gibt es ein Motiv? Bitte sag nicht, dass es damit zu tun hat, dass …« Allein die Frage bereitete Connie Übelkeit, doch sie musste es wissen.

»Wie es aussieht, ging es ihnen um ihre Waffen. Die beiden Verdächtigen sind überaus aktive Mitglieder von diversen Anti-Regierungs-Vereinigungen und beharren lautstark auf ihrem verfassungsgemäßen Recht, Waffen zu tragen. Da du angeschossen wurdest, als du kurz davor warst, das Schusswaffengesetz zu unterzeichnen, liegt es nahe, dass es da einen Zusammenhang gab. Aktuell sollte niemand mehr in Gefahr sein, aber es wird eine Weile dauern, bis die Lage sich wieder normalisiert.«

»Was passiert sonst noch da draußen?«

»Der Vizepräsident ist während der OP für dich eingesprungen. Wahrscheinlich hätten wir dich irgendetwas Offizielles unterzeichnen lassen sollen, dass du ihm die Amtsgeschäfte überlässt, während du außer Gefecht bist, aber darum können sich nachher noch die Anwälte kümmern. Der Stab ist wieder im Büro und ich halte hier die Position, Ma'am.«

»Was für ein Glück, dass ich dich habe, Ramira.«

»Ich bin nur so erleichtert, dass …« Ramira unterbrach sich und schluckte schwer. »Wie auch immer. Du konzentrierst dich jetzt ganz aufs Gesundwerden. Die Ärzte sind zuversichtlich, dass du bald wieder die Alte bist. Morgen früh können wir dann über ein kurzes Statement für die Medien reden. Normalerweise würde ich dir mehr Zeit geben, aber die Aktienkurse fallen und das Land ist nervös. Es ist wichtig, dass die Leute wissen, dass die Präsidentin auf dem Wege der Besserung ist.«

»Verstehe. Hör mal, Ramira, ich bin wirklich froh, dich zu sehen, und es ist gut, zu wissen, dass du alles im Griff hast. Aber kann ich bitte meine Freundin sehen? Das alles setzt ihr bestimmt furchtbar zu und ich muss mich um sie kümmern.«

Ramira setzte an, etwas zu sagen, überlegte es sich dann aber anders. Sie stand auf und ging zur Tür. »Ich bin mir sicher, sie kommt, sobald sie den OP verlassen hat. Sie musste Miriam Randolphs Operation übernehmen, weil kein anderer Chirurg frei war.«

»Oh Gott, wirklich?« Miriam Randolph. Was für ein Timing. »Dann ruhe ich mich mal ein bisschen aus, bis sie fertig ist.«

Und tatsächlich: Sobald Connie den Kopf in die Kissen zurücksinken ließ, schlief sie ein.

Als Connie die Augen wieder öffnete, trat Emily gerade durch die Tür. Sie hatte Tränen in den Augen, lächelte aber. Über ihren OP-Klamotten trug sie eine Jacke, die ihr das FBI geliehen haben musste.

»Wie schön, dich zu sehen«, krächzte Connie. Sie schluckte und streckte Emily die Hand entgegen. Wie magnetisch von ihr angezogen, kam sie an ihr Bett. »Arbeitest du seit Neuestem fürs FBI? Ich dachte, du vollbringst mal wieder Wunder.«

Emily schüttelte den Kopf. »Mir war kalt.«

»Kommt vor, wenn man unter Schock steht. Das sollten Sie doch wissen, Frau Doktor. Komm her.«

Connie brauchte Emily so dringend in ihren Armen wie vorhin Zach. Wenn sie sie berühren konnte, wusste sie, dass sie real war. Dass sie in Sicherheit war. Dass sie beide immer noch eine Chance hatten. Dazu musste sie aber wissen, dass Emily mit dem traumatischen Ereignis klarkam.

»Du bist angeschossen worden.« Emily blieb direkt an ihrem Bett stehen, berührte sie aber nicht. »Damit habe ich nicht gerechnet.«

»Ich kann mir nicht vorstellen, wie das für dich war. Es tut mir leid.«

»Du … Bitte entschuldige dich nicht.«

»Ich hätte dir das so gern erspart, Emily. Nach allem, was du schon durchmachen musstest. Dir und Zach natürlich. Die Agenten haben ganze Arbeit geleistet, aber ein junger Mann ist heute gestorben, als er mich beschützt hat.«

»Das hab ich schon gehört. Und Gabe Emerson? Ich kann es immer noch nicht fassen, was passiert ist. Live im Fernsehen.«

»Geht mir genauso, dabei stand ich direkt daneben.« Schmerz schoss durch Connies Arm und sie verzog das Gesicht. Offenbar ließ die Wirkung der Medikamente allmählich nach.

»Ramira meinte, du wurdest nur an der Schulter getroffen und dass es ein glatter Durchschuss war. Stimmt's?« Mit einem Finger strich Emily hauchzart über den Rand ihres Verbands. »Was machen die Schmerzen?«

»So gut wie weg.« Eine kleine Notlüge, die in dieser Situation durchaus angebracht war. »Morphium ist doch was Feines. Ohne das werde ich vermutlich erst mal ein paar Beschwerden haben, aber ich hatte wirklich riesiges Glück. Ich hoffe nur, du hast die Aufnahmen nicht gesehen. Auf dem Podium waren Kamerateams, das weiß ich noch.«

Emily rang zittrig nach Luft. »Ich hab den Live-Bericht geschaut. Sorry.«

»Komm her«, sagte Connie und diesmal stürzte Emily sich geradezu auf sie. Dank der stützenden Kissen war diese Umarmung wesentlich bequemer als ihre erste heute. Zum ersten Mal, seit sie aufgewacht war, kämpfte Connie ihre Tränen nicht mehr herunter. Sie vergrub das Gesicht ins Emilys Haar, umklammerte sie und ließ ihnen freie Bahn. »Jetzt ist alles wieder gut. Es geht mir gut.«

»Ich dachte …«, nuschelte Emily, wurde dann aber von Schluchzern übermannt. Erst eine Weile später schaffte sie es, zu reden. »Sutton war bei mir und wir wussten es einfach. Es war wie in meinen Albträumen. Als würde es wieder passieren.«

»Es tut mir leid«, sagte Connie und als Emily ihr schon wieder widersprechen wollte, fügte sie schnell hinzu: »Nein, lass mich. Ich wollte nicht, dass du all das noch einmal durchleben musst. Ich hätte besser auf dich aufpassen, meine eigene Sicherheit ernster nehmen müssen.«

»Gib dir nicht die Schuld.« Emily richtete sich auf und machte es sich an der Kante von Connies Bett bequem. Ein Bein stellte sie auf dem Boden ab, um das Gleichgewicht zu halten, das andere zog sie an. Sie umfasste Connies Hände. »Aber wenn das unsretwegen passiert ist, wenn sie versucht haben sollten –«

»Nein, nein, tu dir das nicht an. Emily. Wir haben nichts Falsches getan. Das FBI hat die Lage im Griff und Ramira hat dafür gesorgt, dass der Vizepräsident für heute die Zügel übernimmt. Es ist vorbei und wir sind in Sicherheit. Versprochen.«

»Bedeutet das, dass wir nicht mehr streiten?«

»Wir können gern weiterstreiten, wenn du willst. Aber sobald ich bei Bewusstsein war und sobald ich mich davon überzeugt hatte, dass es Zach gut geht, konnte ich nur noch daran denken, dass ich dich wiedersehen wollte.«

Emily schloss kurz die Augen, als ringe sie um Fassung.

Connie hakte nicht weiter nach, hielt nur ihre Hände und wartete. Niemandem außer Zach hätte sie sonst so viel Geduld entgegengebracht.

»Ich konnte auch nur an dich denken«, sagte Emily. »Zumindest wenn ich nicht gerade operiert habe. Dann sollten wir uns also vielleicht besser nicht trennen?« Emilys Stimme klang wärmer und fester als vorhin noch. Sie sah Connie in die Augen und ein Lächeln umspielte ihre Lippen. »Du lebst und du wirst dich vollständig erholen. Und ich verstehe, wieso das Schusswaffengesetz für dich oberste Priorität hatte. Jetzt erst recht. Ich bin immer noch nicht restlos damit einverstanden, wie du es angegangen bist, aber mir ist heute bewusst geworden, was wirklich zählt.«

»Ich würde sowieso nicht wollen, dass du es einfach so akzeptierst. Ich liebe dich, Emily Lawrence. So schnell wirst du mich also nicht wieder los. Aber im Ernst. Ich kann verstehen, wenn du dich nicht sicher fühlst. Ich würde nie von dir verlangen, dass du ständig mit dieser Angst leben musst. Nicht nach dem, was deinen Eltern passiert ist. Das wäre nicht fair.«

Emily zögerte. »Wenn meine Eltern jetzt hier wären, würden sie sagen, dass man sich von Drohungen und Extremismus nicht unterkriegen lassen darf«, sagte sie dann. »Schließlich sollen nicht noch mehr Leute glauben, dass man auf diese Weise etwas bewegen und seine Waffen behalten kann.«

Connie wünschte sich, dass sie diesen Moment für immer festhalten könnte. »Ehrlich gesagt ist mir das alles im Moment komplett egal«, sagte sie, obwohl dieser Gedanke ihr auch schon das eine oder andere Mal gekommen war. »Die Politik kann noch ein bisschen warten. So. Wo bleibt denn mein Wie-schön-dass-du-noch-lebst-Kuss? Händchenhalten ist ja wohl nur in Jane-Austen-Büchern der Höhepunkt der Romantik.«

Emily zögerte nur kurz. Ihr Kuss war sanft und fragend, ein Weg zurück in die wahre Welt nach all der Angst und der Sterilität der OP. Connie legte all ihre Gefühle in ihren Kuss und krallte ihre Finger in die geliehene Jacke. Irgendwann schmeckte dieser Kuss nach den Tränen, die ihnen beiden über die Wangen liefen, doch sie hörten nicht auf, sich zu küssen.

»Schon besser«, murmelte Connie, als sie sich schließlich doch widerwillig voneinander lösten, und lehnte ihre Stirn gegen Emilys. »Dann hat das alles ja doch wenigstens etwas Gutes.«

»Gern geschehen. Und ich liebe dich auch.«

Connie seufzte. »Ich werde in den nächsten Tagen mit den Medien reden müssen, damit die Nation weiß, dass es mir gut geht. Eigentlich wollte ich das schon morgen tun, aber ich fürchte, meine Ärzte werden ausflippen, wenn ich das vorschlage. Aber wenn es so weit ist ... Wirst du dann bei mir sein? Du musst nicht vor die Kamera treten – auch wenn es mich freuen würde. Wenn ich heute eines gelernt habe, dann, dass das Leben zu kurz ist, um nicht dazu zu stehen, wie viel du mir bedeutest.«

»Ich weiß genau, was du meinst. Kann ich noch darüber nachdenken? Ich komme gern zur Pressekonferenz, aber ich weiß noch nicht, ob ich vor die Kameras treten will.«

»Natürlich.«

»Soll ich Zach holen?«, fragte Emily. »Er würde sicher gern noch mehr Zeit mit dir verbringen, damit er sich ganz sicher sein kann, dass es dir gut geht.«

»Das wäre sehr lieb, danke. Aber bleibst du trotzdem?«, erwiderte Connie. »Ich verstehe es natürlich, wenn du nach Miriam sehen musst oder ...«

Emily lehnte sich vor und hauchte einen Kuss auf Connies Stirn. »Du solltest nicht von meiner Patientin wissen.«

»Wir sind hier in Washington. Hier kann man *alles* über seine politischen Gegner herausfinden, ob man es nun will oder nicht. Ich zweifle keine Sekunde daran, dass sie ihren Wahlkampf noch vom Krankenbett aus startet. Miriam ist aus hartem Holz geschnitzt. Apropos: Ich kann es nicht fassen, dass Gabe Emerson tot ist.«

»Vielleicht warten sie mit der Bekanntgabe auch noch«, meinte Emily. »Aus Respekt für ihn.«

»Glaube ich nicht. Wenn Miriam angeschossen wurde, wird sie daraus möglichst schnell Profit schlagen wollen. Sie wird vom Krankenbett aufspringen, ehe wir noch recht wissen, wie uns geschieht.«

Emily stockte und zum ersten Mal, seit sie das Zimmer betreten hatte, wich sie Connies Blick aus. »Ich hole Zach. Er will sicher unbedingt zu dir.«

»Danke«, sagte Connie und sah Emily nach, als sie den Raum verließ.

Kapitel 30

Auf der Ersatzbank zu sitzen, war noch nie Emilys Stärke gewesen. Dass Connies Mitarbeiter hektisch im *Oval Office* auf und ab flitzten, während sie tatenlos danebensaß, strapazierte ihre Geduld ganz besonders. Nach der ersten halben Stunde musste sie sich auf ihre Hände setzen, um nicht wieder aufzuspringen und dazwischenzugehen.

»Das Schusswaffengesetz bleibt unerwähnt«, beendete Darius sein Briefing. »Konzentrieren Sie sich auf die Trauer um die Toten. Loben Sie die tapferen Agenten und das medizinische Personal. Reden Sie ein bisschen darüber, dass alle auf dem Weg der Genesung sind. Elliot hat mit den anderen Patienten gesprochen und wird sie coachen, wenn sie selbst vor die Medien treten wollen.«

Connie nickte und Darius fuhr fort: »Der Secret Service hat seine Pressemeldung bereits vorbereitet und das FBI wird bei einer Pressekonferenz Näheres über die Täter bekannt geben. Wie es aussieht, wollten sie mit der Tat gegen das Schusswaffengesetz protestieren.« Darius atmete tief durch. Fassungslosigkeit und Verachtung machten sich auf seiner Miene breit. »Wenigstens haben sie damit noch einmal deutlich gemacht, wie unglaublich wichtig es ist, dass wir das Waffenproblem in den Griff bekommen. Wir müssen viel strenger reglementieren, wer Zugang zu einer Waffe hat.«

Emily atmete erleichtert auf. Seit sie aus dem Krankenhaus ins Weiße Haus übergesiedelt waren, hatte sie den Großteil ihrer freien Zeit mit Connie und Zach verbracht. Kleidung und was sie sonst so brauchte, hatte man ihr aus ihrem Haus gebracht. Doch obwohl die Schützen inhaftiert waren und es wahrscheinlich keinen sichereren Ort auf der Welt gab, hatten sich Emilys Nerven immer noch nicht so ganz beruhigt.

Außer Tee und gelegentlich mal etwas Suppe oder einem Sandwich konnte sie nichts bei sich behalten. Sie war ausgelaugt und erschöpft und es fiel ihr unendlich schwer, sich auf die Arbeit zu konzentrieren.

»Soll ich das wirklich anziehen?« Connie schälte sich aus dem Pulk ihrer Mitarbeiter und zwinkerte Emily zu. »Das ist nicht gerade mein Sonntagsstaat.«

Emily konnte sich nicht über das Outfit beschweren, auch wenn es nicht übermäßig elegant oder formell war. Connie trug eine dunkelblaue Stoffhose, ein Top und darüber eine schmal geschnittene Fleecejacke mit dem Präsidentensiegel. Anzüge oder Kleider hätten mit dem gepolsterten Verband auf ihrer Schulter ohnehin nicht funktioniert. Connie hätte aber auch einen Kartoffelsack anziehen können: Emily wäre trotzdem nicht in der Lage gewesen, den Blick von ihr abzuwenden, als Connie vorsichtig den Raum durchquerte.

Connies Arzt hatte heute offiziell bestätigt, dass die Schusswunde gut heilte – nicht, dass Emily das nicht inoffiziell auch überprüft hatte.

»Madam President, sie sind bereit für Sie«, sagte Ramira, die zusammen mit Zach das *Oval Office* betrat. »Und dieser junge Mann hier sagt, dass er an Ihrer Seite sein will.«

»Zach –«

»Ich werde mich nicht verstecken, Mom. Ich bin sehr stolz auf dich und ich will neben dir stehen, wenn du verkündest, dass es dir gut geht.«

In diesem Moment traf Emily eine Entscheidung. Sie platzte beinahe vor Stolz bei der Vorstellung, dass Connie vor die gesamte Nation treten und verkünden würde, dass sie sich gemeinsam von diesem Angriff erholen würden. Dass die Demokratie niemals bewaffneten Aggressoren unterliegen würde, die glaubten, dass Waffen wichtiger waren als Gesetze. Und dass sie trotzdem das Schusswaffengesetz unterzeichnen würde. Was auch immer Connie in Zukunft tun würde: Emily würde sie unterstützen.

Irgendwo war das auch das Vermächtnis ihrer Mutter, auch wenn die nie dazu gekommen war, es vollends aufzubauen. Emily würde Connie beistehen und danach würde sie wieder Leben retten. Nach all diesen Jahren, in denen sie alles darangesetzt hatte, nicht von ihrer Vergangenheit definiert zu werden, begriff sie, dass sie sich um ihre Patienten kümmern und trotzdem in der Welt der Politik sichtbar sein könnte. »Und ich möchte an deiner anderen Seite stehen, wenn dir das recht ist. Und dir, Zach.«

Ein unmissverständliches Raunen ging durch die Mitarbeiter, aber Emily blieb bei ihrem Entschluss.

Zach lächelte sie an, als hätte sie einen Test bestanden.

Connie trat an sie heran und küsste sie auf die Wange. »Das fände ich sehr schön. Du musst auch nichts sagen und ich fass mich kurz.« Sie nahm sowohl Emily als auch Zach an der Hand. »Kommt, wir können noch rausgehen. Sie brauchen noch ein bisschen für den Aufbau und wir müssen nicht so lange hier warten.«

Widerwillig ließ Emily ihre Hand los. »Ich brauche noch ein paar Minuten. Ich muss noch ein dienstliches Telefonat führen, dauert aber nicht lang.«

»Okay. Zach und ich gehen in den Rosengarten. Du kannst ja dann zu uns stoßen?«

»Ich beeile mich.« Emily verließ das *Oval Office* und nickte Joseph zu, der tadellos gekleidet wie immer im Flur auf sie wartete. »Ist alles vorbereitet?«

»Die sichere Leitung steht.« Joseph öffnete die Tür zu einem unauffälligen Büro. »Sie brauchen nur abzuheben, dann sind Sie schon mit ihr verbunden. Sie ist noch im Krankenhaus, aber ich nehme an, das wissen Sie ohnehin. Und weil es ein Arztgespräch ist, konnte ich dafür sorgen, dass es nicht aufgenommen wird.«

»Vielen Dank, Joseph. Sie sind mir wirklich eine große Hilfe. Ab jetzt komme ich allein klar.« Emily wartete, bis er die Tür hinter sich geschlossen hatte, dann nahm sie den Hörer ab. »Senatorin? Hier ist Emily Lawrence.«

»Sie haben eine merkwürdige Art der Nachsorge. Aber vermutlich sollte ich Ihnen zuallererst danken, dass Sie mir das Leben gerettet haben.«

»Das ist mein Job. Aber deswegen rufe ich nicht an. Ich nehme an, Sie wissen, dass die Präsidentin heute ihre erste richtige Rede halten wird, seit sie aus dem Krankenhaus entlassen wurde?«

»Natürlich weiß ich das.«

»Und mir sind Gerüchte zu Ohren gekommen, dass Sie planen, die Gelegenheit zu nutzen und im Zuge Ihrer Entlassung aus dem Krankenhaus zu verkünden, dass Sie es der Partei und Gabe Emerson schulden, statt ihm zu kandidieren?«

»Sein Leichnam ist noch nicht einmal unter der Erde, Dr. Lawrence. Außerdem dachte ich, Sie wären nicht politisch.«

»Das bin ich auch nicht. Aber ich kann es sein, wenn es nötig ist. Mir ist weiters aufgefallen, dass Sie nicht widersprochen haben, als man berichtete, Sie wären deswegen im Krankenhaus, weil Sie wie die Präsidentin angeschossen wurden.«

»Die Wahrheit wird beizeiten ans Licht kommen. Wenn auch nicht Ihretwegen, da bin ich mir sicher. Schließlich sind Sie als Ärztin ja moralisch so integer.«

Emily atmete tief ein. »Sie haben recht, ich bin integer. Und ich werde schweigen. Im Moment. Aber ich möchte, dass Sie mir etwas versprechen. Andernfalls könnte ich meine gedankenlose Seite entdecken.« Schon während sie das sagte, stieg eine Welle der Übelkeit in ihr hoch. Wenn Miriam sie nur ein bisschen kannte, dann wusste sie, dass sie sich eher einen Arm abhacken, als gegen die Schweigepflicht verstoßen würde.

»Was wollen Sie?« Sie klang geradezu schnippisch.

Die Zeit der falschen Höflichkeit war anscheinend vorbei. Genau darauf hatte Emily vertraut: Dass Miriam annahm, dass alle so zynisch und opportunistisch waren wie sie selbst. Wäre sie an Emilys Stelle, würde Miriam definitiv Profit aus ihrem Geheimnis schlagen. Natürlich nahm sie an, dass alle anderen ebenso agierten.

»Verzichten Sie im Wahlkampf auf persönliche Angriffe auf Connie und Zach. Lassen Sie diese moralinsaure Religionsschiene weg, die Emerson gefahren hat. Streiten Sie über politische Themen, so viel Sie wollen, aber sollten Sie persönlich werden, dann verspreche ich Ihnen, dass die Öffentlichkeit herausfinden wird, dass Ihr Gesundheitszustand es Ihnen womöglich nicht erlaubt, eine ganze Amtszeit durchzustehen. Und dass Sie die Öffentlichkeit glauben lassen, Sie wären das Opfer eines Attentats, um Sympathiepunkte zu machen.«

Miriam schwieg eine ganze Weile. Schließlich sagte sie: »So, so. Dann betritt also eine weitere Lawrence die politische Arena. Wie es aussieht, sind Sie genauso stur wie einst Ihre Mutter. Sie war eine herausragende Juristin. Der Oberste Gerichtshof hätte sich glücklich schätzen können, sie zu haben.«

»Wechseln Sie nicht das Thema, Senatorin.«

»Schön. Wenn ich Ihren Bedingungen zustimme, bleiben meine vertraulichen Informationen weiter vertraulich?«

»Absolut. Und Sie sollten mit Ihrer Krankenhausentlassung bis morgen warten. Die Mitarbeiter hier pfeifen aus dem letzten Loch und haben eine kleine Atempause verdient.«

Das entlockte Miriam ein Seufzen. »Sie kämpfen mit harten Bandagen.«

»Danke. Ich hoffe, dass ich das nie wieder tun muss.«

Sie beendeten das Telefonat und Emily legte auf. Sie hätte sich noch ein Weilchen verstecken können, doch da das endlich abgehakt war, wollte sie nichts mehr, als zurück zu Connie zu eilen.

Emily verließ das Büro, durquerte das *Oval Office* und ging in den Garten. Sie nickte den Agenten zu, denen sie begegnete.

Bald war Showtime.

───·∞Xee·───

Zach und Emily nahmen hinter Connies Schreibtischstuhl Aufstellung. Connie setzte sich, nahm die Lesebrille ab und verstaute sie in einer Schublade. »Je eher wir starten, desto eher haben wir es hinter uns.«

Es war nur eine begrenzte Zahl an Medienvertretern zugelassen, trotzdem ergoss sich eine schier riesige Menge an Menschen mit Kameras und Diktiergeräten ins *Oval Office* und drängte vor den Schreibtisch.

»Alles gut bei dir, Zach?«, zischte Emily ihm aus dem Mundwinkel zu, während Connie die Unterlagen auf ihrem Schreibtisch ordnete.

»Man gewöhnt sich dran.« Er lächelte sie kurz an, ehe er wieder nach vorne schaute. Doch die Anspannung in seinem Körper war nicht zu übersehen.

Emily konnte nicht einmal erahnen, wie es sein musste, alledem schon in so jungen Jahren ausgesetzt zu sein.

Der Regisseur startete den Countdown und Emily bemühte sich um einen neutralen Gesichtsausdruck. Das Lämpchen über der Kamera leuchtete grün.

»Meine lieben Mitbürger und Mitbürgerinnen«, begann Connie. Sie schaute direkt in die Kamera. Und sie sah beeindruckend gut aus. Ihr Make-up war makellos, die Frisur saß perfekt. Ihre leicht gekrümmte Körperhaltung und die diskrete schwarze Schlinge, in der sie ihren Arm hielt, waren die einzigen Hinweise darauf, dass etwas nicht stimmte. »Vor wenigen Tagen wurde ein Angriff auf das Kapitol verübt. Auf unsere Freiheit und unsere Demokratie. Terroristen dachten, ihre Gewalt könne unsere Gesetze aushebeln. Sie haben sich getäuscht.«

So weit, so gut. Connie klang müde. Ihre Stimme hatte diesen weichen Unterton, der Emily von ihren nächtlichen Telefonaten vertraut war. Hoffentlich war ihre Rede wirklich nur kurz und sie konnten sich bald wieder zurückziehen. Sie hatten sich für den restlichen Tag nichts vorgenommen und das war auch besser so. Sie alle brauchten ihre Ruhe. Wobei es natürlich immer sein konnte, dass Emily im Krankenhaus gebraucht wurde. Manche Verpflichtungen kannten keine Verschnaufpause.

»Die Verdächtigen wurden verhaftet. Zu gegebener Zeit werden nähere Informationen über die Hintergründe der Tat bekannt gegeben. Wir beklagen den tragischen Tod von Gabe Emerson sowie eines Agenten des Secret Service, dessen Name aktuell noch vertraulich ist. Meine eigenen Verletzungen wurden von dem herausragenden medizinischen Personal des *Blackwell Memorial Hospital* rasch und umsichtig versorgt. Heute ist auch ein Tag, um über Helden zu reden. Und die Ärzte und Ärztinnen, die Schwestern und Pfleger und alle, die im Gesundheitssektor tätig sind, sind solche Helden. Ich bin ihnen unendlich dankbar. Ihnen und den tapferen Ersthelfern und Ersthelferinnen, sowie dem Secret Service und dem FBI. So oft werden die Opfer übersehen, die sie für uns bringen. Wir schulden ihnen so viel. Nicht nur anlässlich von Vorfällen wie diesem, sondern auch dafür, dass sie bereit sind, jeden Tag für uns ihr Leben zu riskieren.«

Gott, war sie gut. Alle hingen wie gebannt an ihren Lippen. Eine Woge des Stolzes schwemmte über Emily hinweg. Dann dauerte Connies Kunstpause ein wenig zu lang und beinahe unmerklich schien sich etwas zu ändern, als wehte der Wind plötzlich aus einer anderen Richtung.

»An dieser Stelle sollte ich das Thema weg von der Politik lenken und sagen, dass es gerade angesichts dieser Gewalt mehr gibt, das uns verbindet, als dass uns trennt. Und vor zwanzig Jahren hätte das vielleicht noch funktioniert. Heute jedoch würde ich damit meiner Verantwortung nicht gerecht.«

Ein Raunen ging durch die anwesenden Reporter. Ganz offensichtlich nahmen auch sie die veränderte Atmosphäre wahr.

»Manchmal sind beide Seiten einer Debatte gleich valide. Manchmal müssen wir uns sämtliche Argumente anhören und dann einen Mittelweg finden. Doch wenn jemand zur Waffe greift, um seinen Standpunkt zu verdeutlichen, wenn jemand auf andere Menschen schießt und damit auch riskiert, dass Unbeteiligte in die Schussbahn geraten – dann verliert diese Seite jegliche Glaubwürdigkeit und moralische Integrität. Menschen mit Waffen zu bedrohen, sie auf offener Straße anzugreifen, sie zu ermorden, weil sie anderer Meinung sind – das ist Terrorismus. Schlicht und ergreifend. Und diese Form des Terrorismus nimmt in unserem Land überhand, weil es viel zu einfach ist, an Schusswaffen zu kommen.«

Am liebsten hätte Emily zustimmend genickt, doch sie schaffte es, weiter eine halbwegs neutrale, seriöse Miene zu bewahren.

Connie atmete tief durch und sprach weiter. »Auch diese Debatte hat zwei Seiten. Es gibt gute Gründe, wieso Privatpersonen bestimmte Waffen besitzen. Doch es ist an der Zeit, dass wir alles, was darüber hinausgeht, wieder in den Griff bekommen. Und wir müssen endlich wieder Verantwortung übernehmen für das, was wir in der Öffentlichkeit sagen. Es geht nicht an, dass Politiker Lügen erzählen und ihre politischen Gegner so zur Zielscheibe machen. Wir dürfen nicht weiter Hass schüren und dann die Augen vor den Konsequenzen unserer Worte verschließen.«

Leiser Applaus brandete auf. Überwiegend waren es Connies Stab und das anwesende medizinische Personal, die klatschten. Die Journalisten hingen weiter an Connies Lippen und schossen Foto um Foto. Das Blitzlichtgewitter blendete Emily beinahe.

»Aus diesem Grund werde ich meine Ziele genauso energisch verfolgen wie bisher. Ich weiche nicht. Und nein, ich schlage keinen Profit aus einer Tragödie. Ich beziehe Haltung gegen die Woge der Gewalt, die unser Land überzieht. In meiner Rede zur Lage der Nation werde ich ausführlich darauf eingehen, wie ich vernünftige Waffengesetze einzuführen plane. Und das ist nicht alles: Noch heute werde ich das Schusswaffengesetz offiziell unterzeichnen.«

Über ihre Schulter hinweg warf Connie Emily ein Lächeln zu, ehe sie sich wieder den Reportern zuwandte.

»In den vergangenen Wochen hat man mir wiederholt gesagt, dass man alles zu opfern bereit sein muss, wenn man in Washington etwas bewegen will. Ich habe das akzeptiert. Doch für ein so großartiges und komplexes Land wie unseres reicht das nicht. Wir haben große Probleme, die nach großen Lösungen verlangen. Die Zeit im Krankenhaus hat mir noch einmal eindringlich vor Augen geführt, dass eine funktionierende Gesundheitsvorsorge ein Menschenrecht ist. Wir werden es keinen Tag länger akzeptieren, dass Millionen Amerikaner ohne Krankenversicherung dastehen. In meinem Wahlkampf zur Wiederwahl werde ich mich darum darauf konzentrieren, dass wir Amerika nur retten können, wenn wir unser Gesundheitssystem retten.«

Dieses Mal war der Applaus überwältigend. Emily stimmte aus vollem Herzen ein. Das war die Frau, die sie vor zwei Jahren gewählt hatte. Vor allem aber war es die Frau, in die sie sich verliebt hatte. Mutig, entschlossen und wunderschön. Die Anführerin, die sie alle brauchten. Sie würde wirklich etwas bewegen und unzählige Menschenleben retten.

Zum ersten Mal seit dem Mord an ihren Eltern hatte Emily tatsächlich das Gefühl, dass etwas getan wurde, um weitere sinnlose Tode wie die ihren zu verhindern. Wahrscheinlich war es Connie gar nicht bewusst, was sie mit ihren Worten auslöste, doch tief in Emily kam in diesem Moment endlich etwas zur Ruhe.

»Es ist nur zu leicht, zynisch zu werden, wenn man in der Politik ist«, fuhr Connie fort. »Es ist leicht, die schlimmsten Anschuldigungen gegen die Gegenseite hervorzubringen und dann auf deren Niveau zu sinken. Doch ihr alle habt etwas Besseres verdient. Und ich will besser sein als das. Zwei ganz besonders wichtige Menschen sind mir dabei eine ständige Inspiration. Der eine ist mein großartiger Sohn Zachary. Ihm soll eine schöne, hoffnungsvolle Zukunft offenstehen. Er hat es verdient.«

Zach lief knallrot an, hielt den Kopf aber weiter hoch erhoben und lächelte.

»Die andere Person ist die wunderbare Frau an meiner Seite. Dr. Emily Lawrence hat sich ganz dem einen Ziel verschrieben, Menschenleben zu retten. Ich hatte nicht geplant, jemanden kennenzulernen und in mein Leben zu lassen, solange ich im Amt bin, aber noch nicht einmal ich kann diese Dinge kontrollieren.«

Passierte das wirklich? Emily verlagerte vorsichtig ihr Gewicht, für den Fall, dass sich gleich der Boden unter ihren Füßen auftun würde.

Connie sprach völlig frei weiter: »Ich habe kaum je jemanden kennengelernt, der derartig klug, optimistisch und mitfühlend ist. Sie ist talentiert, entschlossen und jeden einzelnen Tag rettet sie Menschenleben. Ja, unsere Beziehung ist noch frisch, doch sie ist mit das Beste, was mir je passiert ist. Und weil Emily mir so wichtig ist, werde ich sie bis zum letzten Atemzug verteidigen. Und lieben. Das können Sie mir glauben. Nichts an unserer Beziehung ist skandalös oder geschmacklos. Wir haben keinen Grund, uns zu verstecken, und niemand hat das Recht, das von uns zu verlangen. Emily ist meine Partnerin und ich liebe sie. Ich hoffe, das amerikanische Volk wird sie so respektieren, wie ich jeden und jede Einzelne von euch respektiere.«

Wieder brandete Applaus über sie hinweg. Er traf Emily wie eine Schallwelle. Sie lächelte in Richtung der Journalisten, auch wenn sie sie nicht wirklich wahrnahm. Eine Pressemitteilung war das eine, doch dass Connie persönlich in aller Öffentlichkeit für sie einstand, war noch etwas ganz anderes.

Statt der erwarteten Panik machte sich Ruhe in Emily breit. Das war die Art von Vorbild, die sie sein wollte. Wie hätte sie selbst sich wohl gefühlt, wenn sie diese Bilder als verwirrter Teenager gesehen hätte, der auf der Suche nach Orientierung war, in einer Welt, die kaum Platz zu bieten schien für jemanden wie sie? Menschen, die Geschichte schrieben, waren sich dessen normalerweise nicht bewusst. Aber in diesem Moment wusste Emily mit absoluter Sicherheit, dass sie etwas veränderten. Sie hätte gleichzeitig vor Stolz platzen und in Tränen ausbrechen können.

»So. Die Ärzte haben mir noch einige Tage Ruhe verordnet«, sagte Connie. »Ich möchte mich bei dem Vizepräsidenten bedanken, der das Ruder übernommen hat, als ich indisponiert war. Die nächsten Tage werde ich noch mein Arbeitspensum reduzieren, doch ich sitze wieder fest im Sattel und tue das, wofür Sie mich gewählt haben. Wir sind besser als das, Amerika. So etwas darf nie wieder geschehen und solange ich im Amt bin, werde ich alles tun, um das zu verhindern.«

Unter Blitzlichtgewitter erhob sich Connie von ihrem Schreibtisch. Am liebsten hätte Emily ihre Hand ergriffen. Gerade überlegte sie, was wohl als Nächstes passieren würde, da drückte Connie ihr einen keuschen Kuss auf die Lippen. Er dauerte kaum eine Sekunde, trotzdem: was für ein Statement.

»Danke für deine Worte«, sagte Emily leise und griff nun doch nach Connies Hand. Auch sie konnte Zeichen setzen.

»Sehr gern geschehen. Aber eigentlich sollte ich dir danken.«

»Und was steht jetzt an?«, fragte Emily, während um sie herum die Reporter laut redend hinauskomplimentiert wurden. So konnte wenigstens niemand hören, was sie sagten.

»Jetzt? Machen wir weiter mit unseren Leben«, sagte Connie. »Wir werden uns wieder unserer Arbeit widmen, Zeit miteinander verbringen und einander noch besser kennen und lieben lernen. Die Welt zu einem besseren Ort machen. Wie klingt das?«

»Das klingt sehr gut. Ich bin dabei.«

Epilog

Emily senkte die Rückenlehne noch etwas weiter ab. Sie machte es sich bequem, legte ihr Buch beiseite und schaute aus dem Flugzeugfenster auf die vorbeiziehenden Wolken. Obwohl sie sich die ganze Woche schon eingeredet hatte, dass sie auf diesem siebenstündigen Flug endlich zum Lesen kommen würde, hatte sie kaum eine Seite des Buchs geschafft.

»Ma'am?«

Der Staff Sergeant, der für das Privatquartier zuständig war, brachte Emily ihren Grüntee. Mit ruhiger Hand stellte er die Tasse neben ihr ab und schenkte ihr ein Lächeln.

»Danke, Sergeant. Und ich sagte Ihnen doch, dass Sie mich nicht Ma'am nennen müssen.«

»Selbstverständlich, Ma'am. Kann ich Ihnen sonst etwas bringen?«

»Danke, nein. Aber wissen Sie, wie lange das Telefonat der Präsidentin noch dauern sollte?«

»Als ich ihr vor ein paar Minuten Kaffee gebracht habe, hat sie gerade versucht, sich zu verabschieden.«

»Ah. Die Verabschiedung dauert beim britischen Premier meistens länger als das eigentliche Gespräch. Dann gebe ich ihr noch fünf Minuten.«

»Nicht nötig.« Connie kam aus ihrem Büro, trat an Emily heran und drückte ihr kurz die Schulter. »Der Colonel meint, wir haben Rückenwind. In etwa einer Stunde sollten wir also in Paris sein.«

Emily erschauderte ein wenig, wie sie es immer tat, seit sie zum ersten Mal über diese Reise geredet hatten. Es würde ihr erster offizieller Staatsbesuch als Paar sein. Außerdem wollten sie die Teilnahme an der G8-Konferenz mit einem kleinen Urlaub verbinden.

»Francesca ist in Höchstform«, meinte Emily. »Es war eine gute Entscheidung, sie zur Protokollchefin zu machen. Das Diplomatische Korps weiß wahrscheinlich nicht, wie ihnen geschieht.«

»Allerdings. Was liest du da?« Connie stupste das Taschenbuch an, das Emily auf das Tischchen neben sich gelegt hatte. »Alles ist besser als die Schlagzeilen, hm?«

»Die waren eigentlich sogar ganz positiv. Die *Times* meint, wir wären wie geschaffen für den Pariser Chic.«

»Den Artikel sollten wir ausschneiden und ihnen in drei Tagen schicken, wenn sie mich dafür kritisieren, dass ich Dior trage statt eines amerikanischen Designers«, sagte Connie. Nachdem der Sergeant sie alleingelassen hatte, fügte sie hinzu: »Tut mir leid, dass der Flug so lang dauert.«

»Oh ja, ich leide so dermaßen. Mit der *Air Force One* auf dem Weg nach Paris. Es ist schon ein hartes Los.«

Grinsend rutschte Connie auf Emilys Schoß. Sie schlang die Arme um ihren Hals und zog sie an sich. »Wusstest du, dass im Pressebereich ein Gerücht umgeht? Mindestens dreimal musste ich der gleichen Frage ausweichen.«

»Ist das so?« Emily entschied sich für einen Kuss statt dafür, nachzuhaken, welche Frage das gewesen war. Connie erwiderte ihren Kuss sofort und drängte sich ihr entgegen. Viel zu schnell lösten sie sich wieder voneinander.

Offensichtlich hatte der Kuss Connie nicht so abgelenkt, dass sie vergessen hatte, wovon sie eben noch sprach. »Willst du nicht wissen, welcher Frage ich ausweichen musste?«

»Na ja, wenn wir ehrlich sind, weichst du den meisten Fragen aus.«

»Wie fies, Dr. Lawrence.«

»Haben sie gefragt, ob es dich anturnt, wenn du mich mit meinem Titel ansprichst?«

Connie biss sich auf die Unterlippe und ihre Augen verdunkelten sich um eine Nuance. »Nein, aber vermutlich hätte ich ihnen geantwortet, dass mich das meiste an dir anturnt.«

Emily glaubte schon, dass sie sie endlich erfolgreich abgelenkt hatte, doch Connie kam gleich wieder zur Sache. Dass sie aber auch immer so fokussiert sein musste.

»Anscheinend nimmt jemand im Pressebereich Wetten an, ob diese Reise nach Paris die Bühne für eine große Ankündigung sein wird.«

»Noch größer als die Verpflichtung, bessere Gesundheitsversorgung in armen Ländern zu garantieren?« Davon war Emily mehr als nur ein bisschen begeistert. »Das müsste ja wirklich eine Riesensache sein.«

»Anscheinend glauben sie, dass ich dich um deine Hand bitten will. Ich habe mich nur gefragt, ob diese Gerüchte schon bis zu dir vorgedrungen sind.«

Emily schaffte es, die Hand nicht automatisch auf die Hosentasche zu legen, in der sich die kleine Samtschachtel befand, die sie zusammen mit Sutton und Rebecca vor drei Wochen gekauft hatte. Sicherheitshalber verlagerte sie ein wenig ihre Position, damit Connie nicht zufällig gegen das Ding stieß und hinter ihren geheimen Plan kam. »Seit wir im Flugzeug sind, habe ich eigentlich mit kaum jemandem gesprochen, von Elliot und dem Sergeant einmal abgesehen. Außerdem bin ich eingeschlafen, sobald wir über dem Meer waren.«

»Stresst dich dieses Gerede denn gar nicht?«

»Warum sollte es das? Die Leute tratschen nun mal. Sollen sie doch. Wir wissen, wo wir stehen und was wirklich vor sich geht. Warum?« Emily sollte das nicht fragen, aber Connie wirkte so besorgt und da konnte sie nicht anders.

»Ich will einfach nicht, dass du dich unter Druck gesetzt fühlst. Das letzte Jahr war großartig – und nicht nur, weil ich wiedergewählt wurde. Und ich bin wirklich froh, dass du ins Weiße Haus gezogen bist. Auch wenn wir es noch nicht offiziell verkündet haben.«

»Nicht so froh wie der Secret Service. Ich schwöre, Joseph hat mir einen Geschenkekorb geschenkt, als ich zugestimmt habe. Er leugnet das zwar, aber es ist die reine Wahrheit.«

»Jedenfalls ist es keine völlig abwegige Idee«, kam Connie wieder auf das eigentliche Thema zurück. Kein Wunder, dass sie die Wiederwahl gewonnen hatte. »Auch wenn wir uns an manchen Tagen kaum sehen oder abends gleich ins Bett fallen, genieße ich es unendlich, dass du da bist. Und ich habe den Eindruck, dass es auch für dich funktioniert.«

»Das tut es«, sagte Emily – und knickte ein. Sie war versucht, die Ringschachtel aus der Hose zu ziehen und die Frage hier und jetzt zu riskieren. Immerhin war sie relativ zuversichtlich, dass Connie Ja sagen würde.

Aber sie wollte den richtigen Zeitpunkt und den richtigen Ort abwarten. Später also.

Emily atmete tief durch. »Lass uns diese Riesenveranstaltung hinter uns bringen, damit wir uns auf Wichtigeres konzentrieren können, okay?«

»Selbstverständlich.« Connie strahlte sie an. »Wie schön, dass du nicht bei der bloßen Vorstellung schon ausflippst.«

»Also bitte. Dass bald die Aufmerksamkeit der gesamten Weltpresse auf uns liegt und dass wir bei einem Vertragsabschluss dabei sein werden, der die Welt verändern wird – das ist beängstigend. Die Ehe hingegen? Kein Stück.«

»Das beruhigt mich. Hey, ich weiß, du bist schon oft mit diesem Flugzeug geflogen, aber es gibt da tatsächlich noch eine präsidiale Erfahrung, die du noch nicht gemacht hast.«

»Darf ich den Flieger landen?«

Connie starrte sie einfach nur an. »... Nein.«

»Okay. Deinem Gesichtsausdruck nach zu schließen, hast du auch was gegen ein kleines Feuerchen im Pressebereich und eine anschließende Flucht mit dem Fallschirm?«

»Ich mag es, wie du denkst. Da habe ich mir wohl umsonst Sorgen gemacht, dass du unausgelastet sein könntest, nachdem du deine Arbeitszeit im Krankenhaus reduziert hast. Aber nein, liebste Emily. Eigentlich sprach ich von etwas, wofür man etwas mehr Privatsphäre benötigt.«

»Oh ... Oh!«

»Und weil das Teil des präsidialen Gesamtpakets ist, musst du dich auch nicht in eine winzige Toilettenkabine zwängen.«

Connie stand auf und hielt Emily die Hand hin. Aus Gewohnheit kontrollierten sie, ob jemand auf dem Weg zu ihnen war, doch es war nur der nächste Agent zu sehen, der ein ganzes Stück entfernt am Flur stand.

»Wo gehen wir denn dann hin?« Emily folgte ihr, ohne zu zögern.

»Weißt du, in meiner Privatkabine befindet sich nicht nur mein Arbeitsplatz. Dort gibt es auch ein ziemlich bequemes Schlafzimmer.«

Connie öffnete die Tür, scheuchte Emily hinein und schloss die Tür hinter ihnen. »Etwas weniger als eine Stunde bis Paris.«

Interessiert sah Emily sich um. Es war schon faszinierend, was so alles in einem Flugzeug Platz finden konnte. »Hmm, das Bett heben wir uns für später auf. Dieser Tisch wirkt auf mich aber auch ziemlich stabil. Rauf mit Ihnen, Madam President.«

Das musste sie ihr nicht zweimal sagen.

»Nun denn ...«, meinte Connie und gleich darauf saß sie auch schon auf dem Tisch.

Emily legte die Hände an ihre Hüften und lehnte sich vor, knabberte an ihrem Hals und leckte über die weiche Haut. Das funktionierte jedes Mal.

»Ich werde mich nie wieder auf die Arbeit konzentrieren können, wenn ich an dem Tisch sitze.«

Grinsend machte Emily sich daran, Connies Bluse aufzuknöpfen. »Festhalten«, murmelte sie. »Wir passieren ein paar Turbulenzen.«

Danksagung

Meine wunderbare Frau Kaite war mir bei diesem Buch wirklich eine große Hilfe. Sie war Ratgeberin und Cheerleaderin und hat mich wieder auf Kurs gebracht, wann immer es notwendig war. Niemand sonst würde sich derartig geduldig auch noch nach Mitternacht mein Gefasel über halbgare Plotideen anhören.

Ich kann nicht genug betonen, wie wundervoll meine besten Freund:innen während des ganzen Schreibprozesses waren – und wie wundervoll sie auch sonst immer sind. Lande und Lisa-Marie sind auf Veranstaltungen aufgetaucht, die man auch hätte sausen lassen können, haben mich unterstützt und Werbung für mich gemacht, wann immer sie konnten, und haben überhaupt dafür gesorgt, dass ich einigermaßen bei Verstand geblieben bin. Andrea hat mir ihre kreativen Videobearbeitungskenntnisse zur Verfügung gestellt, die mich jedes Mal wieder vom Hocker hauen, und war außerdem eine fantastische Freundin und Schreibbegleiterin.

Während ich dieses Buch geschrieben habe, habe ich meinen Master begonnen, was eine der besten Entscheidungen meines Lebens gewesen ist. In Chris und Ann Marie habe ich tolle Lehrkräfte und ich kann jede Woche mit innovativen und genialen Autor:innen zusammenarbeiten. Das tut meiner Seele richtig gut. Danke, dass ihr alle so kluge Menschen seid. Eines Tages übernehmen wir das Fernsehen.

Wie immer sorgen meine Schreibbuddys dafür, dass mir nie die Wörter ausgehen. Danke an Ashton, Molly, Bianca, Elliot, Emily und Shad.

Natürlich wäre nichts von alledem ohne die wunderbaren Menschen bei Ylva möglich. Astrid ist eine sehr geduldige Chefin, die mich immer unterstützt, und zusammen mit Daniela dafür sorgt, dass alles reibungslos funktioniert. Hayley, Sandra, Michelle und Amanda haben hervorragende Lektoratsarbeit geleistet. Sollten noch irgendwelche Fehler durchgerutscht sein, gehen die alle auf meine Kappe!

Eine besondere Erwähnung gebührt meiner Freundin C., die mir als zusätzliche Lektorin und Sensitivityreaderin zur Seite gestanden hat.

Nicht nur das, sie hat auch mein Selbstvertrauen als Autorin wieder aufgebaut, als es am Boden lag.

Meine Mum und mein Dad waren im vergangenen Jahr eine besondere Stütze für mich, ich bin ihnen also wie immer zutiefst dankbar.

Bei der Planung dieses Buches habe ich an verschiedenen Stellen überlegt, ob ich die Geschichte noch etwas düsterer konzipieren, ob ich die rechte Seite der Politik genauso finster und verschlagen darstellen soll, wie sie sich in der heutigen Zeit zeigt. Aber ich dachte mir, davon könnten wir alle mal eine Pause gebrauchen. Die ersten Serien, die ich wirklich begeistert verfolgt habe, waren *Akte X* und *The West Wing*, deshalb orientiere ich mich an ihren noblen politischen Idealen: dass die Menschen weitestgehend Gutes erreichen wollen, dass aber ein paar schwarze Schafe den Gesamteindruck trüben.

Ich kann dieses Buch nicht hinaus in die Welt entlassen, ohne den tiefgehenden Einfluss von Aaron Sorkin darauf und auf so vieles von dem, was ich schreibe, anzuerkennen. Ich hoffe, ich bin seinem Vorbild zumindest ein bisschen gerecht geworden.

•

Ebenfalls im Ylva Verlag erschienen

www.ylva-verlag.de

Eine Lady mit Leidenschaften

Lola Keeley

ISBN: 978-3-96324-498-8
Umfang: 197 Seiten (68.000 Wörter)

Wenn eine selbstbewusste Tierärztin und eine arrogante Großgrundbesitzerin aufeinandertreffen, bleibt die Spannung nicht aus. Ein lesbischer Liebesroman aus den schottischen Lowlands.

Nichts als die ungeschminkte Wahrheit

Lee Winter

ISBN: 978-3-96324-229-8
Umfang: 354 Seiten (114.000 Wörter)

Maddie Gray ist Kriminalreporterin in New York und vollkommen überfordert von ihrem Leben. Zu allem Übel schwärmt sie auch noch von ihrer erfolgreichen, eiskalten Chefin Elena Bartell. Als die Arbeit beide nach Australien führt, wird sie zu einer fatalen Wette mit ihrer rätselhaften Chefin gezwungen – sie dürfen einander nur die Wahrheit sagen.

Heißkalte Chemie

Rachael Sommers

ISBN: 978-396324-776-7
Umfang: 286 Seiten (94.000 Wörter)

Lily kann es kaum erwarten, ihren neuen Job als Chemielehrerin an einer Highschool anzutreten. Allerdings bekommt ihr Enthusiasmus direkt einen Dämpfer, als sie ihrer Biologiekollegin Eva begegnet, die von Anfang an ihre Abneigung gegen Lily deutlich macht. Doch bei den Wortgefechten der beiden unterschiedlichen Frauen knistert es bald gewaltig ...

Kuscheln im Erbe inbegriffen

Jae

ISBN: 978-3-96324-731-6
Umfang: 361 Seiten (120.000 Wörter)

Eine professionelle Kuschlerin und eine kühle Einzelgängerin erben gemeinsam ein Haus, doch die Sache hat einen Haken: Bevor sie ihr Erbe antreten können, müssen sie zuerst zweiundneunzig Tage lang zusammenleben.

Ein lesbischer Liebesroman über eine als Eiskönigin verschriene Geschäftsfrau, deren frostige Fassade durch die Macht sanfter Berührungen langsam auftaut.

Über Lola Keeley

Lola Keeley ist Autorin und Programmiererin. Nachdem sie nach London gezogen war, um ihrer Liebe zum Theater nachzugehen, lebte sie später den Traum eines jeden Fünfjährigen und wurde Zugführer in der Londoner U-Bahn. Sie lebt und schreibt nun in Edinburgh, Schottland, zusammen mit ihrer Frau und vier Katzen.

Bibliografische Information der Deutschen Bibliothek
Die Deutsche Bibliothek verzeichnet diese Publikation in der
Deutschen Nationalbibliografie; detaillierte bibliografische
Daten sind im Internet über www.dnb.de abrufbar.

1. Auflage

Taschenbuchausgabe 2024 bei Ylva Verlag, e.Kfr.
ISBN: 978-3-96324-874-0

Dieser Titel ist als Taschenbuch und E-Book erschienen.

Copyright © der deutschsprachigen Ausgabe 2024 bei Ylva Verlag

Übersetzerin: Charlotte Herbst
Übersetzungslektorat: Astrid Ohletz
Korrektorat: Tanja Eggerth
Satz & Layout: Ylva Verlag e.Kfr.
Bildrechte Umschlagillustration vermittelt durch:
Shutterstock LLC; iStock; AdobeStock
Coverdesign: Streetlight Graphics

Kontakt:
Ylva Verlag, e.Kfr.
Inhaberin: Astrid Ohletz
Am Kirschgarten 2
65830 Kriftel
Tel: 06192/9615540
Fax: 06192/8076010
www.ylva-verlag.de
info@ylva-verlag.de
Amtsgericht Frankfurt am Main HRA 46713

Printed in Poland
by Amazon Fulfillment
Poland Sp. z o.o., Wrocław

36330919R00174